光文社古典新訳文庫

薔薇の奇跡

ジュネ

宇野邦一訳

kobunsha classics

光文社

目次

薔薇の奇跡

フランスにあるすべての刑務所の中で、フォントヴロー中央刑務所[1]ほど僕の心をかき乱すところはない。ここは僕の心に強い悲惨と荒廃の印象を残した場所なのだ。そして僕は、この刑務所にいた他の囚人たちの中にも、その名を耳にするだけで、同じような感動と戦慄を味わう者がいたことを知っている。

この名前が僕たちに及ぼした影響力の正体を、いちいち解明しようとは思わない。その磁力が刑務所の歴史、たとえば「フランスの娘たち」[2]といわれた代々の女子修道院長たちから来るものなのか、刑務所の外見、つまり壁や建物を蔽《おお》う蔦《つた》から来るものなのか、あるいはやがてカイエンヌ[3]へと旅立つはずの流刑囚たちが滞在したことや、他の刑務所よりはるかに邪悪だった囚人たちの存在によるものなのか、さらにはフォントヴローという名前そのものに負っているのか、そんなことはすべてどうでもよいことなのだ。

そのほかに、もう一つ強く惹かれる理由がある。つまり、僕がメトレーの少年院にいたときのフォントヴローは、まさにわが子供時代の夢想がよじのぼっていく聖域に属していたのだ。この刑務所の壁は、聖体容器の中におさまったパンのように、僕の未来をそのまま暗示しているようだった。十五歳だった僕が一人の友の傍《かたわ》らでいっしょにハンモックに丸まっていたとき（人生の過酷さが、あえて僕たちに友の存在を求めさせたのだとしたら、僕たちはまさに流刑地の過酷さにそそのかされて、愛の痙《けい》攣《れん》を感じながら、相手に向かって互いの身を投げ出したのだと思う。僕たちはこの痙攣なしに生きることなどできない。不幸はまさに魅惑的な飲み物なのだ）、十五歳の少年は、刑務所の壁の向こうに自分の決定的ないのちの形があり、そこにいるもうすぐ三十歳になる受刑者が、少年自身を究極的に実現する存在で、ついに、死によって完成される己の化身になることを知っていた。結局のところ、フォントヴローは、死刑囚アルカモーヌのどす黒い心が牢獄に放った光（青白く実に甘美な輝き）によって、いまなおきらめいているのだ。

サンテ刑務所を去りフォントヴローに移送されたとき、僕はすでにアルカモーヌが死刑執行を目前にしていることを知っていた。だから目的地に到着すると、たちまちメトレーにいたときから知っているこの一番古い仲間の、「死刑」という名の秘跡にとりつかれた。彼はわれわれみんなにとっての冒険を、最も先端にまでおしすすめていた。この冒険とは死刑台での死であり、われわれの栄光にほかならない。従ってアルカモーヌは「成功」していたのだ。そして富や名誉のように地上的なものではないこの完璧な成果を前に、僕は驚嘆と賞賛の感情をかきたてられた（彼のなしとげたごく単純な成果さえも奇跡的なのだ）。ただし、同時に、魔術的行為の証人になるという、人を動揺させずにおかない恐れにも襲われた。アルカモーヌの罪悪は、もし彼を身近に知ることがなければ、僕の魂にとって何ものでもなかったかもしれない。しかし、美に対する愛に促されて、僕は自分の人生のために、暴力的な、血まみれの死が戴冠することを切に欲したのである。そして、このかすかにきらめく聖性に対する憧

1 フォントヴローはフランス西部のメーヌ＝エ＝ロワール県アンジェ近くの村。十二世紀に建てられた修道院が一八〇四～一九六三年に刑務所として利用された。中央刑務所とは、中央政府直轄の重罪犯刑務所である。
2 フォントヴローの修道院長は、代々女性。
3 ナポレオン三世が刑務所（流刑地）を設置した南アメリカにある現・フランス領ギアナの首都。「流刑地」は、一九三八年に公的に閉鎖されるが、囚人がすべてフランス本国にもどされるのは、一九五三年である。

れのせいで、この聖性自体が人並みに英雄的なものではなくなったので、僕はひそかに斬首刑に憧れることになった。斬首刑の特性とは、他者に唾棄されること、それがもたらす死を自ら唾棄すること、そしてその刑を受けた者を、大規模な葬儀のとき軽やかに揺らめく蠟燭《ろうそく》の炎に照らされるビロードよりも、もっと陰鬱《いんうつ》で優美な栄光によって照らし出すことなのだ。

アルカモーヌの犯罪と死は、ついに達成されたこの栄光のメカニズムを、まるで分解するようにして見せてくれた。この栄光は人間のものではない。処刑されたというだけで後光に包まれた人物などいないことは、教会の聖人たちや、その他の稀《まれ》な栄光の例が示しているとおりだ。しかし、それでも僕たちは知っている。この死を受け入れた人々の中で最も純粋な者たちは、自身の内面に、また切り落とされた受刑者の頭の上に、心の闇からもぎ取ってきた宝石で飾られた驚くべき秘密の冠がかぶせられるのを感じたのだ。その頭がゴミ箱にころげ落ちて、実に奇妙な役割を演じる処刑人の助手がその耳をつかむとき、自分たちの心臓は助手の羞恥とためらいにそまった指に拾われ、春の祭典のように着飾った胸に抱かれて運ばれるだろうとみんなが悟っていたのだ。肝心なのは、僕が憧れたこの世のものではない栄光なのである。そしてアルカモーヌは一人の少女を殺し、十五年後にはフォントヴロー の一看守を殺したせいで、僕より先に、静かに、その栄光を手にいれていた。

僕は窓のない護送車の中で足と手首に鎖をつけたまま、実に長くつらい旅の後に中央刑務所に着いた。座席は破れていた。車のゆれのせいで腹痛があまりに激しいときは、ただズボンのボタンをはずしてゆるめるしかなかった。寒かった。凍りついた冬の田舎道を横切っていった。どんよりとした空の下、白い霜で野原が硬くなっているのがわかった。

僕は真夏に逮捕されていた。そのときのパリについてたびたび思い出すのは、まったくからっぽな都会の印象だ。パリは［ドイツ軍の］占領を目前にして逃げ出す人々に見捨てられ、街頭から警官までも消え、まるでポンペイ[4]のようだった。強盗がもはや盗みにかんする手練手管を思いつけなくなったときに夢見るような街である。ブロ列車の中では、四人の憲兵隊員が通路でトランプをしていた。オルレアン……ブロ

4　一世紀までナポリ近郊にあったイタリアの都市。紀元七九年に起きたヴェスヴィオ火山噴火の際に、火砕流によって地中に埋もれた。

ワ……トゥール……ソミュール……、車両が分離され別の路線に入ると、もうそこはフォントヴローだった。到着したのは三十人だった。そこに来る囚人護送車には三十の独房しかなかったからだ。一行の半分が三十前後の男たちで、他は十八歳から六十歳まで、まちまちの年齢だった。

僕たちは手足を拘束されて乗客の視線に晒《さら》され、二人ずつつながれて、駅で待機していた囚人護送車に移った。僕には頭を丸刈りにされた悲しげな若者たちが、通りかかる娘たちを観察するのを覗《のぞ》き見する余裕があった。相棒と鎖につながれたまま、狭くるしい小部屋の一つに入った。それはいわば立てかけた棺だった。僕はこの囚人護送車が、あの誇り高い不幸の魅惑を失っていることに気づいた。はじめて乗ったときには、この魅惑ゆえに「栄えある」追放の車であり、尊敬の念で車に向かってお辞儀する人々の列の間を堂々とゆるやかに滑っていったものなのに。その車が今はもう、あの豪奢な不幸そのものではなくなっていた。かつてはそこで幸福とか不幸といった区別を超えてきらめく、何か透徹したイメージを抱いたものなのに。

護送車の中に入ったとき、僕は自分が魔法から覚め、物事をありのままにとらえる予言者になってしまったと感じた。フォントヴロー刑務所に向かって出発したのだが、いまはこの刑務所が外からどんなふうに見えるのか説明することができない――そもそも僕はほとんどの刑務所について、その形状を説明することができない。刑務所を内側からしか見たことがないからだ。護送車の棺のような空間は閉じられていたが、舗装されたゆるやかな斜面を登るときの揺れのせいで、車が門の中に入り、アルカモーヌの居城に着いたことがわかった。

中央刑務所はある谷間の底、奇跡の泉がわく地獄の峡谷の底にあることを僕は知っている。しかしそれが高くそびえる山頂にあると信じてならない理由はない。それどころかときどき僕は、それが高い岩の頂にあって、城壁の上の巡回路がそれを囲んでいると思い込むのだ。この高さは想像上のものにすぎないとしても、僕にとっては現実的だ。この刑務所がもたらす孤立感には抗しがたいものがあるからだ。壁も沈黙もそこでは何の現実的な意味もない。そのことはメトレーの少年院を振り返ってみればわかる。中央刑務所が僕にとってははるかな高みにあったのに対し、メトレーはただ単に遠くにあっただけなのだ。

日が暮れていた。僕たちは分厚い闇の中心に着いた。車から降りると、八人の看守が明るく照らされた階段の上で、召使のように並んで僕たちを待っていた。それより二段ほど高い階段の頂には暗い壁がひろがり、半円アーチ型の巨大な扉がいやに明るく照明されて開いていた。祝日で、たぶんクリスマスのせいだったかもしれない。

中庭をかすかに見分けることができた。陰気な蔦で蔽われた暗い壁に囲まれていた。僕たちは入り口にある鉄格子を通り抜けた。そのむこうには四つのライトで照らされた二つ目の小さな中庭があった。電球とベトナム帽の形をしたシェード、これはフランスの全刑務所に共通の照明である。この中庭の端のほうには、もう暗くて、見慣れない建物がかすかに見えるだけだったが、次の鉄格子を過ぎ、やはり同じタイプのライトに照らされた階段を降りた。突然、僕たちは灌木と水盤のある正方形の快適な庭に着いた。庭の周辺を繊細な感じのする細い円柱からなる列柱廊が囲んでいた。壁の中を彫って作った階段から、白い廊下を通って書記官室に連れていかれ、鎖を解かれるまで、そこで長い間、それぞれの思いを抱《いだ》いて係官が現れるのを待ち続けた。

「手首を差し出すんだ」

僕が手首を差し出すと、手錠についた鎖が、一緒につながれていた男の囚《とら》われた獣のように悲しげな手を上に引っ張った。看守は一瞬手錠の鍵穴を探した。鍵穴が見つかって鍵が差し込まれたとき、この繊細な罠のほどける軽やかな音が聞こえ、僕は解放された。この解放は監禁の始まりであり、僕たちにとって最初の苦しみだった。息の詰まるような暑さだったが、共同寝室が同じように暑いとは誰も想像していなかった。書記官室の扉は、残酷なほど明るく几帳面に照らされた廊下に面し、鍵はついていなかった。用務員の囚人、おそらく清掃係が、閉まっていた扉を少し押し開いて、顔に笑いを浮かべてささやいた。

「煙草を持っているやつはよこさにゃならんぞ。つまり……」

言い終わらないうちに、彼は姿を消した。看守が通り過ぎたにちがいない。誰かが外から扉を閉めたのだ。

僕はどこかで叫ぶ声が聞こえないかと耳を澄ました。何も聞こえなかった。誰も拷問されてはいなかった。一緒にいる男たちの一人を見つめ、互いに微笑《ほほえ》みあった。二人とも自分たちの声にならない忍び声を意識していた。もう長い間、それが僕たちにできる唯一の話し方だったのだ。僕たちは自分たちの周りにある壁の背後で、音も立てずに、沈黙した熱情的な活動が繰り広げられているのを想像していた。いったいな

5　ベトナムで主に女性がかぶる三角錐の形をした菅笠「ノン」のこと。

ぜこんな夜更けに？　そう思ったが冬は夜が来るのが早い。実はまだ午後五時だった。

少ししてから、やはり押し殺された、しかし囚人のものと思われる声がかすかに聞こえた。

「お前のケツによろしくな。おれのおちんちんがそう言ってるよ！」

書記官室の守衛たちにもその声が聞こえたはずだが、彼らは平然としていた。こうして刑務所に到着するとすぐに、囚人たちのもの言いが決してはっきりしないことに僕は気づいた。それは看守に聞かれないようにささやく優しい声、あるいは壁の厚さと苦しみに押しつぶされた叫びだったのだろう。

自分の姓、名、年齢、職業を告げ、特徴を記載され、人差し指の指紋で署名すると、僕たちは看守に導かれて更衣室にむかった。僕の番が来た。

「名前は？」

「ジュネ」

「プランタジュネか？」

「いや。ジュネです」

「こっちがプランタジュネと言いたかったら？　気に障るかい？」

「……」

「名は？」

「ジャン」

「年は？」

「三十歳」

「職業は？」

「無職」

看守は僕を邪険な目つきで見た。おそらく彼は、プランタジュネ家[6]の人々がこの地に埋葬されていて、彼らの武具類が――獅子の紋章とマルタ十字勲章なども――今も礼拝堂のガラスケースにおさまっているという事実を知らないと思い、僕を馬鹿にしていたのだろう。

僕は護送の列の中にいて僕の気をひいた一人の若者に、こっそり別れの合図をして

6　中世ヨーロッパ、とくに英仏で栄えた王朝、あるいはその血筋。

いた。あの若者と別々になってからまだ五十日も経《た》たない。しかし思い出で僕の悲嘆を飾り立て、じっと顔を見つめようとしても、彼ははるか遠くにいる。駅から刑務所に僕たちを連行する護送車の中で、彼はふてぶてしい顔のごろつきと一緒の小部屋に入ろうとした（守衛たちは僕たちを二人ずつそこに入れたのだ）。彼がこの男と一緒につながれようと一計を案じていたからだが、僕は二人の関係に嫉妬し、動揺し、奥深い謎にひきつけられ、そのヴェールを引き裂いた。そこに何か輝かしいものがあるのを認めたのだ。そしてそれ以来、味気ないときには、牢獄の中でこの記憶を反芻《はんすう》してみるのだが、少しも考えを深めることができない。彼ら二人がすること、語り合うこと、将来のために共謀することを想像し、彼らが自分たちの愛のために組み立てる長々とした人生を考えてみることはできる。だがすぐに退屈してしまうのだ。このほんの短い出来事、あの若者のたくらみと、彼が小部屋に入っていった場面を思い出してみても、彼をもっと知ることにはならないばかりか、かえって目覚ましいたくらみの魅力自体を損なってしまう。同じようにアルカモーヌの顔も、彼が素早く通り過ぎるときには眩《まぶ》しいほど美しいのだが、じっくりつぶさに観察すると、色あせてしまったのだ。

僕たちの目がある行為を素早く巧みに見て取ることができるなら、その行為は僕たちを幻惑し、混沌を浮き彫りにして照らし出すだろう。しかし、生きるものの美は、ほんの短い間しか心にとめることができない。だから、変化しつつあるその美を追求するならば、僕たちは必然的にそれがいつまでも持続しないことを知り、停止する瞬間に行き着くことになる。そしてその美を分析すること、つまり経過する時間の中で、視覚や想像力の助けを借りて追求することは、すでに下降線にある美をとらえることになる。なぜなら美は出現する至上の瞬間に比べれば、どんどん衰えていくしかないからである。やがてあの若者の顔を、僕は忘れてしまったのだ。

僕は身の回りのものを集めた。二枚のシャツ、二枚のハンカチ、丸パン半分、歌詞の書いてあるノート。そして重い足取りで歩み、ここまでの旅の道連れだった強盗たち、ヒモやならず者、三年、五年、十年の刑を下された泥棒たち、あるいは流刑囚たちと何も言わずに別れた。監獄では別の強盗たち、別の流刑囚たちが待っていた。清潔でぎらぎらと照らされ、エナメル塗料の臭いのする白い廊下を歩き、看守の前を通過した。若い守衛と書記官と一緒にいる二人の助手とすれ違った。助手は担架で、堂々としたいかめしい八冊の本を運んでいたが、そこには千百五十の囚人の名が記されていた。助手を務める二人の囚人は黙って歩いていた。そのすべての内容は小さな学習ノートに収めることもできたはずなのに、巨大な本の重みで彼らは腕をこわばらせていた。布製の上履きを床の上に滑らせながら、多大な悲しみの重量も引きずっていたので、二人の足取りは重く、足音がゴム長靴が鳴るように響いた。守衛と書記官は沈黙を保ち、二人ともいかめしい足取りで歩いていた。僕はその二人ではなく、アルカモーヌの高名すぎる名前を記した書物のほうに敬礼しかけた。

「敬礼しようってのか？」

僕に付き添っていた看守がそう言ってから付け加えた。

「ブタ箱の味をたっぷり味わってからにしな」

看守たちには軍隊式の敬礼をしなくてはならない。彼らとすれ違うとき、この滑稽な敬礼をするのは難しかった。かかとのない上履きのせいで、僕たちの歩みは弱々しく滑りがちだったから、こんな挨拶はまったく似合わなかったのだ。僕たちには目もくれない他の看守たちとすれ違うこともあった。

中央刑務所はクリスマスの深夜の大聖堂のようだった。僕たちは僧侶たちのしきたりを真似て、夜の中を黙って動き回った。まるで中世に生きた人間のように。左側に扉があり、僕は更衣室に入った。すっかり着替えたときの茶色のラシャの囚人服は、僕にとっては潔白を示す衣装であり、それを着て、僕は殺人犯の傍らで彼と同じ屋根の下に暮らそうとしていた。それから泥棒のように震えながら長い日々を感動のうちに生きたが、この感動は、どんな下世話な日々の気がかりによっても、たとえば用便、スープ、労働、感覚の混乱によっても損なわれることはなかった。

第五班の大部屋に配属された後、その頃フランスを占領していたドイツ軍が使う偽装網[7]を作る作業場に配属された。僕は、人殺しのため、強盗のために金を払おうというボスややり手たちのあらゆる陰謀からは遠ざかろうと決意した。

しかし更衣室では、ある猛者《もさ》の、またはそんな風采をしたやつのものだったにちがいないズボンを受け取った。ちょうど水夫のズボンのように、腹のところを斜めに断ち切って二つの偽ポケットが穿《うが》ってあった。こういうポケットは禁じられていたが、歩きながら、あるいは何もしていないときにでも、僕は思わずそこに手をいれ、自分では望まないにもかかわらずボスたちの足取りで歩いた。上着は襟もポケットもなく

7　兵器等の存在を隠すためのカモフラージュ用ネット。

茶色の粗布でできていた（囚人が裏地を破いて一種の内ポケットを作っていた場合を除いて）。ボタン穴はあったが、ボタンは一つもなかった。粗布がすっかり擦り切れていたが、ズボンに比べればまだましだった。ズボンのほうは、これも擦り減った九つの粗布でつぎ当てされていた。つまり九つの異なる色合いの茶色が混じった代物《しろもの》だ。二つの偽ポケットは、想像するに、靴を作る作業場の革切りナイフを使って細工されたものらしい。ボタンがあれば、ズボン吊りもベルトもなしに穿《は》けるはずだったが、一つもないせいで、まるで空き家のような悲しみが漂よう姿になった。到着から二時間後、僕は作業場でラフィア椰子[8]を使って縄の形に編んだベルトをこしらえた。それは毎晩のように看守に取り上げられたが、その都度作り直した。――いまでも毎朝これを繰り返す男たちがいる――十年間なら三千回作り直すというわけだ。ズボンは僕には小さすぎた。丈がふくらはぎまでしかなく、裾からは長い股引《パッチ》か、僕の白すぎる素足がのぞいた。股引《パッチ》は白い布でできていて、「監獄管理局」を意味する「A.P.」という太いインキの文字が印刷してあった。チョッキもやはり茶色の粗布で、右側に小さなポケットがあった。シャツは襟なしで、ものすごく粗いラシャ製だった。カフスもボタンもなかった。錆《さ》びのような染みがついていて、糞の跡ではないかと疑ったが、それにも「A.P.」と記してあった。シャツは二週間ごとに替える。上履きも茶色の粗布でできていて、汗がしみ硬くなっていた。平たい帽子も茶色の粗布。ハンカチには白と青の縞がついていた。

さらに付け加えておきたいことは、別の刑務所で出会ったラスヌールが僕に気づき、それとなく毎日をともにすることになったということだ。サンテや他の刑務所から来た連中には、彼を除いて僕に気づくやつはいなかった。ただアルカモーヌだけがメトレーで僕と一緒にいたことがある人物だったが、彼は死刑囚の独房にいて姿が見えないままだった。

アルカモーヌがどういう人物だったのか、彼の存在を通じて深く知ったディヴェールル、そしてビュルカンが僕にとってどういう存在だったのかということについても書いておきたい。僕は今もとりわけビュルカンを愛している。彼は僕の運命を指し示してくれる神の指であり、アルカモーヌは、天国にいる神そのものだった（天国とは、僕が自ら創造し、身も心も捧げる僕自身の天国のことだ）。ディヴェールやビュルカ

---

8 熱帯アフリカやマダガスカル島に生える中型の椰子。葉の繊維で帽子・敷物などを作る。

ンの僕への愛、彼らに対する僕の愛は僕の中に永遠に生き続け、働きかけ、僕の深みをゆさぶる。そしてこの愛が神秘的なものだとすれば、アルカモーヌに対する愛は、少なからず暴力的だった。これらの美しいならず者たち、僕を魅了する光であり同時に闇でもあった者たちについて、僕はできるかぎり巧みに語りたい。そして、そのためにならできるだけのことをしてみよう。

しかし、僕には彼らについて「彼らは暗黒という光明であり、目の眩《くら》むような闇である」という以上のことが言えるとは思わない。そんな言葉は、僕が感じている感情に比べれば何ものでもないのだ。ちなみにもっとも大胆な小説家たちは「黒い光……きらめく影……」などと書いてこの感情を表現している。そういった短い詩の中で、美と悪との間にある明白な生ける逆説を調和させようとしたのだ。僕はそうではなく、アルカモーヌ、ディヴェールそしてビュルカンを通じて、僕の子供時代そのものであったメトレーをもう一度生き直し、閉鎖された少年院、破壊された子供の徒刑場をもう一度見出《みいだ》したいのだ。

あの美しいトゥレーヌ地方のいちばん美しい場所に、愛と憎悪の律動によって組織された三百人の子供たちが実在したことを、世界が知りもせず、想像さえしないなどということがあっていいのだろうか。少年院は花々や希少種の木々の間で、秘密の生をいとなんでいた。その庭園に咲いた花々は、聖なる地獄落ちの象徴と化して、僕はこれだけでは足りないのではないかと心配しながら、その花々を死んだ兵隊たちに捧げたのだ。半径二十キロに住む農民たちは、一人の十六歳になるやならずの非行少年が逃亡すると、農場に放火するのではないかと心配し、怯《おび》えた。それでも逃亡した少年を捕まえると五十フランの賞金を手にすることができたので、彼らは熊手や銃を手に、犬を放して子供狩りをはじめ、メトレー一帯を昼夜にわたって捜索するのだった。少年が夜中に野原に逃亡すると、あたりに恐怖が広がった。

僕は女の子のようなリオの優しさを思い浮かべると、いまでも感激せずにいられない。逃げようとしたとき彼は十八歳になったばかりだった。彼は大胆にも、ある穀物倉庫に火を放った。農夫たちは夜中にあわててシャツ姿で起きてきて、戸を閉める間もなく火事場に駆けつけた。リオは誰にも気づかれずにとある家に入り、ズボンと上着を盗んで、少年院の制服だとすぐに気づかれてしまう白い麻の半ズボンと青いズックの地の上着を脱ぎ捨てた。農場はきらびやかに燃え上がった。聞いたところでは、その子供たちが焼け死に、牝牛たちが死んだが、大胆不敵な彼は悔いることもなくオルレアンまで逃げ着いたのだ。この地方の娘たちは、ふだんから洗濯物を干すロープに上着とズボンをつるしておき、逃げてきた非行少年がそれらを盗んでロープを揺らし、それにつないでおいた警鐘を鳴らして捕まってしまうのを、おびえながら期待していると言われていた。娘たちの手で張り巡らされた罠は、見えない秘密の危険で少年院を取り巻き、狼狽《ろうばい》した少年たちのカップルを混乱に突き落とすのだと。これを思い出すだけで、僕の悲しみの記憶の中には、また過剰な悲しみが一つ、あの子供のときの世界が死んでしまったのだという、恐るべき憂愁が引き起こされる。その悲しみはたった一つの文章で表現することができる。国王や王子が自分の失った愛や栄光の場所を訪れたとき、最後に必ず書き付けられる文章だ……「……かくして彼は落涙した……」。

フォントヴローではメトレーと同じく、次のようなカップルたちの名前が並ぶ長いリストを記すことができる。

ボッチャコとビュルカン。

シラールとヴァンチュール。

ロッキーとビュルカン。

ドゥロッフルとトスカノ。
ムリーヌとモノー。
夜明けのルーとジョー。
ディヴェールと僕。
ビュルカンと僕。
ロッキーと僕。

僕は到着したばかりの混乱の中で一週間ほど暮らし、中央刑務所の規律と体制になじんでいった。そこで生活しているのが僕たちでなければ、この体制は単純なもので、暮らしはもっと容易だったかもしれない。六時に起床、看守がドアを開け、僕たちは石を敷き詰めた廊下を通って、前の夜就寝する前に脱いだ衣類を取りに行く。着衣。五分間で身支度。食堂でスープを飲み、作業場に出かける。十二時まで作業。一時半まで食堂。また作業場。六時に夕食。七時に寝室。メトレー[9]の生活そのものを正確に記したらこうなる。日曜日には何もせずに作業場にいて、王の布告によりフォントヴ

9 メトレーではなくフォントヴローの誤記と思われる。

ローを支配した女子大修道院長たちの一覧表を読んだりし、正午に食堂に行くときには、果てしない悲しみの漂う中庭を通り抜けた。悲しみを感じるのは、すばらしいルネサンス様式でできたファサード〔建物の正面〕が、死の手にゆだねられ、すっかり放置されているからだ。

修道院の礼拝堂の片隅には黒々とした薪が積み上げてあり、溝には汚れた水が流れ、この建築の優雅な意匠はところどころ台無しになっている。僕はさまざまに錯綜する情事の中に侵入していったが、作業や食事や物々交換、自分の囚人としての見かけ上の公的生活を裏で支える秘密の駆け引きといった日常的な関心事、また早々と知りあうことになった仲間に気をとられても、アルカモーヌの存在の重みを、ほとんど苦しみのうちに実感していた。ある日、僕は食事のときにラスヌールに小声でささやかずにはいられなかった。

「やつはどこにいるんだい」

彼はささやいた。

「第七班だ。特殊独房だよ」

「処刑されると思うかい」

テーブルの左側にいた若者が、死についてしゃべっている僕たちに気づいて、口の前に手をかざしてこう言った。

「まちがいないな」

「栄光につつまれて死ぬとは、なんて美しいんだ！」

僕はアルカモーヌがどこにいるかを知っていた。そして彼の姿を目にする特権に浴したときは期待とおそれで胸がいっぱいになった。僕たちは、散歩の時間に死刑囚の独房のすぐ近くで、毎週のように他の囚人にひげをそってもらうための列を作った。

警備隊長はアルカモーヌの独房の扉を開こうとしていた。アルカモーヌは看守に連れられ、城壁の支柱さえもつなぎとめられるほどの大きい鎖を、のんきそうに巻きつけていた。警備隊長が入っていった。壁のほうを向いたまま、振り返ることを禁止されていたにもかかわらず、僕たちはのぞき見せずにはいられなかった。まるで礼拝の間は身をかがめ、神父が聖櫃《せいひつ》を開くときに視線を上げる子供たちのようだった。メトレーを出発して以来はじめて、僕はアルカモーヌを見た。彼は独房の真ん中に、自分の美しい体をきらめかせて立っていた。ベレー帽はメトレーのときのように耳の上でひしゃげておらず、ほとんど目の上まで深くかぶり、昔のごろつきたちがかぶる鳥打帽《ハンチング》のひさしのように折りまげて、くちばしの形をさせていた。僕はとてつもない衝撃をうけたが、それがはたして彼の美貌の変化によるものか、それとも突然この世のものでない偉大な存在を前にしているという事実によるものかはわからなかった。この人物の物語は、他者のまなざしがまったく禁じられた僕の部屋の中でだけ親密に語れるものになった。そこで僕は、魔女の立場に立って、彼女が久しい前から奇跡をもとめ、待ち望んで生き、やがて奇跡を告げる徴《しるし》を認め、ついには突然それが目の前に立ち現れるのを見て——なおさら困惑することには——それがまったく自分が予言したとおりであることを知ったのだった。

アルカモーヌの存在は、彼自らの力と恩寵の証《あかし》だ。なぜなら、肉体は、今もなおもっとも明白な確信を与える手段なのだから。つまり僕はまさにアルカモーヌ自身を、「目《ま》の当たりにした」のである。彼は散歩の時間がきたことがわかっていた。みずから手首を差し出すと、看守が短い鎖をつけたからである。アルカモーヌは両腕を落とし、鎖は体の前に、ベルトがあるはずの線より低いところにぶら下がった。彼は独房を出た。ひまわりが太陽に向かうように、僕たちは彼に顔を振り向け、自分たちの静粛が乱されたことに気づく間もなく体の向きを変えた。そして一九一〇年ごろ流行った窮屈なドレスを着た女たちのように、あるいは彼自身がジャヴァ[10]を踊るように、小刻みな歩みで近づいてきたとき、僕たちは彼の前に跪《ひざまず》き、あるいは少なくともはにかんで目の前にうやうやしく手をかざしたいという誘惑にかられた。彼はベルトをつけていなかった。靴下もはいていなかった。彼の頭から——あるいは僕の頭から——飛行機のエンジン音が響いていた。血管全体で、僕は奇跡が進行しつつあるのを感じた。しかし彼の手首を締め付けている鎖にのしかかる聖性の重みを讃える僕の熱情は——いつのまにかアルカモーヌの髪が伸び、その巻き毛は茨《いばら》の冠のよじれのように、しゃれた残酷さをおびて額の上でもつれていたので——驚きも覚めぬうちに、僕たちの目の前にあったあの鎖を、白薔薇の花飾りに変身させてしまった。変身は花の腕輪が巻きついた左の手首に始まり、鎖の輪の一つひとつにそって右の手首までつづいた。アルカモーヌは奇跡など気にもとめずに進んでいった。看守はなにも異状を認めなかった。

---

10 二十世紀初頭にフランスで発展した舞踊。速いワルツで、踊り手同士の間が近く、男性がパートナーの臀部に手を添えることがある。多くのダンスホールで禁止されていた。

僕はこのとき、はさみを手に持っていた。毎月一度それで順番に足と手の爪を切ることが許されるのだ。僕は裸足《はだし》だった。そして聖人のマントの裾をつかみ、それに接吻しようとする狂信的な信者と同じ仕草をした。僕は体を前にかがめ、はさみを持ったまま二歩進んだ。そして彼の左手首のすぐ近くの、柔らかい茎にぶら下がった一番美しい薔薇を切り取った。薔薇の頭は僕の素足の上に落ち、刈られた汚い巻き毛が落ちている敷石の上に転がった。僕はそれを拾い、恍惚のうちに自分の顔を素早く上げて、アルカモーヌの顔に浮かんだ恐怖を見ようとした。彼の神経の高ぶりは、自らの死にかんするこんなにも確実な予兆に抵抗することはできなかった。彼は危うく失神しかけた。僕は、僕の偶像を前にしてほんの一瞬地面に跪《ひざまず》いた。彼は恐怖、羞恥、または愛に震えて、まるで偶像が僕に気づいたかのように、あるいは単にアルカモーヌがジュネに気づいたかのように、そしてあたかも僕が彼のすさまじい動揺の原因であるかのように、僕を見つめた。なぜなら僕たちはお互いに、そんなふうに解釈しうる身ぶりをしたからである。彼は死人のように青白く、この場面を遠くから見たものは、この殺人犯がギーズ公[11]やロレーヌの騎士[12]のように繊細であると信じることができただろう。歴史によると、彼らは薔薇の香りと美しさに魅せられ呆然として力を失ったということだ。しかし、彼は立ち直った。穏やかさが――それに軽い微笑が混じり――彼の顔に戻った。彼は足首の枷《かせ》に邪魔されながら、後に僕がもう一度語るであろう、あのびっこをひく歩き方で前進し続けた。手につながれた鎖は花飾りの外観を失って、もはや鋼鉄の鎖にすぎなかった。彼は闇に、そして廊下の曲がり角に隠されて目の前から消えた。僕はズボンの偽ポケットに薔薇をしまった。

メトレー、アルカモーヌ、そして中央刑務所について語ろうとすれば、およそこんな調子になる。綿密な注意力であれ、正確であろうとする欲望であれ、少しも僕が歌い上げる言葉を妨げはしないだろう。そしてビュルカンの思い出は、僕をもろもろの出来事のもっと生々しい光景に立ち戻らせるのだが、それが中断されるなら、その生々しさに反応して、自分の歌がなおさら熱情的になることを僕は知っている。僕がこの文章を言葉の細工から生み出したからといって、胡散臭《うさんくさ》いとは言わないでほしい。その光景は僕の中にあり、僕はそれに立ち会った。そして、殺人犯に捧げる僕の崇拝

11　ユグノー戦争（一五六二～九八年）でカトリック側に立って戦ったフランスの貴族。
12　フランス・ブルボン王朝の貴族、ギーズ家の一員フィリップ・ド・ロレーヌのこと。

がどんなものであるかを曲がりなりにも語りおおせることは、ただ書くことによってのみ可能になるのだ。この奇跡があった翌日には、僕はビュルカンの虜《とりこ》になってそれを忘れてしまうことになる。

金髪で丸刈り。目は緑色で、まなざしはいかめしく、体はしなやかで痩せ型——一番当てはまる表現は、おそらく「優雅な花びらに愛が安らう」という言葉だろう——二十歳くらいに見える。これがビュルカンである。フォントヴローに着いて一週間が過ぎていた。階段の踊り場で服を着ているか着替えている最中の彼を見たとき、僕は健康診断に行くところだった。彼は粗布の上着を新しいものと交換していたにちがいない。

金色の幅広い裸の胸に、紋章のように青い鷲の巨大な翼が広がっているのを僕は見て取った。刺青はまだ乾ききっておらず、かさぶたが浮き彫りになっていて、まるで鑿《のみ》で刻まれたようだった。僕は聖なる恐怖の感情に金縛りになった。ビュルカンが僕のほうに上体を起こしたとき、この若者は微笑み、星のように顔がきらめいた。取引相手の仲間に彼はこう言ったところだった。「おまけに俺は十年くらっているんだ」。彼は肩に上着をはおり、そのままにしていた。階段の上にいた僕たちの位置のせいで——僕は降りるところだったから——僕が手に持っていた吸殻が彼の目の高さにあった。彼はそれを見て「吸ってもいいかい？」と僕に訊《き》いた。僕はうなずいて降りたが、ゴロワーズ[13]を吸っているのが少し恥ずかしかった。囚人にとって紙巻煙草は優しい伴侶である。彼らは不在の女よりも煙草のことを想う。その気品ある形態とそれが指と体に強いるあらゆる所作《し》は、彼らが煙草に感じる甘美な友情の理由でもあるのだが、僕はビュルカンに対し、不躾《ぶしつけ》にも僕の白い娘たちの一本をやることを拒んだのだ。

それが僕たちの最初の出会いだった。これ以上何か言おうにも、彼の美貌に対する感動があまりに大きく、僕は誰にも彼のことをしゃべらなかったが、ただ自分の眼の中に眩しい彼の顔と体の記憶を持ち歩いた。彼が僕を愛してくれること、そして彼が僕を愛するにふさわしい男であることを祈った。彼が僕を死に導くであろうということを僕は知っていた。そして今、この死が美しいだろうということもわかっている。つまり、僕が彼のために、彼のせいで死ぬことに彼は値したと僕は言いたいのである。

13 一九一〇年に登場したフランスの煙草。「ジタン」と並んでポピュラーなブランドである。

彼には速やかに僕を死に導いてほしかった。遅かれ早かれ僕の死は彼が与える死であるに違いない。僕は擦り切れ、あるいは粉々になって死ぬだろう。たとえこの本の終わりで、ビュルカンが、彼の愚かさや虚栄心、あるいはまったく別の醜悪さのせいで、軽蔑に値するということを書かねばならないとしても、どうか驚かないでほしい。僕は、これから明らかにするその醜悪さを意識しながらも、彼が示した星の方角にそって、我が人生を変えたいと切に願うのだ（僕は自分の気持ちに逆らって彼の言葉遣いを用いる。彼が僕に秘密の手紙をくれるとき、彼はこう書くだろう。「おれには運命の星がある……」と）。彼の悪魔的役割とは、僕に新しい方向を示すことなのだ。つまり、彼は自分自身よくわからないまま、とにかく実行すべきメッセージを伝えるのだ。運命は彼に対する僕の愛を利用するだろう。しかし、僕の愛とビュルカンが消えてしまったら、この世界にいったい何が残るというのだろうか。

僕はあつかましくもこう考えている。ビュルカンは、僕がこの本を書くためにだけ生きたのだと。したがって僕の想像する、大胆で傲慢な人生を送り、通りがかりの青白い顔をした者たちに片っ端から平手打ちを食らわせるような人生の後で、彼は死ぬしかなかったのだ。彼の死は酷《むご》いもので、僕の死がそれに続くだろう。僕は奮い立ち、僕たちを千々に砕くことになる終わりに向けて歩んでいるのを感じる。

あくる日、中庭を散歩しているときラスヌールが僕たちを引き合わせたが、そのとき何人かの男たちが、美しくもなく、年老いてぱっとしないオカマをからかっていた。彼らはどやし、いじめ、もてあそんでいた。一番しつこくて説明しがたい残酷さにとりつかれている男、それがボッチャコで、フォントヴローでもっとも手ごわい荒くれ男といううわさの獰猛《どうもう》な男だった。普段は腑抜けたちに何も言わず、オカマたちにも知らないふりをしていたのに、なぜかこの日はオカマに突然八つ当たりしたのだ。まるで長い間蓄えてきた罵倒の言葉を一時に吐き出したようだった。歯並びの悪い、しかし丈夫な歯がむき出しになって見え、顔はそばかすだらけで、髪は赤毛のようだった。あごひげは少しもなかった。ボッチャコは他のみんながするように嘲《あざけ》りながら微《わ》笑《ら》ったりはせず、ただ陰険に罵《ののし》り続けた。ふざけているのではなく、復讐しているようだった。その怒りは輝いていた。

ボッチャコは刑務所一番の色好みで通っていた。醜さとは美が休息しているときの姿だと思う。たとえば、話すときの彼の声はしわがれ、内にこもり、ひび割れや亀裂のようなざらざらとした縞目がついていた。しかし、僕は彼が歌うときの声の美しさを思って、彼の話し声を注意深く聞いてみた。こうしてわかったのは、歌のせいでその不快なしわがれ声が優しいビロードの感触に変わり、ひび割れは最高に晴朗な調子に変わることだった。これは、固まっていた毛糸の玉がほどけるようにして、その音調が純化されるようなものである。物理学者ならこの現象をずっと巧みに説明するだろうが、僕は彼を前にして混乱するばかりだった。彼の話し声は、美とは醜さの投影であり、ある種の怪物性を「発達させる」ならば、もっとも純粋な悦楽が得られることを示してくれたのだ。

僕は彼の言葉に圧倒され、怖気《おじけ》づいて動けずにいるこの腑抜けに彼が殴りかかるのを待ちかまえていた。その腑抜けは敵に対して身構える動物のように、突然、陰険で慎重な不動の姿勢をとった。もしボッチャコがちょっとでも殴りかかれば、多分相手を殺してしまっただろう。なぜなら、怒りに歯止めがかからなかっただろうから。中央刑務所では彼は力尽きるまで喧嘩をやめないといううわさだった。彼の鼻ペチャの顔立ちには、太っているが、頑丈でゆるぎない肉体の全精力が表現されているのが見て取れた。ボクサーの顔に似て、顔は鋳鉄のように何度も打たれ鍛え上げられたあげくに、険しく、硬くなっていた。肉体のどこにも柔らかく垂れ下がったところがなく、皮膚は乾いた筋肉と骨に張り付いている。額はとても狭かったので一度頭に血が上ると、それを抑えるべき理性がそのなかに収まらないのだ。目は眉丘の下に深くくぼみ、シャツと粗布の上着の隙間からのぞいた胸の肌にはまったく毛がなく、青白く精気に満ちていた。

中庭の上の高いところにある一種の警備用通路を、ランドンが立ち止まることなく通り過ぎていった。ときどき僕たちのいる中庭のほうを見下ろしている。やつは看守の中でも一番たちが悪いので、ヤクザや腑抜けたちは乱暴な場面が露見しないように――そうなったらランドンは有徳者気取りで罪人を罰しただろう――無害でほとんど親切そうな外観をとりつくろって、彼らのふるまいや身ぶりの正体をごまかしていた。罵りの言葉を吐き出すときも、押し殺した声で攻撃性を隠したのだ。腑抜けのオカマは、できるだけしおらしく薄笑いしてこの看守をごまかし、同時にボッチャコとその仲間たちをなだめようとした。

「このあばずれ、よだれでも飲みやがれ！」

ボッチャコは世界で彼だけがする独特な腰のふり方でズボンを引き上げた。

「オカマなんかにかまっていられるか、この売女め！」

ビュルカンは壁に右ひじをつき、頭が腕の下にくる格好で体を支えていた。腕が頭にかぶった冠のように見えた。冠になった腕はむき出しだった。いつものように上着を肩にかけているだけだったからだ。筋骨隆々の太い縒房《よりふさ》[14]、北国の子供の軽やかな頭にのった紛れもないこの男爵の冠は、彼の十年にわたる監禁――辛苦に満ちた十年！――の明白な証となって繊細な首の上にのっていた。ベレー帽はアルカモーヌと同じ形をしていた。僕は彼の首を見つめた。その肌は薄く積もった垢で少し翳《かげ》り、シャツの丸首から刺青された青い鷲の羽の端が覗いていた。右の足首は、メルクリウス[15]が描かれた絵のとおりに左の足首と交差し、粗布の重いズボンは少しぞんざいにはいていてもエレガントに見えた。微笑する口がかすかに開いていたが、そこから出てくる息は芳《かんば》しいに違いなかった。左手は短剣の柄《つか》をつかむように腰骨に置かれていた。僕がこの姿勢をでっち上げたのではなく、彼はまさにこの通りにしていたのだ。最後に付け加えるが胴体はすらりとし、肩幅はひろく、力強い声は、自分の抗し難い美貌を意識するせいで自信に満ちていた。彼は喧嘩を見ていた。ボッチャコはますます口汚く罵っていた。

ルー・デュ・ポワン・デュ・ジュール［夜明けのルー］は、夜明けというその名のとおり僕たちからずっと遠いところにいて、それとなく介入しようとしていた。ルーの名前は、彼の全人格を包み込む靄《もや》のようなものであり、彼に近づき、その名がもたらす優しい印象を越えてしまうと、たちまち彼が逆立てる棘《とげ》と鋭く陰険な枝に引き裂かれるのだった。彼は金髪で、眉毛は端整な額に張り付いたライ麦の穂のように見えた。この男はヒモであり――いまどきは鰊《にしん》などともいうが――、僕たち乱暴者の一団は、彼が好きではなかった。彼は他のヒモたちとつるんでいて、僕たちはその一味を「女衒《ぜげん》ども」とか、「旦那方」と呼び、たびたびいざこざを起こした。

彼がボッチャヤコの肩に手をおこうとする仕草をしたとき、仲裁しようとしているのかと僕たちは思ったが、薄笑いを浮かべて彼は言った。

「いっしょになれよ、さあ、あいつが好きなんだろう、顔に出てるぞ」

「おれが、この腑抜けといっしょになるだって？」

ボッチャヤコの顔には、過剰なほどの嫌悪が表れた。ルーのほうにそんなふうに話す

14　糸、綿、藁などを綴りあわせて作った房状のもの。

15　ローマ神話における神々の使者で、科学、商業、盗人、職人の守り神。英語名マーキュリー。ギリシア神話のヘルメスと同一視される。

理由などないはずだったからだ。ヒモたちと乱暴者たちは別々の集団を形成しながらも、作業や共同生活の必要にせまられて、いつもありふれた会話を交わしていたが、たがいに出過ぎた言葉を吐くことはなかったからである。僕はボッチャコがルーにくってかかるかと思ったが、唾を吐いて背を向けただけだった。ルーが薄笑いすると、乱暴者たちのあいだに敵対する動きが兆した。僕はビュルカンを見た。彼は腑抜けとボッチャコをかわるがわる見て、たぶん面白がっていた。僕はビュルカンとオカマを前にして、二人に似たところがあるとは考えていなかったが、ビュルカンがオカマの挙動にどう反応するかを観察して、彼らの仕草に共通点があるかどうか見ぬこうとした。ビュルカンにはわざとらしいところが少しもなかった。過剰なほどの精気のせいで少し獰猛に見えた。果たして彼の奥底には、みんなが蔑《さげす》む哀れな乞食のような、惨めにそわそわするオカマが棲んでいたのだろうか。

ビュルカンは僕を愛するだろうか。すでに僕の魂は幸福を求めて羽ばたいていた。奇跡的に、予期せぬ出来事、あるいは不手際のせいで、彼がロッキーと結ばれたように、僕たちも愛で結ばれるだろうか。彼は独特の言葉遣いで、後になってからあの祝祭のことを物語った。それを要約すればこうなる。ロッキーと彼は、クレールヴォー中央刑務所で出会った。そして二人とも同じ日に釈放されたので、いっしょに働くことに決めたのだ。彼らは三日後に最初の強盗を働いて札束を手にした。ビュルカンは正確な金額を教えてくれた。六万フランだった。彼らは侵入したアパルトマンから夜の道に降り立ち、有頂天になっていた。明るい道路では、金を数えて獲物を分けることができなかったので、誰もいないアンヴェール広場に入った。ロッキーが金を出した。そして札束を数え、三万をビュルカンにわたした。自由になり金持になった喜びで彼らは羽目をはずしていた。彼らの魂は彼らの重すぎる肉体を離れようとし、空のほうに引っ張っていこうとした。愉快でたまらなかった。成功の幸福を噛みしめて微笑した。彼らは互いを祝福しあうようにまじまじと見つめあったが、祝福したのは自分たちの器用さではなく、強運のほうだった。遺産相続を祝うように、幸福に浮きして彼らはますます固く抱きあった。喜びがあまりにも大きく、その正体がなんなのか、もうわからなくなっていた。喜びの原因は成功した盗みに他ならなかったが、欣喜雀躍するうちに些細なこと（肩に手を回し抱きあったこと）が加わって、この新しい事実がいつの間にか幸福の源と思えるようになり、そこで彼らはこの歓喜に「愛」という名をつけたのだ。ビュルカンとロッキーは抱きしめあった。彼らはもはや離れられなかった。というのも、幸福は後ずさりしないからである。幸福であればあるほど、彼らの仲は深まる。彼らは金持で自由——そして幸福だった。最高に幸福な瞬間に、互いの腕の中にあり愛しあっていたのだから。そしてこのとり違えは、捕まることへの暗黙の恐れのせいでますます深まり、彼らそれぞれが孤独だったので、互いに隠れ場として一人の友を求め、結ばれたのだ。

ビュルカンは、僕には見苦しいとしか見えなかった喧嘩から目を逸《そ》らし、僕たち二人を引き合わせた友達のラスヌールのほうを見ようとした。しかし頭を四分の一ほど回して、ラスヌールに目をやろうとした彼の視線は、その前に僕の視線と出会った。この一瞬、僕は彼が昨日、僕と階段で会ったことに気づいたと思った。そして無表情、無関心なままで彼の顔をうかがうと、彼はいたずらっぽい顔をしてみせた。彼が会話の輪に戻り、十分間の散歩が終わると、僕は自分が彼の顔をわざわざ見ようとしていると思われたくなかったので、ただ握手した。僕はこの計算ずくの無関心を、通りかかった仲間を見て大喜びするふりをして強調したのだが、心の底ではビュルカンに夢中だった。独房にもどると、見捨てたままの子供時代から見捨てていた習慣をとりもどし、その日はそれから一日中、夜になってもビュルカンが中心にいる想像上の人生を生きた。自分が捏造《ねつぞう》した事件で二十回も戯れ、自分の意図をこえて反復され変形されるその人生に、殺人、絞首刑あるいは斬首刑による残酷な終わりを与えたのだ。

僕たちはまた出会った。出会うたびに、彼は彼の知るはずもない血染めの栄光を帯びて僕の前に現れた。僕は愛の力によって彼に引きつけられていたが、これに超自然的で、しかも筋骨隆々の男としての被造物がもつ力が立ちはだかり、彼に近づくことができなかった。僕は手首にもベルトにも足首にも鎖をつながれ、まるで嵐の夜に巡洋艦が碇《いかり》につながれているかのようだった。一方でビュルカンはいつも微笑んでいた。こうして、彼のおかげで僕の子供時代の習慣が蘇《よみがえ》ったのである。

僕の子供時代は死に絶えていた。そして、それといっしょに僕の中にある詩の能力も死んでいた。僕は、もはや監獄が昔のままの夢幻的な世界であることを望んではいなかった。ある日突然、さまざまな兆しを通じて、監獄はもう魅力を失ったと悟ったからだ。それはおそらく僕が変化し、僕の目が世界のありふれた姿に見開かれたということであった。つまり、そこいらのならず者が見て取るとおりに監獄を見るようになったのだ。独房に閉じ込められて臍《ほぞ》をかんではいるのだが、今では懲罰房の壁の石膏に刻んだ不ぞろいの文字を、「刺青されたジャン」（Jean le tatoué）ではなく、「拷問されるジャン」(Jean le torturé)と読みたいくらいなのだから。(一ヶ月前から僕が懲罰房に入っているのは、アルカモーヌのせいであり、ビュルカンのためではなかった。)殺人犯が閉じ込められている牢屋の前を僕は頻繁に通った。そしてある日ついに現場を押さえられた。詳しく書くとこうだ。——偽装網や鉄製ベッドを作る作業場、それに家具製造工場が、昔の僧院の北側にある中庭の平屋に配置されている。一方、共同寝室は昔の会議室の壁に支えられた建物の左袖の二階と三階にあり、看護室は一階にある。そこに行くためには、死刑囚の独房のある第六班あるいは第七班の区画を通らなければならなかった。僕はいつも第七班のところを通った。アルカモーヌの独房が右側にあり、腰掛けに座った看守が中を見て彼と話したり、あるいは新聞を読み、冷たい食べ物を食べていた。僕は何も見なかった。ただ、まっすぐに歩いていった。

僕がこんなふうにたった一人で刑務所の中を行き来するのは変だと思われるだろう。僕はまず看護手をしていたロッキーから、彼が刑務所を去ってからは彼の後継者から、ある了解を取り付けていたのである。僕は仕事中にちょっと気分が悪いという口実をよく使った。すると看護手が何らかの手当てを受けさせるために、僕を外に出すことになっていた。作業場の看守は、電話で同僚に僕が行くことを告げるだけでよかった。

僕が男性的に、つまりただこの地上を踏みしめて生きる一存在になったという確かな自覚は、僕の女性的な性質が、あるいは僕の男性的欲望の曖昧さと不明確さが失われたことからきていた。僕を清浄な空気に広がる唐草模様の中に宙吊りにしたあの不可思議な歓喜が、刑務所で、とりわけそこに出没する美しいならず者たちと一体になりたいという欲望から生まれていたとすれば、僕が完璧な男らしさを獲得するとたちまち——正確に言えば、僕がオスになるとたちまち——ならず者たちは威光を失ってしまうのだった。そしてビュルカンとの出会いが、眠りかけていた男性的な魅力に対する僕の欲望を蘇らせるなら、僕は男性への接近から、相変わらず功徳を引き出すことになる。なぜなら、ビュルカンの美貌は何よりもまず繊細な性質をもつからだ。僕はもはやならず者たちに似たいとは思わなかったし、すでに僕自身の絶頂を極めたと感じていた。ここに書き記した冒険が終わった今では、おそらくその感じは弱まっているが、僕は独立不羈《ふき》で自由に解き放たれた、強い自分を感じていた。僕の前にはもはやどんな栄光あるモデルも存在しなかった。僕は大胆に力に満ちて重々しく自信をもって進んでいった。確信とまっすぐなまなざしはそれ自体が力の証拠なのだ。

ならず者たちはもう僕を惹きつけなかった。彼らは僕と同等だったのだ。

誘惑は、ただ人が完全に自分自身ではないときにだけ可能なものなのだ。僕が軟弱で、僕の人格があらゆる形に変化したあれらの年月の間は、どんなオスでも、頑丈な体で僕のわき腹を締め付け、僕を押さえつけることができた。僕の精神的な実質は明確さとはっきりした輪郭に欠けていた。（そして肉体的な実質は、白い肌、かよわい骨格、柔らかい筋肉、僕の身ぶりの緩やかさや優柔不断さといった、精神的実質の可視的形態にすぎなかったのだ。）そこで僕は、しばしば一人のオスの堅牢なたくましい肉体の周りに僕の肉体が巻きつくのを想像するほどに、鋭い角度をもつ石のような男性のきらめく安らかな体軀《たいく》によって抱擁されることを熱望した。そして彼の地位、彼の特質、彼の美徳を完全に自分のものにしないかぎり、僕の気持ちは決して休まることがなかった。僕自身が彼であると想像し、彼の身ぶりを真似し、彼の言葉を発音するとき、つまり僕が彼であるときにだけ休息は訪れた。人は僕が自分の分身を見ているといったが、僕は単に物事の写し絵を見ていたにすぎない。

僕は自分自身でありたかった。そして僕が強盗であると露見したとき、僕は僕自身であった。強盗ならば、僕が「バール」またの名では「羽飾り」を手にしたときに、僕がまとった威厳を理解するであろう。その重み、その素材、その形、そして最後にその機能から権威が生じて僕は男になる。そのとき以来、自分の泥まみれの境遇と卑屈な態度から完全に自由になるために、そして男らしい明快な単純さに達するために、僕はこの鉄の棒を必要とした。一度でもバールを使ったことがあるガキの高慢ちきな姿勢に、もはや僕は驚かなかった。肩をすくめてやつらなんか、くそガキだと罵ってもいい。彼らの中でバールの力が持続し、あらゆる機会を見つけて、彼らの青春の優しさに似つかわしくない圧倒的な堅固さを与えることを、誰も阻止はできないだろう。つまりそれを手にするものには箔がつくのだ。ビュルカンはバールを使いこなしたことがあった。僕には一目見てそれがわかった。このガキどもは強盗であり、それゆえ男である。羽飾りが可能にするいわば即位によって、また彼らが冒す大きな危険によって男なのだ。彼らに特別な勇気が必要だというわけではない。――必要なのは特別な勇気ではなく、「無頓着」だといったほうがより正確なくらいだ。彼らは貴族なのである。

強盗は邪悪な感情を持つことなどできない（僕はこのくだりでこれを一般化しておきたい。あとで女衒たちの低俗さがはっきりするだろうから）。彼らは自分の肉体で危険な生を生きる。危険にさらされるのは強盗の肉体だけであり、彼らは魂のことなどなにも恐れない。あなた方は自分の名誉を、自分の評判を気にかけ、それを守ろうとして計算する。強盗を仕事にするものはこういった計算をしない。彼のたくらみは戦士のたくらみであって、いかさま師のそれではない。あの一九四〇年におきた戦争の間、ほんものの強盗が、ブルジョワや労働者の間で普通になっていた闇市に足を踏み入れなかったことには注目すべきである。強盗たちは商売のことは何一つわからず、監獄は飢えによって田園を捨ててきた正直者でいっぱいになった。監獄はあの美しい豪壮な外観を失ってしまったが、強盗たちは、一般人を見下ろす貴族階級であり続けた。あの戦争による大いなる災厄とは、われわれの監獄の荒々しさが失われたことだ。そこにはあまりにも多くの無辜《むこ》の人々が閉じ込められたので、もはや嘆きの場所でしかなくなってしまった。牢獄に入った無辜の人物ほどおぞましいものはない。彼はブタ箱（と俗に呼ばれる場所）に値することは何もしていなかったのだ。運命というやつがまちがったのである。

僕が最初に手に入れたバールは、荒くれ者からもらったのではなく、金物屋で買ったものだった。それは短く丈夫で、最初に泥棒に入ったときから、兵士たちが武器に対してもつ愛着をこの道具に抱いた。それは神秘的な崇拝であり、兵士である僕は野蛮人のようで、手にした武器は銃のようだった。僕の部屋の隅にはバールのわきに二つの楔《くさび》がおいてあり、その一角は魅惑的な催眠的効果をもち、二つの楔はバールを柔らかく軽やかにし、羽の生えた陰茎のようなものと化したので、僕はたちまちそれにとり憑《つ》かれてしまった。僕はバールのわきで眠った。兵士は武装したまま眠るからである。

最初に泥棒に入ろうとしたとき、僕はオトイユ地区のいくつかの家を選んだ。電話帳で住人の名前を探し出したのだ。僕は運まかせにやろうと決めた。住人が留守かどうかを見てから押し入ることにした。一番目に選んだ建物の門番の詰所の前は何気なく通り過ぎた。ズボンの中には腿《もも》にぴったりくっつけたバールと楔が隠してある。邪魔が入らないように、まず六階の部屋から始めた。一度呼び鈴を鳴らした。誰も応えなかった。次に二度鳴らし、最後にたっぷり二分ほど鳴らして、誰もいないことを確かめた。

もし小説を書くなら、そのときの僕のふるまいをつぶさに描く価値もあるだろうが、この本で僕が望むのは、売春、物乞いにあけくれ、犯罪世界の栄光に服従し、その魅力に支配された嘆かわしい無気力状態から、そして屈辱的などん底の生活からどう解放されたかという、僕の体験を明らかにすることだ。僕はもっと誇らしい生きざまを目指し、その生きざまゆえに解放されたのだ。

僕はまったく安全な場所で、僕や友人の部屋でドアを壊す練習をした。そんな場合は、たちまちのうちに(おそらく三分間ほどで)、仕事をこなした。片足でドアの下を押して楔を入れ、上のほうはバールでこじあけ、框《かまち》とドアの間に二番目の楔をこじいれる。さらに、最初に入れた楔でもちあげ、もうひとつの楔で押し広げ、錠前の近くにバールを食い込ませて押す……ただそれだけのことだった。

錠前の壊れる音が建物全体に響きわたるように感じた。ドアを押して中に入った。音をたてて降参する錠前、それに続く静寂、身にしみる孤独感は、犯罪にとりかかるとき僕をいつも駆り立ててくれる。これらは、避けがたいものであるからこそ重要な儀式であり、僕の行為を飾り立てるだけのものではなく、この行為の本質は僕にとってあいかわらず神秘的である。僕は侵入した。新しい王国を手に入れた若い君主だった。すべてが新奇で、同時に攻撃や陰謀の危険を包み隠していた。危険は、彼の行く道にも、一つひとつの岩や木の背後、絨毯《じゅうたん》の下、人々が投げてよこす花々の中、民衆の捧げ物の中にも隠されていた。この民衆はあまりに多数なので姿がつかめないのだった。玄関は広々として、いままでに見たこともない豪奢な内部につながっている予感があった。使用人が誰もいないのは驚きだった。次のドアを開けると、そこは大きな居間だった。さまざまな物たちが僕を待っていた。それらは盗みに備えており、僕の獲物に対する略奪の欲望は高ぶっていた。このときの僕の感動を正確に語るためには、あの新しい財宝を前にして、己の高揚を表現するために用いた言葉を使わなければなるまい。それは「ビュルカンへの愛」であり、この待望久しい財宝を前にした僕の不安を表現するとしたら「僕に対する彼の愛」なのである。あるいは、許婚者に選ばれるのを待ちのぞんで生きる村の処女の、震えおののく期待を想像してもよい。ただ、この軽やかな瞬間が、ピストルの黒く無慈悲な独眼に脅かされていたということを付け加えておきたい。二日間、僕は恐れに満ちた羞恥とともにビュルカンのイメージと向きあい、紙でできたレースの襟飾りに最初の白い花束をつけた若い女のようだった。彼はウイと言うだろうか。ノンと言うだろうか。こんなにも貴重な運命の糸を紡いでくれた蜘蛛《くも》たちに僕は懇願した。この糸を切らないでください、と。

僕はガラスの戸棚を開けて、象牙や翡翠《ひすい》をかっさらった。そして、おそらく押し込み強盗としては前代未聞のことだと思うが、僕は、現金にかまけることなく出てきた。そして三回目の盗みでやっと厚い札束を発見したとき自信と自由の感情を味わい、鷲づかみにしてポケットにねじ込んだのである。僕はドアを閉めて階段を降りていった。屈従や、卑屈な態度からは解放されていた。というのも、肉体を使って、大胆な行為をやってのけたからだ。階段を降りながらすでに胸をはっていた。ズボンの中の太ももに冷たいバールが触れるのを感じ、誰か住人が現れて、僕のみなぎる力を試す機会の来ることを、平静な気持ちで期待していた。僕の右手はバールをにぎりしめていた。

「女がやってきたら、一撃でぶっ倒してやる」

僕は道路を正々堂々と歩いた。しかし、正直な人間、正直な市民なら、泥棒するにしても一番巧妙で、一番慎重な盗み方をするのではないかという悩ましい思いが頭から離れなかった。この疑問は孤独に包まれた僕の思考をかき乱した。後に、いくつかの発見を通じて、僕はこの想念を振り払うことになるが、そのことはあとで物語ろう。いまや僕は男であり、自由人だった。ジャリどもや几帳面なヒモ、痛々しい表情をたたえた口元に怖い目つきをした不幸なガキたちには、もう用がなかった。僕は一人だった。しかし、監獄ではすべてが、孤独さえもが欠けている。自分がヒーローであるとか、ヒーローになる状況にあるなどと想像することはできなかったので、冒険小説への興味も失ってしまった。犯罪的なことであってもそうではなくても、些細な出来事を実生活において模写し再現し、思いのままに継続して、やがて財を成し、栄光を手に入れる。そんな迷宮にのめり込むのは、もうたくさんだった。だから、孤独の嘆かわしい戯れによって夢想され、捏造される自分の物語に没頭することは難しくなった。僕は、自分の昔の生活の現実的記憶のほうに充足感を見出すようになったのだ。そして今でも、新たな空想に没頭することはあるが、そのこと自体に変わりはない。

僕の子供時代は死に絶えたので、それを語るとしたら、僕は死んだものについて語ることになる。それは死の世界について、闇の王国について、あるいは透明な王国について語ることである。誰かが壁の上にこう書いていた。「監獄の扉が俺をかくまうように、俺の心はお前の思い出をかくまう……」。

僕は自分の子供時代が消え去るままにしておけなかった。僕の空は、まさに荒涼としていた。僕がほんとうの自分になる時期が、おそらく来ていたのだ。僕は自分では望まないまま、予想もしない何かになるだろう。水夫でも、探検家でも、ギャングでも、ダンサーでも、ボクサーでもない。彼らのうちもっとも輝かしいものにさえも、もうひきつけられなかったからだ。チリの峡谷を横断することなど、僕はもはや決して望まないだろう。子供時代に見た本の挿絵で、狡猾《こうかつ》で大胆なライフル王が、峡谷の岩を這《は》い上がっていく場面があったが、この主人公にも、もう興味がもてなかった。

興奮につぐ興奮の時は終わった。僕は物事を実用的な性質を通じて認識し始めた。ここでは僕のまわりにあるものは、僕に見られて消耗し、弱々しく青白くなっている。それらはもはや監獄の存在を意味しない。監獄は僕のなかにあり、僕の皮膚の細胞でできている。監獄にもどってからずいぶん時間がたってからだが、僕の手と目は、物の実用的性質をすっかり知ってしまったせいで、ついにこの性質を認めなくなり、代わりに別の意味をもつ別の性質を発見するにいたったのだ。すべてのものから神秘は失われてはいたが、しかし、この喪失によって美が排除されたわけではない。むかしの見方といまの見方の違いをはっきりさせたので、こんどはこの二つの見方のあいだにあるずれが、僕を魅了するのである。このことは実に単純なイメージに要約される。僕は不思議な生き物たち、たとえば色とりどりの顔をした天使たちの住む洞窟にいて、何とかそれらを見わけて外に出てくる。それから明るい空間に入っていくが、そこではそれぞれの物があるがままにあるだけで、余計な尾鰭《おひれ》や後光をまとってはいない。あるがままとは、役に立つということである。僕にとって、この新しい世界は荒涼として、希望もなく陶酔もない。聖なる装飾を剝《は》ぎ取られて、むき出しになった監獄だけが見えるが、そのむき出しな様《さま》はおぞましい。囚人たちは、歯は壊血病に蝕まれ、病にうちひしがれて唾を吐き、痰《たん》を吐き、咳をする哀れな連中にすぎない。重くけたたましい音をたてる木靴を履いて、彼らは共同寝室から作業場に移動する。そしてラシャ製の上履きを引きずって歩くが、上履きは汗と埃が混じった垢のせいで穴があき硬くなっている。彼らは臭い。彼らは自分と同じくらい卑怯な看守を前にして、なおも卑怯な連中であり、もはや僕が二十歳の頃に見た美しい極道たちの侮辱的なカリカチュアでしかない。そして囚人たちは結局どうなったのか。彼らが僕にもたらした不幸と、彼らの比類のない愚劣さにつきあったために覚えた倦怠に復讐しようとして、彼らの欠陥と醜悪さをいくら暴露したとしても、僕は満足しないだろう。

監獄は結局、閉ざされた場所であり、狭い、規則だらけの空間であって、そこで自分が生きなければならないと気づいたとき、僕は世界と牢獄のこの新しい相貌を発見して悲しみにくれた。それは僕の定めだった。監獄は僕のためにあった。僕はそこで生きるための器官をもっていたから、そこで生きなければならなかったのだ。運命がいつも僕をここに連れもどし、壁に刻まれた「M.A.V.［ポリ公くたばれ］／Mort aux Vaches」という文字によって、僕に自分の前途を知らせた。そして僕はこういう印象を持つのだ（あまりにも嘆かわしくて、それをラスヌールに言うと、彼は「おお、ジャン」と痛ましい悲壮な調子で叫んだので、そのときは彼の友情を痛感した）。友達、新しい友、古くからの友、僕を「かっこいいネクタイのジャノー」と呼ぶ連中、スルシエールで、サンテやフレーヌの監獄の廊下で、あるいは娑婆《しゃば》で出会った連中を訪れたり、散歩の時間に出くわすときにもこの印象は変わらない。彼らはまったく自然に監獄の住民になっているので、僕は彼らと確かな絆で結ばれているのを感じる。それは利害や友情や憎悪が入りまじる関係であるが、自分がこの世界にかくも親密に参加していると感じているので、もう一つの、つまり「あなた方の世界」から追放されていることに気づくとぞっとする。僕はまさにここで生きるための資質を獲得してきたのだ。だから僕は死んでいるのだ。僕は鏡の中に自分の骸骨を見ている死人、あるいは存在の最も暗い領域でしか生きていないことを知る夢の人物であり、目覚めても、自分の顔がわからないのだ。僕はもはや監獄との関係においてしか行動せず、ものを考えることもせず、僕の行動はすべて監獄の枠内に限定されている。僕は処罰される人間でしかない。監獄のいつものみじめさに飢えが重なるが、それは子供の飢えではない――というのもメトレー少年院で味わった飢えは、たっぷり食べても決して満たされることのない子供の自然な食欲だったからだ。しかし、ここの飢えは大人の飢えである。それは体中を、いちばん鈍感なつわものの体でさえも蝕む（精神さえも蝕む）。厚い壁の背後で、僕たちにとって不可解なあの戦争のせいでパンが減り、給食が減り、ならず者たちの一番の自慢の種である筋肉が損なわれたのだ。

中央刑務所は、飢えのせいで、夜の狼が吠える北極地帯に変身していた。僕たちは北極圏の果てに生きていた。やせこけた男たちは互いに争い、おのおの自分の飢えと戦っていた。ところが最初に牢獄への幻滅をもたらしたこの飢えは、あまりに膨張して悲劇的様相を帯び、バロック的かつ野性的なモチーフと、他よりも狂おしい歌声で中央刑務所を飾りつけ、僕は眩暈《めまい》しそうになり、ビュルカンの呼び覚ます魔力の手に落ちそうになったのだ。この嘆きにもかかわらず――というのも、男らしい自信を身につけたなら、驚異的な豊かさと暴力にあふれた未熟な世界から遠ざかることになると悟ってしまったので、僕はメトレーで過ごした時間をもう一度生きたくなった。つまり、僕は中央刑務所の雰囲気のせいで、メトレーを思い出し、かつての習慣をとりもどそうとした。そして自分の秘密の領分に住むことなしには、この地上にかたときも生きることができないと知ったのだ。この領分は、罰を与えられ、懲罰室でうなだれ、じっと前方を見つめている男たちの住む領分と、おそらく似ている。ある日、シャルローに向かって激怒したことがあったが、憎しみがおさまらず、無関心を装いながら、また彼に憎しみをぶつけた。作業場で、僕が彼の冗談にろくに反応せず、あるいはまったく返事をしないので、やつが僕の肩を揺さぶりながらこう言ったからだ。「そんなら、ちょっと外に出るかい」。そのときの僕は、自分にとって最も親密な秘密、つまり悪徳という秘密を侵す者に向ける憎しみを、彼に向けていたのだ。

ときには僕たちの一人ひとりが、いくつかの要素が引き起こすドラマの主人公になることがある。つまり、僕たちのほんとうの愛、戦い、嫉妬、逃亡のたくらみなどが、現実の出来事よりももっと手荒な、夢見られた出来事と交じり合ってしまうのだ。そのとき、ドラマのせいで頭のいかれた男たちは、唐突にふるまい、黙ったまま無骨な行動に出る。彼らは突飛で、ぎこちなく、意固地である。まるで見えない兵隊と戦うように手をあげ、突然、麻痺状態に陥り、彼らの容貌そのものが夢の器の底に沈んだようになってしまう。所長なら、そんな僕たちを、ただ阿呆だと言うだけかもしれないが、もっと敏感な看守にはわかっている。僕たちは庭園の底に沈んでいるのだから、中国人がアヘン吸引者を放っておくように、ここでは、理由もなくぐったりしている囚人の邪魔をしたりするものではないということを。

シャルローは度はずれた荒くれ者ではなかったので、僕の心にまで侵入してくることはなかった。あれから少しして、彼をからかったやつに食ってかかったらしいが、それは彼の女房が街頭で客引きするので、不器用なくせにシャルロー本人が自分で黒い繻子《しゅす》のワンピースをこさえてやったといううわさが飛び交っていたからだ。僕はこの恥さらしな行為と彼の狡猾《こ》さのせいで、やつが嫌いだった。実際、僕の神経には、腑抜けや柔《やわ》な連中の見せる媚びた様子が、たとえ些細なものでも我慢ならない。だから、何でもないことにも、僕はつっかかったのだ。

しかし、荒くれ者には食ってかからなかった。怖かったからではなく、そういう相手はこちらの神経に障ることがなかったからだ。荒くれ者と僕が呼ぶ連中からは、堂々とした威厳がわきあがってきて、僕の心を静めるのだ。

メトレーで、窓を手で引っかいて、きいきい音をたてていたうすのろを、僕は血が出るほど殴ってやったことがある。何日か後にディヴェールが同じことをして、僕の神経を心地よく刺激したが、そのとき僕の神経叢は彼に絡みつき、愛に充《み》ちて、彼の体のまわりを這い上がっていったのだ。少年院での僕の思い出が、とりわけビュルカンの存在と、僕に対する彼の行動を通じて喚起されるとすれば、これは二重に危険なことだろう。というのも、彼に対する僕の愛は、僕を、むかし監獄がもった支配力に委ねてしまうおそれがあるからだ。さらにその危険だけでなく、メトレーについて、フォントヴローについて語るときに、僕の用いる言葉も危険だ。というのも、僕は自分の最も深いところから自分の言葉をもぎとってくるので、その深みでは皮肉など無意味だし、こうした言葉は、僕の中に埋もれているあらゆる欲望でいっぱいになっているので、紙に書いて表現すれば、嫌悪すべき懐かしい世界を再来させてしまう可能性があるからだ。ところが、僕はこの世界からおさらばしたかったのだ。そのうえ僕には、凡庸な物事について獲得した明晰さのせいで、心の戯れや繊細さが身についているから、恋人の手練手管を前にして、もう反発することなどできず、ヴェールの中に捕らわれた自分の心を見出すのだ。

魅惑が僕を支配し、がんじがらめにする。しかし実に多くの少年たちに最も美しい名前、最も美しいあだ名（大天使、太陽の子、僕のスペインの夜……）を与えてきたことは僕の幸福だ。だからビュルカンを讃《たた》える名はもう残っていない。言葉が介入しないとすれば、おそらく僕は、あるがままの彼、青白く敏感なヤクザだけを見ることになる。ただし、名づけがたい、名前のない状態のまま彼が孤独であり続けることは、彼にもっと危険な力を与えるかもしれないのだ。

世界中のあらゆるペスト患者の緑色の顔、らい病にかかった人々の世界、らい病を知らせるがらがら、風にさからう声、墓の気配、天井を鳴らす音、そんなものは囚人、徒刑囚あるいは非行少年を神に見放された存在にする何らかの措置が、恐怖のうちに人々を遠ざけ、しり込みさせることに比べたら、大したことではない。つまり監獄の内側、その中心には、懲罰房があり、懲罰室があって、そこで囚人は浄化され、更生するのである。

この社会の大勢を思うとき、その起源や根っこは善意であるとか、正々堂々と口にできる理由によって説明できるとか、そんなことはありえない。もろもろの宗教、フランク族やフランス人の王権、神聖なる帝国や教会、そして国家社会主義などでは、人々が斧で滅多打ちにされる一方で、処刑する方は筋骨隆々でなければならない。それらの組織は、この地上に枝をはびこらせ、地中深くまで伸ばした根で養われているのだ。

偉大な行動のためには、長い間夢想しなければならない。そして夢は闇の中で培われるのだ。ある種の人間は空想だけで満足してしまい、彼の浮世ばなれした快楽は根づくことがない。肝心なのは、それほど輝かしくはない、悪を本質とする喜びなのだ。というのも、こういう夢想とは、溺れることであり埋没することであって、悪の中にしか、もっと正確にいえば罪悪の中にしか埋没することができないからだ。誠実にして実直な制度からなるこの地球の表面に見えるものは、こうした孤独な秘密の悦楽が投影されたものにすぎず、それは必然的に美化されたものにすぎない。牢獄とはまさにそのような夢想が形成される場所なのだ。

監獄と、その客人は、あまりにも現実的な生活を送っているので、自由なまま外で暮らす人々に深刻な影響を及ぼさずにはいない。人々にとって監獄とは極地であり、その上、監獄には懲罰としての独房入りがある。ここで、その頃愛し始めたビュルカンを、なぜ懲罰房に連れて行こうとしたか説明することにしよう。

しかしその前に、なぜ僕が懲罰房に入れられ、そこでこの物語を書き始めることになったのか語っておこう。

　誰かの横を歩いていれば、まっすぐ進もうとしても、ひじや肩が左や右に触れて、そばの壁にぶちあたったりするものだ。僕の場合も思わぬ力が働いて、アルカモーヌの独房の方向に近づいていったのだ。それで僕は彼のすぐそばに、つまり自分のねぐらと作業場からは、かなり遠くに来てしまうことになった。規則違反とはいえ、仲間にパンを恵んでやるとか、他の作業場にしけもくを探しに行くとかの目的を定めて、あるいは他のもっと実利的な理由のために出かけていったので、死刑囚の独房のある第七班からは、いつも遠い場所に行くはずだったのに、あの思わぬ力が、いつもわき道を強いるのだった。あるいは予定通りの道をたどっても、理性的な決定という仮面の下に隠された、あの秘められた目標に近づくと、僕の歩みは遅くなり、動きはよりしなやかで軽やかになるのだった。そうなると、ますます僕は前進するのをためらった。背中を前に押されながらも、とまってしまう。結局、自分の神経を統制することができず、看守が近づいてきても、ごまかすために素早く動くことができず、質問されても、なぜ第七班の区画にいるのか口実が見つからなかった。だから看守がたったひとりでいる僕に出会ったときには、なぜそこにいるのか不可解で、看守のひとりのブリュラールは、ある日僕を引き止めて言うのだった。

「何をしてるんだ？」

「見てのとおり、歩いているのさ」

「歩いてる？　どこを歩いているんだ？……それにその言い方は何だ！　手をベルトの外に出せ」

僕は馬に乗っている気分だった。

落ち着きはらっていたが、おそらく不意の出来事にでくわすたびにはやる自分の想い、ほとんどいつも抑圧されている激しい欲望のせいで、嵐に巻き込まれるのを感じた。そして自分の内面の光景そのものを生きることになると、僕はいつも馬に乗った気分で陶酔のうちに生きた。その馬は疾駆して、急に後脚で立つ。僕は騎手なのだ。ビュルカンと出会ってから、僕は馬上で生き、セヴィリアの大聖堂における偉大なスペイン人[16]のように、馬に乗ったまま他者の人生に入っていくのだ。僕の太ももは、馬の横腹をしめつけ、拍車をかけ、手綱《たづな》を持つ手はひきつった。

ことがこのとおりに運んだわけではない。つまりほんとうに乗馬していたわけではなく、むしろ馬に乗っている誰かの身ぶりと魂を真似ていただけだ。手はこわばり、頭はのけぞり、声は傲慢になり……そして嘶《いなな》く高貴な動物にまたがっている高揚感から、日常生活のたがはずれ、いわば騎士の外観をまとい、どうやら勝ち誇った調子と威厳を身につけてしまったのだ。

看守が上に報告したので、僕は審問室で所長の取り調べを受けるために呼び出された。所長はほとんど僕を無視し、ただ報告を読み上げると、鼻眼鏡の上にもうひとつ黒い眼鏡を載せて宣告した。

「二十日の懲罰房入りだ」

審問室を出ると、取り調べの間も僕の手首をつかんでいた看守は、僕を懲罰房に連れて行った。

監獄にいる男が、そこにいながら自由なままでいる友人たちをわざわざ失おうとし、転落させようとするなら、彼は邪悪といわれるかもしれない。ところがここでは邪悪さが情愛に起因することに気づかなければならない。というのも、彼は友人たちの存在によって監獄を神聖なものにするために、友人たちをここに引きつけるからだ。僕

16 ドン・キホーテのこと。

はビュルカンが罰を受け、懲罰房に送られてくるのを望んだが、それは彼の近くにいたいがためでなく、今、僕がとことんろくでなしとなっているのと同様に、彼もやはりそうなるべきだったからだ。同じ精神的高さに到達しなければ、人は愛し合うことなどできない。したがって僕が卑怯者になったのは、愛というものの正常な働きのせいだった。

しかしビュルカンは懲罰房にやってはこなかった。彼はその前に銃で撃たれ、死んだのだ。刑務所の全員が恋していたこの二十歳の乱暴者に対する僕の愛の熱情については、後でまた語るだろう。

彼もすごしたメトレー少年院は、おぞましいまでに甘美な思い出の靄で僕たちを陶酔させ、連帯させ、ひとつに溶かした。別に示しあわせてもいないのに、僕たちは、子供の徒刑場の日常を、生徒たちの仕草を、言葉遣いそのものをたがいに再現し、フォントヴローにいる僕たちの周りでは、メトレーで友達だったものも、そうではないものも、抜け目のない少年だった連中がならず者たちと一緒のグループをつくっていた。彼らは同じ好み、同じ嫌悪によって結びついていた。ビュルカンにとっては、最も深刻なことでさえも、すべてが遊戯だった。

ある日、階段で彼は僕に小声で言った。

「ときどき脱走を企てたんだ。何のためでもなく、レジスってちんぴらと……りんごを食べに行きたくなって。それで逃げた。葡萄《ぶどう》がなるときだった。葡萄畑に行ったのは抱き合うため、ときには何の目的もなく、それからときには本物の脱走をたくらんだ。永遠におさらばしようとしたさ。いよいよそれをやろうとしたときには失敗したけど。結局のところ、あそこは居心地がよかったんだ」

監獄の総則では、監獄の中で違反や犯罪を犯したすべての囚人は、これを犯した施設の中で罰を受けることになっている。僕がフォントヴロー中央刑務所に着いたとき、アルカモーヌは十日前から鎖につながれていた。彼は死ぬはずだった。そしてこの死は彼の生よりも美しかった。ある種の記念建造物が崩壊する瞬間は、それが栄光に輝いていたときよりも感慨深い。消滅する直前にそれは閃光を放つのだ。彼は鎖につながれていた。監獄の内側には弾圧の手段というものがある。一番単純なのは食事を奪うこと、それから乾パンだけ、ついで懲罰室、中央刑務所だけにある懲罰のための部屋である。その部屋は大きな倉庫のようなもので、床は立派に磨いてある――懲罰を受ける囚人が何代もかわるがわるブラシやつや出しワックス、それともラシャの上履きで磨いてきたからなのか。彼らは次々に前を歩く者の後をついて回り、この部屋はごった返し、もう誰が先頭で誰が最後か区別がつかなくなるほどだった。[17] これと同じように、メトレーで懲罰を受ける生徒たちも、獄舎の中庭をぐるぐる回った（しかし、二つの間には違いもあって、ここでは困ったことに、事情がもっとややこしかった。メトレーよりも早足で歩いて、部屋の周りを飾る隅石[18]の間を通らなくてはならず、僕らのジグザグの歩みは子供じみた危なっかしい戯れのように見えた）。

だから、フォントヴローでも、僕はまるでこの円形の歩みをずっとやめないまま成長したようなものだった。僕の周りで、メトレーの獄舎の壁は一度崩れ落ち、また建てられ、そこに僕は違反者たちが刻みつけたりビュルカンがあちこちに書いたりした愛の言葉や、文章や実に風変わりな暗号を発見した。それはぎこちない鉛筆の跡で、なんとか識別できたが、一つひとつの言葉が荘重な決意を示しているのだった。あれから十年を経て、今は天井があのトゥレーヌの空を見えなくしていた。要するにいつの間にか背景は変わり、僕は同じところを回りながら年を取っていた。

僕には今でも囚人たちの歩みが、かつてのメトレーの少年囚たちの歩みを十年あるいは十五年も続けて、いっそう複雑にしたもののように感じられる。つまりメトレーは破壊されたが不滅であり、時間の中で持続しているといいたい。僕にはいまでも、フォントヴローの根っこは、子供のころ僕たちがいた徒刑場の植物的世界にあるように思えるのだ。

壁に沿って、壁から二メートル隔てたところのあちこちに煉瓦《れんが》を積んだ台があって、その天辺《てっぺん》は船や土手の繋柱[19]のように丸くなっていた。そこに囚人は一時間ごとに五分座るのだ。監視係はこれも懲罰を受けたたくましい囚人で、僕たちが周回するのを見張り、命令する。部屋の片隅の格子に囲まれた小部屋で看守が新聞を読んでいる。囚人の輪の中心には糞をする肥桶がある。それは高さ一メートルの入れ物で、上を切った円錐の形をしている。横に二つ耳のようなものがついていて、天辺に座ってそこに両足を置くのだ。アラブ式の鞍のような短い背もたれがあって、それが脱糞する囚人に、金属製の玉座に座る蛮族の王の風格を与える。便意を催した囚人は何も言わずに

17 懲罰として囚人は部屋の中を輪を描くように歩かされた。
18 石造りの壁に沿って置かれた石。
19 ものをつなぐための柱。つなぎばしら。

手をあげ、監視係が合図をすると、彼はベルトなしではいているズボンのボタンを外しながら列から外れる。円錐の天辺に座り、足は例の耳の上、下には金玉がぶらさがっている。たいていは彼に注目することもなく、囚人たちは黙って周回を続ける。糞が尿の中に落ち、むき出しの尻まで尿がはね飛ぶ音が聞こえる。彼は小便し、桶から降りる。臭いが立ち込める。この部屋の中に入ったとき、僕はとりわけ三十人の歩く男たちの沈黙に打たれ、また回り続ける囚人の輪の中心にある孤独な堂々としたこの便器に打たれたのだ。

行動を指令する監視係が表情を変えずにいたら、おそらく僕には彼の顔を識別できなかっただろう。しかし玉座に座ったときの彼の額は力みで皺《しわ》くちゃになり、難しい考えにはりつめて何か気遣わしげだった。それに彼は不機嫌か腹立ちのせいで両眉をくっつくほど顰《ひそ》め、目鼻立ちを険しくして少年時代の邪険な表情を再現していたので、僕はディヴェールだとすぐにわかったのだ。ビュルカンを愛していなかったら、メトレーであれほど好きだったディヴェールが、いまこんな格好でいるのを見るのは、十五年過ぎた後でもつらいことだっただろう。しかし事実はちがっていた。彼が屈辱的に見えてしまうことは、不可能ではないとしても困難だった。彼のどんなに些細な動きにもそれほど気高さがにじみ出ていたのだ。彼は尻を拭うこともなく便器から降りた。部屋の真ん中に臭いが、彼の臭いが静かに立ちこめた。彼はボタンをとめると頑《かたく》なに凍りついた表情にもどり命令を与え続けた。

「一……二！　一……二！」

その声はあいかわらず唾でいっぱいの、喉から響いて出るならず者の嗄れ声で、彼は腑抜けた男の面《つら》に勢いよく唾を浴びせてやることもまだできるのだ。それはまさにメトレーで聞いた彼の怒鳴り声だった。この懲罰房で、僕には今でも彼がわめくのが聞こえる。行進のリズムは一分間に百二十に保たれるだろう。

僕が懲罰房からここに着いたのは朝だった。懲罰房で僕は上の「共同寝室」のほうにいるビュルカンの記憶を言葉で味わっていた。言葉を愛撫しながら彼を愛撫しようとしたのだ。言葉によって僕は彼を思い出し、彼は僕を思い出すはずだった。

僕はこの本の原稿を、紙袋を作るために渡された白紙の上に書き始めた。僕の目は昼の光によって獰猛になり、夜の夢によって痛めつけられた。その夢の中では、アルカモーヌの独房の扉が開いているのだ。僕は扉のこちら側にいてアルカモーヌに出てくるように合図するが、彼がためらうので、僕はそのためらいに驚く。この夢の途中で看守に起こされ、僕は懲罰房から懲罰室にむかった。八時ごろになって、また周回の輪にもどるときも、なぜかわからないが、僕はまだ痛々しい夢の余韻の中にいた。

懲罰室でのお仕置きの次には、はるかに過酷な罰があり、それは体に鎖をつける罰である。これは刑務所長の申し出によって内務大臣が命令するものだが、その実状はこうだ。懲罰を受ける囚人は、ずっしり重たい鎖で足を縛られ、その鎖によって両の足首は、看守が固定する輪の中にはめられる。手首は、足の鎖よりほんの少しだけ長い、より軽い鎖につながれる。これは一番厳しい罰で、死刑の前に行われる。そもそも死刑の前触れになるお仕置きで、死刑が宣告された日から処刑のときまで、昼夜をわかたず足に鎖をつけられ、夜間と、牢獄から出る際には、手にもつけられるのだ。

僕がこの本を書く理由になったビュルカンについて長々と、またディヴェールについても語る前に、アルカモーヌのことに触れておきたい。彼こそが、この本にとって至高の目的だからだ。僕は「終身流刑通達」という言い回しで刑を言いわたされたときの衝撃と陰惨な調子を、彼と同じように感じたことがある。窃盗犯が四回目になって法の裁きを受けると、つまり三ヶ月以上の刑が四回重なると、終身刑にやられることになる。流刑がなくなった今では、中央刑務所で一生を送らねばならない。アルカモーヌは前に終身刑を宣告されていた。そして僕は彼の死刑について語り、後でその奇跡について説明することにしよう。この奇跡によって僕は何時間もの間、彼の秘められた奥深い華麗な全生涯に立ち会うことになったのだ。

僕は今、直《ただ》ちに、われわれの仕えるあの神、そして注意深く酬《むく》いてくださるあの神に感謝する。神は、みずからに仕える聖人たちをそういうふうに注意ぶかく見守っている。こうした奇跡の展開に僕が立ち戻って求めているのは、「聖性」である。僕は僕自身のものである神を探さなくてはならない。流刑地の写真をながめながら、突然、僕の心は自分の知っている別の国への郷愁に包まれていた。それは地図にも本にもないどこか知らぬ場所で、僕は自分の中にそれを発見したのだ。そしてカイエンヌでの流刑囚が死刑になる写真を見たとき僕はこうつぶやいた。「やつは僕の死を盗んだ」。そのときの自分の声の響きを僕は覚えている。それは悲劇的だった。つまり僕のつぶやきは一緒にいた友たちに向けられ、僕は彼らに信じてほしかったのだ。しかもその響きは実にかすかなものだった。というのも、こうして僕ははるか彼方《かなた》からわきあがる深いため息を表現していたからであり、それは僕の後悔がはるか彼方からくることを示していたのだ。

流刑を話題にしながら聖性についてくどくど語るなんて、刺激の強い食べ物に不慣れな人なら歯軋《はぎし》りしていやがることだろう。しかし僕の送る人生は、世俗的事物を放棄することを要求するのであり、教会全体も個々の教会もまた、聖人に対してそれを求めている。それに、この人生は奇跡に通じる扉を開き、あるいはこじ開けようとするのだ。そもそも聖性とは、罪の道を通じて天国にいたる過程において、初めて確かめられるものなのだ。

生涯を通じて死を宣告された者、つまり流刑囚たちは、恐怖をまぬかれるためには友情にすがるしかないことを知っている。彼らは自分を友情に委ねながら、世界を、つまりあなた方の世界を忘れてしまう。彼らはそこまで友情を高め友情は浄化されて、もろもろの存在から隔離され孤立してしまう。人々と接触することで友情は生まれるはずなのに。

それほど友情は理想的になり、まったく純粋な状態にある。なぜなら流刑囚が絶望しないためには、友情はそういうものでなくてはならないからだ。彼らには流刑がもたらす恐怖とともに、奔馬性肺結核によって命を落とす定めがあり、友情とは果てしない愛の感情の特異な、実に繊細な形態にほかならず、選ばれた人物はみんな、自分の隠れ家《が》で、みずからの内的栄光として、この感情を見出すのだ。彼らはこんなにも狭い世界に生きながら、あなた方の自由な世界で生きたときに覚えた怒りをすべて蓄えて、ここで生きる勇気をもっている。そしてこんなにも狭い枠の中に閉じ込められたので、彼らの人生はこんなにも激越になり過酷になり、新聞記者であれ、所長であれ、視察官であれ、彼を一瞥《いちべつ》するものにとって、その輝きは目がくらむほどにまぶしいのだ。

一番頑健なならず者たちはまばゆいような名声（これは正しい表現だ）を手に入れ、死以外に出口のないこちらの世界の内側で、過去よりも脆《もろ》くなったのに、過去に劣らず越えがたい壁のむこうに、あなた方の世界、つまり失われた楽園が隣り合わせにあるのを感じる。そして、罰を下されたアダムとイヴに対する神の怒りにみちた脅迫のように、恐ろしく神話的な場面に立ち会った後で、あえて生きること、全力で生きようとすることには、呪われた大いなる生の美しさがあると悟ったのだ。なぜならそれこそ、天国から閉め出された人類が、あらゆる時と時代になしてきたことにふさわしいからだ。それはまさに聖性であり、聖性とは、神の意志に反して、天にしたがって生きることなのである。

前に語ったあの変身の瞬間に、自分の手に入れた外見を乗り越えて、そういう域にまで僕がたどり着けたのは、アルカモーヌのおかげだった。アルカモーヌに対する僕の信仰、僕が彼に捧げる献身的愛、彼の偉業に対する僕の深い尊敬は、罪の儀式を実践してでも、もろもろの神秘に侵入したいと思う大胆さを強めていったが、僕をそんな気持ちにさせたのは、おそらく無限なるものへの恐れだった。自由であり、余裕があり、信仰はなく、僕たちの憧憬は、太陽から逃れる光のように、無限のほうに放たれていった。なぜなら、物理的な太陽であろうと、あるいは形而上学的な太陽であろうと、天井をなすものではないが、いわゆる宗教のいう空《そら》とは天井なのだ。空は天井であり天幕であり、そこで世界が終わる。僕の心から遠ざかりながらも、この憧憬は自分を見失わずに、空に抗してみずからをさらけ出す。そして僕は、自分を見失いそうになりながら、あいかわらずその憧憬に、そうでなければ天井に投影されたそのイメージのうちに自分を見出すのだ。無限への恐れによって、もろもろの宗教は、われわれを監獄に等しい限られた宇宙に閉じ込めるのだが、この宇宙はまた無限でもある。なぜなら監獄での欲望は、予期しない視野を照らし出し、新鮮な庭園を、怪物的な人物を、砂漠を、オアシスを発見させ、われわれの激しい愛は、心からもっと豊かな富を引き出して、監獄の分厚い城壁にそれらを投影するからだ。そしてこの心は、ときには実にきめ細かく探求されるので、秘密の部屋は破壊され、光線が差し込み、牢獄の扉に神が姿を現すのである。

アルカモーヌの罪とは、かつて幼い娘を殺し、ついでわれわれの近くで看守を殺したことだが、それだけなら、ただの愚かな行為にしか見えないだろう。しかし、人の書く文章の欠落部分が、単語をとっかえひっかえするうちに、突然僕たち自身のことを明らかにすることがある。そして、この場違いな言葉がきっかけとなり、詩が流れ出て、文を匂い立たせるのだ。こうした言葉は、表現の実際的な理解を妨げるかもしれないが、実人生においては、ある種の行為がまったく同じ働きをするときがあるのだ。ときとして誤謬《ごびゅう》とは事実そのものであり、詩を出現させる。これらの美しい事実は、美しいのみならず危険なのだ。

ここでアルカモーヌの精神状態の診断を披瀝《ひれき》するのは、難しいことだし、不躾でもある。彼の罪悪に対して僕は詩人の立場をとり、たったひとつのことを言えるだけだ。つまりこうである。彼の罪は薔薇の芳香を放ち、その香りは彼自身にしみこんだままだろう。彼の思い出も、彼がここにいたことの思い出も、はるか遠いときまで同じ香りを放つだろう。

そういうわけで、看守を殺したとき、アルカモーヌは懲罰房に連れて行かれ、重罪裁判の開廷までそこにいて、死刑宣告の下った夜に死刑囚の独房に入れられ、そこで四十五日間の上告期間を送った。そこに僕は強大な存在感を持つダライ・ラマにも似た存在を想像したのだが、この独房の奥から、彼は中央刑務所全体に悲しみと喜びの入り混じった波動を送っていたのだ。この俳優は自分の肩にあれほどの偉業の成果を背負っていたので、波動は張り裂けるような音になった。筋肉の繊維が裂けるような音だった。僕は恍惚《こうこつ》として、軽い震え、ある種の波打つ振動に襲われたが、それは同時に僕の恐怖、そして僕の讃歌でもあった。

毎日彼は一時間、他の囚人の近づけない中庭を散歩した。鎖でつながれていた。僕が文章を書いていた懲罰房は、その中庭から遠くなかった。ペンがインク壺にあたる音とよく取り違えたのは、ほんとうは壁のむこうの死刑囚の鎖がたてる実にかろやかな音だった。あらゆる葬送の音が精妙であるように、それも実に精妙な音だった。聞き取るには、注意深く素質にめぐまれた、あるいは敬虔な耳をもたなければならなかった。この音は断続的だった。というのもアルカモーヌは、自分が中庭にいることを知られないように、あまり歩こうとしなかったからだ。冬の太陽に照らされて彼は少し歩き、立ち止まった。粗布の上着の袖に両手を隠していた。

彼がヒーローとなる物語をいろいろでっちあげる必要はない。彼自身の物語で十分なのだ。そして監獄では確かに稀なことだが、彼の真実は嘘よりも彼にふさわしい。なぜなら僕たちはみんな嘘つきなのだ。監獄は嘘を言う口であふれている。みんな自分がヒーローを演じる嘘の冒険談を語るが、こういった話は決して最後まで栄光に包まれたままでは終わらず、ときに主人公は頓挫する。自分自身に向かって語るとき、囚人も誠実にならざるをえないからだ。そして想像力があまりにたくましいときは、囚人の境遇にある現実の生活で出会う危険を見失ってしまいがちなことをわれわれは知っている。想像力が現実に仮面をかぶせてしまうのだ。

そうなると、もはや僕はわからないのだ。囚人は自分自身が想像された存在になるほど想像力の底に没落することを恐れているのか、それとも現実に衝撃を受けることを恐れているのか。とにかくあまりに自分が想像力に満ち、想像力に侵されてしまったと感じるとき、彼は自分におしよせるほんとうの危険を点検し、気休めにその危険を大声で数え上げるのだ。ビュルカンは嘘つきだった。つまり、彼がでっちあげた数々の冒険は、彼自身の軽やかで幻想的なレース編みの肉や骨となり、彼の口と目から実体を現した。しかし、ビュルカンの嘘は役に立たなかった。彼は計算高くなかったからだ。そして計算ずくになろうとすると、計算を間違えた。

僕のディヴェールに対する愛と、アルカモーヌに捧げた崇拝は、いまだ僕の心をかき乱す。ところが、僕にとってビュルカンがこんなに軽いにもかかわらず、ビュルカンは現にそばに存在していたのだ。僕は彼を想像したのではなく、この目で見て、この手で触れた。彼のおかげでこの地上に、この体、この筋肉を持って生きることができた。彼が例のオカマと対面するのを目撃してから少し後、階段で僕たちは出会った。作業場と食堂のある上の階から、事務室、審問室、医務室、面会室のある一階に降りる階段は、逢引のための名所だった。それは厚い壁を刳《く》りぬいて作った階段で、先は闇の中に包まれていた。僕がビュルカンに会うのは、ほとんどいつもそこだった。愛するものたちはみんなそこで逢引したが、僕たちはとりわけそこで会った。そこには、恋人たちみんながかわす、口づけの音が今もこだましている。

ビュルカンは大急ぎで階段を降りるのだった。彼の上着は汚れていて、ところどころに血のしみがあり、背中にはナイフで引き裂かれた跡があった。階段の踊り場で彼は急に立ち止まり、僕を見たのか、見分けたのか、振り返った。彼はシャツを着ておらず、上着の下の上半身はむき出しだった。新参の別の囚人が僕を追い越したところで、上履きで静かに飛び跳ねながら、僕はビュルカンを追い越した。新参者はビュルカンと僕が一瞥を交わす瞬間だけ、僕とビュルカンの間に挟まった。そんなほんのつかの間にビュルカンの不意を襲うことの感動を、またしても僕は味わった。僕は彼に対してそういう演劇的な展開を望んでいた。彼は振り向いて微笑んだ。

二つの理由で、僕は彼に気づかないふりをした。まず僕の執心ぶりに愛の徴《しるし》を見られてはならなかった。彼に対して劣る位置に立ちたくなかったのだ。しかしそうして僕は時間を無駄遣いしていた。というのも彼は後になって、僕の目の中に最初からすべてを読み取っていたと白状したからである。「おれはすぐわかる。そばに近づくのをおまえが嬉しがっているって」。そのうえ、それまで僕は、彼がいつも猛者たちと、とりわけヒモたちと一緒なのを見てきたし、一方ヒモたちのほうでは、僕という新参者を彼らの仲間にするつもりはなかった。僕にしても、彼らにつきまとって、仲間のひとりをしつこく追いまわしているのを気取《けど》られたくなかったのだ。それに荒くれ者僕にはヒモたちをさしおいてビュルカンを求める権利がなかった。

たちがヒモたちをよく思わないだろうと予感してもいた……、ところが彼のほうから近づいてきて、手を差し伸べたのだ。

「やあジャノー!」

どうして彼が僕の名前を知ったのか、いまだわからない。

「やあ」

僕は無関心な小声で、ぞんざいに応じたが、立ち止まった。

「それで?」

彼の口は、この言葉をささやいた後も、半開きのままだった。何か不明のことをたずねようとしていたが、姿勢は落ち着かなかった。彼が全身でたずねていたからだ。――「それで?」は、「どうだい?」または「変わったことは?」「もうすぐ出獄か?」あるいはこれらすべてを意味していた。僕は答えなかった。

「それにしてもあんたは顔色がいいな。いったいどうやったら、いつも元気でいられるんだ」

僕は少し肩をすくめた。僕たちを知らない囚人が階段を降りながら、僕たちのいるところで止まった。ビュルカンがそいつの目をにらみつけたので、何も言わずに、そいつは立ち去ってしまったが、彼の視線の冷酷さは僕をうっとりさせた。いつかこんな視線で刺しぬかれたなら、自分の運命がどうなるかを予感したのだ。そして続いて起きたことが、さらに僕をぞっとさせた。というのも、彼の視線が僕のほうに注がれながら和らいで、木の葉の上で震える月明かりのようなものになったのだ。彼は微笑んだ。壁は風化して崩れ、時間は微粒子になって落ちた。ビュルカンと僕は円柱の上に立ちつくしたままで、円柱はますます高く伸び上がっていく。僕は勃起さえしていなかったと思う。囚人たちは一人ひとり間を置いて、黙ったまま階段を降りていったが、僕らの孤絶した逢引にとっては見えないも同然だった。木の葉が大きく揺れて、ビュルカンが僕に大声で言った。

「いったいどうやってるんだ。あんたはうまく食べてるにちがいねえ」

僕はまだ何も答えていなかった。彼はささやき声で続けた。ずいぶん声を潜めて、微笑をたやさずに。というのも、僕たちは階段の曲がり角の向こうで、看守が散歩に行く囚人を数えているのをかぎつけたからだ。壁の向こうには会計課と事務室があったので、低い声で喋《しゃべ》らなければならなかった。その向こうにはさらに所長室、野原、自由な人々、町々、世界、海、星があり、僕たちはそれらから遠く離れていても、すべては僕たちの近くにあった。看守が待ち伏せており、僕らを不意打ちすることができた。ビュルカンは微笑みで、本心を隠そうとしていた。そして素早くささやいた。

「いつも煙草を持っているだろう、あんたは」

ここで、ついに彼は意中のことを口にするにいたり、自分の本心を洩《も》らした……。

「煙草がないのは気がめいるよ。もううんざりさ。しけもくだってありゃしない。もう何も、何も……」

最後のせりふにたどりついて、彼の微笑は徐々に消えていった。彼は素早く低い声で喋らなければならなかった。僕たちにはもう時間がなかった。僕たちのグループはほとんど全員が階段を降りていたのだ。看守がやってきて、僕たちを見つけるかもしれない。二重に切迫した状況に迫られて、彼の声と彼の言うことは、ひとつのドラマを、犯罪の物語を吐き出しているようだった。

「このまま続いたら、まいってしまう……」

僕は彼を増長させないように、よそよそしい態度のままでいた。ときどき彼の言うことが聞き取れなくなっていたが、耳を傾け集中していた。壁の向こうに、僕たちの過ぎ去った生活が今もあるようだった。監獄の日々、不幸な子供時代が。

「煙草を持ってないのか、ジャノー」

僕は苛立《いらだ》っていたが、無表情なまま、ただ上着のポケットに手を突っ込み、吸殻を鷲づかみにしてわたした。彼はそれが全部彼のためだとは信じられないようだったが、顔が輝いた。僕はあいかわらず無言で、屈託のない感じに肩をすくめて階段を降りていった。彼が追いついたとき、僕はすでに外にいた。僕たちは同じ中庭に閉じ込められたのだ。彼はまっすぐ僕のほうにやってきて、礼を言い、しつこくせがんだことを弁解するかのように、十二歳のときから監獄に入っていると僕に教えた。「十二から十八まで、少年院入りだったのさ……」。「どこの少年院だ」と僕は訊いた。

「メトレー」

僕は平静を装った。

「何組だよ。ジャンヌ・ダルクか」

ビュルカンはそうだと答え、僕たちはメトレーのことを思った。彼は重要で特別なことを言うたびに、大きく平らに広げた左手の動きで、それを補うのだった。まるでギターの六つの弦を爪弾くようにして。男っぽい仕草でこのギタリストは弦の震えを押さえつけるのだが、それは人を黙らせる静かな征服の身ぶりだった。僕は自分の感情の赴くままにしていた。数日前から堰き止めていたはずの愛情は慎みを失い、自分の班にメトレーの少年囚を見出したせいで、大いなる快楽となって流れ出したのだ。快楽という言葉は正確ではない。それは喜びでもなく、別の同義語、満足や至福や悦楽でもない。二十年来望んでいたことがやっと実現されたわけだから、これはまったく例外的な状態だった（この出会いの日まで、自分もはっきりと意識せずに、漠然と望んでいたことだったのだから）。

僕以外の誰かにメトレーの思い出を見出すということ、それはおそらく単にメトレーを思い出すだけではなく、僕の大人の人生において、当時の習慣にしたがいながら、愛しつつメトレーを持続することなのだ。しかしこの幸福の状態には恐れが混じっていた。軽やかな風ひとつ、軽やかな衝撃ひとつで、この出会いの効果が無に帰してしまうという恐れだ。ビュルカンを夢見、つまり忠実な心と鋭いまなざしをもって僕を愛してくれる若く初々《ういうい》しく美しい少年を夢見、そんなふうに見た最も貴い夢があえなく消えてしまうのを、僕は何度も経験していた。この少年は、泥棒たちを愛するほどに盗みを愛し、女を軽蔑してならず者を愛し、とどのつまり率直にメトレーが楽園であったことを思い出すはずだ。そして僕の夢想家としての才能と鍛錬にもかかわらず、僕が一番美しい夢をまだ見てはいない（ときにはぎりぎりまで近づいているのに！）ということを、監獄の生活は突然僕に痛感させるが、同時にこの生活は、夢をそのまま目の前で実現してくれるときがある。

ビュルカンはメトレーの深みから、メトレーによってここに送られてきた。どこで生まれたのかも知らず、羊歯《しだ》が高々と茂った遠くの危険な世界で育ち、悪を教えこまれた。彼は少年院の深い秘密の香気を僕に運んできたので、僕たちは自分自身の匂いを再発見したのだ。

しかし僕たちが愛の物語を織り上げているとき、同時に見えない手が織った布をほどいていくことを僕は知ることになる。独房で僕が織物をすると、運命の手がそれを引き裂いた。ロッキーが引き裂いたのだ。この最初の二回の出会いのとき、僕はビュルカンが誰かを愛していることを知らなかったが、彼が愛されていることはかぎつけ、ほどなく彼の人生にはロッキーがいることに気づいた。最初に彼の作業場でいっしょだった男に、ビュルカンは下にいるのかと聞いたときのことだ。僕がまだビュルカンの名前を知らなかったので、誰のことか説明しようとすると、彼は僕にこう答えたのだ。

「金《かね》を見ると反吐《へど》を吐く乱暴な小僧のことだろう。ロッキーの娘っ子じゃないか。ビュルカンっていうんだ。覚えとけよ」

ロッキーの娘っ子……金を見ると反吐を吐く乱暴な小僧！　この囚人は、こんなふうにビュルカンの性質の中でもいちばん圧倒的なことを僕に教えてくれた。押し込み強盗をして金を見つけるたびに、彼は吐き気におそわれ、札束の上に反吐を吐いたというのだ。このことは、中央刑務所の全員に知れわたっており、誰もそれをからかうものはなかった。それはアルカモーヌのびっこや、ボッチャヤコの癲癇《てんかん》の発作や、セザールの禿げ頭や、トゥレーヌの恐怖症と同じくらい不可解で、この不可解さゆえに彼の美しさは高められた。エルシールは壊し屋だったし、ディヴェールには奇妙な迫力があった。僕は自分たちの愛を奇妙なデッサンに描いたが、その背後では、運命を織る手が僕たちを結びつける輪をほどいていた。ビュルカンは決して僕のものにはならないだろうし、初めての、ただ一度の出会いの機会や愛の一夜となるきっかけさえも、僕はしっかり紡ぎ上げることができなかった。これにふさわしい表現をするならば、「実現するにはあまりにも美しかった」ということになるだろう。僕は予感したのだ。僕たちが結ばれそうになるとき、人生はたちまち僕たちを引き離し、僕は恥ずかしさと悲しみでいっぱいになるだろうと。そして僕が彼の姿に手をさしのべるとき、人生はいよいよ残酷なものになり、ビュルカンは消えてしまうだろうと。しかしさしあたって僕は震えながら、自分に与えられたかりそめの幸福を味わった。

というわけで、僕は彼のところに行き、望みのままに会い、握手し、僕の持ち物を彼に贈ることができた。彼に近づこうとして、ちっとも遠慮しなくてすむような口実があった。昔の少年院の仲間への友情、メトレーへの忠誠というやつである。日が暮れると、彼は自分のベッドから呼びかけるのだった。

「ようようジャン！」

闇の中で彼が微笑むのが見えた。彼が微笑むと誰もが跪きたくなる。

僕は横になっていた。しかし、ベッドから飛び起きてドアに向かう気にならなかったので、大声で言った。

「それで何の用なんだ」

「何でもない、元気かい」

「元気さ、そっちはどうだ」

「変わりないよ」

声にならないこわばった声が、はっきりこうささやいた。

「こいつにかまうな。こいつはおまえの面を思い浮かべて、せんずりをかくらしいぞ」

ビュルカンにこの秘めた声が聞こえた様子はなかった。

彼は「お休み、ジャノー」と言った。言い終わったとき、声がそのまま伸びて歌になったように聞こえたが、それは別の窓から聞こえたこんな叫びだった。

「皆さん、ロランです。判決が下りました！　終身刑。あばよ、みんな！　明日ムランに移ります！　あばよ！」

最後の単語とともに、また沈黙が戻り、この夕べとビュルカンの美しい大声がすべて、このガキの、人生への高貴な別れの挨拶に凝縮されることになった。窓は閉められ、この挨拶の引き起こす震えは、僕らの眠りの奥底にまで、穏やかな悲しみを届けるだろう。それはビュルカンが僕にむけた呼びかけへの注釈なのだ……「あばよ、みんな。明日移ります……」。

一番単純な者、僕がこう書くとき、「単純」とは何を意味するか、誰でもわかるはずだが、僕たちのうちで一番単純な者は、こういうときにはただ祈るのだ。それはまさに祈禱《きとう》の状態であり、あなた方も許さざるをえない。というのも、彼らの重罪を前にして、つまり罪を犯した人間の裁きを前にして、あなた方は力なく立つしかなく、まさにそのおかげで、この夜僕たちは傷ついた愛の声そのものを聞くことができたのである。

そのとき、僕は小便に行きたかった。あんなにも充実した一日のあらゆる思い出が、突然あふれてきて、僕は自分で支えるには重すぎる一物を、両手で持たなければならなかった。ビュルカン！ ビュルカン！ まだ彼のファーストネームを知らなくても、この名前に僕はうっとりとした。あいつは僕を愛するだろうか。僕は彼の邪悪なまなざしと優しいまなざしを思い出した。そして、僕を前にして、彼が一方のまなざしから、もう一方のまなざしへなめらかに滑っていくのが、僕にはあまりに怖いので、この恐怖から逃れるには、ただ眠りに落ちるしかうまい手立てが見つからないのだった。

アルカモーヌは四度目の盗みのために終身刑になっていた。

彼が死をどんなふうに思い描いていたのか僕にはよくわからない。だから自分で勝手に想像するしかないが、アルカモーヌのことをよく知っていたので、正しく言い当てていたかもしれない。僕は深く落胆してしまった。つまり僕自身が終身刑の大いなる絶望を味わったのだ。とりわけ、この日の朝は最悪だった。僕は自分自身が永遠の劫罰を受けていると感じたのだから。

僕は懲罰房の壁の上に、愛の徴の落書きを読んだばかりだった。ほとんどすべてが女にあてたものだが、僕にはようやく彼らの気持ちがわかってきた。僕も壁という壁に、ビュルカンへの愛を書き記したかったからだ。もし僕が、あるいは誰かがそれらを大声で読み上げたとしたら、彼への僕の愛を、壁が僕に告げることになる。つまり、石が僕に語りかけるのだ。そして僕はさまざまな感情や思いの間を漂いながら、「M.A.V.」〔ポリ公くたばれ〕と刻んだ文字を見て、たちまちプティット・ロケット〔刑務所〕の独房にもどっていた。十五歳のときに、そこで初めてこの不思議なイニシャルを見たからだ。もうずいぶん前に、それらの正確な意味がわかってから、「M.A.V.」や「B.A.A.D.M.」や「V.L.F.」などと刻まれた文字の暗黒の魔力に、僕は感動しなくなっていた。だから今ではそれらを読んでも、ただ単に「ポリ公くたばれ」(Mort au Vache)、「不幸の友よこんにちは」(Bonjour aux amis du malheur)などと読むだけだったのに、このときばかりは衝撃が走り、突然の記憶喪失に陥って、僕は「M.A.V.」を前に不安を覚えていた。この文字はもはや奇妙な物体にすぎず、ついには古代の寺院に残された碑銘のように、その昔と同じ神秘的な印象を与えた。

そしてこのことを意識し始めたとき、子供時代の根底にあった不幸と悲痛な思いに、僕は再び沈み込むのだった。

この感情は、懲罰室で永遠に続くかと思える周回の列に加わったときよりも、ずっと苦しみに満ちたものだった。というのも、自分が内面では何も変わっていないことを確かめ、自分の不幸は外の世界の掟にしたがうものではなく、自らの内側に居座って少しも動かず、自分の役割に忠実なことを確かめたからだ。だから死によって高められるビュルカンへの愛ゆえの幸福の真っ只中に、新しい不幸の時代が始まるように感じられた。この不幸の感情と、それにともなう文字の思い出は、おそらく僕の愛情が引き起こしたものだ。なぜなら僕の愛情は、僕の情熱がメトレーで作り出したものにほかならなかったからだ。この愛情は、今と同じように子供じみた悲劇的なごたごたに囲まれていた。したがって僕は、自分の子供時代の不幸な状態を同じように生きようとしていたのだ。

僕は反復のからくりにはまりこんでいたのだ。不幸の時代において、不幸はただ一つしかないのだ。しかし、一つの不幸が終わると、もう一つの不幸がやってくる。そして三つめの不幸が続くかもしれない。そんな状態が、永遠に続くのだ。

徒刑囚にとって死は生活の根底にあり、監獄は自由の味にまだ酔うことのできる性格の持ち主にとっては、ありうる不幸の中で最悪のものである。僕は監獄といっているのであり、孤独といってはいない。アルカモーヌは、とにかく監獄から出たかった。ここに到着すると、誰もがするように、拘留の全期間のためのカレンダーを作ろうとした。しかし自分の死ぬ日がいつかわからないので、自由になる日がわからなかった。僕もカレンダーをこしらえた。まず十ページのノートがあれば、一年ごとにノートの半ページをあて、そこに日付を記入する。全体を見わたすにはページをめくらなければならないので時間がかかる。二十年の拘留期間を一望しようとして、重罪犯はページを全部破いて、壁に貼りつける。僕もそれを真似た。一瞥しただけで僕は自分の刑期を把握し、自分のものにする。自分の二十年間について、恐ろしく複雑な計算に没頭するのだ。月、日、週、時、分の数を、掛け算し、割り算し、紛糾させる。この二十年を可能なかぎりいろいろ按配してみる。二十年が数字から分離し、もっと純粋なものに見えてくる。彼らの計算は、出獄の前夜になってやっと終わる。だからこの二十年は、その年月が含むあらゆる可能性の組み合わせを知るために必要だったと思えるだろう。監禁の目的と存在理由は、この計算そのものであり、壁に貼られた数字は徐々に未来と過去の闇にうもれていくようでもあれば、まったく耐え難い現在という時のきらめきに輝くようでもある。あまりに耐え難いのでこのきらめきは自分自身を否定しているのだ。

アルカモーヌにはカレンダーがなかった。彼の死せる生は、果てしなく続いた。彼は外に出たかった。脱獄も含め、素早くあらゆる手段を考えてみた。脱獄するには必要なものがあった。細々とした具体的なことにも気を配る必要があるが、アルカモーヌにはそんなことはできない。彼は監獄の中ではまぶしい存在なのに、娑婆ではさえない男なのだ(彼のきらめきについて一言言わせてもらおう。僕は荒くれ者たちを、俳優に、いや俳優が演じる人物に比べたい。この人物たちは、自分の演技を最高のものにしようとして、舞台とその幻想的な照明がもたらす自由を、あるいはラシーヌの君主たちのように物質的世界の外にあるものを必要とするのだ。この輝きは、彼らの純粋な感情の表現からやってくる。彼らには悲劇的になるための時間がたっぷりあり、必要なだけの実入りがある)。脱獄するには大胆さだけでなく、陰険で慎重であろうとするたゆまぬ意志が必要だが、僕が語ったあのきらめきのせいで、彼にとってそんな意志をもつことは難しく、不可能だった。器用さ、策略、喜劇といったものは、迫力ある個性をもつ人物には不似合いなのである。

というわけでアルカモーヌは、自分の幽閉期間を短縮するための唯一の手段として、死を考えるに至ったのだ。最初に彼はたぶん文学的な観点から死を夢想したに違いない。死をめぐって、アルカモーヌは「くたばったほうがましさ」と言ったか、あるいは他の囚人たちが彼にそう言うのを聞いたことがあったのだ。そして、彼の高邁な性格はさもしいことが大嫌いだったから、死の思いにみたされることが彼自身を高貴にした。それが唯一の実効的な方法で、死は親しいものとなり、絶対に必要なものとなり、こうして道徳的な配慮とは無縁になるのだった。この死の観念とともに、彼は親密で実際的な、まるでロマンティックではない調子で会話をした。しかし自分の死を予想するという深刻な行為を彼はまさしく深刻に行い、それについて語るときはさして力説する印象もなかったのだが、それでも彼の声が、幾分儀式的な雰囲気を纏《まと》うのがわかった。

自らに死を下す方法として、ピストルと毒物は避けなければならなかった。彼は高いところにある廊下から飛び降りることもできた……ある日、彼は手すりに近づいて這い上がった。その一瞬、空虚の淵に向かって身をかがめ恐怖に打ちのめされ、少し後ずさりした。ちょっとだけ腕を後ろに上げてはばたき、ほんの束の間、岩から飛び立つ鷲の動きをしたのだ。結局、眩暈に打ち勝って彼は振り向いた。おそらく床にばらばらになった自分の手足を思ってうんざりしたのだ。ラスヌールが僕にこの光景を物語ったのだが、彼はラスヌールに気づいていなかった。そのとき彼と廊下にいたのはラスヌールだけだったが、彼が後ずさりして壁の陰に隠れたので、アルカモーヌは自分しかいないと思ったのだ。

アルカモーヌは、彼にしてはかなり凡庸な行為を行うことを選んだ。そうすれば、自分の意志よりも強力な運命のしかけが作動して死ぬはずだった。彼はほとんど穏やかな仕草で、やさしく美男だったが横柄な看守を殺したのだ。この看守は二年の間、フォントヴローで、彼にはむしろ親切に接していた。アルカモーヌは、殺人から四ヶ月の間に気高く死ぬはずだった。人が塔を建てるように、彼は自分の運命を聳え立たせ、この運命に、大いなる荘重さを、屹立する孤独な塔の荘重さを与えなければならず、つまりは瞬間ごとにその運命を建設し続けなければならなかったのだ。そんな建設を目の前にしながら自分の人生を分刻みに築き上げること、それは同時に破壊を進めることでもあり、ろくな人徳を持つはずもないただの泥棒に、そんなことを期待すると途方もないとあなた方には思えるだろう。厳しく鍛えられた精神にしか、そんなことはできないと——。

しかし、アルカモーヌはかつてメトレーの少年囚として、分刻みに自分の人生を築き上げていたのだ。それは一人の人間が自分の人生を、一個一個、石を積み上げて築くようだったといってもいいだろう。彼は他人の攻撃にびくともしない砦を作り上げようとしたのだ。

彼はブワ・ド・ローズ［薔薇の林］に近づいた（ここからは殺人のいきさつについて聞いた話だ）。この看守は何も疑わず、殺されるなどとは露も思わず、ましてアルカモーヌに喉を掻《か》き切られるなどとは思いもしなかった。おそらくこの看守は自分が犠牲になり、理想化されヒーローになるなどということは受け入れがたかったはずだ。つまり、彼は死んだおかげで、三面記事というあの短い詩の題材になってしまったのである。

アルカモーヌがどうやってその看守と出くわしたのか、知るよしもない。とにかく彼は背後から看守に迫り、まるで後ろから抱きしめようとするように肩をつかんだ、ということだ。そんなふうに僕も友達を捕まえて、子供じみたうなじにキスしたものだ。（彼は右手に靴修理の作業場で盗んだ包丁を持っていた。）彼は切りつけた。ブワ・ド・ローズは逃げた。アルカモーヌは後を追った。追いついて肩をつかみ、今度は頸動脈を切った。すぐに離さなかった彼の右手に血が吹き上げた。アルカモーヌは汗だくだった。落ち着こうとしたが、たった一撃で自分の運命の頂点にたどり着き、前に少女を殺した瞬間に戻ってしまったことに、とことん苦しまねばならなかった。このあまりにも大きな不幸から彼を救い出す慰めがあるとすれば、彼が最初の殺人のときとは別の仕草で、この最後の殺人を成し遂げることができたということくらいだった。まったくの繰り返しを避けられたのだから、不幸にがんじがらめにはなっていないと彼は感じた。いつも同じやり方で殺す殺人者の苦しみはあまりにも無視されている（ヴァイドマン[20]がうなじに撃ち込む銃弾、等々）。困難な新しい仕草を工夫するのは、実に骨のおれることなのだ。

20 『花のノートルダム』の冒頭に出てくる実在の殺人犯で、ウジェーヌ・ヴァイドマンのこと。一九〇八年生まれのドイツ人で、パリ周辺で連続殺人を犯し、一九七三年、警官隊との銃撃戦の末、負傷して逮捕された。ギロチンによる最後の公開処刑にかけられたことで知られる。『花のノートルダム』（中条省平訳、光文社古典新訳文庫）の九ページを参照。

彼は汗だくの顔を拭こうとしたが、血まみれの手が顔を朱に染めてしまった。この場に居合わせたのは僕の知らない囚人たちだった。彼らは殺人が犯されるままに放っておき、ブワ・ド・ローズが死んだことを確信してから、アルカモーヌを取り押さえた。最後にアルカモーヌは実に難しいこと、この殺人よりもずっと難しいことを夢想しながら気を失った。

岩から切り出された石を、一つひとつ積んで自分の人生を作り上げる男たちの手で建設され、数え切れない残酷な行為によって美化され、メトレー少年院は輝いていた。それはいま、その存在を包み込む、ほとんど途絶えることのない秋の靄《もや》の真っ只中にあり、僕たちの住処《すみか》を包み込んで、すべてが枯葉の色をしていた。僕たちは監獄の粗布の服を着た枯葉であり、悲しみにくれて行き交い、ずっと黙ったままでいた。軽い憂鬱が僕たちの周りに漂っていた。軽いのは量が足りないせいではなく、もともと重さがないせいだ。太陽が照っているときでさえ、僕らの天気は灰色に染まっている。僕たちの内面の秋は人工的で恐るべきものだ。なぜならそれは途絶えることがなく、移ろうこともなく、美しい一日の終わりでもなく、厚い壁、粗布の服、臭気、こもった声、人を避けるまなざしなどからなる靄の中に閉じ込められ、恐ろしいほど不動の状態が続くからだ。

同じ悲しみに包まれていても、メトレーは輝いていた。それをまざまざと描写する言葉が見つからない。大地から持ち上げられ、雲に運ばれ、昔の絵に描かれた要塞都市のように空と地の間にぶら下がり、永遠の昇天を開始するメトレーを。メトレーは魅惑的な顔と体と魂を持つ子供たちでいっぱいだった。僕はこの残酷な小世界の中で生きた。昇天して空の頂に浮かぶ少年たちのカップルがいた。麻のズボンの下にはちきれんばかりの腿。荒くれ者と開けっ放しのズボンのチャック、そこからは、むっとするような薔薇茶の香りがもれてくる。そして藤が夕方の闇に沈んでゆく。幼い子供が地面に膝をつき、狙いを定めるようにして木々の間を通る娘を見ようとしている。別のガキは自分のベレー帽について喋ろうとするが、むしろ立派なハンチングを夢見ながら言うのだ。「僕のデッフ、僕のバッシュ、僕のグリベル」[21]。子供だったアルカモーヌは、まるで王子様のようにはにかんでいる。眠りの中に突如ラッパの音が響き明け方の扉が開かれ、遊戯の許されない中庭に出る（そこでは冬の間も雪合戦ひとつ

21　それぞれ鳥打帽を意味する俗語。

できないのだ）。その代わりにあるのは陰険な悪だくみ、子供の背丈までタールを塗られた食堂の壁（なんという腐り切った精神だろう。いったいどの所長が優しげなふりをして食堂の壁を塗り込め、いかにも繊細なふりをして、牢獄の内壁をまっ黒に塗ることを考えついたのか。メトレーに来る前にほとんどみんなが滞在したプティット・ロケットの独房の壁にしても、二等分して白と黒で塗ることを誰が思いついたのか）。獄舎ではコルシカ島の弔いの歌が独房から独房へと鳴り響く。破れたズボンから、心を引き裂くような美しい膝がのぞく……。

そして四角い大広場に咲く花々の間には帆船の遺物がおいてあり、施設に閉じ込められている悲しさゆえに、僕は夜になるとそこに避難場所を求めた。かつて帆船にはマストが立ち、帆をつけて艤装《ぎそう》され、薔薇の間で風にそよいでいた。そして少年囚たちは（彼らはみんなメトレーを出ると海軍に行った）海軍に属した元軍人の命令を通じて、船乗りの作業を学んだものだ。一日のうち何時間か、彼らは少年水夫に変身した。そして少年院では甲板員、当直、副艦長、フリゲート艦（この語は捕食性の軍艦鳥、そして稚児などを意味する）といった用語が受けつがれていた。彼らの言葉遣いや習慣には、長い間この作業の痕跡が残っており、少年院を走って回ったものは、それがアンフィトリット[22]のように海から生まれたと思うだろう。この言葉遣いと受けつがれたしきたりは、たちまち僕たちが出自について幻想をたくましくする糧になった。なぜならそれは実に古い言葉遣いであり、ここの少年囚たちが何世代かかけてでっち上げたものとは違っていたからだ。

これらの子供たちは言葉を発明する驚くべき力を持っていたのであるが、それは物事を指し示すための突飛な言葉ではなく、子供たちがいつも繰り返す言葉のことで、彼らは一つの言語をそっくり発明していたのだ。実際的な目的で発明されてきた少年囚の言葉は厳密な意味を持っていた。「引きはずし」は「言い訳」という意味だった。「引きはずしにしては悪くない」というように使った。「食ってかかる」は、「文句を言う」という意味だった。他は忘れてしまったので、後でまた触れることにしよう。ただこれらの言葉が、いわゆる俗語ではなかったことは強調しておきたい。メトレーの子供たちがそれを発明し、やがて使い果たしたのだ。中央刑務所にせよ流刑地にせよ少年囚の語彙《ごい》に、いまはもうそんなものは見つからない。比較的新しいこれらの言

22 ギリシア神話の海の神「ポセイドン」の妃。アンフィトリテ。

葉は、本当の貴族が古くから使っている言葉と一緒になって、僕たちをますますこの世界から孤立させた。僕たち自身が古い時代に水没をまぬがれた大地、一種のアトランティスのようなもので、神々からじかに教わった言語を保存していたのだ。僕は水夫の世界、監獄の世界、冒険の世界のように、実体はないが栄えある勢力を神々と呼びたい。神々によって僕らの生全体が支配され、僕らの生は神々から生きる糧《かて》と命そのものを引き出すのだ。海軍の用語である帆桁《ギー》という言葉でさえ僕の中に混乱を引き起こす。これと同じ名を持つかっての友達のことを考えると僕は解放されるが、ギーが遠くの海からやってくるという思いに襲われると困惑し、胸が高鳴るのだ……。

舞台の上で悲劇が最高潮に達したとき、役者は速まった呼吸で胸をそらすように見える。彼らは加速されたリズムで演じなければならず、たとえ台詞《せりふ》回しは遅くなり、彼らが穏やかに演じつつ嘆きを表していても、声調は逆に速まるように感じられる。そしてこの技巧の虜になった観客も、同じ変化を自分の内に出現させる。そのような変化をおのずから感じないときには、観客はその変化を自らのうちにかきたて、もっと深く悲劇を味わおうとする。彼らは口を半開きにし、呼吸を速め、感極まる。ギーを想い出したあとで、ビュルカンのもっとも甘美な瞬間を、彼の本当の死を、夜ごと秘かに想像した彼のさまざまな死や、彼の絶望、彼の失墜、それゆえに聳え立つ彼の美を思うとき、僕はベッドの上でじっと胸を膨らませ、呼吸を速め、口を半開きにし、この胸はあの少年が生きている悲劇に向かって上昇していくように思われる。——なぜなら僕が言ったとおり、その美は彼の顔に表れた邪悪な混沌によってもたらされるのだから——結局、僕の血液循環のリズムは加速され、僕はより速く生きるのだ。つまりこれらすべてのことは実在するように思えたが、実際には僕はその場を動かなかったはずで、ビュルカンがもっとも高貴な姿勢をしているときの彼のイメージを前にして、僕が現に見ているのは、むしろ僕の心象であり、僕のイメージの一つにすぎないのだ。

こうしてビュルカンはますます僕を虜にしていた。彼は僕の中に深く入り込んだ。おそらく僕の目が歌いあげる歌によって、また同じく僕が彼に贈るものによって、ずっと前から彼は僕の愛を悟っていて、この愛の告白は見え透いていたのである。彼は僕らを取り巻く世界からまったく孤立しているように思えたし、アルカモーヌの状況の奇妙さばかりか、アルカモーヌが現にここにあって僕たちの間に実在していることさえ知らないようで、これに心を動かされることなどないようだった。僕、そして理由は違うがディヴェールを除いて、誰もアルカモーヌのことで動揺してはいなかったのだ。

やけに暑い縫製作業場の前を通りかかると、ときどき僕はボッチャコに出会ったが、彼は中国の処刑人のように、上半身裸で実に気高く見えた。要するに血というものは、血を流した者を尋常でないほど高めて純化するのだ。殺人によってアルカモーヌは一種の純粋さに到達していた。猛者たちの権威など、いかがわしいものでしかない。あいつらはまだ勃起するが、その筋肉はただ肉でできているにすぎない。ところが殺人者の性器と肉は光でできているのだ。僕は彼のことをビュルカンに話した。

「アルカモーヌに会ったことはある?」

「いや」

彼は無関心な表情で、この質問には何の意味もないかのように付け加えた。

「それで?　おまえは?」

光がともって、彼は突然、光の最も純粋な精髄のように見えた。日が暮れると、午後の四時には明かりがともされた。中央刑務所はまるでこの地上のものでない目的をめざして活動を開始するように見えた。スイッチを一押しするだけでよかったのだ。

その直前は薄暗闇で、人間たちはただの物であり、物体は押し黙って盲目だった。明かりがともると、その直後には物も人も当面の問題に立ち向かう独特の知性となり、問題が出される前にもう解決に向けて動き出していた。

階段は姿を変えた。階段というよりむしろ井戸のようになった。（全部で三つある）それぞれの階段には正確には十四の段があり、白い石の段は真ん中がへこんでいた。看守たちは滑り止めのついた靴でも滑るので、壁に触れながらひどくゆっくり降りるしかなかった。壁といっても、正確にいえば仕切りだった。黄土色に塗られ、落書きやハートやペニスや矢印などで飾られ、熱情的というよりも投げやりな感じで、爪先で素早く刻まれ、看守の命令で助手たちがすぐにそれを消していった。黄土色は肘《ひじ》や肩の高さまで塗ってあり、低いところはひび割れていた。踊り場の真ん中に電球があった。

明かりの中で僕は答えた。

「おれかい？　会ったことがある。メトレーで仲間だったんだ」

これは嘘だった。明かりの下で、僕の声は虚《うつ》ろに響いた。メトレーで僕たちが友達だったことはない。すでにアルカモーヌは、やがて彼に頂点をもたらすある種の栄光に包まれていたので、ほとんど尊大な沈黙を保っていた。僕が思うに、実は彼は、考えることも話すこともできなかったのだ。しかし、一つの詩をかもし出すありように、その理由を求めても何になろう。ビュルカンは片方の手でズボンをあげ、もう一方の手を腰においていた。

「ほんとか、やつもメトレーの出身なのかい?」

「そうだ」

彼はそれ以上の好奇心を示すこともなく、立ち去った。

そして僕は、自分の選ばれた神を裏切ったことを、初めて恥ずかしく思った。ビュルカンが僕に最初の書付をよこしたのはあくる日だった。彼のほとんどすべての手紙はこう始まっている。「青二才のヤクザへ」。僕がこの表現に魅力を感じていたことに彼が気づいていたとすれば(現に気づいていたのだが)、それを察知するには、僕を前にして、僕の顔、あるいは身ぶりの中に、満足を示すしるしや癖を嗅《か》ぎ分ける必要があった。ところがそんなことはありえなかった。僕が彼の手紙を読んでいるところに彼が居合わせることはなかったし、僕はそんなことを彼に白状するほど酔狂ではなかったからだ。

まだ名前も知らないうちに、彼に最初に話しかけようとしたときのことだ。彼が宝石泥棒で捕まったことを思い出した。それで僕は彼を呼ぼうとしてこう言った。

「よう……よう……宝石《ビジュー》！　よう……よう……宝石《ビジュー》！」

彼は振り向いた。表情が輝いていた。僕は言った。

「すまん。あんたの名前を知らないんだ……」

彼は素早く小声で言った。

「そのとおり、おれを宝石と呼んでくれ。それでいい」

それから宝石と呼ばれて自分が喜んでいることを僕に気づかれないように、彼は即座に付け加えた。

「こんなふうに呼びあえば、看守は誰が喋っているかわからんからな」

少しあとで僕はビュルカンの名を知った。彼があまりにゆっくり歩くので看守に呼び止められたときのことだ。そして僕は彼の写真の裏側に、ロベールという彼のファーストネームを見たことがあるのだ。彼がその頃、ピエールではなくピエロと呼ばれ、後にはビジュー（宝石）と呼ばれていたことに、僕でない他人なら驚いたことだろう。しかし、僕は驚きもしなければ、いらつきもしなかった。ヤクザは名前を変えることを望み、自分のつけた名が原形をとどめないほど変形するのを好むものだ。ルイは今ではルルになったが、十年前はプチルイであり、やがてティウィとなったのだから。

僕はすでに名前の力について語った。マオリ族の習慣では、たがいに尊敬し讃えあう二人の酋長は、名前をやりとりする。ビュルカンがピエールとロベールを交換し、やがてピエロになったのも多分同じ現象なのだ。果たしてピエールとは誰だったのか。彼が僕に不承不承ほのめかしたエルシールのことだったのか。あるいは、ヤクザものは自分の名を省略するのが習慣だから、ロベールでは格好がつかず、ピエールからピエロという名をとったのか。それにしてもなぜピエールだったのか。

若さのせいで、彼の幼稚な喜びは新鮮だったが、「青二才のヤクザ」と呼ばれて喜んだ僕は、同じ喜びをあらわにするわけにはいかなかった。だから、この言葉を友情を込めて発音するときに味わう軽い陶酔を、彼自身こそ感じるべきであった。「青二才のヤクザ」とは、僕にとってガキのうなじをなでる大きな手のようなものだったのだから。

僕たちはまだ階段の踊り場の暗闇にいた。僕はこの曲がった階段とそこにできた暗闇を、どんなに熱く歌い上げても足りないだろう。野郎たちはそこに集まった。裁判官が常習犯と呼ぶ荒くれ者たち、黒ネクタイたち（なぜそう呼ぶかというと、ほとんど全員が重罪院に行き、公判のため食堂で売られている黒いネクタイをつけたことがあるからだ。重罪院の公判は軽罪裁判所よりも荘重な儀式なのである）。自分たちから目を離さない看守どもも、そして密告しかねない腑抜けたちから、ほんの一瞬避難して――密告をしかねないのは、ただの浮浪者なんかではなく、むしろ本物の荒くれ者なのだが――彼らは脱獄の計画をたてる。過ぎた人生や人生の大事件のことは、ベッドで、あるいは独房やニワトリ小屋のあいだで話すためにとっておかれる（共同寝室は広大な部屋で、向かい合わせに二列に並んだ狭い独房には一つのベッドしかなく、レンガの壁で仕切られ、金属の網で覆われて格子がはめてあった。だからみんなはニワトリ小屋と呼んでいた）。

最初の晩、見回りが済んだとき、驚くほど優雅な声が奇妙な祈願をするのを聞いた。「おお、石のようにかたい女、獰猛な女、おお、心を焦がす女、おお、僕の蜜蜂たちよ。俺たちを見守ってください！」。重々しく熱情的な声のコーラスが、声の表現する魂の底まで感極まって、これに応えるのだ。「アーメン」と。

孤独に鳴り響く声は悪党ボッチャコの声だった。彼がこの祈りを自分の使うペンチ、バール、楔に捧げた後、寝室の強盗たちがそれに応えたのだ。この祈りは、おそらく一種のパロディーを演じようとしていた。なぜなら合唱の間に、別のヤクザたちはさらにお道化《どけ》たことを言ったからだ（ある声は、「てめえの獲物をもってこい」と言い、また別の声は、「てめえの尻をもってこい」などと言うのだ）。にもかかわらずこの道化ぶりは深く重々しかった。

僕は身も心も、パリの僕の部屋でじっと震えている僕のペンチを想って集中した。この震えによって僕の部屋の一角は、少しあいまいになりヴェールに覆われたようだった。まるでこの震えが金色の靄のようなものを立ちのぼらせ、それがペンチの後光となったようだ。数々のイコンはこんなふうに後光に包まれた支配者の錫杖《しゃくじょう》を描いている。ついにペンチは僕の怒り、たけり狂う男根のように震えるのだ。

ビュルカンは僕が彼の短い手紙を受け取ったかどうかたずねた。

「いや、何も受け取っていない」

彼はあわてたようだった。看守の助手に手紙を託して僕に渡そうとしたからだ。僕は何が書いてあったのかたずねた。

「何かほしいものがあるのか？」

「いや」

彼は言った。

「そうか？　じゃあ手紙の中身は何だったんだ」

「なんでもないよ」

彼は困っているようだった。僕には彼の困惑ぶりがわかったが、その困惑にはわざとらしいところがあった。むしろ僕のほうに彼にもっとしつこく質問してほしかったか、あるいは他に質問をするまでもなく僕に悟ってほしかったのだ。とにかく、僕はこだわり続けるしかなかった。僕たちは面と向かい合いながら、そのとき唐突な身ぶりの裏に深く隠された互いの臆病さに気づいた。この臆病さがこの瞬間の本質だった。というのも、臆病さが僕の身ぶりから削げ落ちたとき、ただ臆病だったことだけが記憶に残ったからである。僕はこだわり続けた。

「何もないのに、なぜ手紙をくれたんだ？　説明になっていないぞ」

「俺なりに友情を表そうとしたんだよ……」

こう言われ、僕は自分の愛情が露見しそうになる危険な状態にあることを覚《さと》った。

ビュルカンは僕をからかっていたのだ。僕はもてあそばれていた。僕の性格の底には、意地悪さと同居する特別な傾向があるのだが、これについて一言いっておこう。哀れにも僕は意地悪だった。他人の富をうらやんで、優しさを欠いたこの感情のおかげで、自分自身を破壊し、消耗していた。しかし、ほんとうは善良であることを望んでいて、善意が授けてくれるあの優しさ、あの落ち着きを感じたくて、豊かになりたかったのだ（誰かに贈与するためではなく、自分の性格がお人よしで穏やかであるように、豊かで善良になるということだ）。僕は善良であろうとして泥棒したのだ。

自分の心の秘密をあらわにしかけて開いた扉を、今度は閉じようと、僕は最後の努力をした。このときの僕は、危うくビュルカンに侵入されそうになっていた。僕は征服された国のようで、上に乗られ、蹴りを入れられ、拍車をかけられ、鞭打たれて、ビュルカンを口汚く罵倒するところだった。というのも自分を愛《め》でる男に対してガキが持つ感情は、決して優しいものではないからだ。だから僕の答えはきつかった。

「友情だって？　あんたの友情なんか知ったことじゃない」

彼は突然おろおろした。視線が厳しい硬度を、刃のような鋭さを失った。彼は一語一語いいにくそうに発音した。動揺していた。「ありがとう、ジャン。おまえは親切だな……」。僕はたちまち自分の意固地な態度を恥ずかしく思った。それは「僕をものにした」ばかりの相手に対する意地悪であり、復讐だったからだ。

光に照らされた夜の中央刑務所に着いたので、僕はこの物語を語っている間も、一種の集中を保ち、そして日中でも、おぞましいクリスマスの夜を生きなければならないことに驚きを感じる。ビュルカンは優雅で親しい生けるキリストであったかもしれない。僕は万事が停止し、ひっくり返ってしまうのを心配していた。自分の吐いた毒々しい言葉を取りつくろいたかった。それで片手を彼の肩において言ったのだ（これは僕が初めて見せた友情の身ぶりで、このとき初めてビュルカンに触ったのだった）。

「おいらのピエロくんよ、考えすぎだよ。僕があんたに優しくするのは、僕らが二人ともメトレーにいたからさ。メトレーのせいで優しくしてるんだ。あんたは望みどおりにダチ公を持てばいい。友情を結べばいい……」

しかし僕が言おうとしていることは僕にとって辛《つら》すぎることだった（いまでもそれを書くのは辛いからだ）。それはあまりにも直接に僕の愛にかかわり、結局ビュルカンが僕の愛を知らないまま放っておくことになり、彼が望むままに誰かを愛することを許してこの愛を危険に晒すのだ。突然の苦しみに引き裂かれ、僕の魂はむき出しになった。僕は言った。

「僕があんたを好きでも、かまわないでいいんだ」

彼は僕の両手をとって言った。

「ジャン、かまうとも。放ってなんかおかないよ」

「いいや」

僕は震えていた。ミサは終わろうとし、オルガンは沈黙しようとしていた。しかし幼い歌声が賛美歌を歌い続けていた。彼は言った。

「放っておかないよ、ジャノー。もっと僕のことをわかってくれよ」

この言葉で僕は希望でいっぱいになった。

僕たちはもう友であり、僕のほうから彼にもう一度手紙を送ってくれと頼んだ。僕は降参していた。こんなふうに愛の手紙の交換が始まって、僕たちは自分らのこと、強盗の計画、とてつもないお手柄、そしてとりわけメトレーについて語り合った。用心のため彼は最初の手紙にこう署名してきた。「読解不可能」。だから僕はそれに答えて「僕の読解不可能君へ」と始めたのだ。ピエール・ビュルカンは僕にとって解明不可能な存在だった。いつも階段で僕を待ち、僕たちはそこで紙切れを交換した。こんなふうに振る舞うカップルは僕たちだけではなかったが、僕たちは悩ましいほどに興奮していた。フォントヴローは、要するにこんな素早いやり取りで満たされ、そのせいで中央刑務所は、たまりにたまったため息のせいで、はちきれんばかりになっていた。フォントヴローではかつて恋に夢中になった尼僧や、神の娘たちが、情夫や荒くれ者に姿を変えて復活していたのだ。

さまざまな運命が語り草になるだろうが、ここで僧院や大修道院における運命の不思議さに注目しよう（囚人たちは大修道院《アベイ》のことをミツバチ《アベイユ》と呼ぶ）。それはつまり監獄、とりわけ中央刑務所のことでもある！　フォントヴロー、クレールヴォー、ポワッシー……これらの場所が男か女か、どちらかの性の共同体だけを受け入れたのは、神の望みによるのだ。囚人と同じ粗布を着た坊主たちが、そこで石を彫刻した時代が過ぎたあと、こんどは囚人たちが、自分らの大袈裟な身ぶり、仕草、呼び声、叫びあるいはその調子、嘆きの歌、自分らの唇の音なしの動きなどを、あたりの空気に刻みつける。彼らはそうやって空気を痛めつけ、苦痛を彫刻するのである。

これらの僧院はすべて本物の富を所有する君主や殿様のものだった。人々は魂を持ち、自分の最良のものを魂に与えた。彼らは木材を彫り、ステンドグラスを描き、石を切り出した。だが君主たちは自分の城にある部屋に、聖職者の椅子や内陣の仕切りや、色とりどりの木製の彫像なんかを集めたりはしなかった。今日ではもうフォントヴローからも、宝石や木でできた宝物は消えている。高貴さに欠け、本来の魂を身につけることができない連中が、自分の住処《すみか》を飾るために、それらを買っていったのだ。しかし、中央刑務所はもっと輝かしい別の淫蕩に満ちている。それは二千の囚人の暗黒舞踏であり、彼らは呼び合い、歌をうたい、勃起し、苦しみ、死に、たけり狂い、唾を吐き、夢を見、愛し合うのだ。

そして彼らの間にディヴェールがいた。懲罰房行きの処罰者のリストの中に、僕は彼の名を見つけた。こうして僕は、ずいぶん長い間メトレーの少年囚の心を虜にしていた男を見出したのである。そもそも彼の不在そのものがあってはならないことで、僕という少年囚の頭は彼のことでいっぱいだった。すでに語ったように、肥桶の上に座っている彼に気づいたとき、僕はおのずから彼の姿をアルカモーヌの死刑と結びつけたのだ。

しかし、ディヴェールとは、この殺人犯について一言も話さなかった。まったく話さなかったのだ。というのも、彼と好きなように話せるようになったときには、彼らのあいだに辛い関係があったことを、僕はすでに知っていたからだ。誰もその詳細を知っているわけではなかったが、それをめぐる気詰まりは刑務所全体に伝染していた。そして、このことについては、どこでも皆が沈黙を保った。沈黙はあまりに完璧なのでみんなを不安にした。なぜなら、僕らの刑務所に例外的に重要な出来事が起こり、それについて皆がうわさし、考えているのに、ディヴェールと僕はそれについて黙っていたからだ。ところが、おそらくそのことが、僕たちの結束をこのうえなく固め、確かなものにしたのだ。この沈黙は育ちのいい連中が、客間で突然、音のない放屁の臭いを嗅いだときに守る沈黙に似ていた。

脱走したディヴェールがメトレーに戻ってきたとき、僕は彼に大袈裟に紹介されたものだ。運命が何かをしでかそうというときは、何でも口実になり、みんなが集まって儀式が行われる。そして、運命はそういうことにもはや逆らわないのだ。

メトレー少年院に着いたとき、僕はちょうど十五歳を十七日過ぎていた。僕はプティット・ロケットから来たのだ。最近では、フォントヴローのガキたちは、リッス通りからやってくる（サンテ刑務所の第九班と第十二班の廊下を僕たちは「リッス通り」と呼んでいる。そこに青二才たち——未成年の獄舎があったのだ）。

到着してからまもなく、ある夜神経に障る出来事があって、確か自分が図太い、家族の長にふさわしい男であることを見せつけようとして、僕は食堂でスープ皿を投げつけた（少年院で家族的な関係を形成する「班」については、後で書く）。この所業のせいで、たぶん僕より強い猛者たちも、僕に一目置くことになった。しかし僕はすでに精神的な勇気によって目立っていたのだ。こんなことをしても殴られはせず、規則どおりに処罰されるだけであることはわかっていた。しかし、あえて別の少年囚と喧嘩しようとは思わなかった。攻撃を受けるのを恐れたからだ。その上、敵意にあふれた視線を浴びせてくる若者の間で、自分が新人であると気づいてはっとするときには、誰でも凍りついてしまうものだ。ビュルカン自身も、僕にそれを白状した。彼は到着した初日にいじめを受け、一月《ひとつき》経ってから、ようやく仕返ししようとしたのだ。彼は僕に言った。

「とつぜん喧嘩ができるとわかったんだ。とにかく息が詰まりそうだったんだ。僕は陽気になった。息を吹き返した！　自分のことがわかるためには、ただやってみるだけでよかったんだ」

敵を殺すとか、無茶苦茶にしてやることは不可能だから、僕も到着した当初は、喧嘩しないように我慢した。相手に苦痛を与えるために戦うのはこっけいなことに思えた。相手を辱めればこちらの気は済んだかもしれないが、たとえ相手を支配することになっても、相手はちっとも恥に思わなかっただろう。というのも、勝利者はほとんど栄光など手にしないからだ。ただ戦うという事実だけが貴いのだった。死を覚悟することではなく、戦うことが重要で、そのほうがより美しいことだった。今どきの兵隊は、ただ死ぬことを覚悟しているだけで、思い上がった連中が、兵士の男っぽい衣装を、あらゆる種類の仰々しい服装を身につけている。

ビュルカンを威圧するには精神的勇気では足りなかった。彼にはそんなものは通じないことを、僕は彼の手紙から感じとった。最初の手紙は驚くほどやさしかった。彼は僕に、メトレーについて、ゲパン神父について語った。そして僕は彼がほとんどいつも、畑で作業していたことを知った。ここに僕が保存している二番目の手紙がある。

親愛なるジャノー

うれしい手紙ありがとう。でも僕のほうは君みたいに立派な手紙を書けなくてごめんよ。僕にはそんな教養が身についてない。メトレーでゲパン神父に教わることができなかったんだ。君もあそこに行ったんだからわかっているよな。だからゆるしてくれ。でも本当に僕が君に共感していることを信じてくれ。そしてもしできることなら、僕は君みたいな若者と、大らかな、すごく大らかな考えをもつ風来坊と一緒に出て行きたいんだ……。

僕が君と同じ気持ちを持っていることを信じておくれ。年の差は問題じゃない。それに僕はガキなんか好きじゃない。僕は二十二歳だけど、十二歳のときからずいぶん長く生きてきたから、人生がわかってきた……僕は食べるため、煙草を吸うために、持っているものを全部売りはらった。というのも僕の年では粗食で生きることは難しい……。

親愛なるジャン、君を笑っているなんて、よもや思わないでくれ。僕はそんなやつじゃない。気さくで、何か言いたいときは誰にも遠慮しないんだ。それに僕はたくさん苦しんできたから、君の友情をあざけるなんて、とてもできない。この友情は間違いなくまじめなものだ。

彼が強調しようとした幾つかの言葉は、括弧《かっこ》に、あるいは引用符にかこまれていた。[23]

僕が最初に思いついたのは、俗語的な言葉や表現を引用符に入れるのは滑稽だと知らせてやることだった。というのも、そんなことをすれば、かえってこうした言葉が国語に採用されることが妨げられるからである。しかしビュルカンにそれを言うことを、僕は諦めた。彼の手紙を受け取ったとき、そんな括弧を見て僕は少し身震いした。最初それは、軽い不愉快な恥ずかしさから来る震えだった。後になって、そして今読み返しても同じように震えるのだが、僕の中に起きた得体のしれないほんのわずかな変化のせいで、今はそれが愛の震えだということはわかっている。それはおそらく最初にこの震えと共にあった「恥ずかしさ」という言葉のせいで、甘美でもあり感動的でもある。これらの括弧、これらの引用符は、腰の窪みのあざや、太腿の黒子《ほくろ》のようなもので、僕の友は、それによって彼自身がかけがえのない存在であり、傷を負っていることを示していたのだ。

ほかに目立ったのは、手紙の最後にあったキスという言葉だった。それは書いたというよりも、ただ紙を引っかいたもので、文字は形をなさず、ほとんど読めなかった。

23　手紙の原文には括弧、引用符ともに書かれていない。

何かの影に驚いて後足で立つ馬のような感じがした。

彼はまた自分のやった強盗、娑婆での仕事、それに対する愛着について僕に語りながら、彼がいま飢えているということを、実に巧妙にわからせようとした。

僕たちは戦争のせいでみんな飢えている。戦争のニュースははるか遠くからやってきて、まるで昔のことのように思われるが、食物の配給は半分になり、みんなが実にとげとげしい闇取引にあけくれている……。

戦争だって？ 平らな野原――九月の薔薇色の夕べの平野で、みんなが小声で話し、こうもりが飛んでいく。はるか遠くの国境では、兵士たちが息絶え絶えになり、夢にうなされている。

ところが僕のほうは、誰の目にもぎらぎらして見えただろう。監獄に慣れたせいで、何とか工面して、割り当ての倍の食料にありついていた。何人かの看守から、切手と引き換えにパンや煙草を買った。ビュルカンは、僕がどんな小細工をしているか知らなかったが、僕の豊かさを嗅ぎつけていたのだ。わざわざ頼みはしなかったが、彼はパンをほしがっていた。前に階段でシケモクをせがんだとき、彼は粗布の上着をはだけて、手を横腹に当て自分がどれほど痩せているかを見せつけた。そのとき僕は刺青に気がつき、あまりにびっくりして、軽蔑を覚えたのを隠すのに精一杯だった。丸い形に彫った鷲に見えた刺青は、実はあばずれ娘の顔で、髪が左右に二つの羽のように散らばっていたのだ。だから彼の手紙の中に、ほとんど露骨な飢えの表現を読み取ったとき、僕はさらにがっかりした。今度は見え見えの軽蔑をひた隠しにしようと努力した。みんなが飢えているし、ヒモたちのうち一番いかつい強面《こわもて》でさえも飢えにさいなまれていること、中央刑務所で一番辛い瞬間に自分が立ち会っていることを思った。というのもグロテスクなほどの肉体的苦痛のせいで、ここではふだんの雰囲気も悲劇的な極みにまで達していたからだ。

僕はさらに考えた。利益目当ての関係にも友情がないわけではないと。それでピエロに辛く当たるかわりに、僕は自分に言い聞かせた。彼は若いし、彼の若さそのもの、彼の若さだけがパンをほしがっている、と。あくる朝、僕は友情を表す言葉を添えてパンの塊りを彼に贈った。パンを差し出し、彼に微笑もうとしたのだ。何も言わずに贈り物を手渡すほうがデリケートだろうと思い、優雅に、さりげなく振る舞おうとした。しかし、愛情のせいで動作が鈍重になり、僕はぎくしゃくしたままだった。一つひとつの動作がかぎりなく大袈裟になった。そんなことを望んでいない動作さえも、必要以上に尊大になったのだ。僕の表情はひきつり、自分の意識に逆らう身ぶりをしながら荘重なしかめ面をこしらえた。

少しあとで彼は、僕のベレー帽をほしがった。

「あんたのベレー帽を見ると興奮するんだ」

彼は言った。それで僕は、彼のものと交換した。あくる日には、今度は僕のズボンがお目当てだった。

「あんたのズボンを見ると勃起するんだ」

彼が目くばせするので、僕はとても逆らえなかった。そして階段で僕たちは素早くズボンを脱いで交換した。通りかかる仲間たちは薄暗がりに僕たちの裸の足を見ても驚きはしなかった。こうして飾り気なしの付き合いを装っているうちに、実際にまったく飾ることがなくなり、僕はほとんど外見にかまわない腑抜けの状態に達しようとしていた。そして新たなへまを、しでかしたところだった。

手紙の交換は習慣になっていた。僕は毎日彼に手紙をわたし、彼も僕によこした。彼は手紙の中で喧嘩や、喧嘩っ早い連中のことを褒め称えて語るのだった。刺青の鷲が女に変身するのを見たあとだったが、実は顔立ちからうかがえる以上に、男らしいやつではないかと思うようになった。僕は精神的な勇気にだけ着目することを避けなければならなかった。その結果、肉体的勇気を見失ってしまいかねないからだ。

ディヴェールのことにもどろう。

メトレーで、例のスープ皿の件で僕は処罰され、二週間、主に乾パンにしかありつけなかった（四日間の節食、スープとパン一切れだけの一日の繰り返し）。しかし一番重大な宣告が下されたのは、この所業のあと、親分格や別の少年囚たちが、僕がディヴェールに似ていると言ったときだ。外見が、ということらしい。少年院のみんなが、まだあのお祭り状態のまま頭がいっぱいだった。彼が僕たちの間にいたからだ。そしてディヴェールが誰なのか知りたいと思ったとき、みんながそいつは悪党で、ならず者で、十八歳の与太者だということを知っていたので、僕はそれ以上彼を知ることもないままたちまち彼を祝福した。彼の名がディヴェール[24]であるということは、地上の、そして深夜の夢のような性質を彼に与え、それだけで僕はうっとりした。なぜならふつうはジョルジュ・ディヴェールとかジュールまたはジョゼフ・ディヴェール

24　ディヴェール（divers）は、「いろいろな」「変化に富んだ」を意味する形容詞でもある。

とかいう名前はありえないのであって、この名前のユニークさのせいで、子供の流刑地に送られるやいなや、彼は栄光に包まれたかのように王位についたからである。

この名は堂々とした短く尊大な異名であり、ほとんど黙契であった。こうして突風のように彼は世界を、つまり僕を征服したのだ。そして彼は僕の中に住みついた。そのときから僕は、妊娠したようにそれを楽しんだ。カルレッティが僕たちが獄舎で二人きりになったある日、僕に言ったのだが、彼はまさに僕と同じことを経験したのである。

監獄で、ある朝(目が覚めたとき、彼の意識の中で人格はまだ夜に溶けたままだった)、彼は同じ獄舎にいた、たくましい水夫の青いズボンを素早く穿いた。このズボンは彼には大きすぎたのだが、まるで神々に決められたように不器用に生まれついた看守が、その水夫の服を(夜には扉にかけてあるので)、彼の服とまぜこぜにしてしまっていたのだ。「僕はその水夫の稚児だったんだ」とカルレッティは言った。

僕にとって不可視のものを捕まえる手がかりになるもの、目に見え、手でつかめるざらざらしたものは、このディヴェールという名前しかなかったので、互いの名前に使われている文字を入れかえ変形して僕の名前にはめこもうとした。監獄、特に中央刑務所は、ものごとを軽くすると同時に、重々しくもする場所である。監獄に触れるものは、人間も物もすべてが鉛の重さを持ちつつ、からまる蔦《つた》のような気味の悪い軽さを持つのだ。すべてが重々しいのは、あらゆることが実にゆるやかな動きをしながら、不透明な要素の中に沈みこむからだ。つまり、そこではすべてが重すぎて「沈下した」のである。生者たちから切り離されるという恐怖をかきたてられ《プレシピット》る。この言葉は断崖絶壁《プレシピス》を思い起こさせるのだ（監獄に関する多くの単語が墜落を、まさに墜落そのものを思わせることも言っておこう）。

囚人の発するたった一言が、僕たちの目の前で彼を変容させ変形させる。ディヴェールに広間で再会したとき、彼は屈強そうなやつに向かってこう言っていた。

「強そうな振りをするなよ」

相手はのんきに答えた。

「おれの腕は6-35[25]だぜ」

この言葉によってたちまち目の前でこの相手は処刑人に変身し、ディヴェールは犠

25 ブローニング製ピストルのことか?

牲者になる定めとなった。僕がメトレーに着いたときに聞かされたところでは、ディヴェールはその前オルレアンの監獄にいたのだ。メトレーから脱走したあと、憲兵がボージャンシーで彼を捕まえたが、逃亡した少年囚がパリの方向に向かってこれほどの距離を行くことは稀だった。そしてある日突然、彼は少年院に戻ってきた。懲罰房にちょっとの間入れられてから出てきた彼は、僕の所属するB班に配属された。その夜、僕は月桂樹の下で拾った吸殻の味を、彼の口の中に嗅ぎつけた。人生で初めてそれを知った日と同じくらい絶望的な味だった。十歳のときに、歩道を通りかかる青年にぶつかった際に、僕は空を見上げて歩いていた。僕に出くわしたとき、青年は自分の胸の高さに、つまり僕の口のところに、火のついた煙草を指にはさんで持っていた。僕が彼の足にぶつかったとき、僕の口が煙草にくっついた。この男は天体の中心のようなものだった。座ったときに腿の上にまでできるズボンの襞《ひだ》が、ズボンの前開きに集まっていて、陰に隠れた太陽が放つ鋭い光線に似ていた。目をあげると、僕は若い与太者のイラついた獰猛な視線に出会った。僕が彼の煙草を歯の間で消してしまったからだ。僕は唇の火傷《やけど》と心の傷のどちらが痛いのかわからなかった。それから五〜六分たって、やっと煙草の味に気づき、唇をなめ、僕の舌は灰色の燃え殻を少々味わった。

僕は「家族」のところにいるときよりも、懲罰房のほうが少年囚にとって煙草を手に入れることが難しいことを知っていたが、ディヴェールの口が僕に吹き込んできた熱い息の中に、あの味を思い出していた。この贅沢を許されるならず者は稀だった。ディヴェールは一体どれほど威厳にみちた人種に属していたのか。

最初の日から僕は彼のものになったが、それまで僕の兄貴分だったヴィルロワがトゥーロンに発《た》って海軍に入るまで、二人の婚礼は待たなければならなかった。それは明るく凍りつくような、まばゆい夜に行われた。チャペルの扉を誰かが内側から開けた。小僧が丸刈りの頭を覗かせ、中庭を見まわし、月光の下をうかがうと、一分もしない内に行列が出てきた。行列を描写してみよう。十五歳から十八歳までの、雌鳩雄鳩つまり少年囚たちの十二のカップル。一番醜いやつも含めて、みんなが美しく、頭は丸刈りで、二十四人のひげのない暴君だった。先頭は新郎のディヴェールと新婦の僕だった。僕の頭にはヴェールも花も冠もなかったが、僕たちを包む冷たい大気の中に婚礼のあらゆる理想的な象徴が漂っていた。集まったB班の家族全部を前に、僕たちは秘密の婚礼をあげたところだった。腑抜けや物乞いたちはもちろんそこにいなかった。いつも司祭の役をするガキがチャペルの鍵を盗んで持っており、午前零時ごろに僕たちはそこに入り、幻想の婚礼を行い、儀式そのものはパロディーだったが、心の底から本当の祈りをつぶやいたのだ。僕の人生でもっとも美しい瞬間はこの夜だった。みんな素足にベージュの布製の上履きを履いていて、なにか話そうとしても寒すぎたし怖すぎたので、押し黙ったままの行列はB班の寝室につながる戸外の木作りの階段に達した。速く歩けば歩くほど時間は軽やかになり、心臓がより速く鼓動し、血管は水素で膨らんだ。極度の興奮のせいで幻想に襲われたのだ。

僕たちの行動は夜の間は軽やかだった。昼間は動きを重くするけだるさの中で動いていた。僕たちがいやいや行動することがこのけだるさの理由で、昼は僕たちではなく少年院のものだった。昼は太陽や、夜明けや、露や、そよ風や、花などのよそよそしい事物を作り出すだけの、曖昧で果てしない夢の世界に属している。こうした事物は別世界の装飾であり、それを通じて僕たちは、あなた方の世界の存在とその遠さとを感じたのだ。そこでは時間そのものが単に増殖して積み重なっていくだけだった。

これに対し、何気ない夜であっても、林のざわめきが合図となって、なにか奇想天外なことが起きるのだった。寝室でそれぞれのカップルはハンモックのなかで転がりあい、温めあい、愛しあって、くんずほぐれつした。だから僕は荘重にまた秘密裏に、死に至るまで、僕たちが死と呼ぶ何かに至るまで、メトレー少年院の子供たちのうち一番の美少年と結ばれるという大いなる幸福を味わったのだ。この幸福はいわば軽やかな蒸気のようなもので、辛いことはやわらげられ、僕は少しだけ床の上に浮かぶことができたのだ。辛いものとは建物の角、釘、石、まなざし、そして少年囚たちの拳《こぶし》などである。

この幸福に色があるとすれば、青ざめた灰色であり、それはあらゆる少年囚たちの嫉妬にまみれた臭気のような色だった。彼らはみんな僕が僕自身である権利を持つことを認めざるをえなかった。この幸福は、僕がディヴェールを支配し、彼が僕を支配していることの自覚、つまり僕たちの愛からなっていた。しかし、メトレーでは愛は話題に上らなかった。僕たちの感じる感情には名前がなく、ただ肉体的な欲望の荒々しい表現を知っているだけだったから。

ビュルカンと共に一度愛という言葉を発したとき、僕たちはたちまち老いてしまった。彼は僕に気づかせてくれた。僕たちはもはやメトレーにいるのではなく、これはもう遊びではないということを。しかし、メトレーでは僕たちの間柄はもっと新鮮だった。なぜなら慎重さや無知のせいで、感情に名前をつけなかったので、その感情にすっかり自分を委ねることができたからだ。僕たちは感情をそっくり受け入れていた。しかしその名を知ってからというものは、自分たちが感じていると思える感情について話すことは容易になった。最初に愛という言葉を発したのはビュルカンだった。僕のほうは彼に友情についてしか語らなかった（階段で僕の思いを打ち明けたとき、僕があまり本気を見せないように注意したことを思い出してほしい）。

「……あんたを好きでも……」彼がどういう態度をとるか、あのとき僕にはまだ確信がなかったのだ。

彼の刺青を見たときの警戒心に僕はこだわっていたし、それに彼が僕を友として受け入れたなら、彼は誰を捨てるのか。あるいは誰が彼を捨てるのか。彼がクレールヴォーで出会った猛者たちの間で、ロッキーの地位は、いかほどのものだったのか。それに彼は誰のために戦ったのか。とりわけエルシールとは誰で、彼はどんな風にやつを愛したのか。あとになってビュルカンは、自分の前にエルシールがしばらくの間ロッキーの稚児だったことを教えてくれた。

「あいつが好きだったのか？」

「いいや、あいつのほうがおれを好いたのさ」

「ロッキーは別のやつが好きだったんだろう?」

「そうさ」

「そんなら、どうでもいいじゃないか。何でいつもエルシールのことを僕にしゃべるんだ」

彼は肘をあげ、それから肩をすくめて、いつものふくれっつらで言った。

「おお、なんでもないさ。なんでも」

初めて僕が彼を抱こうとしたとき、僕のすぐ近くにきた彼の顔は実に意地悪そうで、彼と僕との間には決して越えられない壁があることを僕は理解した。僕の額が、引き下がろうとする彼にぶつかったとき僕は悟った。彼は僕に嫌悪を催したのだ。それはおそらく彼が男性に持つ肉体的な嫌悪だった。もちろん僕は、大いにありそうなこととして、ビュルカンが娘を腕に抱いている姿を想像する。そして確信するのだ。まず彼の美しさのせいで彼は稚児になり、次には力への崇拝、友情への忠実さ、彼の心の善良さのせいで、そうなってしまうのだ。だから彼は少し後ずさりし、意地悪な様子を保った。僕は言った。

「抱かせてくれよ」

「いいや、ジャン、ここではダメだ……外でなら、きっといいとも」

看守に見つかるのが心配なのだと彼は説明した（僕たちはまだ階段にいた）。しかし看守が来る可能性の少ないことを彼はわかっていた。彼は立ち去ろうとして、おそらくほんの少ししか一緒にいられなかったことを慰めようとして言った。

「ジャノー、きっと一週間後にあんたを驚かせてやるよ」

ビュルカンはいつものように親切そうにこう言った。実は他人のことなんかまるで考えていない瞬間に、彼の身ぶり、彼のふくれ面、彼の言葉の一つひとつから、この種の親切さがわきあがってくるのだった。さらに注目すべきことには、彼の親切や優しさが、彼の冷たさから出てくること、あるいはむしろ冷たさと同じ源からやってくるように思えたことだ。彼の親切さは激しい火花を散らす優しさなのだった。

あまり恨めしい表情をしないように僕は努めた。そして彼がフォントヴローでどんな様子だったか、猛者たちの間でどんな役を演じたか、これは偶然それを別の囚人（ほかでもないラスヌールだった）から聞いたのだが、クレールヴォーではどんなふうだったか、そのことについて邪険なことは言わないようにした。「彼はありのままふるまったが、それでも一目おかれていたさ」とラスヌールは言ったのだ。ビュルカンの拒絶をまるで気にかけてはいないように見せかけるために、僕は微笑もうとした。そして僕を驚かせてみせるという約束に対しては、ちょっと肩をすくめてみせた。なるべく単純で屈託がないように微笑んでみせようとしたが、長くは続かなかった。あまりの苦しみに僕は動揺していた。自分の中で悲劇的な興奮が加速されるのを感じた。破滅に向かって疾走しているような気分だった。そして僕はこうつぶやいた。

「きたないやつだ。行ってしまえ。それじゃ俺をかついでるだけじゃないか」

僕はすでにたっぷり悔しさを味わっていた。たぶん言葉は快活だったが、声の響きは自嘲気味で、自分の感情に揺さぶられ震えていたので、彼は僕の言葉の意味を誤解した。この動揺した声のせいで、僕が隠そうとしたほんとうの意味を彼が実は嗅ぎつけていたのでなかったとすればのことだが。

「僕があんたのダチ公でいるのが、欲得ずくだって思うんなら、もうパンや煙草をくれなくてもいいんだよ。何もいらない」

「考えすぎだよ。もう行けよ、ピエロ。パンはずっと友情の印と思っていていいんだ」

「いや、いや、ほしくない。くれないでいい」

僕は薄笑いした。

「わかってるんだろう、そんなことじゃあ、俺はやめない。お前が俺のことなんかかまっちゃいないとしても、お前が必要なものはいつでもやるよ。好きだからやるんじゃなくて、義務でやるのさ。これはメトレーへの忠実さの印なんだ」

僕はまたちょっと文学的な表現をしようとしていた。彼から距離をとり、あまりに直接的な接触を断つためだった。そうすれば彼は僕についてこられなくなるだろうから。ところが反対に、僕は心を狭くして彼と喧嘩し、いろいろ細かなことで彼を非難し、未練がましく利用されることはいやだと言ってやるべきだったのだ。僕の誇り、寛容の精神は——それは偽りのものだったが——彼を苛立たせた。僕は付け加えた。

「おまえとすれちがうとき美しいと思うだけで、僕は十分むくわれているんだ」

こんな言葉を口にしては、自分が隠そうとしていた情熱を逆にはっきり表してしまったことに、それ以来、僕は気づいている。このとき彼は「美しい」という言葉に対して、苛立った乱暴な仕草で応えた。それは僕を追い払おうとする身ぶりに見えた。

彼は言った。

「なんだって。俺が美しい、俺が美しいって、一体それがどうしたんだ。あんたはそれしか言わない！」

彼の声は邪悪で下品で、いつものように慎重に抑えられていたのでよく聞こえなかった。僕はそれに答えようとしたが、看守が階段を上ってきた。即座に僕たちはそれ以上一言も交わさず、互いを見やることもなく別れた。そこで途切れてしまったので、状況は僕にいっそう重いものとなった。彼と交わした会話が、もはや地上三メートルの高さに僕を高揚させてくれないので、僕は見捨てられた孤独を感じた。もし相手がオカマだったら、たちまち僕はどんな人物を演じればいいか判断できただろう。「ぶしつけに」やってのけることもできただろう。しかし、ピエロは器用な強盗で、たぶんものすごく孤独な——そして猛者たちがそうであるように、卑怯なガキだった。めったにない優しさの罠にはまることもありえたが、彼は僕のぶしつけな仕打ちにたぶん対抗しようとしたのだろう。意地悪さ、ずる賢さ、唐突な心変わり、一途さ、そんなもので彼の性格はとがり、輝いていた。それは魅惑的だった。それが僕の愛情をかきたてた。ビュルカンはあの意地悪さなしでは存在せず、まさにそのせいで悪魔だった。僕はこの意地悪さを祝福するしかなかった。

僕は長いこと動揺したままだったが、それは僕の贈るものに対して彼が冷淡だったからではなく、まして彼が愛撫を拒み、僕に対して友情をもっていないことを示したからでもなく、安らいでいるときの彼の美しさに――それはレースで編んだもののように見えたのに――硬い大理石のような要素を発見したからだった。僕はしばしばそれに注目したが、とりわけ彼の顔は、アフリカの太陽に苛《さいな》まれる空の下に広がる白亜の岩石の風景のようだった。その顔の鋭い稜線は殺人的で、ビュルカンはそれを知ってか知らずか、死に赴こうとし、僕を巻き添えにしようとしていた。彼の領分に身をゆだねていたので、僕は少しアルカモーヌの領分から遠ざかっていた。はっきり決めつけることもなく、ただ感じはじめていたこの感情は、――ピエロと話すとき――おおむね日常となって続いた。どうやら僕はピエロのものになっていた。

今夜これを書いているあいだにも空気には火花が走る。僕がこれまでに会った一番やわらかいブロンドの髪を持った女の実に悩ましい顔、この世で一番悲しげな女は、少し顔をかしげている。中央刑務所は彼女の脳みその中、頭蓋の下にあるできものみたいなものだ。中央刑務所はこの女の体内に、いわば「蒸気」として吹き出す。そして中央刑務所が、額から耳からあるいは口から出ていくと、女は癒され、刑務所そのものもずっと綺麗な空気を吸うことになるだろう。僕たちには窓についた霜が見える。その輝きは取るに足らないものだ。というのも、僕たちはただその霜そのものを愛でるしかなく、普通それとともにあるはずの心地よい喜びを味わうことは許されない。僕たちにクリスマスはなく、居間のシャンデリアも、お茶も、熊のぬいぐるみもない。

　ビュルカンのことを考えすぎて、僕はくたくたになった。ベッドに横になって僕は体全体に、とりわけ腕や肩のあたりに疲れを感じ、突然、あの表現に心を打たれるのだ。「お前を抱きしめること、抱きしめられないことにうんざりしたこの腕」。結局、僕はあまりにも強く欲望にとりつかれているので、あらゆる言葉が、言葉のそれぞれの音節が、愛をかきたててやまないのだ。「襲撃者《アグレセール》をはねかえすこと《ルプッセ》……」という言葉を聴いては、「糞をがまんすること《ルプッセ》」を思い、それは脂肪《グレス》の観念で重くなっている……僕はついにビュルカンを自分のものにできなかったことに苦しんでいる。そして今では、死によってあらゆる希望が閉ざされているのだ。

　彼は階段で僕を拒んだが、僕はもっと素直な彼を想像してみる。彼の眼、彼のまぶたが震えている。彼の表情全体が誰かに自分を委ねようとしている。彼は僕を受け入れるのか。いったいどんなタブーが彼を縛っているのか。厳しい意志によって自分の想いから、彼のものではないイメージを遠ざけ、僕の精神は貪るように、彼の体の最も魅力的な細部の記憶へと向かう。僕は彼がそうしたはずの愛情に満ちた姿勢を想像せざるをえない。それには大いなる勇気が必要である。彼が死んだこと、従って自分が一人の死者を犯そうとしていることを、知っているからだ（おそらくこれは、ときどき裁判長が襲われた小娘について言うように、「処女性を犯すことのない暴力的強姦」なのだ。それでも死は僕をぞっとさせるし、特別な道徳を強要する。そして僕が思い浮かべるビュルカンのイメージは、地獄の神々に生き写しなのだ）。僕は自分の男らしさのすべてを必要とする――それは肉体的な勇気や外見の問題ではなく、むしろ精神的態度の問題だ。しかし想像の中で僕が彼の中に入るとき、僕のペニスは柔らかくなり、僕の体の興奮は和らぎ、精神は浮遊する……流刑地の思い出、ガレー船[26]の夢、囚人たち、つまり殺人者たちや強盗たち、盗賊たちの存在のおかげで、僕はこんなにも閉じられた世界の、濃厚な大気の中に生きている。だから通常の世界とのやり取りができない。あるいはたとえこの世界を知覚しても、僕がそこに見るものは、厚い真綿のせいで歪められているのだ。僕はこの綿の中で身動きがとれない。あなた方の世界に属する一つひとつのものが、僕にとってはあなた方と異なる意味をもつ。僕はあらゆることを僕の方法《システム》に結びつけるので、そこで事物は地獄落ちの意味をもつ。そして小説を読むときさえも、たとえ出来事が歪められることはなくとも、出来事は作家が与えた意味を失い、あなた方にとっての意味を失い、別の意味を帯びて、僕が生きているこの別世界に差し障りなく入ってくるのだ。

大気が輝いている。窓は霜に覆われ、この霜を見ることがすでに喜びだ。共同寝室からは決して夜の空が見えない。窓がないのだ。夜、僕たちは大部屋で二列に並んで向き合っている小さな個室に入っているからだ。そしてときどき僕たちは、覆いを外された天窓越しに夜が見たくなって、独房に入ろうとして、わざと罰を受けるのだ。天窓は星空を牛の目ほどの大きさで区切っていて、そこから、時には月の一部も見えた。大気が輝いている。メトレーは、突然、僕の暮らす監獄にではなく、僕自身にとって代わる。そして僕はハンモックの底でそうしたように、メトレーの正方形の広場の花々のあいだに置かれていた、ほとんど壊れてマストを外された船の残骸に乗り

26　櫂をこぎ、人力で進む軍艦。

込むのだ。逃亡し、愛したいという僕の欲望は、その船を流刑地から逃げて抵抗しようとするガレー船に化けさせる。「突撃開始」だ。その船に乗って僕はトゥレーヌ地方の小枝や木の葉や花々や鳥たちのあいだを抜け、南洋を横断したのだ。僕の命令に従ってガレー船は逃亡した。ガレー船は藤色の空の下を進み、その藤の房は本のページに書かれた「血」という単語よりも重く苦痛に満ちていた。今ここの猛者たち全員で結成された乗組員は、かつてのメトレーのボスたちで、苦しみと痛みを抱いて緩やかに行動していた。たぶん乗組員一同は目覚めたままでいたかったはずだ。というのも、ガレー船の上の檣根枠《しょうこんわく》27と呼ばれる場所で見張っている船長の、君主のような権威が彼らにのしかかっていたからである。船長の出自は、僕にもあなた方にも等しく謎めいたままであろう。どんな罪を犯して海の果ての流刑地にやられ、どんな信念によりガレー船を蜂起させたのか。それはすべて、彼の美貌、彼の巻き毛、彼の残酷なまなざし、彼の歯、彼のむき出しの喉、開けっぴろげな胸、最後に彼自身の高貴な部分のせいだと僕は思う。そして僕がいま言ったことは、陳腐な、あるいは輝かしい言葉のおかげで高貴なのだ。

僕は謳《うた》いあげていると人は言うだろうか。確かに僕は歌っている。僕はメトレーを、僕たちの監獄と僕のならず者たちを謳いあげている。彼らに僕は、ひそかに小さな暴君たちという美しい名称を与えるのだ。

あなた方の歌には対象がない。ただ空虚を謳いあげているだけだ。たぶんもろもろの単語を耳にして、あなた方は僕が語ろうとしている海賊を想起するだろう。しかし、僕にとって海賊は見えないものだ。子供時代に見たガレー船を指揮していた人物の顔は永遠に忘れてしまった。そして、それについてあなた方に詳《つまび》らかに語ろうとすれば、僕は模範として、ある美しいドイツ兵を利用する権利がある。僕が望むのはまさにこの男だ。彼は十五歳のガキの美しいうなじにピストルの弾を撃ち込み、決然として純粋なまま、この無益な殺人によって英雄となり兵舎にもどったのだ。彼は死臭のする制服を着て青ざめている。そして戦車から出るとき自分の上体を見て誇らしく思うのだ。まるで船長が自分の位置についているときのように。

あの舳先《へさき》の人物を描くのに、このドイツ兵は役立つことだろう。彼の顔と体は消えてしまったにしても。それにしても僕が、自分のガレー船を復活させようとしてこん

27　ガレー船の船長用指揮台を意味する。

な手管を用いるのは、すでに現実とはかけ離れていて、僕の気まぐれな愛情に選ばれた模範によってはメトレー全体を描きつくせないと考えているからだろうか。しかしそんなことはどうでもいいことだ。僕が断片をつないでこんな流刑地を再構成しようとしているのは、僕がそれらをばらばらに自分の中で保存してきたからだ。つまりこの流刑地は僕の愛にのみこまれ、あるいは僕はこの流刑地を想わせるものしか愛せないのだ。

ガレー船の水夫たち、海賊たちは、たとえこのような闇に包まれた栄誉にあずからなくとも、船長と同じ雰囲気を保っていた。僕たちが軽やかに航海し、こんな荷物を運び、なんでも飲み込んでしまう海の拡がりを感動をもって見つめても、それは驚きではなかった。筋骨隆々の上半身、獰猛な太腿、振り向くたびに磨いた樫の木のような筋と髪を派手に見せつける首、そして最後にずうずうしくズボンの中に居座っている王国海軍のなかで最も美しい一物。中央刑務所では、ディヴェールの同じように重たいペニスを見て、僕はこれを思い起こした。彼の一物は他にないほど陰鬱で、それなのに輝いていた。僕は、この輝きは、毎日死に向かって歩んでいたアルカモーヌのすぐ近くに、彼がいるせいだと思った。

ディヴェールとアルカモーヌの関係について、僕は何も確かなことは知らなかった。この二つの名前が結びついたとき、中央刑務所全体が一種の悲しみに暗くなったのだが、誰もその理由を言うことはできなかった。二人のあいだには関係があると僕たちは直感していた。真相は闇に包まれたままだが、そこには犯罪の匂いがした。古株たちはみんな、アルカモーヌが彼自身の世界で生き続けていることを思い出すのだった。──彼の世界は、僕たちの世界よりずっと高貴だった。彼はかつて看守たちを辱めたのである。服従を拒否したのではなく、別におしつけがましくない仕草で辱めたのだ。彼の身ぶりはまったく控えめなもので、看守たちを前にして別段身構えることもなく、横柄で威厳に満ちた態度をとり、それで看守たちや囚人たちを支配していたのだ。一方ディヴェールには自分の威厳がわかっていた（メトレーでは家族の長は、少し弱々しいところのある新人に、家族が所長にむかってする新年の挨拶を任せていた。ディヴェールはそんなとき、あの名高い言葉を吐いたのである。──「こんなやり方は間違っている！」と）。

ディヴェールは疑いなく、自分の美貌が自分に与えるはずの権力を、あらゆる美徳にまさる優越性を感じていた。そしておそらく嫉妬のせいで、アルカモーヌには自分の陰険な支配者ぶりを隠しておきたかったのだ。そして自分の家来たちに対する支配をもっと強めるために、本当の支配者を抹殺しようとした。諍《いさか》いを起こさせて、アルカモーヌが看守を殺すようにしむけたのだ。いまではあなた方も、僕たちが間違っていたことを知っている。

僕は水先案内人と特別な関係を結んでいた（僕が、どんなふうにあのガレー船について話しているか、察してほしい。そこで僕は主人であることもできたのに、まったくちっぽけな地位しか自分に与えなかった。見習い水夫の地位にありながら、仲間たちの友情をほしがっていたのだ。見習い水夫であれば乗組員全部と愛情を結べるからだろう、とあなた方は言うかもしれない。しかし、誘拐や、接舷攻撃といった別の冒険譚をでっち上げて、美しい愛の虜になることをなぜ選ばなかったのか、考えてみてほしいのだ）。たぶん僕はこの友情を水先案内人に捧げていたのだ。彼につきまとって離れない憂鬱、孤独のせいで、他の水夫よりも彼は優しく穏やかで心地よい人物だと僕は信じた。それに僕が望んだとおり、海賊たちはみんな荒くれ者だった。僕はガレー船に乗ったつもりで、少年院の生活を続けたが、それはもっと苛酷なものになり、そのせいで僕は自分の現実の人生をこのガレー船に投影し、実にしばしばこの人生の目に見えない「分身」をそこに認めたのだ。その船に他の見習い水夫の姿はなかった。ある夜ごつごつしたロープに巻かれて手を傷つけた(このロープはフォントヴローの作業場で擬装用ネットを作る材料になったものだ。このネットはヒトラーの大砲が火を噴いているあいだ砲身《ペニス》を隠す巨大な織物だった)。ふくらはぎの肉も削《そ》がれ、僕は水先案内人つまり船長のわきに跪いたところだった。彼は僕が自分のベッドに横になるのを許してくれなかったのだ。僕は夜更けまで起きていた。

「精妙」という名の船は、霧に覆われた星空を突き進んでいた。僕は足の指で、大熊座を指し、額を帆にぶつけ、巻き上げ機と碇に躓《つまず》きながらハンモックにもどった。メトレーの共同寝室で、僕のハンモックは窓際にあった。月と星々の下に礼拝堂と広場が、そして十の班のそれぞれを収容する小さな建物が並んでいるのが見えた。広場の一辺に五個の班の部屋があり、その向かい側にもう五個の班の部屋があった。もう一辺のところにチャペルがあり、その前にはマロニエの並木道があって、トゥールへの道につながっていた。

頭がふらつき眩暈がして僕はひっくり返る。マロニエという言葉を僕は書き記したところだ。少年院の中庭にはマロニエが植わっていた。春には花をつけた。地面が花に覆われ、僕たちはその上を歩き、転がり、僕たちの丸帽に、肩に、花が散るのだった。この四月の花は婚礼の花で、いまマロニエの花は僕の目の中で咲いたところだ。そして僕の記憶によみがえるあらゆる想い出は秘密の内に選ばれる。メトレーでの暮らしとは長い婚礼の時間のようなもので、時にそれは血なまぐさい事件で中断された。僕は少年囚たちがぶつかり合い、血を流す肉の塊りとなり、野蛮な古代ギリシア風の怒りで赤くなり、あるいは青ざめて熱くなっているのを見たのだ。

誰よりもビュルカンが美しいのはそのせいだった。彼はいつでも怒っていた。しかし彼の若さがあまりにも幼く、あまりにももろく、清々《すがすが》しいものに見えたのに対して、彼より年上の強くて器用な荒くれ者がまだ若くしてそんな荒くれ者になるには、年に似合わず冷酷でなければならなかったと僕は思う。ビュルカンはつま先立ちで生きていた。彼はいつも震える矢であり、疾走が終わらなければ、動きを止めることがないのだ。その終わりとは、誰かの、そして彼自身の死である。強盗として彼がどれほど巧みだったのか僕は詳しくは知らなかったが、彼のしなやかさと狡賢《ずるがしこ》さからすぐそれは察知できるのだ。――もちろん娑婆で必要な器用さは、ここで必要な器用さとは違っているけれど――彼はおそらく、素早く現場を一瞥して仕事をこなす俊敏な強盗で、身ぶりも視線と同じように素早かったのだ。歩き方はあっけらかんとして、廊下や壁の片隅に忍び込み、迅速で活力に満ちた跳躍で左右に移動し、身を隠したのである。しなやかにあっけらかんと、これらの素早い運動は突然始まり、すぐに引き締められ、肘やかがんだ胴体や、膝やかかとに閃光が走ったはずだ。

僕はといえば別種の強盗なのだ。僕の動きは他人ほど速くない。僕は何でも決して無理に急ぐことなく実行する。僕の仕草は休み休みで、ずっとゆっくりと穏やかで、落ち着いていて正確なのだ。しかし、僕と同じようにピエロも押し込み強盗を好んだ。強盗の喜びは肉体的である。体全体が動員されるからだ。ピエロは幼稚な頭で偉大な詐欺師たちのことも褒め称えたが、詐欺そのものは嫌っていたにちがいない。彼が本やその書き手を愛していないのに、それらを褒め称えたように。押し込み強盗をするとき、彼は頭の天辺から足のつま先まで快感に震えた。そのとき「彼は濡れていた」。

「ピエロ、おまえは友達のロッキーと強盗するとき、幸せだったんだって……」

彼は黙ったまま吹き出した。

「おう、ジャン、ほっといてくれよ。つらいじゃないか」

「なんだよ……」

「たった一人のときも……」

（彼の声はささやくばかりで、ほとんど聞こえず、僕は近づいて耳をそばだてなければならない。日が落ちて階段は暗い。）

「ジャノー、押し入るときはなるべくピンでやったんだよ。仲間がいると……わかるだろ……」

僕は理解して、彼の寂しげな表情を心に留める！

「ピンだったんだ！」

このガキは僕に教えてくれたのだ。ピンというようなパリっ子の俗語の底にあるのは、悲しみに染まったやさしさだということを。いつも通り別れ際に僕は言った。

「煙草はあるのか？」

彼は質問に答えなかった。少し微笑んで、開いた手を差し出してささやいた。

「煙草あるんだろ！　よこせよ！　世界を明るくしてくれよ！」

それから、彼はふざけた軍隊式の挨拶をして消えるのだ。

僕がすでに語った、チャペルでの神秘的結婚のまさにあくる日、ディヴェールと一晩も一緒に寝ることのないまま僕は少年院を去った。ディヴェールがどんなふうだったか、僕はまだ説明していない。

五月のある夕方、聖女ジャンヌ・ダルクを讃えて旗を飾る祝日にくたびれた頃、やっと終わった祝祭の重みで幟《のぼり》が垂れている。舞踏会も終わりに近づいた頃の淑女の化粧のように空はすでに色あせ、もう何も期待していなかったところにディヴェールは現れた。

初期の所長たちは、少年院の庭を国旗で飾ったとき、それが壮麗な庭園に変わることを知っていたにちがいない。というのも、ここではずっと昔からどんな祝日も欠かさず、木々や壁や薔薇や藤の間に旗を飾ったからである。木綿やモスリンの布が、マロニエを燃え立たせた。若枝の萌え出る緑に、赤、青、とりわけ白が混じった。少年院の創始者たちは貴族であり、賛助会員として礼拝堂の壁に刻まれた名前は、国王陛下、女王陛下、大公たち、ルーアン王立裁判所、ナンシー王立裁判所、アジャン王立裁判所、フランスのあらゆる王立裁判所、ラ・ロッシュジャクラン伯爵夫人、ラファイエット伯爵、ポリニャック公などで、最後には国花で飾られた五、六百の名前のリストがあった。それらは一文字も省かず称号を連ねたもので、小墓地のタイエ（十一歳）とロッシュ（二十歳）の小さな塚の間にある一番美しい墓に見られるものと同じようだった。「スペインのマリー＝ルイーズ勲章、ババリアのテレーズ勲章、ポルトガルのイザベル勲章の叙勲者たるマリー＝マチルド、ジュリー、エルミニー・ド・サン＝クリコ、ドロワイヤン・ド・リュイス子爵婦人」。三色旗に加えて、金色の百合を描いた白と淡い青の幟が混じっていた。普通それは三列に配置され真ん中のは白と青だった。ジャンヌ・ダルクの祝日には春を迎えたばかりの新緑の中で、この旗や幟は軽やかな喜びをもたらし、空気を清浄にした。少年院の大広場の木々の上には、枝々の間に見える儀式の大詰めの様子など気にかけることもなく、乱暴な肉体、獰猛な目つき、憎しみで襲いかからんばかりの美しい若者が、白い歯の間からおぞましい罵詈雑言を吐きながら、その魂を欲望の甘露《かんろ》で湿らせていた。

しかし聖母昇天祭には、太陽、埃、枯葉の間で、例の旗や幟は反対にただの乱れた布切れとなった。それらは横柄で気だるそうに、王室の儀式を取り仕切ろうとしていたが、僕たちにはただ儀式の準備作業や飾りしか見えなかった。あるいは非行少年が見物するには登場人物はあまりにも崇高で、婦人たちはあまりに荘重なのだった。

あまり使い道のないこのいわば仮祭壇のあいだに、ときには新入りの少年が姿を現した。夕方の五時ごろ（昼に赦免されて少年院を出ることになっていた者が解放されるのもこの時刻だった)、僕は飛びぬけて高貴な感じの少年に気がついた。彼はポケットに手を入れていたので、寸足らずの青の作業服の前の部分が上にあがり、静まり返った夕暮れのなかにズボンの前あきが見えた。そのボタンは、周りの少年たちの一人の美しい目にじっと見つめられた一物の張力のせいで、とれてしまったのにちがいない。そういう少年に向かって誰かが言うのだ。

「ズボンのボタンを飛ばしてしまいそうな目をしているぞ!」

僕はその声にも、前あきの縁についた垢にも、また彼のまなざしの冷たいことにも注意を引かれた。それから彼の……[28]も思い出すのだ。つまり僕はたとえ心理的な理由にすぎないとしても、胸に痛みを覚えることなしには、「微笑み」という言葉を終わりまで言うことができないのだ。彼の魅力のただひとつでも表現する言葉を全部発音してしまったら、僕は涙にくれるだろう。もしそういう言葉を全部言い尽くしてしまったら、たぶんピエロの肖像ができあがるだろう。しかしピエロがいかに完璧でもディヴェールにはピエロにはないものがあった。彼の頬骨、あご、顔の突き出た部分

28 原文通り。「微笑み」と言おうとしたが、言えないのである。

のすべては、おそらく血管の密度が濃いせいで他の部分より濃い褐色になっているのだ。顔に黒いチュールのヴェールをしているか、あるいは単にそのヴェールの影が映っているようだった。

まずこの葬式用のアクセサリーがディヴェールを飾っていた。この顔は人間のものでありながら、正確に言うと、もはや人間ではないものを連想させ、翼のある獅子や、植物のようなものに変身してしまう。僕の魂の中で、彼はガラスに刻まれ、ステンドグラスに描かれた天使の顔に似たものであり続けた。その顔は髪や首のところで、アカンサス[29]の葉飾りになっている。ディヴェールの中には、建築家たちに好まれるあの亀裂があって、コロッセウム[30]の悲壮なひび割れのように、そのおかげで石の塊りに永遠の稲妻が轟《とどろ》くのだ。僕はあとになってこの亀裂の意味を、つまり死者を偲ばせる第二のしるしを、もっと演劇的な亀裂を見出した。それはビュルカンの、そしてボッチャコからシャルローにいたるすべての猛者の全身を貫くものだ。僕の憎しみはまだシャルローをつかんだまま離さない。僕の中にはまだ彼がいて、ある日突然この憎しみが放電する口実の訪れることを確信している。

僕たちは食堂に入った。ちびの猛者が僕に言った。

「あいつを見たかい。帰ってきたんだ」

「誰? 誰が帰ってきたんだ?」

「脱獄した鹿(biche)だよ」

Se bicherという表現の意味がいまではわかるだろう。逃亡するもの、脱獄するもののことを、biche［雌鹿、娼婦の意味もある］というのだ。当然ながら、身動きしたり一言でも喋ったりするものはおらず、ディヴェールは猛者たちのいる最初のテーブルのほうに行って腰かけた。テーブルは学校の教室のように配置されており、一辺に四人の少年が、班長の机に向かって並んですわる。獄舎から出てきたところで、食べてやると言わんばかりに、微妙な嫌悪感を見せつけさえしたこの素敵なガキを僕は見つめた。他のガキが出たものを残らず平らげるのに、彼は鉄の皿の端っこに、よく煮えていない野菜の芯を押しやるのだ。夕方ほんの数分の休み時間に中庭に出るとき、ディヴェールは悪ガキたちのグループに合流し、彼らと握手した。少年院で、少年た

---

29 キツネノマゴ科ハアザミ属の植物。

30 古代ローマの円形闘技場。

ちが堂々と握手するのはまれなことだった。少年囚のあいだでは、これは暗黙の了解のようで、こうして彼らは善良な市民の生活を思い出すこと、もしかしたらそれをなつかしいと思う気持ちをすべて拒絶するのだった。われわれは「大人」になろうとしている「悪ガキ」が、友情を示そうとして感じるある種の恥じらいを、そこに見るべきだろう。それに、たぶんこのガキたちは、自分たち同士でふだん看守たちがやっている身ぶりを真似することに、ある種の恥ずかしさを感じるのだ。つまり、いつもは看守たちのふるまいがガキたちをそんな身ぶりから遠ざけていたわけだ。

グループに近づくと、この「出もどり」にみんなが手をさしだした。彼自身はまだしきたりにこだわっていたのに、まわりの者たちにはそのしきたりを破らせたのだ。さしだされた手を前に、彼は少しあわてた。それが彼にむけてさしだされたこともほとんどわからなかったからだ。あとで指摘する機会もあろうが、メトレーの懲罰用の獄舎から、あるいはここ「フォントヴロー」の懲罰室から出てきた者は、おのずから荒くれ者の、うぬぼれた傲慢な態度をとるのだ。戦時中のフランスの兵士は誰でも、戦場で死ぬ者の横柄な態度を身につけてしまうように。

僕は食堂への入り口になっている階段の上から、この新参の少年を見つめ、扉の縁に背をもたせかけていたが、このふんぞり返った姿勢で、こんなふうに立派な扉で身を支えているのは偉そうなので、すぐにそこから離れ、頭をかがめて数歩歩んだ。幼稚に見えるのを恐れて、この新参者が誰なのかは尋ねなかった。なぜなら僕が猛者ではなかったにしても、「年上の兄弟分」のハゲタカ[31]である僕の地位のせいで、僕は注意深く護衛された貴婦人のようなものであり、腑抜けたちの目に僕が威信を保つためには、猛者たちがみんな知っていることについて何ひとつ無知であってはいけないからだった（荒くれ者または猛者は、ここでは首領たち、親分たちを指すのに使う言葉である）。

ラッパが消灯の時間を告げた。二階の共同寝室に行こうとして、さきほど説明したような外側の階段の下で、二列になり足並みをそろえて上るのだ。新参者は僕の横にいた。すぐ近くに来て、彼が唇をなめたので、何か話そうとしているのかと思ったが、何も言わなかった。これは彼の癖にすぎなかった。僕はまだ、彼と僕が似ているなどとは思わなかった。そもそも自分の顔をよく知らなかったからだ。僕たちは木の階段

31　「稚児」を意味する。

を上っていった。彼に面と向かって、両手をポケットにつっこむ勇気はなかった（いかにも猛者のように彼と同等に見えることを恐れたのだ）。手を宙ぶらりんにしておいたのは、そのほうがつつましく見えるからだ。彼が鉄の階段につまずいたので、少し震え声で僕は言った。「気をつけろ。兄貴分に気づかれるぞ。おまえは獄舎から出てきたところなんだし」。彼は僕のほうに顔をむけ、微笑みながら答えた。「そんなら兄貴分もひどい目にあってみなけりゃね」。そして付け加えた。「おめえのダチ公なのか。やつに言っとけよ。一発くらってひざを腫《は》らさないようにな」。僕は何も答えず、ただうなだれた。その原因は、この傲慢な荒くれ者とは別種の猛者とつきあっていることを、恥ずかしいと感じる漠とした感情だったと思う。彼はさらに歯軋りしながら、「どじ」とか「可愛いやつ」とか、ここの仲間うちでは使わない言葉を、ろくに口を開かずに言うのだった。はるか遠くから危険な冒険をしてもどってきたようで、彼が口ごもりながら言う言葉は、潜水夫が浮かび上がるとき足ひれにつけたままの黒くやわらかな海草のようなものだった。

ディヴェールは恋の駆け引きや仮面舞踏会で繰り広げられる戯れや諍いにあけくれてきたというような雰囲気を漂わせていた。彼のいた獄舎には僕たちのところよりもずっと秘密めいた生があって、少年院の他の場所はそういうものには無縁だった。ディヴェールは謎めいていて、それほど邪悪には感じられなかった。ところがビュルカンのまなざしの硬さと透明さは、ことによると明らかな愚かさや、深さの欠如からくるのではないか。知性というものは浮遊するので、眼底がゆさぶられ、視界は覆われてしまう。このヴェールは優しさと誤解される。あるいは本当に優しさなのか。その優しさとはためらいなのか。

僕の横のハンモックがあいていた。班長は、そこを新参者の居場所にした。その夜すぐに僕は彼に感動的な贈り物をした。共同寝室でおきまりの寝じたくの作業をするあいだ、音をたてることは禁止で、ただ床にかかとがあたるリズミカルな音だけが聞こえた。作業を命令する兄貴分は共同寝室の端っこの班長の近くにいた。鉄棒を溝から引っ張り出し、ハンモックを引っ掛けようとして、ディヴェールは、それを壁にぶつけてしまった。班長が罵った。

「気をつけろよ、いったい誰だ?」

「誰がやったんだ?」

兄貴分がどなった。

一瞬、寝室全体が押し黙った。僕はディヴェールを見ないようにした。

——こいつは答えないだろうな、俺が代わりになる、大丈夫だ！

僕はさっと振り向いて、手を挙げた。

「いったいどっちなんだ」

驚いて僕はディヴェールのほうを見た。彼も手を挙げていたのだ。しかし後悔して、もう手をおろしていた。

「おいらです」

僕は言った。

「正直に言うんだぞ。明日おまえは皿洗いだ」

ディヴェールの口のはしには薄笑いが浮かび、その目の中には征服者の輝きがあった。

一瞬、同じ行為に及んで、僕たちはささいなペテンの共犯者になったのだが、今、僕はひとりぼっちだった。もう相手に捧げるものもなくなって馬鹿みたいだった。支度の後で横になり、少しの間、ディヴェールとお喋りした。さりげなく彼は僕に愛想を良くした。その間にも、僕の兄貴分で親友だった猛者ヴィルロワは、部屋の班長に一日の出来事を報告していた（たぶん彼は仲間のことを密告していたのだ）。

僕はほとんどしゃべらなかった。自分の気がかりを悟られたくなかったからだ。……ディヴェールが入っていた獄舎はどんな様子なのか教えてくれよ、と聞きたかったのだ。とらわれの身にあった男が、自分のことを、まず自分の獄舎のことを喋ってくれるのを期待したのだ。僕は興味しんしんだった。彼をまじまじ見たりはしなかったが、ハンモックから突き出た彼の小さな頭を見分けながら、一息で言った。

「あそこにはもう長いこといたのか？」

「どこだって？」

険しい調子だった。僕はとまどった。

「どこって、あんたがいた牢屋のことだよ」

僕は不安のうちに返答を待った。かすかに沈黙を破る気配がした。

「あそこの牢屋にいたのは一月《ひとつき》前だよ」

一月も前だとは。僕は、自分はもう一月以上前から少年院に入っているが、彼を見たことがないとは言わなかった。彼がいらつき、黙ってしまうことを恐れたのだ。僕たちの周りでささやく声がした。あたりが急に活気づいた。就寝の合図が鳴った後だった。僕は意に反して素気なく言った。

「だけど……」

「あのな、戻ってきたんだよ。手錠をかけられて。あいつらにはめられたんだ。だけど、おじけづくもんか。みそこなっちゃいけねえよ。わざと鎖を前の方に垂らして、贅沢な宝石みたいにかかげてやったさ。わかるだろう。ずっと目にものを言わせてきたんだ。ボージャンシーにいたときから」

今から二十年後に海辺で体に似合わぬ大きな外套をきて散歩する男に出会い、彼にドイツとヒトラーのことを喋ったとする。彼は何も答えずに僕を見つめる。そして僕があわてて彼の外套のすそをもちあげ、ボタンホールのところに鉤十字を見つけたとする。僕はどもって、「そんなら、あなたがヒトラーなんですか」と言うだろう。ディヴェールはそんなふうに僕の前に現れ、神々しい悪のように偉大で、明白で、純粋な存在なのだった。結局僕は、ディヴェールと彼のいた獄舎の不気味な謎を目の前に見ていた。

僕がメトレーに着いた日に取調室の所長の前に連れて行かれたとき、彼のような青二才たちの足音が中庭から聞こえた。所長は十字架の下の緑のクロスをかけたテーブルの後ろに座っていた。少年囚たちが小さな足に履く、ちっぽけで重たい木靴の音が聞こえていた。所長の指示で看守は窓を閉めた。所長の顔は苛立ちで痙攣していた。所長の表情はますます苛立ったようになり、垂れた頬が震え、看守は窓をしっかり閉めた。まだ木靴の音が少し聞こえていた。所長の表情はますます苛立ったようになり、垂れた灰色の頬がぴくぴく震えた。僕は笑おうとはしなかった。罰を受けるために所長に呼ばれたのかどうかすらわからなかったからだ。

「あなたをここに呼んだのは……」

彼は声を出して、木靴の音を遮ろうとした。

「あなたはもう悪人ではないと言いたかったからです。仲間たち……つまりメトレー少年院は監獄ではなく、大家族なんです」

所長の声はどんどん大きくなり、僕は彼にかわって赤面した。彼の恥と気苦労を引き受けてやったわけだ。ラジオで放送を妨害しようとする雑音が聞こえたときも、僕は同じ気詰まりを感じたものだ（戦争の始めはドイツが放送を妨害したし、終わりの頃にはイギリスがそうした）。それは危険なメッセージを破壊し、受信を妨害しようとする絶望的な試みだったのだが、それでもメッセージは伝わり、呼びかけは届いたのだ。

僕たちがともにメトレーにいた間、ディヴェールは僕を驚かそうとして、あらゆる手段を使おうとしたわけではなかった。しかし十五年たって、懲罰室の肥桶の上に彼を見出したあの夜、ある男が僕の体に触れることなく低い声で言ったのだ。

「リトン・ラ・ノイエがおまえに会いたいそうだ」

「ノイエ」とは「夜」のことだった。

彼と同じように低い声で僕は答えた。

「リトン・ラ・ノイエだって? おいらは知らないよ」

「監視係だよ。そこに来ているよ」

僕は振り向いた。ディヴェールだった。壁に背をもたせかけて、僕のほうを見ていた。彼の右手は太腿の上にだらりとたれていた。かつてはいつもその位置でペニスをにぎっていたのだ。その手は裏返っていた。

看守の目をのがれ、互いにわずかでも近寄ろうとして僕たちは動いた。僕は気さくに、友として、仲間として、まっすぐ彼に近づいた。ディヴェールの身ぶりと態度は、昔の僕の猛者を思い出させるものだったが、いまはビュルカンを愛しているせいで、僕はもはや友情しか感じなかった。ディヴェールに再会したとき、ビュルカンはまだ僕の頭上に生き生きと存在していた。作業場で働き、寝室で眠っていても、僕のディヴェールに対する仲間意識にあからさまな情愛が混じることはなく、ささやかな情愛だけが、僕の心底から遠いところで湧き上がっては消えていくだけだった。

メトレーは、奇妙なことに、フォントヴロー中央刑務所の重々しい影の中にふたたび花を咲かせたのだった。あの少年院は、性悪で頑丈な男たちでいっぱいのこの刑務所から、二十あるいは二十五キロばかり離れたところにあった。刑務所はメトレーにいた僕たちに向けて危険な光を放っていた。それは毒薬の入った戸棚、火薬庫、大使館の控えの間の威光だった。

ビュルカンは少年院の思い出は無視して、未来のことを僕に話そうとした。ある手紙の中で僕は出発すること、遠くに旅することが大好きだと彼に書いたのだが、彼は逃亡や、脱獄の、自由な生活の計画をたくらみながら僕の手紙に答え、彼の計画に僕を引き込んだ。それから、彼は女について話をしているときに、女と交わった後は頭をビデにぶつけて割ってやりたいと洩らした。

しかし手紙ではそういうくだりは全部省略して、代わりに自分の狼狽ぶりを告白する言葉が記してあった。「……強盗の仕事が終わると仲間たちは女を抱きに行ったが、おれは一人で別の場所に出かけたんだ」。あんなに魅力的な男がどうしてそんなことを書けたのか。そんなことがありうるとして、このガキの嘆きを誰も考えなかったのか。別の手紙の中で、彼は付け加えていた。「わかってるだろう、ジャノー、おれは腑抜けじゃなかった。おれと出かけたがる荒くれもいたんだよ」。自分が荒くれ者の威光を放っていたことを、彼自身も知らないわけではなかった。彼にはメトレーの体験もあったのだから。

僕たちは中央刑務所の厳しい監視にさらされていた。鉄の鎧《よろい》をつけた騎士たちの住む封建時代の城のふもとにある村のようなもので、自分たちも騎士にふさわしくありたいと願った。騎士たちになりたいあまり、城から内密に届く命令は忠実に守った。命令は誰が届けにくるのか。誰もが僕たち子供どもと共謀していた。花々が語り、ツバメも、看守たちさえも、望んでも望まなくても、僕たちとグルだった。

メトレーと同じように、中央刑務所も、年とった看守たちが監視しており、連中は根っから破廉恥だった。彼らにとって僕たちは堕落した存在で、表向きは囚人を嫌悪していたが、そのくせ、裏では囚人に惹かれていた。その上、彼らは僕たちのむかつくような習性や習慣に嫉妬していたし、今もそれは変わらないのだ。彼らは刑務所を歩きまわりながら、非人間的な領域の境界線を編みあげる。それはむしろ、囚人の卑劣な行為を一網打尽にする罠なのだ。彼らのうちのあるものは、四分の一世紀またはそれ以上、ここの与太者たちの間で生きてきて、彼らを押さえつけてきたのだ。新しく着いたばかりの囚人は、すぐに粗野な仕打ちを受ける。というよりもむしろ、頭を剃《そ》ることから頭巾をかぶることに至るまで、あらゆる破廉恥な措置を命じる嘲りや邪険な言葉を浴びせられるのだ。そうすると看守と与太者は親しい間柄と感じるようになる。おたがいに普通の意味で親密なのではなく、与太者たちから恐怖がわきあがり、看守はその虜になり、それに溶け込んでしまう。ある種の家族的雰囲気が生まれ、主人と、その主人の裏面であり反対物である老いた使用人たちは一体になる。そしてもろもろの規則や囚人の習性や性格以上に、彼らの放つ臭気が、猛者たちの悪に馴染《なじ》んだ看守たちの偏執狂的な几帳面さと物憂い停滞が、あるいはかくも閉鎖された場所における堂々巡りの喧騒が、看守たちの感染した病気を不治の病にするのだ。

　僕たちは城の人間たちに服従しているが、大胆なことでは彼らにまさる。はるか遠くから引き寄せられて中央刑務所を愛することになったのではないとしても、それぞれの少年は少年院からそこに上っていく愛の潮にさらわれ、ここに運ばれてきたのである。そして仲間の少年たちが、いかにここが素晴らしい場所かを教えてやるのだ。それが自分の隠しもつ真実の完全な表現であることを悟るのに、それほど時間はかからない。伝説によってすべては美となり、中央刑務所とそこの猛者たちも美の権化となる。ついでにこれらにかかわるすべてのもの、とりわけ彼らの犯した罪も美化される。これを表すには一言で足りる。家族をとりしきる荒くれ者が、それなりの語調でいう一言で……。

僕たちが悲劇的精神につき動かされていたとすれば、悲劇は奇想天外な愛の病に冒されていたからである。僕たちのヒロイズムは、目を見張るような下品さと卑怯さに染まっていた。一番獰猛な荒くれ者たちが、看守たちに一目おかれたいというおぞましい動機で、看守と手を組むことは珍しいことではなかった。荒くれ者の間にはしばしば密告者がいた。彼らは全く自分の力を確信しているので、仲間を裏切っても大したことはないとわきまえている。他のちっぽけなやつらは、いつも正道から離れまいとして、気を休めることができない。ちょっとの失敗も致命的なのだ。彼らは忠実さに執着し、別の連中は男らしさに執着する。

正午に、大きな尻、重たげで毛深い足の駄馬は、まだ銅と革の馬具をつけたままで、アルカモーヌはその上に女すわりになり、両足を左側にたらして帰ってきた。耕作か運送の作業から帰ってきたのだろうか、大広場を横切り、ふてぶてしくも、斜めにかぶった丸帽のはしからのぞく耳のそばに、リラの大きな房を二つひっかけていた。それは震える薄紫色で、ほとんど彼の左目を覆っていた。彼は自分が完璧なことを信じていたにちがいない。少年院でだけ、こんなふうに花でおしゃれをすることができたのだ。それは本物のオスだった。

ビュルカンの見たところまっすぐな性格は、たぶん本当は彼の弱さからきていた。彼は決して敵とグルになったことがないはずだ。彼はしばしば密告者への嫌悪を洩らしたが、ピガールやブランシュという名のオカマやオネエのことを話したときほど、それを痛感したことはない。僕たちは階段のところにいて、医務室で始めた会話を低い声で続けていた。彼は僕に言うのだった。

「あんな店に行くんじゃないぞ、ジャノー。そんなとこに行くやつらはおまえとは違う人種だ。やつらは身売りするし、みんな密告者なんだ」

彼はオカマと密告者を混同していたが、とにかく回し者への嫌悪を表明し、僕に彼とオカマをいっしょにしてほしくないと言いたかったのだ。この言葉が記憶に残っているのは、別のもっと気にかかる言葉がそれに続いたからだ。

「ここを出よう、ジャノー！　牢屋を出たらすぐスペインにずらかるんだ」

彼は気ままに夢を語っていたのだ。そして、階段に座り、目をつぶり、手で頭をかかえていた。

「ジャン、聞いてくれ、今、カンヌにいると想えよ。海で足踏みボートをこいでいる……晴れていて……幸せなんだ」

続く言葉の中で彼は何度か、幸せという言葉を吐くと、さらに言った。

「あそこなら、おれたちはバプテスト派みたいに落ち着いているだろうさ」

僕は熱い両手で彼の丸刈りの頭をかかえてやりたいという欲望をかろうじておさえた。階段の下の段にいたからだ。次の段に置いた膝に彼の頭をのせてやりたかったのだ。僕はメトレーで自分の無力を感じたときと同じ悲しみにくれていた。何もできないので彼を撫《な》でることしかできなかった。撫でてやると、ますます彼の悲しみが増すのを感じた。かつてヴィルロワがふさぎの虫にとりつかれたとき、僕が彼を撫でると、いっそう悲しんだように。

心配は無用とでもいうようにご機嫌で、ビュルカンは言った。

「あんたの部屋の仲間たちは、おれたちのことを気づいているのか?」

ヴィルロワがメトレーにいたのは、豚肉屋の父親を殺したからだった。ヴィルロワは僕の男で、B班の兄貴分だった(それぞれの班は、大広場の十の小屋の一つひとつを占めていた。広場は芝生で覆われ、マロニエが植わっていて、班はA、B、C、D、E、F、G、H、J、L……と名づけられていた)。それぞれの班は約三十人の子供からなり、一番たくましく、悪辣《あくらつ》な少年囚に指揮されていた。班長が選ぶこの少年囚は、「兄貴分」と呼ばれていた。兄貴分を監視するのは班長で、普通これは、退職した公務員、下士官、元刑務官などだった。兄貴分のそばには付き人、小姓、召使、または奥方のような役をするガキがいて、このガキは縫製工場で働いていた。

これを書いているいま、メトレーにはもう獰猛で魅力的な悪魔たちはいなくなってしまった。フォントヴローでは誰に欲情すればいいのだろう。僕たちの空は荒涼としている。開閉式の小窓に這い上がっても、僕たちの飢えた目には、トゥレーヌ地方の田舎にある鐘楼を見つけたと思う機会にさえ恵まれない。そういう鐘楼のまわりで少年囚たちは遊ぶはずなのだ。しかし外の世界に希望がないとすると、僕たちは、内部の生に欲望を向ける。中央刑務所が神秘的な共同体でないなどとは信じることができない。夜も昼も明るい死刑囚の独房は、礼拝堂のようなもので、そこに僕たちは無言の祈りを捧げるのだ。

確かに一番ヤクザな連中は、アルカモーヌの偉大さを否定するふりをする。血で勝ちとられた純潔は——それは血の洗礼と呼ばれる——彼らの自尊心を傷つけるからだ。しかし僕は一度ならずある兆しに気づいたのだ。それによってわかったのは、ちっとも他人を尊敬しないように見える者も、殺人犯に対してだけは暴言を慎んでいたことだ。

ある日、健康診断のときに、医務室の前で、夜明けのルー、ボッチャコ、その他面々とビュルカンは、看守のブワ・ド・ローズの死と殺しの行為について話しており、それぞれがアルカモーヌの功績を論じていた。僕自身は、彼の影響力からまったく自由になったように思っていたが、あえて何も言わずにいると、ビュルカンのただ一言が答えとなって議論を終わらせた。

「あいつこそ、男だった!」

彼は穏やかに言った。ほんとうはふざけて、男につく冠詞 un をなまらせ、hun と発音したのだ。すると、僕のなかでアルカモーヌのかつての迫力が甦った。ビュルカンへの愛から発して、アルカモーヌに服従する情念の波が僕の頭上で湧き上がった。僕はお辞儀をするように、少し腰を折る格好をした。誰もこの言葉に文句はなかった。もしアルカモーヌが男のなかの男なら、僕たちのあいだで一番若く美しい男がその決定を下せばいいと思った。アルカモーヌに栄冠を――殉教者エティエンヌ[32]の栄冠を――授けるのはビュルカンだった。この栄冠は、僕たちのあいだで最高の若者によって授与されることになっていたからだ。ビュルカンはこの資格が目に見える形をとった存在であり、彼を通じて、僕たちはアルカモーヌの偉業の前に跪《ひざまず》いたのだ。

「あいつは男だった」

彼はもう一度そう言い、しばし黙ってから付け加えた。

「あいつは少なくともうまいものをたっぷり喰らってる。野獣みたいにたらふく食べている！」

それから彼は、まるで若駒か子牛のように足を大きく開いて少し呆けたように、

32　聖ステファノとして『使徒行伝』に記述がある。

じっとしていた。実際、アルカモーヌはふつうの二倍か三倍のパンとスープをもらっていた。その昔、一年だけ王位についた後は生贄《いけにえ》にされてしまう定めであったネミ島[33]の王様を、たっぷり太らせたように、ここではみんなでアルカモーヌを太らせていた。だから腹ペコのピエロはアルカモーヌを見て、まず彼の恰幅のよさに衝撃を受けたにちがいない。アルカモーヌはたっぷり脂肪をつけていた。彼は飼育されていた。ピエロの想像では、アルカモーヌには死を前にして、すでに世界の外にあるという絶望的な喜びに加えて、腹いっぱいで眠るという生暖かい麻痺状態という身体の幸福があるのだった。

この刑務所にビュルカンの姿が、いやそれ以上にディヴェールの姿があるせいで、僕はかつての生活に、しばし逆戻りする。僕の牢屋はこうしてかけがえのない場所になり、本能に導かれ、僕の精神は東の方に、つまり懲罰室の方に向かうのだ。監獄の雰囲気、人を地獄に落とし僕らの生活を化け物の生活のようにあさましくする、この何ともいえないけだるさは眠りと似ているので、出獄して外に出るとき突然舞い戻ってくるのは、逮捕される前の時間の記憶なのだ。悪夢のあとに目覚めて朝のベッドにつなぎとめられるように、僕たちはこの時間に「つなぎとめられる」。そして深い眠りの表面からときどき噴出する半覚醒状態に似て、拘留期間の間は、まるで水中で足が立たなくなったときにするように、始まる動きや出来事にしがみつくことになる。無気力に少しだけもがき、後は水に沈んでしまうのだ。そしてまた眠りに落ちる。死が自分の仕事をやってのけ、扉を閉め、あなた方を閉じこめる。ビュルカンが懲罰室にやってくることを想像すると、僕は戦慄した。彼はあそこにいる間、僕を忘れてしまうのだろうか。あるいは忘れないのだろうか。僕のことを、彼は誰と話すのか。話すとして、一体何を言うのだろうか。彼の仲間にとって僕は一体何者なのか。懲罰室でディヴェールに再会し、僕の意志に反して彼はメトレーでの僕たちの愛をまたよみがえらせようとしたのだが、今、僕はピエロがここにやってくることを恐れた。ディヴェールの図々しさを恐れたからではない。僕はむしろ彼の変わらない強烈な魅力が、ピエロを揺さぶることが心配だったのだ。それからまた例の肥桶の試練が不安だった。彼がそこで用を足すのを見ても僕の愛にかわりはないことはわかっていたが、彼を前にして僕自身が肥桶に乗っかるとき、威厳を失わずにいるほどの肉体的自信を、体の

33　不詳。

威厳を保てるかどうか確信がなかった。卑賤な状態にもっと深く埋もれようとして懲罰室に行こうとする――そこに行くことにはそういう堕落の印象があった。ビュルカンを愛するがゆえに、僕は最も嫌悪すべき状況を、僕たちのために追求しようとしたのだ。おそらくそうして僕は、二人を他の世界から孤立させようとしたのだ。僕たちが一番親密に交じり合うために、彼が僕の布団にもぐりこみ、悪臭を放ち、僕もまた同じことをやってみせることを、愛情に燃えながら想像した。――だから、懲罰室に行くことを望みつつ、僕はピエロもそこに連れて行きたかったのだ。ところがビュルカンは、僕の意に反して、自分の居場所に残っていた。嫌でも彼を連れて行きたかったが、結局彼なしで腐ることを受け入れた。ビュルカンには芽をだして、新しい枝から空に向かって花を咲かせてほしかった。そしてしばらく忘れていたディヴェールに再会したので、僕のピエロへの愛は、過ぎた愛の思い出にかき乱され複雑な趣きを呈し始めていた。

アルカモーヌと同じく、ディヴェールも成長していた。いかつい肩をした三十男になり、体は驚くほどしなやかで、褐色の粗布でできた服を着ながらも優雅だった。歩くというより滑走していた。足は長く、歩みは確かで、僕は彼に自分の上を跨《また》いでほしいとしょっちゅう感じるほどだった。僕は牧場に横になり、ゲートルを巻いた兵士や狩人が跨いでいく畝《うね》でありたかった。彼は荒くれ者で、ヒモたちとは決してつるまなかった。ヒモたちの巣窟と荒くれ者の巣窟には、はっきりと違いがあるのだ。ヒモたちにとって荒くれ者は、やばいことに首をつっこむ間抜けで哀れな連中である。ヒモたちは女をうまく操っているので見るからに誇らしげで、人を見下し、よそよそしい態度を取り、監獄でもそんな態度を続け、まだガキのままの荒くれ者に羨《うらや》ましがられる。ディヴェールは陰気なガキなのだ。ビュルカンが銃殺され、アルカモーヌが首を切られてしまった今、僕は現在の愛ではなく、ディヴェールを愛した記憶に身を委ねるしかない。

出会った初めの頃、ビュルカンはアルカモーヌのイメージを曇らせてしまった。再会したディヴェールは、もう友人でしかなかった。ビュルカンは死に、ビュルカンの思い出によって変質したアルカモーヌへの愛は、ビュルカンがアルカモーヌを閉じこめておいた牢屋からまた甦ってくるのだ。結局アルカモーヌも死に、僕は悲しみにくれ、悲しみと孤独のせいで優しくなり、ディヴェールに再会すると、僕の体は少し傾き、最初は気づかぬままに、仕草まで優しくなっていた。僕は女のように彼にむかって体を傾けた。僕の習性となった激しさで彼を愛した。最初は戯れに仲間として楽しむために交わったが、やがて悪徳や崇拝をともなう情熱が加わった。無我夢中のディヴェールを、僕の影に覆われたディヴェールを、僕は混乱の中に巻き添えにしなければならなかった（影で人を覆うことは女性の宿命なのだ）。

懲罰室の彼は、自分を飾りたてるあの病をまだ患っている。梅毒なのだ。これが猛者たちの肉を緑色に変えるということしか、僕はこの病気について知らない。誰がそれを彼に伝染《うつ》したのか、知るのは難しかった。十五歳だった彼が娑婆の生活をそれほど知っていたはずがない。彼の言うところでは、八年間ブタ箱行きになり、次の約三年間はフォントヴロー中央刑務所にいて、ここで彼はいつも部屋頭だった。

僕は部屋頭を嫌悪するが、同時に賛嘆の念を禁じえない。彼らは所長や看守長に選ばれた与太者だ。部屋頭の監視下にあったところではどこでも同じで、そこを支配している部屋頭には、僕自身でも彼を選んだにちがいない。彼は肉体的な力や獰猛さのおかげではなく、秘められた魅力のせいで選ばれていたからだ。お気に入りはそんなふうに選ばれるものだ。部屋頭たちは、ほとんどいつも部屋一番の美男だった。野生の馬たちは、リーダーを選ぶとき自分たちのうちで一番調和のとれた馬を選ぶといわれる。看守長も所長も、部屋頭を選ぶときは、同じようにするのだ。――しかし、それを彼らに言ってやったらどんな顔をするだろう！――メトレーで班長が「兄貴分」を選ぶときも同じだった。Ｂ班の名誉の規則は（あそこで特別に尊重される名誉はギリシア悲劇風の名誉で、そこで起きる殺人とは、諍いのありうべき最も道徳的な結末なのだ）厳しく守られ、兄貴分は愛され、恐れられた。そして看守たちの残酷なまなざしのもとで、少年たちがかみつき、いがみあい、他の誰かが優遇され、自分たちの兄貴分が選ばれなかった理由をめぐって喧嘩するのを僕は見た。メトレーではそんなときに子供たちの体が血に染まるのを見た。殺され、息が切れるのを見たが、看守たちは介入しようとしなかった。血の蒸気のようなものが殺人犯を包み、運んでいく。殺人犯は持ち上げられ、浮上し、まっしぐらに特別法廷の被告席に連れていかれる。判事は深紅の服を着ているが、それはまさに流された血そのもので、復讐を主張し、なおかつ実現していた。

おそらくナイフの一突きで奇跡を起こすこの才能が少年たちの群れを驚愕《きょうがく》させ、警戒させ、刺激し、これほどの栄光に嫉妬させる。つまり殺人者は血に語らせるのだ。彼は血と語り合い、奇跡と和解しようとし、重罪院とその制度を創造する。これを目

のあたりにした人間は、メデューサの血からクリュサオルとペガサスが生まれた[34]こと
を思うのだ。

殺人に発展する諍いを前にして何もしないなんて、看守たちはさぞかし卑劣な連中だと思うだろう。確かにそうなのだ。しかし彼らは怒り狂った光景の壮大さに圧倒され、メデューサに睨《にら》まれたように凍りついてしまった、と僕は思いたい。この子供たちの輝かしい人生のまわりでは、看守の哀れな人生など何だろう。少年囚たちはみんな、腑抜けたちでさえ高貴で、聖なる人種あるいは階級の出身だったからだ。少年院を小さな家屋が取りまき、そこには看守の家族が住み、数多くの農家もあったが、それらは豪奢な少年囚たちの傍らで滑稽なほど貧弱だった。少年囚たちは自分の若さ、優雅さ、大気中に宝石をきらめかせる仕草、彼らを虐待する連中に見せる彼ら自身の迫力によって豪奢で豊かだったのだ。看守たちは、彼らを虐待することで、僕たちが崇拝する少年を高めていることに気づかなかった。もちろんこんな崇拝を憎悪している者もいた。しかし、僕の悲惨な人生が美しいものになるためには、この卑劣な野獣たちが必要だった。彼らなしには、そして拷問する側の青年たちなしには、僕の心底で目を光らせている死んだ女は、それほど豪奢な存在にならないだろう。僕の子供時

代は残酷で血まみれだった。そしてメトレーのガキたちの間で獰猛な花を咲かせたこの残酷さは、これほど精妙ではないにせよ、フォントヴローの男たちをも飾っていたのだ。

以下に部屋頭の栄光を讃えて記す。

「自分の指揮する堂々巡りの罰を前にして、彼は秘密の司令室、つまり住み慣れた見張り小屋の奥から監視する。これはガレー船の船長が『檣根枠《しょうこんわく》』という場所に落ち着くようなものだ」

「囚人が堂々巡りをしている間、彼は自分の内面で歌っている。おれは悪党さ、栄光なんて知ったことじゃない！　と」

「目の中には水仙の花にもあるような金色の縞がある。こんな水仙の花が囚人部隊の制服のボタンに刻まれていた。この花はそこで何の役に立つのか」

「小便をして滴《しずく》を振り落とすとき、彼は巨大な木となり、風に揺れる北国の樫の木と

34　ギリシア神話でクリュサオルとペガサスは双子の兄弟。ペルセウスに殺されたメデューサの肩の切口の血の中から生まれたとされる。

なる」

「彼の膝は、大きな雪の玉のように僕の手の中で優しい形になる。彼の膝！　ヘクトール[35]のめざましい目のくらむような祈り。『なんじの命に、なんじの両親に、なんじの膝にかけて請う！……』」（ディヴェールは何度軽蔑したふくれ面を浮かべて、ヴィルロワのことを語ったことか。「膝が腫れることになってもしらないぞ」）

「ディヴェールが前を通るのを見て、丸くてあまり動くことのない尻について、ひそひそと陰険に囚人は言うのだ。『あの尻は喋っている』」

「ついにあの最後の一撃、あのとどめの一撃、彼の首」

こんな詩を書いても、僕がビュルカンを知ってからは、それほど熱が入らない。僕は彼に思いやりと愛情をたっぷり捧げ、彼からも同じことを期待した。この詩によって、しばしディヴェールからおさらばし、夜になると閉じ込められる懲罰房で、大きなベッドに横たわりピエロと寝る想像にふけることができる。そして朝がたに、ちょっとだけ彼にしがみつくのだ。昨日と同じように僕は愛撫してみる。僕の一物が彼の肢を探し、入りこむ。彼が目覚める。真綿のような朝の時間の中で、彼は体を伸ばし、さらに伸びをし、緩んだ体を僕の緊張した体にくっつける。僕の胸のあたりに腕を伸ばし、頭を上げ、優しく、きつく僕の唇に唇をあわせる。僕は彼を抱きしめるが、彼はすぐにまたまどろむ。ピエロのこんなに優しい仕草を想像したあとは、彼が僕に対して石のように冷淡になれるなんて信じられない。こんな仕草を僕が想像したのは、ピエロの中の何かがそんなイメージを暗示していたからで、彼の中の何かが、彼にはそんなこともできると告げていたからだ（それはおそらく無意識の癖や、動きや、ふくれ面や、僕がよく覚えていない何かだったが、十分心に残っていたので、そこから出発して僕はこの朝の口づけまで延長することができたのだ）。

卒然と僕は悟る。彼のまなざしの凍るような冷淡さのせいで、僕は彼の優しさを信じたのだと。たぶん彼の目の冷たさは僕の熱情に逆らうものではない、と考えたからだ。そしてこのガキにもう相手にされることはないと想うと、僕の手は一物を固く握り、腕は悲痛な動作を工夫する。彼が僕の苦しみを知ったら、彼は死から甦って僕のもとにやってくるだろう。彼の残忍さは善良なものだったから。

ここの懲罰室にあたるものが、メトレーでは獄舎だった。僕がメトレーに着いたの

35 ギリシア神話に登場する英雄で、トロイの王子。

は九月のとても穏やかな夕べで、最初にびっくりしたのは、夕暮れ時の野原と葡萄畑の間の道にラッパの音が響いてきたときだ。それは森のほうから聞こえたが、僕にはその森の金色に染まった稜線しか見えなかった。ラ・ロケット[36]の監獄から着いたところで、鎖で看守につながれ歩かされていた。捕まったときに覚えた恐怖から、まだ完全に立ち直っていなかった。僕は突然映画の登場人物となり、衝撃的な続きが予想できないドラマに巻き込まれたのだ。やがてフィルムが切れ、あるいは燃え出し、火事になり、僕は闇の中に、あるいは炎の中に消え、ほんとうに死ぬ前に、ドラマのなかで死んでしまうのだ。

僕たちは道を登っていった。木々は密生し、自然はずっと神秘めいてきた。そして僕はこの自然について、冒険小説のなかで、ときに海賊たちや野蛮な部族のうようよいる島々について語るように語れたらと思うのだ。旅人は密生する植物が高貴な囚われ人を匿《かくま》っている地方に足を踏み入れる。ヒマラヤ杉、キササゲ、イチイ、そして藤などがあり、ルネサンス様式の城の庭園につきものの木々がみんなそろっている。そして、それはビュルカンのあふれる生気にぴったりの、あかぬけした書割《かきわり》なのだ。

坂道を登ると、看守と僕は、若くたくましい男と喋っている修道女とすれちがった。

男は獣皮の長靴を履いていた。彼も看守だった。だが修道女のほうは老いて醜く——布製のサンダルを履いた聖女とでもいうか——二番目に出会った看守も同じように醜かった。彼は黒く濃い、反り返った口髭を生やし、灰色のズック製のふくれたズボンを穿いていた。ゲートルを巻いていて、その下の端は足首のところで口髭と同じ曲線を描いて反り返っていた。ふくらはぎのところは、一九一〇年製の狩猟用品のカタログの版画に見られるようなゲートルのきれいな曲線になっていたのに。僕はそのとき知ったのだ。フランス一番の美男のヤクザたちと対照的な、滑稽で性悪な人種がいることを（まれには僕たちを狼狽させる例外もある。たとえば、囚人よりも美男の看守がいて、その堂々たる風采は、彼らの長靴をなめてやりたいほどだ）。

最後に僕は、どこかの村の広場のように礼拝堂と小さな家の並んでいる広場に着いた。メトレーに着いたことがわかり、壁も鉄条網も有刺鉄線も跳ね橋も通過せずに、もうそこに入っていたことに啞然とし、恐ろしく思った。着いたのは、もう一度繰り返すと、九月のとても穏やかな夕暮だった。壮麗な秋が果てしない灰色の季節に向か

36　パリ市内にあった監獄で、そのなかのプティット・ロケットは未成年用だった。

う扉を開き、僕はそこに閉じ込められる。しかし僕にとって懐かしい秋とは、湿った森、腐りかけの苔、茶色に枯れた葉に象徴されるあの秋なのだ。それはたとえ都会の部屋にいても無数の兆しによって知られる精妙にして肥沃な秋であるが、こうした秋、その豪奢、その甘美さは、僕たちには無縁だ。僕たちは自分の内側にある、想像を絶する不毛な灰色の景色しか知らず、そこには看守の顔色と、陰気で無味乾燥な事物しかなく、太陽光線に照らされると事物はなおさら醜くなるのだ。それでも甘美な気持ちになるのは――このとき僕はもう看守や判事の世界、あなた方の世界を見下してい る――これらの霧の底に、再びアルカモーヌの輝かしい姿がきらめくときだ。僕は、アルカモーヌについてビュルカンの言ったたった一言を頼りに、僕の偶像を振り返った。ビュルカンを愛するせいで、いままではこの偶像を遠ざけていたのだ。

殺人犯はいっそう輝いていた。このことは僕がビュルカンに対して抱いていた感情の繊細さの証だった。この愛によって僕は下等な次元に落ちるのではなく、反対に自分を高め、周囲のものを輝かせたのだ。僕はあらゆる宗教に属する神秘家たちが自分の神々の神秘について語る言葉を使う。そんな言葉を通じて、神々は青天の霹靂《へきれき》のなかに現れるのだ。こうして死刑囚は僕の内面のまなざしの前に現れ、僕の目に映るものはビュルカンへの愛にしたがうのだ。

メトレーに着くと、まず獄舎に連れて行かれ、過去の生活の象徴である衣服を全部脱がされた。その少し後で、僕は独房の中でひとり毛布にくるまり、部屋の隅にしゃがみ、床板にナイフで刻まれた文字を読む哀れな小僧だった。「ピエトロ、吸血鬼たちの支配者。いかしたやつ」などとそこには書いてあった。僕は壁ごしに重たい木靴が床を鳴らす音を聞いた。四十あるいは六十ほどの、裸足の傷だらけの小さな足が音をたてていたのだ。ジャーナリストや作家たちは、凶悪な少年囚たちは罰として輪を描いて行進すると報告していた。

【[37]鍛冶の作業場は、大広場から少し離れたところにあって、そこは刈り込まれた月桂樹の垣根の後ろ側だった（少年院にはいくつもの作業場があって、少年たちは作業場の主任に監視されて、そこで働いたのだ）。幼い少年囚たちは、そこで台座や、フォークや、シャベルや、つるはしなどの鉄を鍛錬しながら、愛しあい、愛を歌い上げた。

37　以下、【】で囲んだ部分は本書の原テキストにあって、ガリマール版では削除された箇所。削除の理由は不明だが、検閲によるものではない。

さらに別の少年たちが、葡萄畑や砂糖大根の畑に埋まっている砂利でそんな道具類を歯こぼれさせた。彼らは鉄や蹄鉄《ていてつ》を製造した。主任の目を離れて、素早く、音をたてずに、細かい切り傷が模様のように刻まれた手の平や甲で口づけをかわした。一物に触れるか、触れないかのうちに素早く刺激し、つまり相手に予感させ、ズボンの前開きのところを膨らませたまま鉄床の作業に戻った。おそらく大部分の少年囚がそうであったが、彼らはプティット・ロケットで始まった純愛物語を再現していたのだ。プティット・ロケットの監獄は、メトレーに次々少年囚を送り込んだからだ。】

少年たちが抱く愛、そそのかし、喧嘩に発展する愛、そんな激情はおそらく家族の情愛からくる他のあらゆる思いやりを奪われているという絶望によって膨張する。彼らのまぶたや唇には冷酷なものが閃《ひらめ》くことがあり、彼らは自分が見捨てられた子供であることを忘れることができなかった。地方裁判所から送られてくる子供もいて、ここにはフランス中の悪ガキたちが集まっていたのだ。ラ・ロケットは今日では女性刑務所になっている。かつてそこは修道院だった。

子供用の法廷に出頭する日を控えて、僕たちはそこで一人ずつ狭い独房に収監されていた。毎日一時間だけ、散歩のために外に出された。自分らの班に属する中庭を輪を描いて歩くのは、メトレーの獄舎も、ここの懲罰室も同じで、このときは話すことができない。ここフォントヴローと同じように看守が見張っていたが、彼らにはみんな独特の癖があった。ブリュラールは疥癬《かいせん》にかかった馬のように壁に体をくっつけて歩く。ブブールは話しながらいつも口髭をいじる。豹男という名の看守はひどくやさしく喋るのに、一日に一度は村の聖歌隊の声でこう叫ぶ。「取調室……早く誰かよこしなさい」。独房に戻るとき、囚人は前の囚人が自分の独房に入った後でなければ自分の班から離れることができないが、この措置にもかかわらず、僕たちはねんごろになった友達に目をつけるのだった。窓から窓に紐でつるして、または扉から扉に助手が滑り込ませてくれて、恋文がやりとりされた。僕たちはみんな知り合いだった。メトレーに着くと、新入りがこう伝えるのだった。「誰それは、あと二ヶ月で到着する」。僕たちは彼を待った。これに対してラ・ロケットでは、僕たちはみんなミサに行き、司祭は無邪気にも祭壇に立って昔の囚人の手紙を読んで聞かせた。彼らは僕の仲間で、メトレーやエイスやベル＝イルに行ったのだが、そのおかげで僕たちは、ベベール・ル・ダフェール、ジム・ル・ノワール、ロラン、マルティネル、バコ、デデ・ドゥ・ジャヴェル……といった連中がどこにいるかわかったのだ。みんなチンピラの泥棒で売春婦と組んでいるやつもいた。彼らは最初は幼いヒモなのに、少年院でしばらくすごすうちに変わってしまい、猛者になるのだ。すると美少年のごろつきのだらだらした様子がたちまち消えてしまう。彼らはなるべくして「荒くれ者」になり、その荒くれぶりはもう消えることがない。

少年囚の頑固さがやわらぐのは、かなり時間がたってからだ。彼らは強盗になるわけだが、子供時代の手のつけられない一徹さはもうない。彼らの優しさは、僕たちには身につかないものだった。夜明けのルーは、ちょうど今朝方、自分の班で一番人望のある強盗のヴルールに聞いたのだ。

「パン切れをもってないか」

(ルーはヒモで、声と仕草には遠慮がにじみ出ていた。いつもの彼の威厳にみちた態度は、ものをねだることの屈辱で損なわれていた。このヒモは鉄面皮になることも、へりくだることも望まなかった。それで少しだけ声がひび割れていた)。

ヴルールは袋の中を探して一切れとりだす。

「ほら、ほしい分だけもってけよ」

「かわりに何がいる?」

「おお、何にもいらない。とっとけよ」

そして微笑みながら去っていく。

しかしチンピラやしたたかなヒモは取引とは何かということがわかっていて、彼らにとってはすべてが勘定ずくなのだ。彼らは大人で、実業家にだってなれるほどだ。

メトレーで僕たちは冷酷な、しかし寛大な魂に育てられた。

このフォントヴローでも僕たちは友達を待っている。彼らに出会ったのは娑婆で、その前彼らはメトレー、アニアーヌ、エイス、サン・モーリスなどの施設にいた……アルカモーヌもそんなふうにメトレーでディヴェールに出会い、モンマルトルで再会して、一緒にいくつかの盗みを働いたのだ。これが結局はアルカモーヌとディヴェールには関係があるに違いないと疑われたことの説明になる。アルカモーヌはすでに三回、盗みで有罪になっていた。ディヴェールに密告され、四回目に有罪になったとき、彼は終身刑になる可能性があり、実際に法廷は彼を終身刑にした。結局ディヴェールのせいで、アルカモーヌはギロチンにかけられるのだ。そのことを知ったとき、僕は自分がディヴェールに少しも嫌悪を覚えないことに気づいて驚いた。僕は彼の秘密を共有し、自分を彼の共犯者だと感じ、自分がこの世で最も重大な不幸の原因となったことを、彼といっしょに嚙みしめたかったのだ。僕は世にもまれな喜びを味わった。というのも、いかがわしい、実に古めかしい苦悩を打ち捨てることができたからだ。ディヴェールといると幸せだったし、今もまるで炭酸ガスのように暗く重い幸福のせいで幸せなのだ。ビュルカンをものにすることができないことで頭を悩ませ、絶望して昔の恋にすがりつき、それを通じて最も禁じられた領域につれていかれた。というのも、ピエロが僕を抱いたなら、僕は彼の愛を信じることができたからだ。あいかわらず僕ら専用の場所になっていた階段のあの曲がり角で、彼は素早く僕の唇にキスをして立ち去ろうとした。だが僕は彼の腰を後ろから抱いて、後ろに傾《かし》げさせ、頭をのけぞらせたまま恋に酔って彼にキスしたのだ。それは僕たちが出会ってから六日目だった。このキスを夜になるとしばしば思い出す。

夜の孤独の中で快楽を味わおうとして、さらにもうひとつの顔と、美しくとても若い体を思い浮かべたこともある。ガレー船の船長の愛撫をもっとたやすく楽しもうとしたのだ。いろいろな状況を想像して、別の恋物語にはせ参じることもあった。しかし、ピエロの若い体とあの顔から遠ざかることはなかった。

ある日、僕は富豪の老人に身売りすることになった。そのときも僕の想像には世にも美しいピエロの顔が張り付いたままで、僕は驚きのうちに確かめたのだ。――美貌は僕の純潔を守ってくれる一種の甲冑《かっちゅう》の働きをするということを。そのとき僕は、美男の青年たちが、大して嫌悪を感じることもなく、なぜいやらしい老人に身売りをするのかわかった！　彼らは何をしても汚れない。美貌が彼らを守ってくれるのだ。この瞬間に最もおぞましい怪物が僕をほしがったとしても、僕は自分をくれてやっただろう。それなら、ビュルカンも彼自身を守る美貌のおかげで、あえて僕のものになろうとするだろう。そんなことが僕の頭に閃いた。

彼の口に僕の口をきつく押しつけるかわりに、ぼくは自分の唇にごく軽い震えを感じ、彼の唇にぴったり密着しないようにした。僕たちのキスはひとつに溶けることがなかった。この軽い震えのせいで、僕の口は彼の口の上で開き、戦慄するたびに離れるのだが（というのも、このキスには神経的な痙攣という面があるからだ）、たぶんそれは陶酔に溺れることなく、覚醒したまま享楽を注意深く味わおうとして、意識を失わずにいようとしたからだ。

実際、ますます「獰猛に」押しつけられる僕たちの口の持続的な接触のせいで、僕は息切れしたかもしれないが、感極まってつぶやくように震えるこの唇の動きは、ますます僕の快楽の意識を高めていった。この何ともいえない戦慄は、僕の幸福を純化し、この戦慄によって僕たちの震える口づけは天に飛び立ち、理想化されたのだ。

ピエロはきつく抱かれるままになったが、誰かのかすかな足音を聞いて素早く離れたので、彼は覚めたままで、抱かれている間も感じ入ってはいなかったのがわかった。なぜならあたりの物音に敏捷に反応したとしても、そのため胸のときめきを抑えるのに軽い苦痛を覚えたはずだし、彼にくっついていた僕も、その軽い痛みを、見えない鳥もちから身をはがすような痛みを見てとれたはずだからである。しかし、ピエロは僕の腕から実に素早く離れたので、彼は決して体をすりよせたりしたくなかったのがわかったのだ。いま他の兆しとともに思い出したこの兆しのせいで、僕は仕方なく昔の恋に避難場所を求めた。アルカモーヌに死をもたらしたあの卑劣な行為の秘密をかかえるディヴェールに手をさしのべ、讃歌にまで高まっていく想像ではちきれそうになって、光も空気もない死刑囚の独房の中をうろうろし、太陽の恵みのない三ヶ月の生活をディヴェールといっしょに生きたのだ。

ディヴェールは、自分より美しい男をあえて真正面からうちのめした喜びのうちに生きていた。僕は彼の喜びと苦しみを共有した。彼の仕業に対して怒りを覚えたとしても、それは夜のあいだにピエロのことを考えているときに限られた。こうして僕たちはたがいにすぐ近くで厳粛な気持ちで暮らし、牢屋の奥でアルカモーヌが緩やかに死につつあることを確信していた。さらに僕はディヴェールといっしょに殺人を犯し、その罪を比類のない厳しい精神と美しい肉体にめぐまれたごろつきになすりつけることを夢想した。この欲望は、ディヴェールのことを考えるときに僕が感じた、まったくささいな痛みから僕を解放してくれた。それは僕の内部、あるいははるか遠くの過去からやってくる痛みだった。このわがままな夢想は、不器用で悪辣なディヴェールの行為を帳消しにするものだった。たぶん僕は彼の罪を引き受けて彼を救ってやりたかったのだ。僕は僕の魂と恋の痛みを彼に捧げようとしていた（しかし、それははたして彼の罪だったのだろうか）。

十の家族のほかに少年院にはもう一つの家族があり、その家は他から少し離れた礼拝堂の右側にあって墓地に近く、「ジャンヌ・ダルク家」と呼ばれていた。看守に連れられて僕は一度そこに食堂用の箒《ほうき》を届けに行った。礼拝堂の右にある農場の中庭を出て、サンザシ、薔薇、ジャスミン、それに他のさまざまな豪奢な花からなる二つの垣根にはさまれた小道を歩いていくと、少年院に戻る幼い少年たちとすれちがった。

「ジャンヌ・ダルク」と呼ばれるその家に近づくにつれて、僕の動揺は激しくなった。そこには白と青の旗が立ち、ハゲタカしか、他の家族の猛者たちのハゲタカしかいなかったからだ。僕はさらに同じ花、同じ顔の間を進んでいったが、言いがたい不安に襲われて何かが起きたことに気づいた。花の香りや色が変化したわけではなかった。しかし、それらがもっと凝縮されて、本来の存在になったと感じた。いいかえれば花の色や香りが、僕にとって、それ自体として存在し始め、もはや支えを必要としていなかったのだ。花は花それ自体だった。美もまた、もう顔の属性ではなかった。通りかかる子供が、その美をつかまえようとしても、それは逃げ去ってしまう。ついには美だけがあり、顔も花も消えていた。僕は箒をかかえたまま看守たちのすぐ前を進んで、人が闇を恐がるときのように、尻のあたりをひきしめ、できるだけ身動きしないようにした。僕は地獄を下っていた——それは奇妙な地獄で、そこに漂うまったく特別な臭いも、異端の花をいっぱいつけた薔薇の、唖然とするような香りを帯びていた——思うにこの地獄はその食指を動かしてきて、ついには僕の悪循環に巻き込まれつつ、僕の中に侵入しようとしていた。僕は帰途につくまで穏やかではなかったが、帰り道でこの恐ろしい美は消え去り、ようやく心を落ちつかせることができた。

ピエロはメトレーで「ジャンヌ・ダルク家」からデビューしたので、ピエロとジャンヌ・ダルクのうち、どちらがどちらの栄光にあやかったものかわからない。昔の挿絵入りの本の中で茅屋《ぼうおく》が宮殿に、下女が妖精に変わるように、僕の独房は魔法の杖の一振りで、突然に変わってしまう。消えようとしているその杖がまだ僕には見える。独房は百の燭台に照らされる豪奢な部屋となり、この変身とともに僕の藁《わら》布団は、細かい真珠の輪で吊ったカーテンに飾られる寝台に変わる。ルビーとエメラルドの下ですべてが揺らめく。すべてが金、螺鈿《らでん》38、絹でできている。僕は腕にしどけない姿の騎士を抱くが、それはビュルカンではない。

ビュルカンから、また返事を受け取った。それは彼が恵みを請うときに使うていねいな書体で書いてあり、無知のせいで、彼は粗野な文や唐突な語の間で立ち往生するのだった。書く前にはバレリーナが足で円を描くように腕を動かしては、彼の想像力の不足を、手の器用さと優雅さで隠そうとするのだった。彼は主題を提案して、それ

38 漆器や装身具などの伝統工芸に用いられる装飾技法のひとつ。貝殻の内側、虹色光沢を持った真珠層の部分を切り出した板状の素材を、漆地や木地の彫刻された表面にはめ込む手法、およびこの手法を用いて製作された工芸品のこと。

についてちょっとした詩を書くように僕に頼んだ。「ジャン、こんな詩を書いてくれないか。監獄でものすごく好きあった二人の友達がいて、その一人が行ってしまう。残ったほうは友達に手紙を書いて知らせるんだ。彼は永遠に友達を愛するだろうし、流刑地にだっていっしょに行きたい。そこで彼らは幸せになれるだろう、と」。そして彼は付け加えるのだった。「監獄でみんなが考え、望むことは、絶対それなんだよ」。

僕が手にしたこの文章！　それからというもの、僕にとってはビュルカン自身が流刑地であり、ビュルカンの中に僕は流刑地を見るのだった（というのも、誰かが僕の死を奪い、彼の死が彼の運命を奪ったとすれば、「死刑囚」[39]を書いたとき、僕がシダの間にあらかじめ見ていたのはまさにこのビュルカンの姿だったのだ）。

ピエロは流刑囚になることなど望んではいなかった。ロッキーに再会したくて、彼は自分の欲望を歌い上げようとした。ロッキーがサン＝マルタン＝ド＝レ[40]に出発するよう指示を受けたのを知ったとき、ピエロが第六班からもどってくるのを見て、彼が前の恋人に別れのあいさつをしてきたことを僕は悟った。彼は僕のほうを見なかったが、僕は彼のまなざしを見逃さなかった。それはル・アーヴル・ド・グラース[41]への道で、娘たちを護送する幌馬車に乗せられたマノン・レスコーを見つめるデ＝グリューの目だった。

メトレーで、班から別の班に移動することは難しかった。それほど規則が厳しかったのだが、規則をまじめに守ることができるしっかりした人間がいたことは驚きだ。よくよく考えてみれば、こんなまじめさは悲劇的だった。所長、副所長、看守たちは、非人間的な性質の持ち主で偽の所長、偽の副所長、偽の看守にすぎず、子供時代とその謎の真っ只中で老いてしまった子供たちのようなものだった。彼らは僕の話を記録した。だが彼らはむしろ僕の話の登場人物だった。彼らはメトレーのことなど何もわかっていなかった。彼らは馬鹿だった。ただ賢い人間だけが悪を理解することができる――そして悪を犯すことができる――ということがほんとうなら、看守たちは決して僕たちのことがわからないはずだった。どの家族も、他の家族のことを知らずにいた。そして他のどの家族にもまして、ジャンヌ・ダルク家が近づきがたいのは、一番

39 ジュネが一九四二年に書いた詩。

40 ラ・ロシェルに近い大西洋沿岸の町で、ここにあった城塞はギアナの流刑地にむかう流刑囚を収容する中継地であった。

41 「優美な港」の意。ノルマンディの港町ル・アーヴルはかつてこう呼ばれた。

若い連中ではなく、一番小柄な連中を集めていたからだ（アルベール・ロンドル[42]とかアレクシス・ダン[43]とかいった連中を怒らせたことはいまだ驚きで、少年囚は家族ごとに、年齢ではなく身長で選ばれた）。この連中は、みんなが、またはほとんどが、作業場で出会う別の家族の猛者たちのハゲタカだった。作業場での選別は、家族単位ではなかったのだ。

この本でみんなの肖像を描くのはやさしいことではない。どの顔も似ていたが、幸いなことに、どの子にも多少とも風変わりな特徴が見受けられた。まるで闘牛場の闘牛士たちが、みな伴奏つきで、射手を伴い、リボンをつけて登場するようなものだ。ピエロの場合も他の子たち以上に、その姿はみんなと区別するのがむずかしかったかもしれない。確かに、彼は下品だったが、その下品さは高慢で、硬質で、いつも念の入ったものだった。下品さが勃起していたのだ。

こんなに無垢な顔をして、苦しみや悪徳の影がない少年たちが、みんなと同じように交わりあうなんて、ありうることだろうか。天使たちなら、所有の快楽を味わうために、別のやり方をするだろう。愛するものは、愛されるものに変身するのだ。いまでは子供の自分の恋を思い起こすだけで、僕は時間の底の一番暗い場所にある孤独な地帯に降りていける。そこには、ただあのすばらしい孤独な少年院があるだけだ。少年院は、筋骨隆々の四肢を持ち、海からロープを引きあげる水夫の仕草でもって僕を引きつける。綱が甲板に積み重なるにつれて、それを引く水夫の手は交互に前に出るのだ。だから再会したディヴェールを通じて、胸の悪くなるような醜悪さで飾られた子供時代を見出すのだが、僕は決してその思い出を失いたくはなかったのだ。

二週間過ごした懲罰房で、吸殻少しと引き換えに少々の鎮静剤をそっとわたしてくれるように看護手に話をつけた。今世紀はまさに毒が君臨した世紀で、ヒトラーはまさにそのルネサンスの王であり、同時に僕たちにとっては喋らない奥ゆかしいカトリーヌ・ド・メディシス[44]なのだ。毒の魅力に僕が興味を覚えるせいで、僕はときどきこの二人のどちらかと一体になってしまう。それから僕は、鎮静剤を飲んだため看護室に連れていかれた。おめかししたみたいに顔は青白く死人のようだった。看護室は

42 Albert Londres、一八八四〜一九三二。流刑地や精神病院について書いた名高いジャーナリスト。

43 Alexis Danan、一八九〇〜一九七九。刑罰制度改革に貢献したジャーナリスト。三一七ページのダナンと同一人物。

44 アンリ二世の王妃。夫の死後、常に喪服を着用していた。

懲罰室の近くなので、そこの部屋頭をしているはずのディヴェールと話したいと思ったのだ。しかし医者は僕に吐剤を処方し、吐いたものを調べ、鎮静剤を発見したので、監獄に危険な薬を不正にもちこんだ罪で、一月懲罰房に入れられることになった。そういうわけで思ったよりも早く僕はディヴェールに再会した。

懲罰室に入ったとき、彼はすぐには僕のことを思い出してくれなかった。彼の鎮座まします肥桶を前にして、僕は顔を伏せていた。肥桶から降りると彼は邪険な声で僕に命じた——彼はとにかく邪険だったのだ。「こっちへ来い、さあぐずぐずするな」と言って、彼は囚人の間に僕の居場所を決めたのだった。それから彼は僕の顔をまじまじと見て気づいたのだ。そのとき彼は悲しげで性悪そうな、何ともいえない微笑を浮かべた。監獄で知り合いに出会うとき、僕たちはみんなそういう微笑を浮かべるのだ。微笑が意味しているのは、「おまえもここに来るしかなかったんだ。ここでしか生きられないんだ」ということだ。ちなみにビュルカンに、僕もメトレーにいたことを告げたとき、僕は少し恥ずかしく思った。つまり僕は自分の習性と化した運命を避けることができないまま、ここに来ることを避けることができなかったことを恥に思って目をそらしたが、すぐに立ち直り、誇りをとりもどしていた。というのも中央刑務所の三年間に値する冒険とは、実に美しいものかもしれないからだ。ディヴェールが僕を思い出したのがわかったとき、僕はすぐにでも彼と話したかったが、看守たちに見張られていた。僕たちは夕暮れになるとひそひそ話だけはできた。三日後にかつての親しさをとりもどしたとき、僕はなぜ自分が懲罰房にいるのか説明しようとした。彼は結局、僕が彼を愛していることを信じた。十五年間彼を待ち、捜し求めたのだ。――なぜなら今ではわかっているのだが、彼が[45]メトレーを去ってからというもの、僕の全人生は彼と再会するための果てしない暗中模索にすぎなかったからだ。彼に会おうとして、僕は死の危険を冒した。そしてこんなにも大きい危険を冒したことで確かに報われたのだ。二つのベッドを挟んで、僕のそばには昔と同じ彼の小さな顔があり、その顔はなにやら謎めいた惨劇に引きつり、お望みなら、それは秘密の映画館で繰り広げられ、演じられるのだ。歯並びが完璧ではあるが彼の歯は蝕まれ、まなざしは陰湿で邪険、いかにも頑固そうな額、いつも不満げで、白いこわばっ

45 本書末尾の記述の通りなら、最初にメトレーから出たのは「彼」ではなく「僕（ジュネ）」だと思われる。

たシャツの下のその体は、一撃されても、断食しても、びくともせず、夏たまに泳ぐとき目のあたりにしたように、実に気高く堂々としていた。胴体は頑丈で、胸はしなやかな柄の先についたハンマーのように硬かった。いまでもなお僕は彼の胴と胸を、重たすぎる花をつけ、茎がいつも折れ曲がっている薔薇と比べる。僕は彼に言った。もはや彼に対しては、まったく清らかで善良な友情を、衷心からの仲間意識をもっているだけだと。しかし、実際はそんな気持ちで僕は死の危険を冒し、それを乗りこえたわけではなかった。

メトレーでは、毎日八回、規則正しくお祈りをした。就寝前の作業は以下のようなものだった。少年囚がみんな戻ってきたら、班長が扉に鍵をして儀式が始まる。少年囚は壁に背をつけて、大寝室のそれぞれの側の自分の居場所に落ち着く。兄貴分が「静粛に」と叫んで、子供たちは動くのをやめる。「靴を脱げ」で木靴を脱ぎ、自分たちの二メートル前に引いてあるまっすぐな線の上に置く。「膝をつけ」と兄貴分がどなる。少年囚は、もぬけの殻になったのに、まだ湿気のたちのぼる木靴を前にして跪く。「祈禱」。誰かが祈りを唱え、みんなが「あらしめたまえ」と応えるが、この「あらしめたまえ」は「ずらかりたまえ」に変わっている。「起立！」で彼らは立ち上がり、「回れ右」で右に回る。「三歩前に歩け！」で三歩前に歩いて、壁と鼻をつきあわせる。「横木を外せ」。僕らは壁にかかった大きな棒を起こし、命令どおりに、その端をこの仕掛けのために作りつけてある垂直の梁《はり》に彫り込んだ溝の中にはめこむ。そしてこの動きのたびに僕たちは床にかかとをぶつけ、リズムを刻もうとして音をたてるのだ。それから服を脱ぎ、シャツを着たまま作業を続ける。みんなが「ハンモックを並べる」。「ベッドの支度をする」。「衣類を折り畳む」。そしてシャツの端が風でまくれ、隣の少年がからかうようにシャツをめくり、小さな尻を見ようとする。そんな尻に彼らは勃起するのだ。

このこみいった寝支度の儀式が僕は好きだった。ヘマをすると、兄貴分がまだ脱いでいない木靴で蹴りを入れてくるのがいつも恐ろしく、僕たちは慎重に作業をしたが、ひそかに人を小ばかにした笑いを浮かべ、すぐにまた笑いをおさえたのだ。この恐れは聖なるものだった。というのも兄貴分は、美しく獰猛なゆえに万能であり、僕たちにとって神様だったからだ。僕たちはそれから猛者たちの言うところの「亜鉛製の」パッチをはいて寝た。そして夢を見た。

メトレーで僕が夢に見たのは、泥棒や強盗よりも売春だった。おそらく強盗の才にたけた恋人をもつことを思って僕はうっとりしたのだ。確かに僕はそんな男を愛したにちがいないが、僕自身はこの男にすりよる遊女であるはずだった。後に僕は、泥棒ではなくむしろ乞食になった。ブレストの監獄から脱獄し、レンヌの監獄からピロルジュを逃がし鉄格子を破壊する計画を練らなければならなかったとき、僕が考えたのは、46鑢《やすり》や金鋸《かねのこ》ではなく、酸を使うことだった。僕は策略を好み、男っぽいやりかたで、ものごとを陰険にゆっくりやってのけることを選んだ。そしてずっと後になり、こんな段階をすべて通過して、泥棒になること、まず単純に盗みで生きること、店に並んだ品物を盗み、そしてついには空き巣狙いで生きることを決心した。この変化はゆっくり進行したのだ。僕は自由や光をめざすようにして、盗みに向かった。僕は売春と物乞いから足を洗った。盗みがもたらす栄誉が僕を惹きつけるにつれて、売春と物乞いの下劣さが見えてきたのだ。三十にして僕は青春を生きている。そして僕の青春はもう老いている。

ビュルカンにとって自分の存在は、彼の盗んだ宝石の栄光に負うのであり、言うならばその結晶にすぎなかったということは、大いにありそうなことである。しかし彼の所有する力とは、実は僕の愛の力にすぎなかった。彼の大理石のような硬質性は、僕の愛と、とりわけ欲望を前にして、彼の体のあらゆる筋繊維が痙攣することで生じる硬さだった。僕が弱くなればなるほど、彼はどうやら強くなり、僕だけがそのコントラストを感じていたのだった。彼は僕の愛そのものに掻き立てられ、彼の肉体に象《ぞう》嵌《がん》された宝石の力で支配者となり、裁きの神となった。僕の目の前で、彼は情にほだされることを嫌っていた。この意味で彼は少年院という存在そのものに比べられるのだが、そのきらめくような硬さは少年囚が決して泣いたりしないという事実からきていた。少年囚は決して情にほだされたりはしなかった。体面を守ったのだ。歴史上のヒーローたちや隊長たちは、彼らの勝利の記念に、自分の名前を、侵略し降伏させた場所の地名と結びつけることにした。アウエルシュタットのダヴー[47]とかスキピオ・アフリカヌス[48]……などと。荒くれ者は、略奪行為を、そして獲物を自分の飾りにする。僕はある日、いつものようにそっと彼を呼ビュルカンはダイヤできらめいていた。

---

46 実在したフランスの殺人犯で、一九三九年に二十五歳で処刑された。ジュネは「死刑囚」と『花のノートルダム』を、彼に捧げている。
47 ナポレオン戦争中にアウエルシュタットにおいて、ダヴー元帥がプロイセン軍を破った。
48 ポエニ戦争でカルタゴを破り、終戦にみちびいた人物。

んだ。

「ピエロ?」

彼は振り向いた。眉毛はこわばり、目がきつい。口を開かず、猛者たちに聞こえないように、憎々しげなささやき声で言った。

「おいらのことは宝石《ビジュー》と呼んでくれと言っただろう! わかるだろ、看守に気づかれちゃまずいだろう。みんなおいらの名がピエロだって知っているからな」

僕は肩をすくめた。

「いいよ。こっちはどうでもいいんだ。ただ少しあばずれ娘みたいだな」

「何だよ、あばずれって……」

彼の視線は僕が彼を抱こうとしたときのように邪険になった。

「いいよ。宝石《ビジュー》ちゃんと呼んでもかまわないんだな」

「おまえおかしいぞ。それが理由じゃなくて、ほんとは……」

「おまえの獲物の宝石、わかっているよ」

僕は皮肉な調子で付け加えた。「好きなだけ言ってやるよ、宝石《ビジュー》って」。彼はもっと小さい声で話せと言った。僕は思った。——苦しみのせいで僕はまるで祈っているみたいに見えるかもしれない、と。

彼は心の中で、自分が最後に高貴な感じのするxがついているビジュー（Bijoux）という名で呼ばれているのを想像していた。しかしこれを発音するとき、xがついているかどうか誰もわかるものはいない。「かわいこちゃん」（Bijou）と思ってビジューと呼んだのかもしれないからだ。彼自身がこのあだ名を受け入れていたし、この由来をみんなが知っていることを、ある程度望んでもいた。それでも彼は自分がそのかして言わせたと思われないように、ずっと前からこの名前で呼ばれていたように思われたがった。彼は本ものの貴族であろうとしたのだ。

この本の初めで、僕は監獄に対する一種の幻滅について語った。この幻滅は非行少年や犯罪者を、ただ実際的、理性的な観点から見つめることで引き起こされた。この観点からはあらゆる犯罪行為は愚かなものに見える。もたらされる利益は、失敗したときに科される罰や冒される危険に比べて、あまりにわずかなものにすぎないからだ。それに監獄は哀れな連中のたむろする場所にすぎないと思われたし、実際にそういう面もあった。しかし、もっと近づいて、猛者たちの内面に光をあててよく見れば、僕は彼らのことがよりよくわかり、彼らと彼らの所業を前に、昔から変わらない感動を覚えるのだ。ビュルカンが僕にこう言ったとき、僕はその意味を完全に理解した。
「おれは強盗をやるとき、部屋の中に踏み込むと勃起し欲情で濡れてるんだ」。だから、僕がビュルカンを救い主として紹介しても許してもらえるだろう。猛者たちが僕の兄弟分だと言うことはつらいことである。兄弟という単語はこの男たちと僕を臍《へそ》の緒で結ぶことになるので、気味が悪いのだ。そのせいで僕は誰かの腹にもう一度もぐりこむことになる。この言葉は母親のからだを通じて僕たちを結びつける。つまり、兄弟という言葉は大地に属しているのだ。皮膚をぴったりくっつけあう関係を結ぶ友愛はおぞましいが、それでも少年囚たちのことを考えると「わが兄弟」と言ってやりたくなる。今にいたるまでまだその影響力で僕自身に後光が差すのを感じるのだから、僕は少年院をよほど愛したにちがいない。記憶しているかぎり、少年院は時間に属する厳密な一空間である、と僕は思う。しかも、それは光り輝くのだ。この現在に他ならない過去は、思うに、とりわけ僕たちの苦しみからなる暗い靄を広げるので、それが僕の後光となり、ふりむくと、その後光の綿雲の中でしばしば現在を忘れてしまうのだ。

子供時代のことがまた甦ってくる。僕の記憶の中で、この少年院という特別な世界は、監獄の、劇場の、そして夢の世界の特性を帯びている。それは不安、挫折、熱情、幻、説明しがたい物音、歌、疑わしい人物などだ。しかし僕は図々しくも思うのだ。監獄も少年院という子供の流刑地も、それほど別世界から遠くはないと。ふたつの世界をへだてる壁はあまりに薄く、すきまだらけなのだ。特にメトレーは、この驚異的成功の恩恵を受けていた。そこには壁がなく、月桂樹と花壇に囲まれているだけだったのだ。ところが僕の知るかぎり誰も少年院からの脱走に成功したものはいない。それほどこの表向きの開放性はいかがわしいもので、実際には抜かりなく守られていた。僕たちは見たところ無害な草木の犠牲者で、ほんの少しでも大それたことをしでかせば、それは高圧の電気を帯びた高圧の草木となって、僕たちの魂まで感電させてしまうかもしれなかった。僕たちみんなが考えた。この贅沢な草木のなかには眠り込まされる危険が潜んでいて、ここでは世界のあらゆる可能性が重たく動かなくなっていると。僕たちを巧みに監視しようとして、特に少年に狙いを定めた悪魔的な力が見張っていると。僕はいちど休憩時間に、この魔力を破壊しようとして、剪定された月桂樹と大きく暗いイチイのそばの、少年院の境界が一番狭くなっているところに立った。足元に花が咲き、雑草は繊細で親しげで、草花と僕のあいだには共感的な絆があると思えてきて、僕は一瞬自信にあふれた。自分の足と重たすぎる木靴を地面から引きぬき、駆け出そうとした。逃げたかった。もう逃げ出していた。背後で少年たちはいつものとおり罵り合っていた。彼らの闇取引、彼らのいかがわしいささやき声に気づいた……僕は恐るべき決断をしようとしていた。花の柵を破って、奇想天外な外の世界に飛び込み、闘おうとしていたのだから。

僕は手をポケットに入れ、この植え込みの端でなるべく何気なく見えるように振る舞い、看守にも花々にも、自分の企《たくら》みを悟られないようにしたと思う。

心はざわめいていた。その心が命ずるままに僕は運ばれ、さらわれて行こうとしていた。そして花々を前にじっとしていた。ラッパが休憩時間の終わりを告げた。

ビュルカンの手紙の一つはこう結んであった。「覚えているかい。煙草をさがしてベル＝エールまで行ったときのことを」。たぶん領地の聖なる境界から出ていったガキたちもいたのだが、それは不吉な特性を帯びた子供たちで、ずっと遠くの森の茂みさえもその影響をこうむることになった。しかしおそらくある種の子供たちはこうした呪いを斥《しりぞ》けたにちがいない。というのも、このビュルカンの言葉を通じて僕はメトレーでの彼の生活が、僕のものとどれほど異なっていたかわかったからだ。「ベル＝

エール」とは少年院から三キロ離れたサナトリウムで、野原で働く少年たちだけは、作業所長に引率されてそこに行くことができた。お昼と夕方、戻ってきたときに、彼らは「ベル＝エール」のことを喋り、室内の作業場で働く僕たちは、彼らの話に入れてもらえなかったが、さして興味も持たなかった。というのも、野原で働く少年たちはほとんどが脱走のおそれのない腰抜けで、戸外で働かされたとすれば、ビュルカンだってやはり腰抜けだったにちがいないからだ。ひび割れた手、汚れた作業服、泥だらけの木靴の猛者、あるいはハゲタカである自分の姿を、彼がまことしやかにでっちあげていたとすれば話が別だけれど。

ビュルカンがそんな奇跡を起こしたということも、ありえないことではない。実際に彼は刑務所で別の奇跡を起こしたこともあるのだ。刑務所では、窓からの光はまぶしすぎるほどで、囚人の歩く音はけたたましく響き、看守たちは厳格すぎて（または十分厳格ではなくて。僕は彼らには吐気がするほど優しくあってほしい）、結局多くの糸で僕たちは、あなた方の生活に引きとめられている。僕にはわかっている。監獄への僕の愛とは、おそらく男たちの間での生活に自分を投入することの精妙な充実感に他ならなかったということを。僕の想像と欲望は、彼らが世にもまれな精神的美を備えていることを願ったのだ。

ヒモがブルジョワと化し、まともな人間が頻繁に出入りするようになり、監獄が独自のまばゆいばかりの苛酷さを失っても、この充実感はほとんど失われない。窓に差し込む陽光が独房の存在感を消してしまうあの瞬間に、監獄で僕たちはますます自分自身になり、自分の生を生き、しかも実に濃厚に生きたので、それはほとんど苦しみとなった。監獄で孤立しながら、外の世界を照らす喜ばしい光を目にして、自らの監禁状態を意識せざるをえなかったからだ。しかし雨の日には反対に、独房はもはや唯一つの魂を持つ誕生以前の不定形の塊りにすぎず、個人的な意識はその魂に吸収されてしまうのだ。監獄を構成する男たちが愛しあうとき、そこには大いなる優しさがあった。

夜には、しばしば目覚めたままでいた。僕は男たちの眠りの門に立つ歩哨であり、彼らの夢の不定形の塊りの上に浮かぶ精神である。そこで僕がすごす時間は、犬の目や、そこいらの昆虫のうごめきにおいて流れる時間に属している。僕たちはもはやほとんど世界に属していない。もしこの事態にとどめをさそうとして雨が降るなら、すべては恐怖に飲み込まれて沈み、このあまりに重たい波の上に浮かぶのは、もはや僕のガレー船だけだ。嵐の夜、ガレー船は狂ったように横揺れした。ものすごい突風が吹き、何も恐れないオスたちを狼狽させ動転させた。彼らは恐怖にかられて突飛な行動に出ることはなかった。むしろ彼らの表情と仕草、突然現れた鋭さから、彼らが軽やかになるのがわかった。結局こんなに神の近くにいるせいで、彼らの過去の罪は清められた。より軽やかになるということは、ガレー船の漕ぎ手の仕草と顔が、もはや大地に属していなかったということである。身近な危険が、あらゆる倦怠を、いまこの瞬間に属さないあらゆる形跡を消し去り、閉め出してしまい、作業にとって絶対に必要なものしか残さなかった。僕たちは黒く熱い雨に濡れながら、端から端に揺れた。裸の上半身が光った。ときには夜、相手が誰かわからずに男たちは抱き合い、急いで作業にもどるのだが、ひきしまった筋肉は束の間の愛撫でやわらいだ。帆を操る索具の間で、敏捷な海賊たちの体が揺れていたが、僕は作業が大混乱する中で灯りを持って立っていた。それはときには猛々しい愛の昂揚の場面でもあった。海は咆哮《ほうこう》していた。何も恐れることはないと僕は確信していた。僕を愛してくれる男たちと一緒だったからだ。彼らは自分たちの敵はいないと信じていた。船長がそこにいたからだ。そして僕はハンモックの中で彼の腕に抱かれ、僕が身を委ねた恋人たちが疲れきっているときにも恋を持続することができた。ガレー船での僕の人生は、僕の日常生活にまで輪郭を広げていた。ある日僕はこんな表現を考えついた。「怒りが僕たちの帆をふくらませる」。夜の混乱を昼にまで拡大するには、反抗的な少年囚を「いたずらっこ」と呼ぶだけで十分だった。

メトレーの僕たちの愛！　子供たちのカップルで男は十七歳、僕は十六で生娘《きむすめ》の年だった。十五歳はか弱で、十七歳は猛々しすぎる。しかし十六という歳には、繊細な女らしさがある。僕はヴィルロワが好きで、彼も僕が好きだった。彼も子供で（十八歳だった）、それまでの誰よりも（ピロルジュは例外だが）身近に感じた。僕たちが愛しあった最初の夜、彼がすでに成熟していたペニスを僕のしめつけた腿の間にさしいれてきたとき、僕はむしろ面白がっていた。情熱でひきつった猛獣のような小さな顔を見ても、ただの戯れとしか思えなかったのだ。彼はこの演技で満足していたが、そのあと真夜中に彼の一物を僕の中にいれてやったとき、彼と僕は感謝と愛で気絶しそうになった。汗で濡れたブロンドの巻き毛が僕の髪にからまり、僕たちの姿は昇天して空に映し出された。けんめいに喜びを追求して、彼の表情は一変していた。もう微笑みはなかった。そして快楽に耽《ふけ》っていた。僕は彼の妻だった。そして、僕は腕の中で僕のほうにかがんだ顔が淡い光を放つのを見つめた。僕たちは陶酔を求める子供で、彼は不器用に求め、僕は知恵を働かせすぎていた。僕は彼を一人前にした。僕のヒモの童貞を奪った。しかし彼はごく自然に、一番優しい愛撫の仕方をみつけたのだ。僕を好いたせいで、この猛獣は心配性になった。こいつは僕をサポティーユ（チューインガムの木）と呼んだ。ある晩、彼は自分の一物を「おいらの野獣」と呼び、僕のを「おまえの小籠《こかご》」と呼んだ。この名はずっと残った。

今になって僕は理解する。それを口に出すことはなかったが、僕らはロミオとジュリエット式の魔法の作法で、最も美しい愛のせりふをやりとりしていたのだと。僕たちの愛はあの絶望的な場所で賛歌を歌った。僕のハンモックと彼のハンモックから床まで垂れ下がった毛布に隠れて、僕たちは二人だけで抱き合った。みんなが僕たちのことを知っていた。茶色の毛布のカーテンの陰で、僕たちが無為に時間をすごしているのではないことはわかっていたが、誰も口を出さなかった。ゲパン爺さんでさえも、一度ハゲタカに、つまりB班のつわものたちの稚児に手を出すと、面倒なことになるとわかったのだ。日曜日の体操の時間にヘマをした僕の肩を後ろからこぶしで一たたきしたとき、彼はまだ僕が誰か知らなかった。僕はつんのめり、前に倒れた。ヴィルロワは爺さんに近づき、歯を食いしばり、一発くらわそうとして腿が痙攣し震えていた。彼はゲパンを睨み、「あばずれ」といった。ゲパンは、この罵声が自分ではなく僕に向かっているのだと思うふりをした。彼はこう答えた。

「やつはおまえの友達なのか」

「そうだ、それがどうした」

「そんなら彼にどんな動作をするか教えてやらなくちゃ。それは、おまえの役割だよ」

彼は優しい声でそう答えた。僕は転んだとき石英の砂利で手を切っていた。血が出ていた。思うにこの出血と、ゲパンの無礼が、とりわけヴィルロワの自尊心を傷つけた。しかし感情のからくりは知れている。怒りにかられたときは（怒りがあなたを支えているので）、すでに激昂しているあなたという存在が、哀れみに向けて開かれるためには、誰かが――苦しんでいる子供でもいい――近くを通りかかるだけでいいのだ。この哀れみとは愛である。僕の邪険な友達のまぶたの縁には怒りのせいで涙が浮かび、今度は哀れみのせいでそれが口に流れた。彼は僕の手をとりキスをした。僕はこの行為に唖然とした。彼自身も、みんなを前にして自分の仕草が滑稽になる危険を冒していることに気づいたのだろうか。

薔薇色の唾液の筋が、彼の顎《あご》から垂れ下がり、それはたちまち彼の首のまわりで深紅のスカーフになった。この効果のせいで少年は暗く獰猛な存在に変身した。彼の顔は歪んでいた。そして僕はといえば、僕の苦しみは、窒息するかわりに、喜びの涙となり爆発するしかなかった。涙にくれて僕は見たのだ。こんどは感動と恥ずかしさのせいで、あの深紅のスカーフが首のまわりにとまらず、この美しい武闘家の腕に滴るのを。ヴィルロワの中で一瞬の間、警鐘がなった。ついに、雲の晴れ間がやってきた。袖の裏で、涙と鼻水と口の泡に混じった血を拭くと、ゲパン爺さんに頭突きを食わせた。「彼はやつに襲いかかった」。こんな表現がぴったりの猛烈な動きで、彼はゲパンをやっつけた。同じように僕は、ビュルカンを知ってから十日後の検診のとき、シャルローをやっつけてしまったのだ。

前に言ったように、ビュルカンにいいところを見せるためではなく、彼のいる悲劇的な高みにたどりつこうとして、僕は派手な一撃を必要としたのだ。僕は些細な機会も見逃すまいとしていた。まちがって発音された単語、つっけんどんな態度、誰かとの肉体的接触、不穏な一瞥、そんな機会を口実に喧嘩をして相手を降参させるか、自分が死ぬまでやるのだ。検診のとき僕は「スズメバチ」というガキに出会った。僕が大急ぎで階段を駆け下りたとき、彼が素早くよけなかったので、ぶつかってしまった。彼はおだやかに文句を言ったが、僕のほうはかっとなった。

「けりをつけようじゃないか」と僕は言った。

「どうしたんだよ、ジャノー……お前のほうが……」

「けりをつけよう、って言ってるんだ。その面に火花が散るかどうか見てみるがいいさ」

階段の曲がり角に挟まれて、僕は思うように動けなかった。彼を乱暴に壁に押しつけて、廊下になっている地階に降りた。そこでは囚人たちが列になり、医者との面会を待っていた。はずみがつき、はやる心にかきたてられて、シャルローの前に僕はいた。ビュルカンがすぐそばにいた。天井窓から光が差し、廊下に影を落としていた。シャルローの威厳は、彼の冷淡な態度とゆったりした声からきていた。僕がそこにきたとき、シャルローは僕の右側を通り、ビュルカンの後ろに移った。ビュルカンの腰の左に押しつけられたその粗暴で優しい手を、指を少し開いたシャルローの手を見て、僕は呆然とした。恐ろしい痛みを感じた。僕の中で怒りが渦を巻いて上った。僕は十歩離れたところでじっとしていた。その手が動いた。軽く愛撫するように服の上を動き、そして止まった。やっと僕は胸をふくらませた。僕はずっと楽に息をつき、自分の勘違いを少し恥ずかしく思った。たぶん僕の目は潤んでいた。天の配慮により、僕は偽の奇跡に恵まれたということを知ったからだ。――偽の奇跡とはこの苦しい幻覚を味わい、さらにこの苦痛は幻覚であると認めることだったのだ。僕は理解した。指を開いた他の誰かの手の影が、ビュルカンの腰のところで戯れていたのだ。しかしこの影がそこから消えたと思うまもなく、シャルローが、注意深く聞いている仲間にこう言うのが耳に入った。

「……おれはしょっちゅう女のかわりをしてるんだ。日に四回でも平気さ」

僕は嘲笑した。彼らの近くまで来ていたからだ。そして言った。

「しゃあしゃあと人をかつぐもんだ」

彼がふりむいた。

「おいらが言ってるんだ。ジャノー、あっちのほうはおれはすごいぞ」

シャルローが僕の夢想の種をかぎつけるほど、人を見抜く力があると思うようになってから、僕は彼を嫌っていた。今では彼が残酷なやつとわかったので、この嫌悪はさらに深まった。彼は会話の端々にビュルカンの存在を匂わせたからだ。そして僕は抑えてきた憎しみのせいで激怒していた。しかも僕は、冗談も飛ばさないで、ビュルカンにさえないやつだと見られることを恐れていた。しかしこの瞬間に冗談を飛ばすことは禁物だった。そのとき笑ってしまったら、僕は自制心を失い、僕の本性の凝りすぎな一面をあらわにしてしまう恐れがあったからだ。どんな猛者だって、自分の威厳を貶《おとし》める危険を冒すことなく野次を飛ばせる場面ではあったが、僕は自分が極端に冷酷に見えるように頑張り、無作法な態にでも見えるようにした。僕は答えた。

「おまえがすごいだって。ああ、わかったよ。おまえは天使に守られているわけだな」

僕は手をポケットに入れたままでいた。僕が彼を慌てさせようとしていることを彼は悟った。即座の返答を求め、すべてにけりをつけようとした僕の皮肉に割って入り、彼はこう言った。

「おれを信じないってわけか。だったらおれが嘘つきだって言えよ」

「そうだ、おまえは嘘つきだ」

例のせりふ（「……あっちのほうはおれはすごいぞ」）を最初に聞きつけたときから、

僕は繰り返し独語していた。「やっつけてやる！　まぬけなチンピラめ！　やっつけてやる！」。僕はさらにこのせりふを頭の中で二度繰り返した。僕を駆りたてるその言葉に酔ってしまい、彼の手だしを待たずに僕は飛びかかった。僕たちは怒りに燃えて闘ったが、見ていたビュルカンはたぶん面白がっていたはずだ。僕がたじろぎそうになったとき、ヴィルロワの思い出と魂が守ってくれた。シャルローは正々堂々と闘ったが、僕はメトレーでやっていたとおりに狡賢く闘って勝った。怒りに燃えていたので、もし間違ったら僕は彼を殺してしまっていたかもしれない。僕はディヴェールではなく、ヴィルロワと同じ年で、ヴィルロワと同じ筋肉を持っていた。僕は彼の挙措の美しさを真似し、盗んでいた。どこを引っ張ったものか、ブロンドの髪の房が僕の目の前に落ちてきた。僕は信じられないほど敏捷だった。ヴィルロワはシャルローに勝ったにちがいないから、僕もシャルローに勝つはずだった。ヴィルロワのきらめくような武器と欠陥さえも駆使して僕は闘った。看守が僕を引き離し、シャルローを連れて行った。

ゲパンを起こそうとして舎監たちが駆け寄った。誰も力ずくでヴィルロワを獄舎に連れて行こうとはしなかった。自分で行くように促したのだ。僕と握手したあと、彼は一人でそこに行った。僕は自分に何が望まれているか悟った。僕の親友の教訓にしたがって、よろめいているゲパンに後ろから一撃くらわせた。彼が振り返ったので、僕たちはつかみあった。まだずいぶん機敏な年寄りに殴られたので、僕は恥ずかしかった。獄舎に入ったときは哀れなものだった。しかし僕のそば二メートルのところにいたヴィルロワと同じように背筋をまっすぐ伸ばしていた。

僕たちはそこで一月すごした。ヴィルロワは独房に、僕は巡邏《じゅんら》隊に入れられた。獄舎から出たとき、彼のB班での兄貴分の地位は不動だった。みんなが彼を恐れていた。他のガキたちの間で彼は華々しい行為をやってのける才能があった。彼がものを言うと、ほんのちょっとしたことでも、大軍隊式の布告のような太々しい響きがあった。ある日ドゥロッフルとレーの喧嘩について、特にドゥロッフルの喧嘩の仕方について、誰かが意見をもとめたら、彼はまったく冷淡に答えたのだ。「ライオンみたいに戦うやつのことを悪くは言えないが、かといってやつのことが好きでもないから、あいつのことを褒めたら気分が悪くなる。口出ししたくないよ」。

班に属する四、五人の猛者には、それぞれにみんなが一目おくハゲタカがいた。例外的に孤独で、無礼で、鈍感で、素直な子供がいて恐がりもしないで僕に言うのだった。「あんたがそんなに威張れるのは、あんたのダチのせいだろう」。

僕の本の中では、それはアルカモーヌなのだ。港の波止場では、傾いて落ち着きの悪いロープの冠が、重たい組紐で帽子や頭巾のように繋柱《ビット》を飾っている。アルカモーヌはいつも冷淡で、よそもので、日曜日にはそんなふうに平らなベレー帽をかぶっていた。

僕のヒモは、舌で僕のきつく閉じた口をこじあけるのだった。僕はもじゃもじゃ毛の生えていたはずの丸刈りの頭を舐《な》める。彼の頭に生えているはずの威勢のよいしなやかなブロンドの巻き毛が顔にあたるのを感じる。そして僕は数分うとうとする。頭を彼の硬い一物の上にのせ、夢を見るが、その夢は砲弾を充填した砲身の上で横になって眠る砲兵の夢よりも痛々しい。やがて、それほど時間がたたないうちに、僕たちはもっと工夫して愛しあうようになった。作業場に出かける前に――彼は木靴を作りに、僕はブラシを作りに――僕たちは握手し、たがいに微笑みあった。今になって気づくのだが、その頃は共犯者の微笑みだと思っていたにしても、実は共犯というよりもっと優しい信頼にみちた微笑みだったのだ。休み時間の間、兄貴分の役割と猛者としての権威を守るため、彼は自分の取り巻きを手なずけようとしたのだが、ときどき僕が連中の輪に近づこうとすると、彼は僕の肩に手をおくのだった。荒くれ者たちは僕の存在に慣れていた。そんな彼の存在にふさわしくあろうとして、僕はことさら男っぽい態度をとろうとした。僕はときどき苛立ちに乗じて、その苛立ちを寛容な怒りに変質させた。こういう怒りは大胆さを生み出すのだ。

ある日中庭で、B班を前にして、軽い調子ではあったが、チンピラが僕を作業着の色のことでからかった。彼がこう言ったのを僕は覚えている。「まるでヴィルロワの目の色みたいだ」。僕は笑ったが、笑い声があまり高すぎて、僕がそれを意識したとき、みんなも意識したのがわかった。すべての視線が僕に集まった。僕はどぎまぎし、ますます苛立ちをつのらせた。心臓がものすごい速さで激しく鼓動した。熱く感じると同時に寒かった。僕は震えだし、この震えがヒモたちにも露見することが心配になった。彼らは気づいていた。僕はますます困惑し、もう自分を抑えることができなかった。ディヴェールがいたが、すでに僕はひそかに彼が好きになっていて、彼は僕の動揺に気づいているのだった。僕の動揺は、ただ僕の神経機構の不出来なせいだった。僕は突然理解した。この動揺を利用して、それを怒りに転化しなければならない。少し位相を変えれば、僕の困惑のしるしは、そっくり見事な怒りのしるしに変わる。

少しずらすだけでいいのだ。僕は歯を食いしばり、頬骨を震わせた。僕は獰猛な顔をしていたにちがいない。僕は決意した。僕の震えは自身の病的動揺をそっくり利用して怒りの震えに変わった。どんな行為をしようと、その行為は堂々たるものになることがわかった。その堂々とした行為は、怒りそのものによって引き起こされ、支えられていたからもう滑稽なものではなかった。僕は狼になり、僕の作業着を、僕自身を、たぶん僕の困惑ぶりを笑っていたガキに飛びかかった。

一戦交えようとして、ある猛者が自分に向かってくるとき、やられるという肉体的恐怖のせいで、僕は後ずさりし、体を二つに折ってしまうのが常だった。これは自然な仕草で、僕はそれを避けることができなかった。しかし僕は意志の力でその行為の意味を変えたのである。しばらくすると、後ずさりして前にかがむとき、両手を腿の上に、あるいは曲げた膝の上におき、今にも飛びかかろうとする男の姿勢で構えることが僕の習性になった。この姿勢をするとたちまち自分が勢いづくのを感じるのだった。必要な精気がみなぎり、僕の顔は邪悪になったのだ。僕が腰を折るのはもはや恐怖が理由ではなく、戦術上の策略になった。僕は左手をポケットに入れたままで、右手だけ使って小便をするようにしていた。じっと立っているときは、足を開いたままでいた。以前は指で口笛を鳴らしていたが、やがて舌と指を使うようになった。こうした身ぶりがすぐにさりげなくできるようになり、この身ぶりのせいで荒くれ者の間でびくともせずに、ヴィルロワの死（トゥーロンへの出発）を受け入れることができた。

反対にビュルカンは、メトレーの男たちの役に立つ娘役の小さな男の子で、彼のどんな仕草にも、彼が奪われ台無しにされた男らしさへのノスタルジアが表れていた。僕は自分がなりたいと思った少年に自分をなぞらえてみるしかない。僕は遠くからやってきたボヘミア人やジプシー[49]の捨て子で、秘密書類を盗むための入り組んだ陰謀や、屈強な策士の手を借りて企んだ人殺しのせいで、高貴な家族の中に入ることになる。この貴族は伝統と武器で守られているのだ。僕は厳格な家族制度の中心であり要石になる。家系の魔法のすべてが十六歳の僕の肩にかかっており、僕はその到達点であり、とりあえず終末でもあるのだ。僕は猛者の中の猛者であり、ハゲタカでしかないガキだとはもはや誰も思わなかった。僕は是が非でも自分の根深い弱みを隠さなければならなかった。ときには他人に「圧力」をかけなくてはならず、「乱闘」に備えなくてはならなかったからだ。僕は周囲から親切心を見せられても、決して受けとらないようにした。どんな贈り物も拒む自分の傲慢な性格に助けられたのだ。傲慢さを棄《す》てても快適に生きることはできる。皮肉交じりの礼を言うだけで、間抜けな人物に得をさせてもらう快楽もある。しかしそうだとしても、いかめしい傲慢さから解き放たれるあの心地よさとともに、僕の中には少しずつ確実に、僕を困惑させるある想念がしのびこんでくるようになった。つまり、僕は物乞いとそれにともなう生活や軟弱な態度にむけて一歩踏み出していたのだ。——男っぽく非常に強い荒くれ者が、それを受け入れることだってありうる。彼は素早くもとの厳格さを取り戻せるとわかっているからだ——そして何かを手に入れ、あるいは受け入れようとして、僕自身がささいな茶番を演じることを肯定すると、僕の中にたちまち乞食の魂が生まれ、その結果、この魂は数々のささいな妥協で自分を養い、肥え太る羽目になった。僕は新しい生活の扉を開こうとしていた。自らの内に閉じこもらなければならなかったのだ。

夜……僕たちは一晩中抱き合い絡みあって朝まで眠っていたかったが、それは不可能だから、たった一時間だけの夜を見つけようとした。しかしハンモックをつるす綱

49　中東欧に居住する移動民族。現代ではロマと表記されることが多い。

をはりめぐらせた共同寝室の僕たちの真上には、船の灯りのように常夜灯がともっており、眠る体のうねり、煙草に火をつける火打ち石を打つ金属片の音（みんなが言っていた「早鐘を聞け」）、誰かのささやき、猛者たちが「哀れな殉教者」と呼ぶ腑抜けの愚痴、夜のため息などの間で、僕たちの夢は座礁したのだった。

そして僕らは唇を離し、短い愛の夜から覚めた。互いに伸びをして、自分のハンモックにもどり、頭の横に互いの足がくるように並んで眠った。ヴィルロワが行ってしまって一人になったとき、僕は毛布をかぶって彼のことをときどき思い浮かべた。しかし彼が去った悲しみは、たちまち最初の感触を失い、霧に包まれた秋のように一種の慢性的な憂愁となり、それは僕の人生の基調をなす季節となったのだ。いまなお憂愁の秋は、しばしばめぐってくる。太陽が照りつけたあとは、輝きのあまり傷ついた心を休ませようと、体を小さく丸め、湿った森、枯葉、霧を自らの内に取り戻そうとする。そして僕は館の中に入る。中では高い暖炉に薪が燃えている。聞こえてくる風音は、現実にある庭園の、現実の樅《もみ》の木立ちをわたる風よりも、僕をまどろませる。それはガレー船の操帆具を揺さぶる風となり、心をくつろがせるのだ。この憂愁の秋は、戸外の現実の秋よりも強力で狡猾だ。なぜならそれを味わうには、瞬間ごとに細部やしるしを工夫しなければならず、そのためじっくり時間をかけねばならないからだ。僕は一瞬一瞬それを創造する。雨を思い、錆びた鉄格子を思い、腐った苔、茸《きのこ》、風に膨らむ帆を思ってしばしたたずむ。こんな季節が僕を落ち込ませているとき僕の中に生まれる感情は、たけり狂って昂揚するどころか、反対に身をかがめてしまう。だから僕のビュルカンに対する嫉妬は、激しいものではなかった。彼に手紙を書くとき、僕は陽気で、月並みで、あっけらかんとした手紙にしたかったが、意に反して僕はそこに愛をこめてしまった。僕はこの愛が強靭で、彼のことも自分のことも信じきっていることを示してやりたかったが、意に反して自分の不安をすっかりあらわにしていた。

手紙を書き続けることもできたのに、億劫になってやめてしまった。僕が億劫と呼ぶこの種の感情は僕に告げるのだ。同じことを始めなくていい、無駄だよ、と。僕の中の何かが、すっかり悟っていた。強くて自制心を失うことがない人間に見えるように骨を折っても無駄で、いずれにせよ僕自身の狂った本性は、いつか無数の亀裂から洩れて出てしまうのだと。いや僕はあらかじめ負けていた。だから僕の恋を大声で叫ぶのだ。もう僕の歌の美しさしか、頼りにならない。ビュルカンは誰が好きだったのか。彼はロッキーのことを実に細かいところまで思い出すようだった。しかしロッキーは僕たちの世界からすでに消え去ろうとしていて、彼らが愛し合っていたということを知っても、僕は決して不満だったわけではない。ビュルカンが他の猛者たちといくらか親密な関係にあったかどうかを知ることは難しかった。というのも、愛人に対する稚児の素振りは、そんなにいかがわしいものではないからである。二人の友が、みんなの前で出会うとき、人を驚かすような素振りをすることはない。彼らは握手し、はばかることなく語りあう。だからビュルカンと男たちの間に、僕を遠ざけるような関係があったかどうか、知るべくもなかった。猛者たちの集まりの中でビュルカンがこう言ったとき、僕の愛にとって好機が訪れていたと思う。

「光の点って何のことだ」

「夜明け[50]のことだよ」

誰かが言った。

「運命の時さ」

「おお幻想なんかもってないさ」とルーは微笑んで言った。「おれにもその時がやってくるさ」

彼はそれを実にあっさり言ってのけたが、運命を予告された人物のすごみが、この単純さに裏打ちされているようだった。ルーは僕を超えていた。もし彼が要求するなら、たちどころに僕はビュルカンをルーに委ねただろう。

次にビュルカンに会ったとき、僕が喧嘩したことを彼は覚えていないように見えた。彼がそのことに触れないので、僕自身も自分が犠牲になったことを、実は鼻にかけたかったのに、そんな風に見えないようにした。僕の力を見せつけただけで十分だと思えたので、そのことであえて相手を責めようとは思わなかったのだ。僕は彼よりよく食べていたので、ずっと精気にみちていたが、彼のほうも、たとえ他人に負かされてもそれを受け入れて屈服するとは思わなかった。実際、僕の目的を達成するためには、他の力や能力を使うことが肝心で、暴力を使ってはダメだった。彼を攻撃したりしたら、それは僕の暴力の証明となり、僕の弱さを白状することになる。それにフォントヴローとメトレーの男たちの暴力に慣れっこになっていたビュルカンは、僕が優しく出たほうが、僕を好きになるのではないか。なるほど彼は僕に手紙をくれたとき、僕

50 ルーのあだ名は〈夜明けのルー〉であった。

が乱暴だった、と親切に書いていたのだが、たぶん僕を喜ばそうとしてそう書いたのだし、彼自身、猛者たちは乱暴と思われるのを好むことを知っていた。僕が一瞬、彼にあの乱闘を思い出させようと思ったとき、彼は階段の二段上にいて僕を見下ろしていた。僕が目を上げて最初に彼に話しかけた。「あのとき……」僕の声は生きた銅像に向けて喋る調子になり、階段の壁と彼の間を抜けて三段上に上ろうとした。僕はずいぶん唐突な動きをしたのだが、彼はたぶん僕が彼を抱こうとしていると思って、笑いながら身をかわし、微笑まじりにこう言った。「それでエルシールはどうしたんだ」。僕は上の踊り場で彼に追いついたのだが、そこで僕たちは降りてくる看守に出くわした。

「またおまえたち二人か」と彼は愚痴った。「作業場に行け。それとも報告されたいか」

口答えすることなく、ビュルカンは右、僕は左にずらかった。

僕の愛を脅かしているのはロッキーよりもエルシールであるということはよくわかった。僕は一週間前にピエロ・ビュルカンを知ったばかりで、フォントヴローに着いてから二十五日目、アルカモーヌに死刑判決が下ってから三十五日目のことだった。

メトレーよ。僕は悪というものについて、ろくに知らない。しかし僕たちが自分の犯した罪のはるか上空を飛んでいたとしたら、僕たちは天使だったにちがいない。荒くれ者の間で一番危険な罵倒は――それはしばしば死という罰を受けることになったが――「オカマ野郎」という言葉だった。ビュルカンはまさに一番破廉恥な言葉で表現される存在になることを選んでいた。彼の人生で一番特別で一番貴重なことが「オカマ野郎」になることだと心に決めていたのだ。というのは中央刑務所の彼は、荒くれ、仲間、「堅気」などである前に、――そのどれにもあてはまったが――まず「オカマを掘らせる」やつだったのだ。彼がいつものように嫌悪で口を尖らして、腑抜けの一人を「オカマ野郎」と罵るとき、誰も彼自身がハゲタカだとは思わなかっただろう。つまり意図して、みずから選んで、自分自身の最も秘密の部分で、一番どぎつい罵倒の言葉で表現される存在になる男たちがいる。しかも彼ら自身がその言葉を使って自分の敵を辱めていたのだ。彼自身の汚辱をめぐって、他人たちとの間でこんなに優雅にバランスをとることができたビュルカンは、やはり天使だった。

あまりに早く色事に通じてしまった子供の人生は深刻なものになる。彼の表情は硬く、内に秘めた悲しみに唇は膨れ上がり、繊細に痙攣し、目は凍りつく。僕はフレーヌの監獄のガキたちを見てこのことに気づいた。散歩のとき彼らに会ったのだが、みんな僕らの股をくぐれるくらいの背丈だった。またモンマルトルのバーやカフェに出入りするガキたちも同類で、彼らの友情はどんなに堅いようでも実に脆く、さまざまなふるまいを通じてすぐに素性が露になるのだった。これらの子供たちをもっと正確に知りたければ、あなた方が大衆小説を読むときに見る夢を助けにすればいい。ミシェル・ゼヴァコ[51]、ザヴィエ・ド・モンテパン[52]、ポンソン・デュ・テライユ[53]、ピエール・ドゥクルセル[54]たちは、彼らの文章に、この子たちのしなやかでかろやかなシルエットを、束の間忍び込ませている。そんな神秘的なページには、死と愛が鏤《ちりば》められている。そこでは甘美な微笑、あっけらかんとした運命とともに、短剣や毒が飛び交うのだ。そんな場面は数行の間現れるだけで、カーテンや、壁掛けや、城塞の扉のかげにたちまち隠れてしまい、ずっと後でまた出現することになる。そしてあなたはもっと早くそれを見つけようとして、誰にもばらすことなく、飛ばし読みし、本というものがいつもこんな内容だけではできていないことを嘆くのだ。少年たちの冒険、丈夫でしなやかな首のところで紐をほどいた彼らの胴衣、金玉で股がふくれた半ズボン……小間使いや王女が通りかかるとき、一物は目立たないようにしめつけてあって、彼女らを可愛がるのは夜だけなのだ。大衆作家たちは、おそらくこうした冒険をひそかに夢見て、それらをほのめかし、透かし模様で描くために本を書いたのだ。そしてパルダイヤン家[55]とかエボルニャード[56]などは、素早い鱒のように敏捷なこの悪魔たちを、自分の指で操るための口実にすぎないと作家に言うならば、彼らはきっと驚くにちがいない。

この悪魔たちの体と顔を思い浮かべてほしい。彼らこそ、薔薇を手にもち、口笛を

51 無政府主義者のジャーナリストであり、冒険活劇物語『パルダイヤン家』などの大衆小説を発表した。一八六〇―一九一八。

52 大衆小説作家。その作品は演劇やテレビドラマなどになったこともある。一八二三―一九〇二。

53 雑誌連載の大衆小説を多く書いた作家。ロカンボルを主人公とする連作が知られている。一八二九―一八七一。

54 戯曲や小説を書き、映画の製作にもかかわった。多くの作品が映画化されている。一八五六―一九二六。

55 前出の作家ミシェル・ゼヴァコの連作小説の題名。

56 ポール・フェヴァル・フィス（一八六〇―一九三三）の連作小説『愛の心情』第四巻の題名。

吹き、少年囚の半ズボンと上着を着た姿で甦ってくるからだ。彼らのことを人はこう言うのだ。「彼らがどうなろうとたいした損失ではない」。彼らとはこの場合、たとえばビュルカンのことで、ビュルカンはそんな人物なのだ。ちょっとした質問に答えるにも、いかめしい口元をして、目は冷淡でなくてはならず、手はポケットに注意深く隠し、ぎこちない態度でいるが、突然虎のようにしなやかに変身する。ディヴェールのことなら、僕の言葉はあらゆる装飾をおしまないが、いまはほのめかすだけにとどめたい。彼の一物、彼の目、彼の仕草、彼の手、ヴェールのかかった声、これらのあらゆる装飾が影に沈んでいく。ディヴェールは消え、ビュルカンはあいかわらず輝いている。アルカモーヌの眩暈のするような姿と苦悶にもかかわらず、ビュルカンは動じないようだ。彼の仕草は軽やかで、笑い声は快活で、顔にも腕にも、僕が他の囚人たちに見たあの悲しみが少しも見られないのだった。

巻きゲートルの件は、ずっと前から続いていた。メトレーにいる間、少年囚は宝物を手にいれようと工夫を凝らす。それは押収、詐欺、盗み、相続、示談などからなっていた。そこに着いたときは、同じものしかもらわなかったとしても、器用か、軟弱かに応じて、彼らの持ち物はたちまち増減したのだ。重たい木靴と、同じ新しい作業着、手を切るようなネクタイをしているガキは腑抜けたちで、そうでないガキは、こんなものをみんな、もっと貴重なものと交換するのだった。数日後に少年囚はガラスで木靴をとがらせ、ベレー帽を変形し、ズボンの左側にもうひとつポケットをつける(別の猛者たちがそれを手伝った)。看守たちはそれを偽ポケットと呼んだ。少年囚は箱の中に、ハンカチを焼いて作った火口《ほくち》、火打石、金属片を入れてもっていた。それは猛者を見分けるしるしで、小さな鋼の断片で火打石をたたいて、隠れて吸殻に火をつけるためだった。偉くなり、古株になるにつれて、猛者たちは贈り物や盗品、押収や取引で豊かになっていった。少年院を去るとき、猛者たちは仲間に宝をばらまいた。こうして古株は、洗いに洗ったせいで雪のように白く軽やかで柔らかくなったズボンに、ものすごく繊細な形の木靴や木底靴を履いた姿を見せた。こうした靴はしばしば喧嘩のときに割れたのだが、中国の貴重な磁器の器のように保存され、割れ目は留金や針金で広がらないようにしてあった。木靴には十年たっているものもあった。猛者たちだけがそれを履くことができた。そういう木靴は有名で名前がついていた。鋲を打つために――木底靴には鉄の鋲を打つのだから――はかりしれない注意をはらった。上着も同じだった。新しいうちは、ごわごわしてどぎつい青色だが、猛者たちのはちがっていて、柔らかく白みがかった優しい青だった。

しばしば諍いの種になった巻きゲートルは、春にはとりあげられ、冬にまた配られた。猛者たちは兄貴分と話をつけて、最初にもらおうとする。だから猛者たちの間で喧嘩になった。巻きゲートルは頑丈で強力なふくらはぎの形を際立たせ、ゲートルの下でズボンが折り返してあるともっと見映えがするようになった。

・・・・・・・・・・・・・・・・・・・

「リトン、並足で歩け」

「並足で歩いているよ」

「ちがうよ、おまえ、それは並足じゃないよ」

「こっちにきて直してみろよ」

リトンは並足にもどろうとして歩きながら、ダンスするみたいに小幅に跳ぶ必要があったのだろう。しかしぴょんぴょん跳ぶのがいやだったので、彼は付け加えた。

「ダンスの時間じゃあるまいし」

ディヴェールが近づいてきた。リトンは、前に僕が言ったとおり、猛者たちがよくやるようにズボンとシャツの間の腹のところに平手をあてていたが、その手を離した。

ディヴェールはその動きをそのままにさせておかなかった。素早く二つに折った体を伸ばし、左足でリトンの胸を蹴り上げ、右のこぶしであごをついた。リトンが倒れると、すぐ足とこぶしでめったうちにした。メトレー流の容赦のないやり方だった。

懲罰を受けた囚人の行進はそれほど厳格ではなかった。円を描く歩みが、少しだらしなくなった。ディヴェールは目ざとくそれに気づいた。ワルツのように体を三回転させ、犠牲者から四メートル離れたところまできて、自分の息切れと少し高すぎる声を抑えてこう言った。息をつごうとして深く呼吸しすぎたのに違いない。

「おまえら、集中してやれ、一……二！……一……二！……一……二！……オン……ドン！……オン……ドン！」

彼は無意識に、メトレーでの鬨《とき》の声を踏襲していた。僕は微笑んだ。彼はそれに気づいたに違いないし、その意味がわかったに違いないが、何も答えはしなかった。自分の聖域である部屋の隅でじっとしたままで、ただ声と目だけが生き生きとしていた。

ディヴェールは爪先から頭の天辺まで美しく、睫毛《まつげ》のカーブが足の爪のように優美で、膕《ひかがみ》の重さが顎の重さに釣り合っている……、それはまったく驚きだ。創造主の意図はよくわかる。限られた数の美しい材料で、美しいものを作り出したいと思ったのだ。ディヴェールの美貌は完璧だった。彼の声は重々しかったが、僕はまずそれに含まれる重力を強調したい。しかもその声はしっかりして硬質であり、斧の一撃のようにしてものすごく長い話を切り出すことができた。——反対に僕の声は、何でもないことでひび割れる——彼の声はよくありがちな単なる付属物ではなく、彼の体や仕草が描く画と同じ素材でできていて、それらとまったく同化しているので、僕にはいまだそれらの区別がつかない。彼の声は彼の細胞そのものだった。それはまさに彼の肉と意志のいかめしい調子を帯びていた。

数日前にディヴェールは歌っていた。声はゆったりとして、しわがれていた。歌い終わったとき、この歌のせいで聞こえなかった別の歌を、もっと遠くで誰かが歌っているのが聞こえてきた。そして第二の歌が止《や》むと、さらに遠くの別の歌が聞こえた。それぞれの歌は違っていて、より近いほうの先行する歌が止むときに姿を現すのだが、これはヴェールを取り除いて、その背後に隠れていたものを見えるようにするかのようだった。最初、第二のものはヴェールに覆われて見えないまま存在し、次に第二のヴェールに覆われていた第三のものが見え、これが無限に続き、ヴェールがだんだん薄くなっていく。こうして一つの歌が止んでは、その下に別の歌が存在していたことを気づかせ、その下にはまた別の歌があるというふうで、監獄の中に果てしない曲線が描かれるのだ。アルカモーヌがはるか遠くに「ラモーナ」を、その少し震える声を聞いたのは、三つの歌がすでに消えたときだった。その声は痛々しく、ひび割れていて、そのひび割れを通って冷酷な声から深い優しさが湧き出てくるのだ。その声は馬鹿げた歌を歌う。最初僕には、その声が監獄の中庭に醜悪な歌を響かせるのが苦痛だったが、しだいに声の美しさ自体が歌に浸透したにちがいない。これらの歌を口ずさむとき僕は震える。しかし、アルカモーヌは決して歌わなかった。ディヴェールは歌うだけではなく、メトレーでは太鼓をたたき、鼓笛隊のリーダーで、日曜日の行進のときは太鼓の一列目だったが、ただし右側の外れた場所にいた。彼が一列目に一人でいたわけではないことに注意してほしい。彼は右側にいたのだ。彼は列の中にいて、同時にいなかった。それが僕に与えた動揺を言い表すには、キャバレーで、舞台の上では歌わず、立ち上がることもなく、自分がおしゃべりしているテーブルで歌いだす女歌手とでも比較してみるしかない。彼も女歌手も突然の指名で登場するのだ。彼が太鼓の撥《ばち》を威厳にみちた揺るぎのない態度で操ると、服の袖と演奏から一つの歌が飛び出してくるのだった。

ときどき日曜日に所長の前を行進する間、彼は少しだけ脇に離れていたが、それはわざとしたこととはいえ、決して列を乱していたわけではなかった。鼓笛隊が僕たちの前を通り過ぎ、先頭に立って礼拝堂に向かったとき、僕は世界の果てから、彼が冷静に、荘重に進んでいくのを見ていた。彼が前にかかえていた太鼓はそれでも轟き歌っていた。この陽気な音楽は彼の行為とともにあり、最も狂ったこと、最も陰険な行為を褒め称えていた。音楽は行動を褒め称えていたのだ。惨劇《ドラマ》を褒め称えるとき、音楽は陽気に酩酊している。彼の太鼓は惨劇に拍手を送っていた。丸刈りの頭に日曜日用の青いベレー帽、それはクレープのように大きく平らで、音楽家たちの黄色い房飾りで重くなり（黄色は彼らに花粉のおしろいをまぶすようだった）、やわらかくたるんでいたので、ほとんど目や右の耳まで垂れ下がり、何ともいえない優美さがあった。腿が太鼓に当たり、うろこ状に巻いたカーキ色のゲートルで完璧に造形されてひきしまったふくらはぎをもつ両足が太鼓を支えていた。明らかにディヴェールはこの子供じみた遊戯が好きだった。それは行列を何かしら陽気な、あるいは恐るべき祝祭に導くのだ。

いまでも彼はそういう祝祭を指揮しているようだ。部屋頭ではあっても、まだ若さの特権を思い出して、理由もなく戯れることがあった。僕は散歩のときのことをもっと書かずにはいられない。大部屋にまっすぐ登っていくのではなく、彼は階段の暗い隅に身を寄せて丸まっている。笑っている彼の前を通っていく少年囚たちと僕自身は、監獄の魅力の謎について、突然つかのまの啓示を受ける。

そしてビュルカンも同じようにして、壁に身をすりよせる癖があった。ああ、たとえ僕を愛しているとしても、美しすぎるガキよ、おまえの美は秘密のうちに、他の誰を愛しているのか。おまえ以外の美の間に、おまえの美は一体どんな美を見分け、発見したのか。おまえの美貌には少しだけ悲しみの靄がかかっていることに僕は気づくのだが、その美しさにも近づきがたい他の美とはどんなものか。たぶんそういう美は、おまえも誰も気づかないうちに、おまえの美に侵食されている。——あえて知ろうとするなら、僕だけがそれを知ることになるだろう。ルー、あるいはディヴェール、あるいはアルカモーヌ、あるいはそれほど威力がないので僕にとってはより危険な面々が、このもう一人の誰かの笑いがもたらすきらめきのせいで、顔中傷だらけになっていたということは、ありえないことではない。ディヴェールは彼の太鼓を、彼の小道具、祭服、革装具などといっしょに愛していた（あの太鼓の呼び声を、感動なくしては聞けない。僕の体は、ディヴェールがある晩僕にささやいた言葉を口にしたときのかすかな残響に震えるのだ。彼は唇を僕の耳の襞につけてこう言った)。「おまえを撥で一発やってやりたいな」。

この生まれながらのならず者たちから蒙《こうむ》ったすべての傷は治ってしまったが、この一言は、そのとき僕が血が流したことの証拠である。

懲罰室で僕はディヴェールと話す機会にことかかない。彼の部屋頭という役目を口実にして僕は彼に近づくことができる。僕は壁のほうを向いて彼に話しかける。懲罰室に着いた最初の日に会ったとき、彼に会おうとして僕が死の危険を冒したことを聞いて、彼は仰天した。数日後、彼がそのことに触れたとき、僕は言った。

「十五年たってもまだあんたのことを考えていたんだ。鎮静剤を飲んだのはあんたに会うためだった」

この愛の叫びは彼を動かした。昔のように素朴に、優しく、彼は僕のそばにいた。僕はいちばん親切な看守が番をしているときを狙って、僕が昔どんなに彼が好きだったか、てっとり早く彼に思い出させようとした。彼は僕を信じた。

「だけど、言っとくけど今感じているのは純粋な友情なんだ」

監獄は部屋不足で、各部屋に入る囚人の数は三倍あるいは四倍にもなった。懲罰房では、夜おのおのの独房に二人の囚人が入った。こんなふうにディヴェールと話した日の夜、ディヴェールは僕といっしょの部屋に入るはずの囚人と話をつけ、そのかわりにやってきた。独房の中に閉じこもった僕たちは仲間として喋った。僕は自分の人生を物語り、彼は彼の人生を物語り、カルヴィ[57]で、ヴィルロワと六ヶ月間いっしょだったと話した。

「あいつはほんとにおまえにぞっこんだったんだぞ。よくおまえのことを喋っていた。おまえのことを高く買っていたよ」

「ぞっこん」(avoir à la bonne) とは、メトレーで、猛者のハゲタカに対する情愛を意味する言葉だった。「ぞっこんになる」とは「いっしょに寝ること」を意味した。こんなふうに十五年たって、ヴィルロワのことを話しながら、ディヴェールはその言葉をもう一度繰り返した。彼はカルヴィについて、そこで僕が味わったかもしれない幸福について語る。そこでなら僕は反抗的な水夫たちを思いのままに愛せるのだ。彼は

57 コルシカ島北西岸の町。

さらにヴィルロワのことを長々と喋った。しかし驚くべきことが起きた。彼がヴィルロワのことを話すにつれて、僕があの猛者に抱いていたイメージは、はっきりするどころか、逆にぼやけていったのだ。僕の知らない特質をあげて、彼はヴィルロワを褒めた。何度か繰り返し腕っぷしの強いことにふれた。しかし、彼の腕力はまったく月並みだったのだ。最後に彼はヴィルロワの服の着方、それから彼の一物についても語った。あれで僕を征服し、ものにしたのだから、きっと素晴らしかったにちがいない、と彼は僕に言うのだった。ヴィルロワの昔のイメージは、徐々に別のしゃれたイメージに変わった。僕は最初あの少年がすっかり変身したのだと思い込んだが、ある一言でわかったのだ。ディヴェールは、とりわけメトレーのヴィルロワについて語っていたのだ。彼は冷やかしていたのではない。僕は彼がヴィルロワに惚れていたとは思わないようにした。懲罰室で一日中歩かされて疲れていたので、やがて僕は彼にキスをして一人で寝ようとした。しかし彼は僕を腕に抱き、強くしめつけた。僕は離れた。

「ただの友達じゃないか」

「いいだろう」

「よくないさ」

「こいよ」

彼はもっと強く僕を抱いた。

「気でも狂ったか。馬鹿はやめよう、特にここじゃあ。見つかったら、もう一ヶ月、懲罰をくらうぞ」

「今夜だけだ」

「いやいや、やめとこう。友達でいよう」

「友達だからといってだめってことはないだろう。なあ、反対だろう」

話しながら彼はずっと微笑していた。口を僕の顔にほとんどくっつけ、僕を放しながらも、昔のままの熱い気持ちで受け入れるように口説いた。彼は、僕がヴィルロワのいろだったことを知っていたのに。そしてこの熱い気持ち、この昂揚の中で、僕は実に深い絶望のようなものが表面化するのを感じて軽い不安を覚えていたが、その絶望は彼を単純で不確かな存在にしていた。ディヴェールはセーヴルの磁器[58]のようなものので、どこかわからないところにひびが入っていた。彼が微笑していても、声と仕草

58　フランスのセーヴルで生産され、ロココ調の装飾に特徴がある。

のなかに、僕はある叫びをかぎ分けた。結局、僕たちは一晩中愛し合った。丸刈りの二つの頭は、互いの上を転がり、ざらざらした頬がこすれあい、ヴィルロワにだけした愛撫を彼のためにしてやってもいいところだったが、ビュルカンへの愛が最高に高まっていたときなので、全面的な悦楽の表現は控えるしかなかった。しかし、それでもこの夜ディヴェールは、彼に対する僕の大いなる愛を信じた。というのも、あの夕方、窓越しに、少し離れたところに監禁されているボッチャコと話しているビュルカンの声が僕に引き起こした苦しみを、僕はこんなふうにして忘れようとしたからだ。

静まり返った大部屋にいる僕たちに、ビュルカンが真似るモリバトの呼び声が聞こえ、それに応える同じ合図があり、僕たちの頭上に夜が降りてきた。僕たちはそれに割って入ることも、合流することもならないまま、雑然とした会話が始まった。嫉妬の苦しみがどんなものかは、誰だって知っている。僕は嫉妬していた。その不安の頂点にあったせいで、僕はディヴェールの誘いに乗ったのだった。そして絶望と、それが引き起こした憤りのせいで、彼は自分の熱情に僕が応えていると信じたのだ。ビュルカンを知ってから初めて僕は快楽を味わっていた。そういうことになったのは、僕はメトレーでなら達成されるべき——おそらく欲望の水準ではすでに達成されていた——行為を実現しているにすぎないと思えたからだ。そのことは、快楽の追求が、愛の追求にほかならないことの証拠だった。僕はビュルカンへの愛ではちきれそうだった。ビュルカンが夜ボッチャコと語らっているのを知って僕は苦しんだ。そして、彼らのお喋りが、少し考えてみれば壊れてしまう僕の幻想にすぎないことを願った。というのもメトレーでは、声の戯れが引き起こすちょっとした混乱の場面など、すぐに氷解してしまったからだ。それにビュルカンと何人かのごろつきの間に、また彼とロッキーの間にどんな友情が結ばれようと、僕は何を心配することがあっただろう。彼が僕に、二人のごろつき同士の愛について詩を書くように頼んでくる前に、僕はすでに疑っていたのだ。彼の僕への友情は、前の男との仲たがいと関係があるのではないかと。そこで僕は、劇的な別れがあったと悟ったのだ。彼の男は無理やり奪われてしまったが、二人の関係はずっと前から数々の陰険な仕打ちのせいで壊れていた。ビュルカンが僕に「もうごろつきたちとつきあうのはたくさんだ。いつもいいようにされてきた。やつらの根性がほとほといやになった」と言ったとき、僕は直感的に理解していたのだ。ロッキーは、僕にはそれほど危険な存在と思えなかった。

僕はヴィルロワを穏やかに愛していた。稚児になり、棄てられるのが心配だったので僕の愛は強まり、つまりヴィルロワを信頼しきっていた。僕は一人の男を、彼の皮膚や物腰の中に入り込んでしまうほど、愛したのだった。そして他人の癖を見つけるのが実に上手になり、愛するものから癖を盗んで見せた。地獄には、いろんな度合いがあるが、愛にもいろいろな度合いがある。僕はその最果ての領域に、そして頂点にたどりついた。それはブラシ製造の作業場長を罵ったせいで、獄舎で八日間堂々巡りしたときのことで、僕は天窓越しにヴィルロワの声を聞いたのだ。懲罰をくらった別の囚人が獄舎を出る前の晩のことで、その声はA班の猛者のリヴァルに、ずっと彼のことを思っていると伝えてくれるように頼んでいた。僕の心はまた嫉妬に狂い、口が渇いた。僕はほんとうにヴィルロワが好きだった！　はらわたからそう叫ばずにいられなかった。一瞬僕は、好きな猛者を失った稚児の境遇に陥った。僕は悲嘆にくれる寺院だった。それから素早く理解した。ヴィルロワは懲罰を受けていないのだから、壁越しに聞こえているのは、彼の声ではないということを。

その声は優しく、いわば表面だけ優しく響いていたが、男っぽい落ち着きに満ちていた。それはロシア人か黒人の音楽家たちのズボンのまたぐらに軽やかに浮かぶ絹のようなものだった。彼らはポケットの底で戯れる手によってこの絹を操るのだ。繊細で、軽やかにうねる波からなり、この絹は実に重々しい男性の道具を隠し、それでふくらみ、ときにそれは突き破って出てきて高慢さをむき出しにする。この声について、僕はまた、それが布地で覆われた太鼓の打撃音だったということもできる。ヴィルロワは懲罰を受けていないのだから、僕の不安の塊りは溶けた。しかしたちまちまた、不安は僕の喉いっぱいにひろがった。その大きさは法外なものになった。僕の聞いたのはストックレーの声だった。彼はヴィルロワの真似をしていたのだ。僕は自分では意図せずに、驚くほど素早く自分の愛するならず者の身ぶりや声を真似したことがあるのを思い出した。ストックレーはA班の猛者の一人だったが、ヴィルロワと彼の間に、隠された関係であっても、何らかの関係があったとは考えられない。しかし、声色を盗むほどに、彼はひそかにヴィルロワを愛していたということがわかった。彼が僕の男にぞっこんだったと想像してみた。裏切られた僕は死にそうだった。しかしやがて僕は気を静めた。ヴィルロワの声は真似できないものだ。ストックレーが真似していたように聞こえたとすれば、僕が間違っていたのだ。実際の彼の声は耳障りで、しわがれていた。少年院の農場で荷馬車の御者をして馬に向けてどなっていたからだ。しかし獄舎の反響のせいでその声は丸味を帯び、優しいものになっていた。厚い壁が声を濾過し、少し震えさせていたのだ。僕はこれらのことを徐々に理解し、少々無理をしてでも安心しようとつとめた。

作業のあいだ、男たちは行き当たりばったりに、通りかかる仲間を罵ったものだ。彼らは非情で美しい、途方もない罵声を浴びせあったが、晴れやかな項《うなじ》をしたこれらの獣たちのどこか、たぶん肩甲骨の間あたりに、優しいひびわれが隠れていることがわかった。というのも、垢だらけの水夫の生活に特有の言い回しにひそむ繊細さに僕は気づいていたからだ。このいかつい男たちは、ガレー船が出港するとき、大胆にも言うのだ。「ガレー船を立てるぞ」、さらにまた「帆を濡らす」、さらに「艤装する」、さらに「静索」、もう一度あの宝石のような表現「艤装する」、そして外装の板張りの内側を「毛皮」と呼んだりするのだ。そして一番乱暴な男たちが、ときどき指で小枝や糸をつまみ、それを帆やロープに見立ててガラス瓶に閉じこめられた帆船を作るように、歯の間には壊れやすい詩をひそませ、それを言葉にしていた。結局、海の悲しみが、僕たちの見出した平穏を破り、みんなの目を悲壮にさせていた。風が帆に突進した。罵声がロープに引っかかった。男たちはそこから甲板に転げ落ちた。そのとき僕の目に焼きついている最も異様なイメージは、水夫の巻き毛の頭が風と霧と船の揺れで震え、索具の巻きついたブイに囲まれていた光景だ。そしてこの水夫の頭は、ブイの中にあって、誰かの左側の肩に刺青されていたのだ。それはピエール・ビュルカンが僕に約束したプレゼントだった。ある日階段で、突然、上着とシャツをはだけ、彼はそれを見せたのだ。「ほらジャノー、おまえの小僧をよく見ておけ」と。

僕はこの海賊たちの服装についてまだ何も語っていない。彼らはズボン下のようなものをはき、膝までまくりあげていた。上体は裸だった。南洋での獲物はときに豪勢だったが、運命は決して味方せず、彼らは上等の服を着られるほど豊かではなかった。しばしば彼らは船倉で身をよせあっていたが、その姿はあまりに美しく、彼らを写真に撮ろうとしても、レンズがフィルムに記録するのはただの薔薇にすぎなかった。想像の空をよぎって逃げ出し、僕は死をまぬかれる。装置が働いて落とし穴が開き、僕は想像上の復讐の世界に落ちていく。

ここ、見出されたフォントヴローで、夜になると僕たちは、僕たち自身も、心と一物も嗚咽《おえつ》するがままにしておく。ここでかつてわれらがヒモたちも悲嘆にくれたのだ。しかし僕たちは中央刑務所にもろくでなしや稚児がいるなんて、想像もしていなかった。刑務所のほうは、僕たちについてなにか考えただろうか。それにフォントヴローの約千人が住む村（二百人の看守が妻たちと住んでいるから大体そんなものだろう。その妻たちが、わざわざ僕たちのことを「きっとろくなものにはならない」と噂しあっている）、小さなスレートぶきの家が並ぶこの村で、中央刑務所は昔の修道院の地位を、その存在感を保っている。夏にはそれぞれの囚人たちが、巡視用の壁の向こうに、フォントヴローの泉を囲む丘陵地帯の木々の緑づいた先端を見ながら、彼の内面に、彼の服従の状態そのものに、昔の修道士の誇り高い魂を見出すのだった。

男たちは彼らの地上の人生の話を語りあったが、それはいわば夜更けの人生で、彼らは胸をときめかせて深夜の探検に出発したものだった。彼らは言った。「おれは羽根とかいいものを手に持った」。それはバールと楔《くさび》のことで、彼らはドアをこじ開けるのにそういう道具を使ったのだ。盗みに入った家に思いがけず女が帰ってきたりすると、女が気を失うまで殴るので、男は「女を伸ばしてやった」と言う。それからあるヒモは、自分の見下げたライバルに言うのだった。「おれの一物の上にすわれよ、仕事のことを喋ろう」。別の男や新人は「陰部を舐める」ことを意味する表現をまちがって使ったし、ある朝にはおいぼれを殴ったと言おうとして、「あっという間にまぶたをひっくり返してやった」などと言うのだった。

浮浪児たちはみんなまずフランス語を教わった。やがて隠語を聞いて、それを繰り返すようになった。彼らは若く、彼らにとっても僕にとっても、こうした隠語は同じように魅力的だった。この魅力にすっかりとりつかれ、隠語を話してその魅力を味わうために僕はずいぶん時間をかけたものだが、浮浪児たちは若くして本能的にこの魅力を見分けていた。というのは彼らにはフランス語なんかどうでもよかったからだ。彼らはそれをかぎつけ、隠語の魅力に全面的に身を委ねた。僕は自分を発見し、自分の本性と一体になることに、ずいぶん時間をかけた。自分の本性を見つけようと努め、長い時間をかけた後、やっと見つけた。浮浪児たちが二十歳で会得することを、僕は三十歳頃に会得したのだ。

僕は誰かが「愛の時節」について語るのも聞いたが、その調子から、この表現は少なくともそれが指し示す二つの意味で理解されたことがわかった。そしてこれらの言葉を聞きつつ、僕はいまなお自問するのだ。三つまたは四つの異なること、ときには対立することを表現しようとするこれらの言葉を聞くとき、この言葉が言及しようとした習慣的な世界にどんな世界がまぎれこんでいるのか。実はこの習慣的世界に言及しているわけではないし、他の世界に言及してもいない。ときにはさらに別の第三の世界に言及しているかと思うとそうでもない。僕たちのうちの誰がほんとうにこの世界に向けて何か言ったり、それを話題にしたりするのか。そのようなもっと美しい言葉が、黄金の声《ヴォワ・ドール》の口から出てくるのをここで僕たちは感じていた。それは煙草を吸う誰かの広い胸から、くるくるまわりながら出る煙のような勢いで出てくるのだ。そして僕は、若者を動かさずにはいない感動に心の底から揺さぶられていた。彼らの声は重たい。彼らは話すとき、このまろやかな生ぬるい声が、開いた、あるいは半開きの口をぬけて喉を転がりながら出てくるのを感じているのだ。これらの重厚な声は（音色ではなく、それは無音のざわめきのおかげであって、そのざわめきが声を優しく震わせ、揺さぶり、少しうならせたりもする）しばしば荒くれ者特有の声だった。声は隠された富を露にしていて、それは自分の語彙をダイアモンドと真珠で飾りたがるご夫人もうらやむものだろう。この奥深い富は、ヒモたちの本来のしるしなのだ。僕はこの富が暗示しているすべてのものといっしょに、この富を受け入れる。ヒモを見分ける特徴は、セーターの折り返した襟、帽子、靴、鳥打帽《ハンチング》であり、かつては耳輪だった。とすれば、気まぐれな流行から生まれたこんな装いの細部がなぜ彼らの興味を引き、採用され、保存されて、場合によっては一部だけ残り、それぞれがヒモの象徴となったのか、僕たちは考えざるをえない。ヒモとは一番手荒な男たちで、ガキたちが、そしてヒモたち自身が讃えるのは、恋にうつつをぬかしたりはしない男で、これは愛をも超越する強い騎士なのだ。しかしどこにこんな完璧な騎士たるヒモがいるだろう。レーを例にとってみよう。この若い猛者は美貌の持ち主だったが勇敢でもあり、彼が男でないとはとても言えなかった。彼の身ぶり、声、物腰は冷酷そのものだったからだ。ただ彼は口にする言葉だけは優しくあろうとしたのだが、うまくいかないのだった。それさえもレーの男らしさのしるしだといえる。彼はまさに男だった。それにしても誰が、何が、あの枯葉色した畝織り[59]のビロードのブラウスを選ぶ趣味を彼に与えたのか。それはヒモがあまり着ない類いの奇抜なもので、彼はフォントヴローに来たときにそれを着ていたのだ。中央刑務所では、こんなふうに何らかの面で自分の秘めた繊細さを暴露してしまうことのない男たちのほうがまれだった。それにしても、ごろつきの出で立ちの話題は尽きない。裾の広がったズボンがずっと前から僕たちのあいだで流行《はや》っているのはなぜだか、知りたいものだ。裾を夜会服のように幅広く、

59 畑の畝のように、凹凸をつけた織物。あぜ織りともいう。

ナイフの刃の形をした布切れをつけてさらに広くしようとする男もいて、ズボンがすっかり靴を覆ってしまう。それにどうしてウェストをあんなに絞るのか。最初にヒモになったのは港を出入りする水兵たちだったというわけで、その起源は海軍にあるといっても、おそらく説得力はない。それでもこの説明は刺激的ではある。というのも、退役してポン引きやヒモになった水兵は、自分らの制服を懐かしがり、それをまた着たくなる――同時に水兵の活動のなかにあった詩情も、とりもどそうとするのだ――。注目すべきは、ズボンや上着を仕立て直したヒモたちの服は、水夫の制服を超越して、帆船やガレー船や花冠をかむった騎士などの古めかしい衣装にたどりつくということだ。

僕たちと同じように、夜、フォントヴローの男たちは天井近くの窓をあけ、正面の数え切れないほどの窓を見て、壁越しにたがいの姿を見る幸福を知って、驚嘆し感激するのだった。彼らは壁を見る存在であると同時に、壁の背後にいる存在でもあったからだ。彼らは突然開けた地平に一瞬ひきつけられ、そして窓から窓へと、たがいに「こんばんは」と言った。互いの名前の略称を知っていた。ジャノー、ジョー、リクー、デデ、ポロ……。あるいはまた芳《かぐわ》しい軽やかな渾名《あだな》も知っていた。そういう渾名は、ヒモたちの肩にのっていて、今にも飛び立とうとしているようで、僕はそれを好んで愛の言葉だと信じようとした。メトレーで僕たちはまだその秘密に通じておらず、それぞれが友のあいだで、不器用にむき出しの名前で呼びあい、夜になると、叫びはしなかったが情熱的な告白をしあった。彼らはお互いの名前と声色を知っているだけだったからだ。そして、闇の中の半開きの窓から、交換して読むはずの小説の題を告げるのだった。そういうわけで、こんな題名が中央刑務所からメトレーにかけて星の下で漂っていたのだ。『ミリアール姫』『首に縄』『短剣の下』『ジプシー娘のタロット』『金髪のトルコ王妃』などが。

こうした題名が、彼らの開いた口から吹く風に乗って飛び交った。葬礼の船のマストを支える綱に、喪の幟《のぼり》がはためくようなものだった。彼らはたがいの声しか知らないのだった。しかし、たぶんこんなふうにして恋は生まれるのだ。声同士が愛し合うからだ。監禁された僕らの神々も同じように、開いた小窓に頭をこじいれて愛し合った。ときには若い二十歳の青年が、まるで殺される直前のように歌うのだ。ビュルカンもしょっちゅう歌うが、あるガキは必ずならず者の歌を歌うのだ。「夜想曲《ノクチュルヌ》」の場合、この歌の題は歌詞に出てきて、ならず者の心を意味する「陰鬱な骨壺《ユルヌ》」と韻をふんでいる。僕たちはそれを聞く。歌は壁を崩すかもしれない。僕たちは熱烈に聞く。高すぎる音を歌い損ねると、誰かが「がんばれ、かすり傷だ」と叫ぶのだった。そいつが言いたいのは、歌い手の腿に野薔薇が刺青されていることでも、肩に熱い鉄で百合の花が烙印されたことでもなく、この若いオカマが、【咲きほこって花冠をかむったペニスで】掘られることを願うということだ。【そして二十歳の若者は応えるのだ。「お前の肉にめり込んだ俺の一物」。】フォントヴローのそれぞれの牢屋に夜じゅう、閉じ込められた声は、今夜の声に劣らず重々しく、静謐《せいひつ》だったにちがいない。それは歌う。「出て行って、振り向かずに」と。他の歌よりも、この歌は僕の心をゆさぶる。というのも僕は一人の少年囚を外から、つまりプティット・ロケットから連れてきたのだが、たぶんこの子はあそこで別の子供にオカマを掘らせたのだ。到着すると先輩たちがさぐりを入れてきて、彼らは僕もすぐに「落ちるだろう」と見ていた。到着した夜に、新しいごわごわした衣類にくるまっていた僕を、彼らは放っておいてくれたが、それには歌を歌うのが条件だった。

「何が歌えるんだ」

彼らの俗語はでたらめだった。彼らの中にはパリの下町のヤクザがいたが、他は地方出身でパリを通過したことがあるだけだった。メトレーには、監獄ではなく、流刑地でしか出会わない表現があるのを僕は知った。「ズボンを守る」だ。メトレーは流刑地と状況が似ているので、こんな表現ができあがるのだろうか。たぶん脱走した、または釈放された流刑囚がメトレーにもどってきて、垣根に隠れてハゲタカに出会い、「ズボンを守れ」とすすめたか、あるいは仏領ギアナから少年殺人犯が身の回りの品といっしょに持ち込んできた表現なのかもしれない。

僕は彼らのために「出て行って」をその夕方、中庭の真ん中で歌った。イヴォンヌ・ジョルジュとニニ・ビュッフェの歌った「出て行って」だ。少年囚たちは静かに聞いていた。新入りはみな自分の知っている新しい歌を言ってみて、それを歌わなければならない。入所するときは、こうして愛想よく貢物をするのだった。古株たちにとって、この貢物は新入りの運んできた黄色い紙巻煙草の香りであり、女の匂いだった。「私のパリ」「私にゃ二人の恋人がいる」「ブランシュ広場」「いちごと木いちご」「ハレルヤ」などを僕たちは教わったが、一番人気は、愛や別離や陶酔を語る感傷的で激しい歌だった。僕はB班の中庭の真ん中で、みんなを前に歌った。僕の声はずいぶん兄貴分の気に入って、彼は僕を選んでハゲタカにしたのだ。僕の声は明瞭で清らかだったが、イタリア人の歌声にある、繊細な震え、一種の戦慄を備えてはいなかった。イタリアの歌手が首を震わせて歌うのは、くうくう鳴く鳩の喉が震えるのを想像してみればいい。トスカノがそんな歌声をもっているのは、僕からオスの部分を盗んだからにちがいない。しかしメトレーでは、少年が悲しみを吐き出すようなあの特別な嘆きが生まれることはなかった。

ボッチャコに最後に会ったとき、彼は口ずさんでいた。

それを聞こうとして僕は別の猛者たちのグループと立ち止まった。

彼は微笑んだ。

「どこでも、メトレーではギーとよく歌ったよな？」

「そう、歌ったよ。みんなが歌う歌さ。それがどうした」

「どうしたって？　エイスじゃあ……」

「おまえ、エイスにいたのか？」

「言っただろう。歌を作ったもんだ。あそこじゃ歌を作るやつらがいたんだ。それに別の少年院から伝わったのもあった。アニアーヌ、サン・モーリス、ベル＝イル……、でもメトレーからきたのはない」

フォントヴローの歌をいくつか紹介しよう。

流刑地はもうここにない
その名は忘れられた
でもかわりに大きな監獄ができた
その名はフォントヴロー
つまりは墓場

別の歌。

黒ずんだ壁の中の悲しい監獄で
二人の若い囚人がゆっくり輪を描く
恥辱の衣につつまれ頭をうなだれ
ほんとの徒刑囚のように腕に刻まれた数字

私は考える、やつらは一体何をした
殺し屋なのか、盗人なのか、ごろつきなのか
正直に働くものから盗もうとして
たじろぎもせず殺してしまうやからたち……

ボッチャコの語る嘆きは、メトレーでは生まれることがなかった。少年院は壁で包囲されてはいなかったからだ。僕たちの郷愁は深かったが、そこで育まれた憂愁はそれほど深くはなく、溜まることもなく、洞窟を炭酸ガスが這い上がるように、壁にぶちあたることもなかった。憂愁は散歩や野原で働くとき外に散った。アニアーヌ、エイスのような他の少年院、そして監獄、サンテのそれや、もろもろの中央刑務所は壁に囲まれていた。苦しみと悲しみは外に逃れられず、壁に反響するので、ボッチャコはその嘆きを聞こうとし、歌おうとしたのだ。

結局、最初の夜、歌を歌ったせいで、僕はまず売春の恥をまぬかれることができた。ハンモックからハンモックへ渡り歩き、あるいはすべてのオスたちが闇を徘徊して僕のハンモックに這い上がってくるかわりに、僕の仲間、僕の猛者、僕の社交性のおか

げで、僕は一目おかれるようになった。包み――僕の持ち物を包んだもの――を食堂の窓の近くにある長椅子に置く前に、もうみんなは僕に探りを入れていた。リオが長椅子をひっくり返したので、僕の包みは地面に落ちた。まわりのガキたちはにやにやしていた。僕は荷物を拾った。リオがまた落とした。僕は彼の目をにらみつけた。

「わざとやってるのか？」

「気がつかないのか、ええ。けりをつけてみろよ」

この答えはガキたちみんなを笑わせた。そのとき僕の中で何かが生じたが、それはこのときにたった一度だけ生じて二度と繰り返されない現象だった。僕の抱いた感情とは、僕のこれからの人生は、ひとえにこの瞬間の自分の姿勢にかかっているということだった。僕は突然、非常に深い政治的感覚に目覚めたのだ。僕はこういう子供たちの政治的感覚は異様に鋭いものだと悟った。彼らは実に確固とした方法で探りを入れ、僕の反応にしたがって、僕を猛者か、腑抜けか、オカマに分類する。三秒の間、ものすごい恐怖で僕は麻痺してしまったが、意を決して、自分がリオよりも弱いと感じた憤りで歯をくいしばり、「ば」の音を強く鳴らして言った。「きたねえ馬鹿野郎！」。リオはもう僕に飛びかかっていた。僕は闘いを拒まなかったが、すでに窮地を脱していた。子供たちは、何という驚くべき巧みさで、仲間を選ぶのだろう。しかも自発的に、しめしあわせることもなくやってのけるのだ。ためらうことなく、弱虫は切り捨てられる。さりげなく嗅覚を働かせるだけで十分なのだ。彼らは新人を試し、「男」であるかないかをかぎつける。僕は防戦し、ヴィルロワは僕を護衛した。僕たちの間で思いやりは珍しいものだった。この点で僕たちはローマ人のように厳格[60]だったから、彼との関係は優しいものではなかったが、ときどき優しいどころかそれ以上に、僕たちは動物的にむつみあうのだった。首の周りに彼は金属の細い鎖をかけていて、それにはキリストの聖心《みこころ》をあらわす銀のお守りがついていた。僕たちが愛しあうとき、彼が飽きるほど僕の目にキスしたとき、僕の口は彼の首や胸をいったりきたりして、ゆっくり腹のほうに滑っていった。彼の喉のあたりにきたときに、彼が少し身をよじったので、鎖にぶら下がった銀のお守りが僕の開いた口の中に入った。僕がしばらく口の中にそれをふくんだままでいると、彼はそれを引っ張り出した。【精液を飲み込み、絡まった陰毛の巻き毛に口づけし、僕の口は彼の口までよじのぼっていった。】喉の上を滑らせてから、もう一度僕の口に入れた。彼の威信にふさわしいように、僕は子供たち、少年たちの間で一番いい身なりをしていなければならなかった。入所したあくる日、僕はすでに日曜日にかぶるための、幅が広く折れ曲がったベレー帽をもらっていた。これは少年院のはやりだった。そして平日用には、颯爽とした警官用の縁なし帽に、ガラス片で先を尖らせた軽い木底靴だった。この靴は磨きがかかっていて、木の底は羊皮紙のように薄くなっていた。どの少年も班長に隠れて自分用のライターを作り、火口《ほくち》を作るためにハンカチを焼き、発火させるための金属片を盗んでいた。夜にはズボンを直し、ゲートルといっしょに穿いて腿にぴったりつくようにした。それぞれの少年囚が、猛者も、その猛者のハゲタカも、自分らの装備一式をそろえるのに苦心惨憺《さんたん》していた。猛者たちは、おめかしする彼らの稚児について皮肉交じりにこう言ったものだ。「こいつらは間違ってない、人の苦しみを忘れさせてくれるから」と。

僕はこの表現と教会のあの言葉「……良き苦しみの人……」が似ていることを指摘せずにはいられない。そして猛者たちを楽しませようとする欲求に——それは今日では未成年を楽しませるという欲望に変わっている——実に強力な慈愛のしるしを見て

60 「ローマ風」(à la romaine) は「古代ローマ風の厳格な徳をもって」という意味。

いたので、この慈愛は僕の悪徳の奥深くまでしみこんでいった。だから僕は幸福な偶然の助けを借りて、少しずつ、おそらく僕の中にひそんでいた「慈愛」を徐々に発見していったのかもしれない。そのことについて書くならば、「慈愛」はたぶん純粋に光輝いてあふれ出てくるだろう。それは僕の書く詩の中から、まばゆいばかりの少年たちが出てくるようなものだ。なぜなら僕はひそかに、長いこと我慢強く、言葉の混乱の真っ只中でこの少年たちを捜し求めたからだ。ときに放棄した無数の草稿を見つけることがあるが、その中では、誰か特定の人物に「おまえ」と言い続けたせいで、しだいにこの秘密の祈りが美しいものとなり、僕が言葉を向けた人物を新たに創造し直すのだった。

どの宗教においても聖性の追求とは辛いものである。それぞれの宗教は、これを追求する者に報いるために、その宗教が神について強いる観念にしたがって、神と対面する栄光を与える。僕はアルカモーヌをこの目で見ながら、生身の僕が彼のそばにいるよりもはるかにリアルに、僕の小部屋にいながら心の中で、彼の最も高貴な生《せい》の素晴らしい展開に立ち会うことを許されていた。この生に彼は自分自身を超越して到達したのだ。彼の生は、死刑宣告から彼の死まで続いた。おそらくこうした恍惚とするような場面こそ、僕がこの本を書く理由なのだ。この本は鏡のしかけと同じくらい巧妙な裏切り者で、あなた方が自分では作り出したことのないイメージを、あなた方から取り出すのだ。

僕は自分の本を『天使の子供たち』と名づけようと思った。『創世記』の一節にはこう書いてある。「神の子らは、人間の娘たちが美しいのを見て、それぞれ妻としてお気に入りの女を選んだ」さらに『エノク書』にはこうある。「天使たちはおのおの自分のためにひとりの女を選び、近づいていった。そしてこの女たちは身ごもった。その寸法が……[61]ほどの巨人たちを生んだ。彼らは人間の生み出しうるものをすべて貪った。天使たちは子供たちに魔術を教えた。それは剣とナイフ、盾、鎧、鏡を作る技術、装飾や腕輪の製造、絵の具の使用、眉毛を描き、宝石やあらゆる種類の染料を使う方法であり、その結果、世界は堕落し、神を冒瀆《ぼうとく》することははなはだしくなり、姦淫がはびこった」

61　省略されているのは「三百クデ」。「一クデ」は約五十センチメートルである。『エノク書』7—10〜8—2によっているが、ジュネの引用は忠実ではない。

こういう文章を目の前にすると、少年囚の秘密の領域がこれほど巧みに描かれ、描写されたことはないように思えた。僕は眩暈に襲われながら、こんな考えに走るのだ。僕たちは天使と女たちの、若々しく生まれついた博識な子孫であり、まったく確実な知識をもって火や衣服や装飾品の秘密の製法にたずさわり、魔術にかかわり、栄光と死とともに戦争をもたらす実践に身を委ねる。彼らはなんと無関心にふるまうことか。たとえば「刺青の位階」が、もったいぶった態度で守られていたなどと信じてはならない。これには、戯れに戦争ごっこやアパッチの真似をする人間たちが考案するような儀式の余地はなかった。少年囚たちは芝居にうつつをぬかすことはなく、あらゆる茶番を嫌った。

刺青に関すること、これに関する決定や禁止は、おのずから決められた。支配者というものは妙な体裁をつくろって君臨することはない。冷酷な目をしたチンピラは、あっさり決めたものだ。

「猛者の図柄を入れるには資格がいるぜ。スミレ以外のものを彫るんなら、おれが黙っちゃいねえぞ」

こうしてあの位階は純粋に保たれた。それは公に確立されたものではなく、獲得しうる名誉のように追求できるものではなかったから、なおさら純粋に保たれたのだ。原則などなかった。それはまったく自然に、何人かの男たちのもつ似たような自信に由来したものだった。彼らは最後には鷲や軍艦などの図柄によって自分が誰かを示し、はっきりさせるようになった。

僕が入所した当初、ボヴェはまだここにいた。彼はヴィルロワにただ「おい、まさか」と言ったのだが、言葉には、それを言う人物だけが与える意味があり、実はすべての言語は暗号である。というのも、まったく単純な叫びさえも、ときには含みのある罵倒を意味していたからだ。この「おい、まさか」は、「おまえひとりが世界じゃない、おれだって存在する」という意味だった。ヴィルロワは飛びかかった。彼らはいつも快楽に酔いしれながら、「それにあやかる」のだった。小説家たちの書くところによれば、たぶん歯茎から鼻孔から眉弓《びきゅう》から流れる血の眺めと匂いが快楽を増すのだ。誰も割って入らなかった。それは聖なる戦いだったからだ。ヴィルロワはボヴェに鷲の刺青を許さなかった。前の月、彼に軍艦を許可していたのだ。鷲はまだ許されていなかったのに、ボヴェは位を上げようとした。それで彼は死ぬことになった。ビュルカンの胸に鷲が彫ってあると思ったとき、なぜ僕が心を動かされたかわかるだろう。

僕は他の男たち（強盗や、あらゆる種類の与太者）が階段で、あるいは散歩のときにビュルカンの美貌に気づき、鷲の刺青を見ていたかどうかは知らない。ただ、彼に近づくとみんなが狼狽したものだ。男たちは一瞬の間だけ動転するのだが、この一瞬に対して僕の観察力は敏感だった。彼らは突然、理由もなく散漫になるのだ。彼がふだん僕を待っている階段の壁の曲がり角で、男たちはしばし登るのをためらい、さりげなく彼のほうを振り向いた。階段には、こうしたときめき、すべての永遠の痕跡が記されている。それはピエロがそこで僕にした最初のキスと、野生ヤギのように素早く、少しこわばった逃げ足の跡で、その痕跡はいまも震えているのだ。彼があれほど素早く逃げたので、僕はそこに残って物思いにふけった。そんなキスを僕はもはや期待していなかったのだが、彼は自分からキスしたことで感じた困惑を隠すために走り去った、と僕は思った。彼の唐突なふるまいは、たぶん法外な繊細さを隠していたのだ。

しかし、彼はいったい僕を愛することができたのだろうか。僕は体にも顔にも気をつかうようにしていたが、それまで生きた人生の跡は隠せなかった。僕は娑婆で感じた数々の苦痛や悪徳のことを言おうとしている。牢獄の中にいると若さが保てる。中央刑務所で年をとった強盗たちは薔薇のように穏やかで、のんびりし、若々しい顔をし、筋肉はしなやかだ。そういう連中がまだいて、僕たちは飢えで荒《すさ》んでいるのに、彼らはここで恋愛の達人なのだ。今も僕には驚きなのだが、ロッキーが会計課の仲間たち、助手たち、パン屋たちとつるんで取引きしていたのに、ビュルカンはそういう関係も利用することはなかった。

しかしある日、階段で彼は上着の裏から、一つの球形のものを出し、膝で二つに割り——僕は彼の前腕の筋肉のうっとりするような動きを見た——僕に半分を差し出した。僕はこの仕草を何度か思い出し、これによってビュルカンが何者なのかを判断しなければならなかった。彼はまったく気どることもなく、パンを持っていると言い、それを僕にくれたのだ。そこで僕は理解することができた。まさにこの自発性が彼の性格の根底にあること、こうして彼は自分自身にまったく忠実にふるまっており、彼のあらゆる行為は同じ巧まざる自発性から発していること、そして人は容易にそれを率直さと混同してしまうということを。しかし、率直さとは何一つ隠しはしまいという意志の顕《あらわ》れであり、一方、自発性とは、何も隠すことができないという不可能性のことなのだ。自発性は激情にすぐ反応してしまうからだ。

というわけで、彼の仕草は自発的なものと僕は信じていた。だが僕は間違っていた。ひとたび彼が自発的だと見てとってからは、自発的なのだから率直なのだと僕は考えた。つまり僕は彼を信じようとしたのであり、その後に彼が僕に話しかけ、粗野で邪険な調子でロッキーとはもう関係ないと僕に断言したとき、僕は彼を信じてしまった。実際は、彼が僕にパンをくれたのは、誰かがたった今彼にそれを贈ったばかりだったからだ。贈られた喜びが彼の魂の扉を開き、虚栄心のせいで、彼は不用意なことをしでかしたにすぎない。

必ずしも美形ではなかったが、ロッキーは大柄で強かった。今では僕は知っている。僕がピエロを愛していることに彼は気づいていたのだ。しかしロッキーはそのことを隠し通した。たぶん彼はもうピエールすなわちビュルカンに対して冷めていた。もう好きでなかったのかもしれないし、運命はもはや彼らが愛しあうのを許さないことをわかっていたのかもしれない。ロッキーにはめったに会わなかったが、僕たちは両方ともピエールを愛しているのだから、友情で結ばれてもいいと思った。この友情は不可能ではなく、二人のライヴァル同士は愛しあうところまでいってもよかったのだ。

二人ともオスたちを愛したのだから。

僕は鷲、軍艦、軍艦の碇、蛇、スミレ、星、月、太陽を刺青した男たちを見た。その種の紋章を首まで、いやもっと上までいっぱいに刻んでいるのもいた。こうした図柄が新たな騎士道にしたがって彼らの上体を飾った。

騎士道というべきか、そこには一種の帝国的貴族制が作られていて、監獄や他の少年院で彫ってもらった以前の刺青は意に介さないのだった。それでも、より古い模様の威光というものはあって、ここの猛者たちは、他で刺青していた猛者を尊敬せざるをえなかった。僕たちは腕に小さなスミレを刺青したが、フォントヴローの男たちがそれをたとえば彼らの母に捧げたとすれば、僕たちは「黄金の声」と記した小さな旗のまわりにスミレを彫った。それは無目的な位階の最初のしるしだった。花と旗がそれにふさわしい枠におさまるように気を配り、僕たちはこの飾りを体じゅうに刺青した。中にはまるで竜舌蘭の葉に恋人のイニシャルを刻むようにして、肉に食い込む手荒な模様を容赦なく刺青するものもいた。ガレー船の漕ぎ手の肌が塩に食い破られるように、模様に食い込まれたこの男たちを、僕は不安におびえながら尊敬した。というのも刺青は、様式化され装飾され花を咲かせた刻印であり、あらゆる刻印はそういうものであるからだ。この刻印はやがて彼らが受ける傷で重くなりあるいは軽くなる。それは心に、また肉に刻まれる刺青であるが、かつてガレー船の海賊たちは体じゅうにすさまじい刺青をして、自分たちの社会生活が不可能になるようにしたものだ。自分からこの不可能を望んだのだから、彼らは運命の過酷さにそれほど苦しまされずにすんだ。彼らはそれを望み、自らの世界を狭い空間と安楽のなかに閉じ込めたのだ。あるいは刺青をした男の世界は歩哨たちが詰める小屋の室内のようなものだった。僕はその暗闇の中に隠れた。

メトレーにいたとき、ディヴェールはまだ刺青をしていなかった。僕は彼の体、肌、歯の白さを思い出す。今は左肩に、僕の見たあの顔が彫ってある。夜になると、彼は僕のベッドの中に入ってきた。僕は何も言えなかった、他の囚人に気づかれたかもしれないが、僕は布団の中で彼を抱きとめ、感謝の念から取り乱していた。彼の絶望的な熱情と炎は、愛を奪われてきたゆえと、僕は理解していた。貪るような愛撫が一時間続いた。

他の男たちと同じく、ディヴェールはメトレーを去ってから海軍に志願し、トゥーロン以外の所にも行った。フランス中に解き放たれるすべての非行少年たち、男の腿をもつガキたちは、隊列を乱し遁走する兵のようにメトレーの外に出ていった。まだ小学生も同然の少年たちだったが、彼らは水兵になることを選んだ。彼らのばらまく犯罪の種子は、港、海、寄港地を肥沃にした。彼らは女を手に入れるだろうが、あんなに長い間、遊女同然の存在だったガキたちと、彼らを好いたオスたちが、メトレーで心や魂や筋肉に受けた痣《あざ》を忘れるとは思えない。港でリオが娘を前にして自分を優しく凶暴に見せようとするとき、娘をジャクリーヌと呼ぶ代わりに、彼は優しさをこめて「おいらのジャコー」とダチ公のように呼んでしまうのだ。そしてこの呼び名は彼を落ち着かせる。僕もこの呼び名を思うと心が落ち着くのだ。

僕は静寂を、大いなる夜の静寂を必要とする。熱く凪《な》いだ海を行くガレー船の上で、乗組員にせきたてられて大きな帆桁に這い上がっていく。水夫たちは僕のズボンを脱がせて裸にした。僕は彼らの笑いや嘲りを振り払おうとさえしなかった。どんな素振りをしても、彼らの叫ぶ声にますます籠絡されてしまうだけだったろう。できるだけじっとしていたが、マストに登ることはすでに覚悟していた。僕はマストの真下にいた。マストが夕暮れの青白い空に純粋に、くっきりと、十字架よりもしっかりと立っているのを見た。目に涙を浮かべ、マストに細い腕をからませ、足を組んでしがみついた。男たちの熱狂は最高潮に達した。彼らの叫びはもはや嘲りではなく、すさまじく凶暴な喘《あえ》ぎだった。そして僕は登っていった。おそらく肺腑をえぐるような焼けつく怒号を聞きつけたのだろう、船室から船長が出てきた。マストの周囲に輪になっている乗組員のところまで彼が駆けつけたとき、僕はすでに半分の高さまで登っていた。叫びはやんでいたが、徒刑囚たちは別の種類の激情にみまわれていた。登りながら僕は船長がやってくるのを見ていた。彼は輪の外にいて、輪になった男たちと僕とを交互に見ていた。僕は登り続けた。船長が僕に対するいじめをいさめようとはしないのがわかった。そんなことをすれば男たちに君臨することができなくなっただろう。彼らは鬱屈した気分を船長にぶつけたかもしれない。たぶん船長も、乗組員を圧迫している感情に、囚われていた。彼らは息切れしていた。あるいは僕はずいぶん高いところまで登っていたので、そこからは、彼らの喘ぎが息切れのように見えたのだ。僕はいちばん上までたどりついた。マストのてっぺんに触ろうとしていた。僕は墜落した。

そしてあくる朝、ハンモックの中、船長のたくましい腕の中で目を覚ました。ハンモックがぶらさがっているこの部分は「帆桁」と呼ばれる。

メトレーの猛者たちは全員、荒くれ者の神秘的な婚約者であり、骨ばった腕と粗暴な腿をもっている。彼らの不遜な頭にかぶせた婚礼のヴェールは、若い、ときには老いた漁夫たちだけが熱情をこめて、織ることのできるものだった。彼らは港の埠頭で、捕えた海賊たちのうちで一番の美男のために、茶色のヴェールやドレスを太い指で織り上げるのだ。

僕は、ディヴェールがヴィルロワを妬《ねた》んでいたことがわかった。僕にヴィルロワのことを語り、現実よりも魅力的な存在として彼を描写し、ライヴァルを美化することによって、超人に勝利したという印象を自分自身に与えようとしていた。しかし記憶の中に、メトレーでディヴェールが言った一言が甦ってくる。その言葉は彼が意識することがないままに、彼の唇から、結局は彼自身の中から洩れ出てきたものだ。

僕たちが新聞にのせる架空の広告をあれこれ考えていた時に、彼ならどんな男を求めるか僕は尋ねたのだ。彼は単刀直入に答えた。「可愛い旦那求めます」。彼が想ったのはまずワルツに揺れて風にはためく緋色のネクタイであり、それが彼の深い欲望を表現していたことが僕にはわかる。僕以上にディヴェールは、オカマの魂を持ちながら、自分を荒くれ者に見せるしたたかなコツを知っていたのだ。

彼は自分の寝床のほうへ行こうとして立ち上がった。常夜灯が灯《とも》っていて、薄暗い中でも、僕は彼の肩の刺青を見てとることができた。図柄は若い男の顔のようだった。それ以外には刺青をしていなかった。しかしこの顔は娑婆からもち帰り、ずっと彼の肩にあったのだ。それはアマゾンのジヴァロ族62の、ミイラになった男の縮んだ頭のように、特別な探検からもち帰った小さな頭なのだ。このヒモは刺青をしていた。そしてディヴェールが僕の一物を入れてくれと求めたことを思い出して僕は動転していた。それでも僕がディヴェールを愛せたことは不思議だが、詩情からだんだん覚めてしまう顚末はそのうち語ることになる。メトレーではガヴェイユが足の指から瞼《まぶた》まで刺青をして、オカマを掘らせていたことを思い出す。彼が月桂樹の陰に、親しい猛者といっしょに隠れるのを見て、僕の胸はしめつけられた。いま犯されようとしているのは見かけだけのオス——つまり雄花——だと思ったのだ。聖書の文字をあしらった後期ローマ帝国の軍旗が踏みにじられることがあったように。ベッドの上でディヴェールが身動きしたとき、彼の肩が電灯で照らされ、僕は刺青の図柄を見た。それはビュルカンが僕を驚かせたのと同じものだった。浮き輪に囲まれた水夫の顔だったのだ。

翌日、ディヴェールは一日中、罰として歩かされている間、僕に友情の合図を送り続けた。メトレーでの人目を盗むすばしっこさを彼はとりもどしていた。しかし僕はろくに反応しなかった。僕は嫉妬していて、ビュルカンの裏切りと思い込んだ行為に復讐しないではいられなかった。それゆえ一日中、あの堂々巡りの間、僕は彼の生と僕の生をからみあわせた。その夜もあくる日も、夢想が頭を離れなかった。何日も彼といっしょの手におえない想像上の生活を送った後、夜中の二時ごろになると、ついに僕は彼の死に立ち会った。前に言ったとおり、暴力そのものであるビュルカンに対して、僕は暴力的な死しか思いつかなかった。そしてひそかに彼が死刑台へ歩むのを思い描いた。目が覚めて戸が開くと、僕はわが友を失った苦しみに狂乱したが、これほどの男の死にかかわりあったことの素晴らしさに酔っていた。しかし平素の生活をまたやり直そうとして、ほんとうのビュルカンの細部を思い浮かべようとすると、僕の嫉妬が死んだことに気づくのだった。僕の嫉妬は彼の死によって殺されたのだ。水夫の顔を思い浮かべようとしても、僕はもはやそれが想像なのか現実なのかわからな

62　南米のエクアドルとペルーにまたがり、アマゾン川上流に住む少数民族。自称シュアラ族。言語はヒバロ語。敵の首を切り取り、乾し首に加工する「首狩り」の風習があったことで知られる。首狩りには、敵を殺害する際に生まれる復讐の魂（ムイサク）を封じ込める意味合いがあった。「ミイラの縮んだ頭」とは、この首狩りによって得た頭のことだろう。

かった。その顔が誰かの肩にのっかっているのかどうか、それもわからなかった。

腑抜けや、暇を弄《もてあそ》ぶハゲタカ、あるいは犬（密告者）をなぐさみものにしたい気分のとき、猛者たちは適当な誰かを見つけるのだった。普通その目標は、自分の班の壁に背をもたれて立っているような男だった。猛者たちは、彼のまわりを半円に取り囲んだ。そしてこんなふうにした。腑抜け、ハゲタカ、または犬の右側で、ひとりが腕をついて壁にもたれ、二番目が最初の男の肩にもたれ、三番目は二番目の肩に、最後の男は左側で、最初の男と同じ姿勢をした。とり囲まれた男は檻の中の囚われ人だった。にやにやしながら猛者たちは接近し、いじめの犠牲者がもたらす快楽が続く間ににやにやしながら、犠牲者にすさまじい罵声を浴びせ、唾を吐くのだった。僕に親しげに言い寄ってくる猛者のにやにやする顔を見たときには、僕がビュルカンとつるんでいることを彼らが確信したら、彼らは獰猛な獣に変身し、悪魔的な輪で取り囲み、僕をそこに閉じこめるのではないかと思うと恐かった。メトレーでなら自分の殻の中に閉じこもったかもしれないが、ここでは僕は少し横柄な、もったいぶった態度をした。この連中とは距離をおくことにしたのだ。

ビュルカンは手淫をしていた。数日前から目の下に隈があるのに僕は気づいていた。

翳った隈が顔に現れ、ほとんど顔をおおわんばかりだった。彼の肌は青白く、実にきめ細かで、頬から上の目元はいっそう繊細だった。朝、彼の目の下にできた隈は、夜の間、彼が真の快楽を味わったことを暗示していた。この秘めた歓びを思って僕はなお心配になった。この夜の秘密のなかで、彼の心と体の秘密のなかで、彼は誰を愛しているのかと自問せずにはいられなかったからだ。美貌しか愛さない僕からすれば、彼は美男か美女を愛しているはずだった。しかし、彼は見かけが女らしく、メトレーにいたこともあって、夜にどこかの娘を思い浮かべながら愛しているとは思えなかったし、繊細な青年を愛しているとも思えなかった（そういう青年ならここにいたから、彼は好きなだけ自分のものにできただろうし、誰がほしいか大っぴらにすることもできただろう。実のところ彼はそんな青年など知らなかった）。だからやはり彼はある猛者に惚れているにちがいなかった。一番の美男が、一番の醜男《ぶおとこ》で満足している、僕はそんなカップルをたくさん見てきた。だからそこには自然の法則があり、補償の法則があって、情けないことだが僕はそれに慰められる。そしてピエロは一番美しい猛者を愛していると考える勇気が僕にはなかった（なるほど彼はある日、ロッキーをかつて愛したと僕に告げ、「……彼は悪いやつじゃない……」と付け加えた。僕はロッキーを知っているが、彼は僕らが夜、孤独な快楽のため思い浮かべるようなタイプではない）。ビュルカンが、一番の美男でつわものでもある男を愛したとすれば（僕は夜明けのルーのことを言っている）、彼はその男の妻であってもいいはずだ。ルーのほうはビュルカンの美貌に無関心だったと僕は考えるべきだったのだろうか。それともやはりビュルカンは実に女性的だったから、夜に彼が好んだのは一番強く、一番醜い、悪党ボッチャヤコに愛されることだったのだろうか。

僕がおぼえているかぎり、元少年囚でヒモになったものはいない。女衒の仕事は、他のなりあがりの、身を固めたヒモと出会って徐々に教わるものだ。彼らが毎日の生活のなかで若者を導き、そそのかしながら教えるのだ。ヒモになるには早くはじめる必要がある。ところが、僕たちは十八か二十まで少年院にいた。その後は海軍である。メトレーで僕たちは、ただ愛撫するために一人の娘を夢見た。僕たちの悲しみがひそかに、絶望のうちに、優しい愛で僕たちの不幸を慰めようとして一人の娘を呼び求めたのだ。しかし結局僕たちの夢とは、何といっても冒険の夢だった。ヒモの生き方にまったく無知だったというわけではなかったが、僕たちはあまりに無垢だったので、心の奥で、僕たちの肉体で、それを欲望し待望しながらも、女を利用して生きる「悪党」の世界が存在することなど知らなかった。指物師や、毛梳《す》き職人、売り子などが存在することを知らなかったように。僕たちが欲望しつつ知っていたのは、泥棒たち、強盗たち、詐欺師たちだった。

この本のため僕は大きな犠牲をはらった。歓びもなしに僕は書いている。あまり気乗りもせず、まず頭から、あの例外的な子供時代の冒険談にもぐりこんでいく。おそらく僕はいっそう悲嘆にくれることもできるし、回想のおもむくまま自分の過去の物語に酔いしれ、物語の一つひとつを詩に変える悲劇的な方法で、物語を再現し補完することもできる。僕自身がその詩の主人公なのだ。しかし、もう同じ熱情をこめて語ろうとは思わない。この選択は僕にとってむしろ贅沢なことなのだ。監獄の房では、極端にゆっくりと身動きすることができる。身動きの一つひとつの合い間に、静止することもできる。僕たちは時間と思考の支配者なのだ。ゆっくり進めるから僕たちは強いのだ。それぞれの動きが、重々しい曲線にそって方向を変える。僕たちはためらい、選ぶ。監房での生《せい》の贅沢はこういうものだ。しかしこの身動きのゆるやかさは、素早く移動するゆるやかさでもある。ときに突進することもあるのだ。ひとつの動きの曲線に永遠が押し寄せ、監房の隅々までが自分のものになる。なぜならその空間全体を、注意深く自らの意識で満たすからだ。このゆるやかさに重さは欠けているにしても、それぞれの身動きをゆるやかに実行することができるなんて、なんという贅沢だろう。僕の絶望を完璧に打ち砕くものは何もない。絶望は順を踏んで作り直されるのだ。それは自己の内部にある分泌腺で調節されるからだ。絶望はこの分泌腺から、ときにはゆるやかに、しかし一時も中断することなく湧きでてくる。メトレーについて話そうとするとき、僕は象徴を用いる傾向があり、事実を描写するよりも、むしろ定義し解釈する傾向がある。メトレーはピエロのような大いなる見せ物《スペクタル》を僕に提供してくれた。つわものに一撃食らった後、寝乱れて横になったピエロ、黙って、激怒しているピエロ。僕がある日彼にこう言ったとき、彼は大笑いした。

「ロッキー、あの間抜け……」

ところが僕は、あまりに素早く彼が反応したので、彼の身ぶりは全部感情の直接の表現だと思ってしまった。僕は後ろめたかった。彼は大笑いしたが、胸にあてた手の震えのせいで、傷ついたのがわかった。そして僕は残酷にも考えた。この大笑いが彼の顔から消えた後も、心の傷は残るだろうと。傷は彼を美しくした。だから僕は、彼に与えてしまった苦痛が、彼の顔の上で、新たな輝きに変わったと思って愕然としたのだ。彼自身、自分の身ぶりが苦しみを暴露してしまうことを予感して、胸のうえで引きつった手を、掌《てのひら》を開いて平らにおき、咳きこむほどの大笑いで揺れる胸を押さえるふりをした。僕はこのわざとらしい笑いは、女優のそれ、つまり大いなる色女のものだったと今は思うのだ。それはいかにも念の入った笑いで、見栄を張ろうとしてめかしこんだ女のお洒落な笑いだった。色女たちの息子はその笑いを盗んできたのだ。なぜなら優雅な息子はいつも彼女らのそばにいて、繻子の裳すそやむき出しの腕にすがりついているからだ。そのような笑いをビュルカンは、きっと自分の母から受け継いだのにちがいない。

彼が急いで階段を上って一番上に行き、体を傾《かし》げるのを今でも思い出す。監獄の屋根のガラス窓から洩れる光に照らされる彼の顔が見えた。僕はなんともいえない静けさにひたったった。つまり、僕のなかに浸透する彼の美貌によって、自分自身を強く感じたのだ。僕はおそらく崇拝の状態にあった。僕は浸透するという語を使ったが、この言葉には執着する。彼の美貌は僕の中に足元から浸透してきて、腿に、体に、頭に上り、僕の顔の上で開花した。そして僕は気づいたのだ。美貌が僕の中にもたらすあの心地よさを、ビュルカンのものと考えることは誤りだと。僕は自分の力を放棄して、あのあまりに美しい傑作を前に無防備になりはてていた。しかし、この美はもともと僕の内部にあったもので、彼の中にあったわけではない。美は彼の外にあった。彼の顔の上に、輪郭に、体の上にあったのだ。それが僕に感じさせる魔力を、彼自身は享受することができなかったのだ。

それぞれの特別な細部、──口に浮かんだ微笑、目のかがやき、肌の柔らかさと青白さ、歯の硬さ、いくつかの表情の交叉するところに現れる星は、僕の心臓に矢を放ち、そのたびに甘美な死をもたらした。彼は弓を引き絞る射手だった。弓を引き絞り、矢を放った。彼は自分にではなく、僕に向かって矢を射た。

公職につく人物もときどき、壁の切れ込みや割れ目から空の片隅を見る機会がある。彼らはそれに驚く。彼らにそんな習慣はないからだ。無視されていた空のほうが、その点では勝利する。僕はメトレーの秋をもう一度見たかった。そしてここで、つまり僕の監房の中で、それを言葉で甦らせる。言葉だけで僕は有頂天になる。想像の中で、僕はピエロといっしょの巡礼にもどり、靄に濡れた月桂樹の垣根の中で、苔の上で、湿った枯葉の上で、彼を愛したかった。僕は僕たちを訪問した司教と同じ重々しい歩みでマロニエの並木道を登る。彼と同じようにゆるやかに、厳かに、道の真ん中を歩む。そしてきっと、僕たち愛しあうカップルは当時の小さな仲間たちを観閲する。彼らは見えないが、目の前にいる。彼らは、十五年前のある夜、礼拝堂で行われた婚礼の儀式を祝福しているのだ。

トゥールの司教がメトレーを訪問したとき、彼の乗った車が車道からそれてマロニエの並木道の端っこまで着くと、そこには施設付きの司祭、所長、デュデュル、修道女たちが待っていた。彼らは司教の指にキスし、司教は神父たちの一団を随《したが》え、レース飾りに包まれ、黄色と赤の日傘で守られて、二列にならんだ丸刈りのいかれた少年囚たち、つまり少年院の全員の間を、道路から礼拝堂まで歩いて進んだ。祭壇の近くには司教のための玉座が用意してあった。彼はそこに落ち着いた。それからみなの魂の救済を祈り、デュデュルが司教を歓迎する挨拶をするとそれに応え、次には少年たちにむけて挨拶した。彼は少年たちを迷える子羊と呼ぶのだった。戦争の初めの頃、老いた婦人たちは青白いハートをつけて「私たちの若い兵たち……私たちの可愛い兵隊さん！」と言いつつ言葉を交わしたものだ。兵隊たちは塹壕で、夜には泥だらけの手で自分の一物を握るのだった。

神の子羊たちも長椅子に座り、どのポケットでも兵隊たちと同じことをした。礼拝堂では、ふだんはどこでも前列にいる猛者たちが、最後列の一番奥に座るように気を配り、ミサの間じゅうものかげにいるようにした。起立することも跪《ひざまず》くこともしなかった。前のほうにいた腑抜けたちは、こうした身ぶりを猛者たちにかわってやり、またおそらく彼らのために祈った。しかし司教が来たときは、猛者たちも前列に座りたがった。他の日曜日には、教会に行くことさえしないほど彼らは無関心で、いないのも同然だったのに。そして彼らみんなが聖歌を歌うときには、あのふてぶてしさにもかかわらず、微妙な優雅さを発揮した。それは復活祭の日に教会で村の子供たちが見せる優雅さであり、ぎこちなくもあった。僕はデュデュルが述べた歓迎の挨拶の調子を回想してみたい。

司教猊下《げいか》

所長殿の命により代わってご挨拶申し上げ、猊下に心からの歓迎の意をお伝えしたいと存じます。クルテイユ男爵（当施設の創設者）の慈善行為にとりまして、このご慰問は格別の名誉であります。時代は混乱しております。教会と社会は悪魔の陰険なる攻撃に脅かされております。トゥール司教区は、幸いにして最も周到なる牧者の保護の下にあります。モンサンジュワ司教猊下より賜りましたご加護を、猊下は変わりなく、公明正大にお与えになっており、これは神に祝福されしわれわれトゥレーヌの地にとってすでに幾世紀にもわたる伝統となっております。猊下がいかに寛大なるご厚情をもって、われわれのたずさわる再教育、また宗教的道徳的更生事業にご尽力下さったか、よく存じております。すでにトゥール司教館より、メトレー農業少年院には多大なるご寄付をいただいております。また全幅のご配慮を賜り、猊下にとって当施設、われわれにとってふさわしい施設つき司祭をご選任いただいております。このことにつきましても司教猊下に感謝申し上げます。少年囚、つまり悔い改めるべき罪人たちは、猊下のご訪問を誇りに思い、またこれにふさわしくあろうと望んでおります。猊下のご到着のお知らせは、静粛にしてつつましき喜びをもって迎えられました。猊下を間近にお迎えするというこの上ない名誉に彼らが感謝いたしていることは確実であります。そして疑いなく彼らはこの瞬間から、清らかに生きることを決意しているのであります。猊下にここで小生の全般的御礼に加えて、感謝と個人的御礼を付け加えることをお許しいただきたいと存じます。小生はまさに司教猊下に接見する名誉を授かり、少年院のつましい業務に対する実に細やかなるお心遣いをいただきました。

それは猊下の大いなる慈善事業のもたらす成果に属するものではありますが、にもかかわらず本日これまでの数々の栄誉に、また新たな栄誉が加えられたことに感謝いたさずにはおられません。

司教がこれに応える。

「所長殿、副所長殿、わが若き友たちへ」

「私はみなさんの歓迎に深く感動しています。これはまさに、聖なる宗教の原理に対するあなた方の忠実さの証です。背徳的な混乱によって人々が神を忘れようとしている都会から着いた私にとって、この宗教的平穏のオアシスに入ることは大いなる慰めです。私たちはクルテイユ男爵の寛大な善行を存じていますし、それがどのような犠牲と献身によるものかを理解しています。所長殿、そして副所長殿は、異なるように思われても結局は一致する方向をめざし、私たちと同じ情熱をもって、この聖なる事業の成功のために、ひたすら尽力しておられます。それはつまり恩寵を失った子供たちを救い上げるということです」

「聖女たちもまたこの活動に身を捧げてまいりました。私たちは聖なる司教職を通じて、彼女らに励ましを送り、聖女の生涯の美しさを讃えます。私たちの訪問に際してみなさんからいただいたご配慮に感激しました。礼拝堂の飾りには細かい配慮が行き届いていました。このように神を讃えるならば、必ずやみなが報われることでしょう。本施設付き司祭のヴィアル神父の献身もよく存じていますが、神父は長年の病を宗教的忍従によって耐えてまいりました。確かに神はときに正しき人々にも苦しみを与えられます。そのお心は計り知れないのです（ここで司教は神父に向かって微笑んで言った）。しかしこの神はあふれんばかりの慈愛をもって子羊たちを知り、彼らのうち誰かが棘で傷つくなら腕に抱いてやり、群れに帰してやるのです」

そしてこんどは少年囚のほうを向き、この続きは彼らに向けて言われていることを強調しながら声を高くした。

「若き友たちよ、あなた方の魂をいつまでもさまようままにしておくことは主の御心ではありません。ここに敬虔な人々が集まり、あなた方が正しい道を歩めるように身を捧げています。この人々はこの監獄に入ることの苦しみを和らげ、ここにあることは日々たえまなく善への呼びかけとなるのです。このような純粋な意図に支えられているとはいえ、その義務は決して生易《なまやさ》しいものではありません。あなた方のうちの多くの魂には、嘆かわしいことに悪魔が住みついています。そしてこの戦いは恐ろしいものです。しかし私たちは彼らが勝利するだろうという希望を、そして確信を抱いています。主は言われました。幼い子供たちを私のもとに連れてきなさい。この神の子の呼びかけに、一体誰が答えようとせず、悪魔の黒く焦げついた胸のほうを好むほどに冷たい心をもつでしょうか。ああ確かにこの少年院は神に味方する人々の苗床《なえどこ》なのです。それゆえに私たちが注意深く見守るこの道を歩んでください。聖なるローマ教会はそのことをひたすら幸福に思うでしょう。教皇聖下、病める人々、少年囚、そして故人のためにお祈りしましょう」

少年囚たちは耳を傾けた。特に司教がフォントヴローについて語り、この神の家（メトレー）のおかげで、僕たちは中央刑務所に行かなくてすむと言ったときは、とりわけ熱心に耳を傾けた。このとき僕たちの注意は極限まで高まり、こんなにも豪華に着飾り、取り巻きをしたがえ、物知りで、神の近くにいる人物から、黄金の声のジョーや中央刑務所の全体について刺激的な真実が語られるのを期待した。しかし、司教は何も詳しいことを知らないにちがいないし、肝心なことにはほんの少ししか触れなかったのだ。僕たちは息を凝らして待ったが、その無駄な集中力は、まるで客間で我慢していた屁のように徐々に収まっていった。

それから司教は召使に杖をわたし、その杖は玉座の近くに置かれた。祭壇のある十二の階段の天辺に立ち、聖体顕示台[63]をもちあげ、司教は僕たちを祝福する準備に入った。このとき荘厳な聖体奉挙の儀式[64]のように、リゴーとレーの決闘の火蓋が切られた。巻きゲートルをめぐる例の喧嘩がまた始まったのだ。長い間内に秘めていたものが爆発したのだ。レーがリゴーの稚児に流し目を使ったのか、ちょっとした肩の仕草が触発したのか、いったい何がこの喧嘩のきっかけだったのかわからないが、彼らは目的もなく派手に、祭壇の真下で、血が出るまで殴りあった（メトレーでは相手が倒れ、息絶え絶えになっていても殴り続ける）。死人が出るまで、地獄に落ちるまで。階段

63 金または銀メッキによる金属製の容器。聖体（実際にはパンとぶどう酒）を収めるための、半月形で透明な部分が中央部にある。

64 ミサの際、信徒に拝礼させるために、聖体を高くさしあげる儀式。

の上で司教が、聖体顕示台を手にもったまま僕たちを祝福するのを躊躇《ためら》っている間、二人の踊り手が、鉄を打ちつけた木靴の先で頭を蹴り胸を突き、こぶしや頭で攻撃し、引っかきあい（爪の一撃はガキの戦いで実に役に立ったものだ）、喘ぐ様子はいささか謎めいていた。珍しく間抜けな班長たちが飛んできて二人のヒーローを引き離し、息絶え絶えの二人を通常は単に獄舎、牢屋などと呼ばれる懲罰房に連れて行った。司教は最後に、僕たちを片手で、フェルトのような手で祝福した。それは許しの仕草だった。本性を露にした僕たちの前を、彼は荘重に去って行った。彼は知らなかったのだ。この喧嘩が、聖体の秘跡を讃えるこの舞踏が、少年院のいたるところで、約二週間にわたって、レーの味方とリゴーの味方に分かれて続けられるであろうということを。党派抗争は例を見ない獰猛なものになった。人は必要により出兵し、義務により召集される。しかしこういう戦いのとき、愛によって人は殺しあうのだ。何週間も、もうどの班も優秀者名簿に載ったりすることはなかった。日曜日には班の旗は、平日に罰を受けなかった班に預けられるのだが、広間の暗い片隅の黒い鞘に納まったままだった。

荒くれ者たちが一番美貌の若者からお気に入りを選ぶとしても、この若者たちみんながら女役を続けるとはかぎらない。彼らも男っぽさに目覚め、男たちのわきに自分の地位を見つける。それに、さほど奇妙なことではないが、彼らが美貌のせいで一番いかめしい連中の中に引きこまれるということもあるのだ。魅力的なハゲタカはほとんど対等の地位で受け入れられた。そこで荒くれとなじみの若者を見ても、彼らがオカマを掘られているとは、もう誰も思わなかった。ところが彼らは深々と掘られていたのだ。しかし恩寵に恵まれて強くなり、彼らのオカマとしての地位は高められ、この地位は彼らの飾りとなり、力となった。

美しい詩の書き手とはいつも死者である。メトレーの少年たちにはそれがわかっていたし、九歳の女の子を殺したアルカモーヌのことを、僕たちはいつも過去形で語ってきた。僕たちの間でアルカモーヌは生きていたが、少年院で噂されていたことはきらびやかな外見にすぎず、それもやがて永遠のなかに消えてしまった。僕たちは決して彼に彼の犯した罪については語らなかったし、たぶん彼はそれについて僕たちよりも無知だったに違いない。少年院にいた落ち着きのない人物、彼はそんなひとりの仲間にすぎなかったのだ。アルカモーヌは誰にとっても仲間で、そんな人物は彼だけだった。彼は猛者もハゲタカも相手にしたことはなかった。誰にでも、腑抜けにさえも礼儀正しかった。彼はまったく純潔な生活を送っていたはずだし、罪と同じく、彼の純潔が彼を硬質にし、彼に輝きを与えていたと僕は思う。

彼の前で「一物」や「尻」や「稚児」について話しても、彼の顔は無感動なままだった。そういう話題になると——そういうことはめったになかった。あえて誰も聞くことがなかったからで、まだ彼に尊敬の気持ちをもたない新参者だけがそんなことを聞いたのだ（僕はここの少年たちの繊細さを信じてもらいたいのでこう言っている）——彼は軽蔑も嫌悪も見せずに肩をすくめるのだった。一度、僕は他の殺人犯の人柄と習慣について細かく彼に尋ねようとしたことがあった。殺人犯のみんなが——たとえば仮にアトリッド家というような——一つの家族に属していて、たがいに知り合いで、たがいの習性もよく知っているという僕の印象はそれほど強かったのだ。たとえ五十年間離れて生きていたとしても、バーデンの君主がトレドの君主との親密な関係について詳《つまび》らかに話せるように、殺人犯たちはヨーロッパの端から端までつながり、知りあい、愛しあい、憎みあうのだ。

彼らの間には深い競合意識があり、うら若い首の上に呪いが、またときには死刑や流刑の宣告がふりかかるのを僕は想像した。アルカモーヌの声には、どこのものとも知れぬ聞き慣れない訛《なま》りがあった。彼は隠語を話したが、そのなかにも彼だけの特徴があった。頑固だったが、他の猛者たちに比べれば、冷淡なところはまったくなかった。ごつごつした筋肉や骨格も感じられなかった。彼はむしろ非常に重たい分泌液で充ちていた(むくんでいたわけではない)。新聞記事の中では彼は「殺し屋」「獣」……といった形容で囲まれていた。彼のもたげた頭、めくれた上唇は、素足で空に浮かんだ透明な存在にキスを授けるか、キスを受け取るかしたに違いない。

少年院でアルカモーヌは塗装工や左官をしていた。頭から足まで石膏だらけになりながらも、きめ細かな肌の冷淡な顔は、繊細な優しさを帯びていた。他の無数の奇跡によって少年院は呪われた場所になったが、この顔のかもし出す魅力のせいでもやはり呪われた場所になっていたのだろう。アルカモーヌは足を引きずっていた。誰かが彼を前にして、彼は流刑場から帰ってきたはずで、そこでは足に鉄の玉をつけられていたに違いないと笑った。この冗談に彼の顔は曇った。

僕が小便をしようとしてブラシ製造所から少しの間外に出たとき、アルカモーヌが肩にはしごを担いで大広場を横切るのが見えた。このときはしごは、その光景が束の間見えたにすぎなかったせいで、彼を強烈な劇的存在にし、空間全体を凝縮して彼はたった一人の俳優となって輝いたのだ。彼の肩にあったのは、脱走、誘拐、セレナード、サーカス、船、音階、アルペッジョなどのもろもろのはしごだった。そのはしごが彼を運んでいるのだった。はしごは、この殺人犯の羽根だったのだ。ときどき彼は歩みを止め、片足を後ろに伸ばし、上体を曲げ、敏捷な頭を左右に回転させ、片方の耳をそばだて、ついでもう一方の耳をそばだてた。それは物音を聞こうとして立ち止まった小鹿のようだった。ジャンヌ・ダルクが内面の声を聞こうとしたときも同じだったに違いない。女の子を殺したとき、彼はあまりに死の近くを通過したので、またおそらく嵐を乗り越え、遭難をまぬかれて僕たちのところにたどりついたので、十八歳のときすでに彼は自分がこれから生き続ける人生を余分だと思っていた。死を知ったことで、彼の人生はすでに打ち切られていたのだ。彼は死にすっかりなじんでいた。生よりも死に属していた。だからいっそう陰鬱な雰囲気を漂わせていた。優雅でありながらも陰鬱だった。愛と死の象徴である薔薇がそうであるように陰鬱だった。彼は大広場を通っていったが、散歩する彼には幻影のおかげで気品が漂っていた。

アルカモーヌの後にも、僕はやがて中央刑務所に閉じこめられる運命のガキたちに出会ってきた。そのうちの一人は、彼の殺人がどうして十五年の懲役に値するのか、じつに優雅に自信たっぷりに語ったので、彼に哀れみをもつことなど赤面ものだったと思う。この殺人は、彼がまさに全力でめざしたものに到達することを可能にしたと僕は感じた。つまり最高の荒くれになるということだ。そして十五年の年月とその後も、あなた方が台無しの青春と呼ぶものを彼が悔やんで孤独を痛感するとしても、それはなんら彼の行為と欲望に反するものではない。反対なのだ。猛者でありたいというこの願いは、彼の青春と人生を捧げてもいいほど大きかった。――ここで僕たちはあの愛の驚異を目の当たりにしているのであり、それを崇拝するものは、魂と肉体を最も大きな危険にさらしても、自分の偶像の属性で自分を飾ろうとするのだ。神がそのような英雄的機会を与えなかった子供たちを見ればわかる。彼らは監獄で、階段ですれ違うときに、検診のとき、シャワーを浴びるときに、不遜なヒモたちの近くに行こうとする。チンピラたちは本能的にヒモたちの近くに行き、彼らを取り巻き、口をあんぐりあけて彼らの言葉に耳を傾ける。ヒモは彼らを身ごもらせる。愚かにしか見えない偶像のことを聞いて、肩をすくめるならそれは間違いだ。というのも、チンピラたちは愛の衝動にしたがっているのであり、それゆえ彼らは愛するもの、つまり荒くれ者に似ようとしているのだ。ある日、ついに、彼らが愛したものに実際になってしまう日が来るまで。

そのとき彼らは荒々しくなり、感動的なまでの優しさを棄ててしまう。自分の目標に向けて歩む動きが、彼らにそんな優しさを与えていたのだ。それは成熟を願う青春の脆弱な段階にある、仮初《かりそ》めのものにすぎなかった。このあと彼らのなかのすべてが、あの愛にみちた歩みを忘れてしまう。彼らはありふれたヒモになり、ヒモになるために経験しなければならなかった試練をもう思い出すこともない。今度は彼らが青二才に対して磁極の働きをする。こんなおそらく背徳的な手段によって、神は監獄の非情な男たちを育てるのだ。

アルカモーヌの別の美点。それは彼の純白に包まれた手である。彼の肌または彼の肉があまりに繊細だったのか、仕事のせいだったのか、ちょっとしたことで彼は傷を作った。あるいは何もなくても傷ついたふりをしていただけかもしれないが、彼の手には何メートルもの白い包帯が巻いてあり、その格好で食事の時間に現れると、激戦や乱闘や突撃などを生き延び、数奇な冒険から戻ってきたように見えた。最も優しい天使のような彼が、この包帯のせいで非情に見えたのだ。彼を前にして僕たちは看護婦の気分だった。

荒くれ者たちの例にもれず、彼は右の手首に銅や鋼の鋲を打った革の大きな腕輪をしていた。その第一の目的は、過大な力がいるときに手首を楽にし支えるためだったので、僕たちはこれを「力袖」と呼んだが、実際は飾りになっていた。つまり男らしさの象徴であり、革紐は血が出るほどきつく締めてあった。

少年院にはディヴェールがいて、彼はアルカモーヌという軸のまわりを回っていた。しかしアルカモーヌがいて、あのディヴェールという軸をめぐってもいた。またヴィルロワや他の多くの軸もあった。中心はいたるところにあったのだ。

物乞いのことを僕は喋っただろうか。彼らは暗く醜い連中であり、卑屈でぺこぺこする彼らがいなければ貴族も存在しないのだ。彼らは奴隷の人生を送っていた。ラロッシュディユというあの膿《うみ》だらけの腐った足をした物乞い、あの密告者、公然と知られたサツの犬。彼はざらつく肌の骨ばった体をしていたが、ある日中庭で服を脱ぎ、班長にベル＝エールの道路で鉄拳を食らったと嘆きながら、その跡を見せなければ気がすまなかった。そして彼の左胸の高さにはインクで記した文字が読めた（いわば表面だけの刺青だ）。「ピエトロ M.D.V.[65]」。監獄の床板にこう刻まれていたのを僕は思い出す。「ピエトロ、吸血鬼の王、僕のお気に入り」と。

彼は刺青してもらいたくはなかった。自分で入れる勇気もなかった。皮膚に彫られたしるしに強いられ、その暴力にそそのかされて、命を危険にさらすことになるのを恐れたのだ。

ときに刺青でほとんど全身が青くなった小さな体が裸になるのを見て、喉がしめつけられた。僕は、恐るべき運命の表現を前にしていたのだ。この運命は子供たちを死へと追いやり、彼らはただ刺青という青いレースの、侵しがたい、謎めいた網目を通して、遠くから人生をながめるしかないのだ。

それはともかく、ビュルカンがすでに思い出させてくれていたベル＝エールという名前は、魅力的だった思い出のすべてから一瞬僕を強制的に引き離し、結局は赤カブの畑にかがんだあのガキたちの真の苦痛を、嘆かわしい労苦を見せつける。冬と夏、彼らは赤カブ畑で働いた。彼らはノロノロと畑を移動し、泥の中にはまりこんだ木靴によって生気を奪われていた。彼らの若さとあらゆる潑剌《はつらつ》とした魅力は、木の中に閉じこめられた妖精のように、土の中に囚われてしまった。みんなが雨の中で凍えながら、畑の真ん中で直立不動でいる班長の凍りついたまなざしに曝《さら》されていた。彼らを通じてメトレー全体が苦しんでいた。

そのことを思い、ビュルカンが彼らのなかにいたことを思うと、僕の心は情愛でやわらぐのだ。もうそんな情愛は残っていないと思っていたのに。この愛と哀れみの叫びを許してもらいたい。ビュルカンはおそらくずいぶん苦しんだのだが、自尊心ゆえに、決してそれを表に出さなかった。いま彼の手紙を読んでも、最後まで彼は輝いていたと感じる。僕は情熱的な返事を書いて彼を讃えた。彼はスペインまで逃れる脱走計画について語った。彼によって、彼の言葉で書かれた手紙は、暗示的な言葉で秘密の冒険を語っているように思われた。その地で僕たちは暗い山脈を根城にする強盗団の頭になったかもしれないのだ。ビュルカンはハシバミの棒[66]であり、その一振りで奇跡を起こし、たちまち世界を変えてしまった。しかし彼が僕といっしょの計画のために混乱し、途方にくれている瞬間でも、ロッキーのことが彼の頭を離れないことに僕は気づいた。なぜならある日彼は、僕が尋ねもしないのに、ロッキーが出発前に流刑地についての詩を書いてくれと頼んできたと僕に言ったのだ。彼の繊細さが、僕を慰

65 「吸血鬼の王」(le maître des vampires) の略。

66 ブナ目カバノキ科ハシバミ属に分類される被子植物の一種。落葉低木。強く硬いので棍棒として使われる。

めようとしてこんな説明をでっちあげたことがわかった。ところがこの説明をしたのは、僕が実際に気に病んでいたときではなく、僕を苦しませていると彼自身が考えていた時期であり、それはすなわち彼が他のことを喋りながら、実は一番強くロッキーのことを思っていた時期なのだ。僕たちは二人だけで階段にいた。僕は彼の肩に優しく手をおいた。彼は振り向いた。彼のまなざしが僕のまなざしの中に沈んだ。彼はうろたえ、出し抜けに、暖房の効きすぎた豪勢な建物のどの階にも下まで押し入った手柄話を僕に語った。外れるドア、踏みにじられる絨毯、まぶしいシャンデリア、荒涼とした感じ、半開きにこじ開けた調度類のもたらす感動、指の下で不平をいう黄金、現金《ゲンナマ》。

「知られたってどうってことはないさ、おまえには言うよ。部屋に押し入ってはかっさらったんだよ。いつもぐるだった。他にやり方はなかった……真っ昼間に押し入ったさ。バールに楔《くさび》でガタン、次には押し入った。ドアを後ろ手に閉めた。二人ともやる気満々だった……おれたちは……おれたちは仕事に集中した……二人ともやる気満々だった……一度は……知られたってどうってことはないさ。ジャノー、おまえには言うよ。一度はな……」

彼の開いた口からすべてが飛び出した。僕は手を離して、少し顔を反らせた。彼は一人きりになったようで、僕から遠ざかり、自分のなかに閉じこもっていた。僕の助けなしに独歩していた。喋り続けた。声が暗くなった。最初は危険に向けて踏み出すときの恐怖と幸福から、ロッキーにしがみつき、自信をもとうとして彼と一体になり、錠前を壊すのに二分かけ、素早く侵入し、たいしたものも盗まずにずらかった。二回目の強盗のときは感極まって、押し入ったアパルトマンの大きなベッドで転げまわり、二人して生涯で一番美しい愛の乱痴気騒ぎに耽ったあと、【精液で】汚れたシーツをそのままにして去った……。

僕は話を聞きながら、彼が早口に、ひどく小さな声で白状する言葉を呑みこんだ。それからまた手を彼の肩においた。彼がそんなに愛したというのはほんとうのことなのか。僕たち二人が感極まった様子だったので、他の囚人はこちらを見ないようにして通りすぎた。僕はビュルカンを捕まえ抱きしめた。彼は少し顔を背けた。彼の目の色は驚くほど深かった。そしてその明るさは、そのとき名前は浮かばなかったが、アロン湾[67]を想わせた。僕の幸福感に、さらに僕の愛を世界で最も魅惑的な風景と結びつけるという栄光が付け加えられた。彼の口が僕の口に押しつけたのは、アルカモーヌの神秘的な庭園から摘まれた薔薇であり、僕はその茎を歯の間にはさんだままでいた。監獄のあらゆる真実が、そしてあらゆる囚人たちが震撼したにちがいない。一つの神秘的な親族の絆が、繊細な類似性が世界中の犯罪者たちを結びつけている。そして彼らの一人がやられるときには全員が傷を受けるのだ。彼らは周期的に動き出す。まるで日本の黒い竹が、聞くところでは、五十年ごとに世界のどこであれ、一斉に花を咲かせるようなものだ。同じ花が、茎の上に、同じ年、同じ季節、同じ時刻に咲き誇る。彼らの反応は同じなのだ。

ビュルカンの叙情的な叫びは、聞こえない声で発音され、口におし当てた手でさらに小さくなっていた。しかし、僕自身が強盗に入ったとき心の奥に押し寄せたのと同じ感情を僕はそこに認めた。僕のこの感情は、ビュルカンほどの確信に満ちた表現を見出したわけではなかったし、あれほど美しい行為によって、僕の魂と同じくらい熱い魂の協力をえて、みずからを解き放ったわけでもない。この感情は僕の心の空洞の中で孤独であり続けていたが、今日、ビュルカンは、この感情に僕がひそかに夢見てきた完全な形態を与えてくれたのだ。

数々の強盗を、最初のやつからフォントヴローに入る理由になる一件まで、僕はいつも一人でやってきた。そしてたび重なる盗みの間、僕はますます純情になった。僕は男たちから教わった儀式にしたがって、強盗を実践したものだ。迷信を尊重し、石のような心でも、不思議な感傷癖をもつようになった。そしてそういう話をしてくれた連中と同じように、躊躇いながら暖炉の上においてあった子供の貯金箱を空にしたとき、自分の上に天から雷が落ちるのを恐れていたかもしれないのだ。しかしこういう純粋な気持ちへの憧れを、たえず僕の——なんてことだろう——ひねくれた知性が邪魔するのだった。一番大それた盗みのときも——その中にはP…美術館の強盗もあったが——自分の肉体的能力を最大限に発揮しながら、ありきたりの勇気に、僕自身の特殊なやり口を付け加えずにはいられなかった。そしてかかとで歩きまわった後（豪華な装飾の下で、華々しい遺物の間を歩くには、爪先立ちよりもかかとで歩くのがいい）、そのときは歴史的な調度、つまり一種の長持の中に閉じこもり、そこで夜を過ごし、外したタピスリー[68]を窓越しに投げ下ろすことにした。そして僕は理解した

67　ベトナム北東部の湾。ハロン湾。古くから名勝とされ、フランス植民地の時代には、保養地として発展した。

のだ。あらゆるサン＝ジュスト[69]的人間は暴君の死刑に賛成し、夜や孤独や夢想の秘密に包まれ、斬首された王の冠と紋章のついたマントで異様な風体に変装することもあるのだと。僕は空想ではちきれんばかりになっていたが、僕の肉体は、ありきたりの強盗の肉体と同じように、しなやかで力がみなぎっていた。この生活によって僕は救われたのだ。なぜならあまりに精妙な手口は、精妙さゆえに、明晰な知性よりも魔術に属し、自分の意図に反して——文字通り、わが身を守るために——僕が恐れる妖術や、妖精たちの見えない邪悪な世界と結託してしまうのではないかと、僕は憂慮していたからだ。だから僕は、僕の空想のあらゆるまわりくどい組み合わせよりも、強盗の直截なやり方を好んだ。その粗暴さは率直で地についており、なじみやすく、確実なのだ。

悪党ボッチャコの羨むべき粗暴さと怒りは追い詰められた一匹狼のそれに似ていて、しかも彼は自分が一匹狼に似ていることをわきまえていた。彼が怒っているとき、看守たちは彼から遠ざかり、怒りがおさまるのを待ったものだ。看守のブリュラールだけがあえて彼に近づいた。独房に入り、いっしょに閉じこもり、ボッチャコが平静さを取り戻すと出てきた。独房は神話の洞窟となり、誘惑や悪魔祓いが目の当たりに繰り広げられたように思われた。

このとき起きたことは、正確には次のようだった。ボッチャコの語ったところでは、ブリュラールが中に入り、彼をなだめようとして、同僚みんなと、班長たち、所長の悪口を言った。彼らは二人して怒りを爆発させたが、徐々にそれは静まり、落ち着いた野獣は腰掛けに座り、両手で頭をかかえたのだ。

メトレーで僕たちはこんなふうに用を足した。便所は、各班の後ろの中庭にあった。正午と午後六時に作業場からもどるとき、兄貴分に先導され、列になり、並足で小便所の前にくる。四人ずつ列を離れ小便をするか、あるいはそのふりをする。大便所は左側にあり、桶の底は地面にあるので、四、五段階段をあがって用を足す。各人が便意があれば列を離れてそこに行き、ベルトを扉にかけておいて使用中であることを知らせる。紙はなかった。三年間人差し指で尻を拭き、指を壁になすりつけた。

こういう瞬間に恵まれたので、僕はメトレーを愛するのだ。ダナン、エルセー[70]、ロ

68 壁掛けなどに使われる室内装飾用の織物の一種。

69 フランスの政治家、革命家。ロベスピエールらと共にフランス革命に参加し、彼の右腕とも称された。

ンドル、その他の愚かな文明破壊者たちは子供の流刑地を廃止すべきだと書いた。彼らにはわからないのだ。たとえ廃止しても、この流刑地は子供たち自身によって再建されるであろうということが。この非情なガキたちは「奇跡の小路」（まさに言葉どおり！）を作って彼らの秘められ入り組んだ崇拝を磨きあげ、善意の新聞記者など歯牙にもかけないのだ。

昔の戦争は美しかった。血をもって栄光の花を咲かせたからだ。今日それはいっそう美しい。戦争は苦痛や、暴力や、絶望を引き起こすからだ。戦争は、嗚咽し自分を慰め、あるいは勝利者の腕にすがる寡婦を生み出す。僕の最も美しい恋人たちを貪り食うから、僕は戦争が好きなのだ。僕はメトレーを愛する。強大なトゥレーヌ地方の真ん中にあるこの楽園は十四歳から十六歳の小さな未亡人や、美しい急所を雷に打たれるオスたちでひしめいている。死んだビュルカンとアルカモーヌは、今では僕の内なる納骨堂にいる。この納骨堂は（僕の目には）フォントヴローの修道院長たちの窓のない薄暗い総会室にも劣らず不気味だ。もし地獄がじめじめして悲惨なところなら、地獄のような、といってもいい。明かりはなく、空気は凍り、天井は高い。プランタジュネ朝の、獅子心王といわれるリチャード一世の墓のまわりで行われる筆舌につくしがたい儀式に、人は没頭したにちがいない。僧侶も尼僧も、今では忘れられてしまった典礼をそこで行ったのだが、僕は忠実にそれを続行するのだ。

ディヴェールはさておき、ビュルカンもさておき、僕を訪れるのはアルカモーヌの記憶である。この十八歳の殺人犯をメトレーは、下げ振り、水準器、鏝《こて》を手にもつ左官にしてしまったが、不思議な力によって、彼は少年院の壁をよじ登ることさえ決意していた。彼はまさに少年院にとり憑いた悪魔であり、足繁く僕を訪れた。僕は彼が最後に現れて、僕を喜ばせようとして受肉するにいたり、薔薇を咲かせたときのことを忘れない。彼の不躾な態度はフォントヴローの所長を狼狽させてしまった。所長は実に優雅な叙勲者であり、非常に繊細であり、たぶんとても賢い紳士だった。囚人を道徳的に更生させようという考えの持ち主だったに違いないが、アルカモーヌの殺しは彼を当惑させた。司法警察と判事の尋問に先立つ法廷の光景を、僕は看守たちのひそひそ話の会話から盗み聞いたおかげで知った。色鮮やかな薔薇の秘める謎のように、

70　Edouard Helsey　一八八三〜一九六六。ジャーナリストで作家。
71　柱などが垂直かどうか調べる道具。

アルカモーヌはこの不条理な謎に直面してあわてる所長の前に出頭した。所長はこの殺人が、殺人者の白い足もとに看守が倒れたことが、何を意味するのか知りたがった。しかし彼はアルカモーヌの無知に直面した。アルカモーヌに嘘の説明を期待することもできなかった。なぜならこの殺人犯は彼の運命のおかげで、鎖につないだりパンだけ与えたりという、フランスの刑務所で行われているどんな効果的報復手段よりも強かったからだ。つまり死刑囚はすでに鉄鎖につながれ、規則よりも尊重される慣習にしたがって、食事ごとに丼はたっぷり盛られたのだ。アルカモーヌを罰するためには、所長は死刑が終身刑に減刑されるのを期待するしかなかった。自分の無力さに彼はおそれをなした。殺人犯を打ちのめすこと、打ちのめさせることは、子供じみた冗談みたいなものだということを理解したのだ。足に鎖をつけて二人の看守にはさまれ、うす笑いを浮かべてアルカモーヌは所長のほうを見た。看守たちはひどく当惑していた。所長の目の中にこれほどの窮状を見て、アルカモーヌはほとんど自白しそうになっていた。自分はブワ・ド・ローズに対して、死をもってしか報いられないほどの憎しみを抱いていたと。彼は躊躇っていた。身構えていた。しかし、すでにこういう声が聞こえた。「さあ、連れ出してください。あなたは哀れなやつだ」。彼は独房に連れて行かれた。

彼は叛乱を起こすガレー船の乗組員と似ていたのではないかと僕は思う。船上の生活は楽なものではない。魅惑的な詩に書かれた優雅な船上の冒険のように、それを営むことはできない。僕はそこで飢えを経験し、思いやりなど一切ない状態を受け入れなければならなかった。それは船長が、船員たちの緊張を少し和らげようとして、自分の中に雲の電気をためにためていたときだった。最悪の一日で、爆発まで至らない嵐に僕たちは苛立っていたが、緊張があまりに高まり、何も爆発しないようにと願うようになっていた。もし爆発が起きるとしたら、それはいわば恐ろしい奇跡、神か星、ペストか戦争の到来に違いなかった。船長がそばを通ったとき、僕はトゲルンマスト[72]の下にしゃがんでいた。彼が僕を好いていることはわかっていた。それでも彼は僕を邪険な目で見つめた。その目には凄まじい倦怠が、人間であることに対するあらゆる悲嘆がこもっていた。ちょっとしたきっかけさえあれば彼は僕に言葉をかけることができたはずだ。彼はもう少し僕に近づくと、後ずさりし、力なく叫びをあげた。「お

72 横帆船で、トップマストの上につけるマスト。

お若造たち！」彼の声は重々しい静寂の中で響いた。海の与太者たちが駆けつけてきた。僕たちはあっという間に百五十人のたくましい男たちに取り囲まれていた。太陽の下の彼らの体は汗に輝いていた。おお、確かに僕はたくさんのたくましい肉体に圧倒されていた。圧倒されたのは、こんな見ものを目の当たりにする光栄にめぐまれたせいでもあった。打ち震える筋肉を持つオスたちが睦みあい、裸の肩と肩がもたれあい、首や腰を抱き合っている者もいた。彼らは硬い隆々たる筋肉で、すきまなく輪をつくり、そこにはかなり強力な電気が流れていた。指先でこれらの筋肉の端に触れる不届き者がいたら、雷が落ちただろう。船長は彼らを無視していた。しかし自分の兵たちが目の前で活力に満ち、打ち解けて生活することを、許していることは感じられた。彼はあいかわらず僕の前に立っていた。太腿はズボンの中ではりつめ、筋肉が布地を破ってしまうほどだった。破れ目から琥珀《こはく》色の肉がのぞき、それはあまりに繊細なので、僕は彼が歌い出すのを聞こうとして待っていた。

ほとんど音のないこんな情景で僕の頭はいっぱいになった。それは自分ででっちあげたものだが、それでも海賊たちの存在はあまりに現実的で、僕は自分の肉体において、哀れみにおいて、また愛において苦しんだ。

「怒りがわれらの帆をふくらませた」僕はこの表現をたびたび繰り返す。それはおそらくあの時代に、僕がハンモックの中に丸くなり、僕自身があわてるオスたちでいっぱいのガレー船にいたときに遡る。

すでに言ったように、僕たちの誰も、僕自身も同じだが、ガレー船の乗組員は決して裕福にならなかった。いっぺんに金持ちになってしまいそうな一撃に失敗したときに、心底から安堵を感じるとすれば——安堵を消し去ってしまうこともなく安堵に伴う失望があるにもかかわらず——それはおそらくこの一撃の成功によって、新たに行動し、押し入る必要がなくなるばかりか（僕たちの行為は、必要に促されたものでなければならない）、逆に唐突な必要によってさらに壮大な作戦に挑むことになったかもしれないからだ。幸いにも僕はそんなことを避けることができた。偉大な強盗になることは、僕の運命ではないと感じたからだ。そんな強盗になってしまったら、僕は自分自身から逸脱し、気の休まる隠れ家から出てしまうことになっただろう。僕が住んでいるのは小さな暗い領域で、僕にはそれで十分なのだ。スケールの大きい強盗になることは、われわれの誰にとっても運命ではない。なぜならそのためには別の特質が必要であり、メトレーで養われたのも、フォントヴロー で僕たちが開拓したのも、そんな特質ではなかった。大いなる猛禽の詩は僕にはあわない。大物のギャングスターは、僕たちが子供時代に受けた傷など、子供時代が残した傷など、負ってはいない。だからアルカモーヌも、どんなに抜きん出ていても、挫折したのだ。

僕はビュルカンを思って節食したのだから、まさに彼は僕にとって最良の人物にちがいなかった。彼に愛されるためには、両の目だって与えただろう。ある日彼は階段の五、六段目に僕を連れ込み、首に腕をまきつけ、まじまじと顔を見てこう言った。

「おい、ダチ公……キスを一つ」そのとき僕の味わった感動を十分わかってもらえるだろうか。僕は離れようとしたが、彼は口を僕の口に押しつけてきた。彼の袖の下に腕の筋肉を感じた。キスするとすぐ壁のほうに体を寄せ、「現場を押さえられたぞ、ジャノー」と言った。彼は看守が通りかかるのに気づいたか、または看守がきたと思ったか、あるいは看守を見たようなふりをしたのだ。彼は何段か降りて作業場に向かった。何も言わずに、手も握らずに、ふりむくこともなく。僕はペイレという刑事の声を思い出して衝撃を受け、動けなかった。「おい、ダチ公」とその声は言い、……もうひとりは離れようとして「現場を押さえられた」と言ったのだ。危険が迫ったとき、彼は僕のことなど考えていなかったのだ。しかしあくる日、僕はまた別の衝撃を受けた。僕は囚人の列に紛れていたので、ビュルカンがちょうどガラス戸の前にいなかったら彼が見えなかっただろう。つまり僕には彼の背中と、彼が前に向けてしている仕草が見えていた。彼はロッキーに追いつき、少し前に僕が彼にやったばかりのパンの塊りをロッキーにわたす仕草をした。それから彼は思いなおしたようだった。まわりを素早く一瞥し、ほとんど腕の下まで頭を下げて、パンを嚙み、ロッキーに笑いかけて、彼の口と歯の跡がついて湿ったところを差し出した。まったく単純なことをするとき――この場合、単純ではなかったが――しばしば独特の秘密めいたやり方で、彼はそれをやってのけた。ロッキーは友の微笑に応えて微笑み、素早くパンを受けとり、同じように秘密めいた仕草で、嚙み傷のあるところを一切れ嚙み、塊りを上着の中に隠した。こうした出来事のすべては、ガラス戸の表面で繰り広げられた。もし僕がビュルカンをこらしめようとして、またはロッキーに挑もうとして飛びかかったら、すぐに懲罰室送りになっただろう。そうすればビュルカンを失ってしまう。僕は右の脇腹に大きな空虚のようなものを感じた。看守にもピエロにも見られないように気を配って、囚人の列から後ずさりし、そっと作業場にもどった。ヒロインがあまりに張りつめた場面の後では、ろくに歩けなくなると書く小説家たちは正しいのだと、生涯で初めて思った。

僕が陽物を夢に見るとき、それはいつもアルカモーヌのもので、メトレーでは白い粗布のズボンの中にあって不可視なのだった。ところがこの陽物は、後にヤクザたちがいつもながら無作法に秘密を漏らす話で知ったのだが、実は存在しないのだった。つまり陽物はアルカモーヌと一体だったのだ。彼自身は決して笑うことがないし、彼自身がいかめしい男根で、それは超自然的な力と美に恵まれたオスそのものだった。その男根が誰のものだったか知るには、ずいぶん時間がかかった。実はアルカモーヌはある悪の権化のような男の所有物で、この男が僕たちのことを聞いていたのだ。その男のガレー船から、赤銅色の銅の飾りで被《おお》われ、はるか彼方を漕ぎ進み、勃起する、ならず者たちの間から、その男は僕たちに見事な陽物を送ったのだが、それは若い左官の外観に隠されはしなかったし、同じく、殺人犯としての存在も薔薇の外観の下に隠されはしなかったのだ。こういうわけで、アルカモーヌが僕の近くを通ったとき、昼間に彼あるいは薔薇のことを考えたとき、僕は呆然としてしまうのだった。そして夜は共同寝室で明け方のラッパの合図があるまで夢見ていた。ラッパが朝の窓を開き、みんなのために夏の最も美しい日を知らせていたが、僕たちには無関係だった。

僕がまぶたの奥に刻んで記憶しているのは、三百の子供たちが驚異的な身ぶりで踊るダンスだ。ひとりはズボンのベルトをあげるのに、両手を平らにして片手を前に、もう片手を後ろに水平にあてた。もうひとりは両足を開き、食堂のドアのところに立ち、片手をズボンのポケットに入れたまま、空の青色をした上っ張りの片側をもちあげた。この種のごわごわした膝丈の服を、猛者たちはずいぶん短くして着た。流行というものがあるからだ。この流行は、原則的にはヒモや強盗と同じもので、同じ秘密の指令からきていた。流行を作ったのは猛者たちなのだ。

流行は、気まぐれや出まかせの決定から来るものではなかった。もっと強い権威によって作られたのだ。それは猛者たちの権威で、彼らは、自分の上体、腿を見せつけ、上着や半ズボンを仕立て直させ、首回りの高いところにこわばった幅の広い青のネクタイを巻きつけて、顔の厳しさを強調したのだ。日曜日の略帽は水夫のベレーか、ヒモたちのかぶる庇《ひさし》つき帽子だった。帽子の飾りは薔薇で、これを通じてメトレーは、ヒモたちが薔薇と帽子で着飾った時代まで、五世紀もの時間をさかのぼるのだ。ヴィヨン[73]は彼らに向けて書いた。

麗しき童よ、汝は帽子の
見目麗しき薔薇を失い……

知っての通り、この飾りはかつては荒くれ者がつけたものだ。この少年院はフランスの花咲く中心にあって、最高に幻想的な場所だった。僕は幻想について語っているので、気まぐれについて語っているのではない。子供が初めて黒いレースを目にするときには、ショックを受けて少し気持ちを引き裂かれる。レースという一番軽い布地が、服喪のための装身具であるということを教わって仰天するのだ。こんなふうにして胸を締めつけられつつ理解しようではないか。重々しい幻想、厳粛な幻想、まさにさまざまな場面を取り仕切る幻想が存在することを。これらの場面は僕の目から流れ出て、あの驚異につぐ驚異と現実的、肉体的に一体化するまでにいたることを。

フォントヴローに入る男たちはみんな、身体的特徴を中央刑務所の記録に残さなければならない。そのため僕たちは午後二時ごろに部屋を出て、資料室に行き、身体測定をされ（足、手、指、額、鼻）、写真に撮られた。雪がちらついていた。中庭を通り、もどったときはもう日が暮れかけていた。回廊を通り、二つ目の中庭に通じる階段の扉のところで、僕はアルカモーヌに、もう少しでぶつかるところだった。何の記録をとる目的かわからないが、彼も看守に連れられて資料室に行くところだった。うなだれていた。雪の中を歩くのを避けようとして、左に少し飛び、姿を消してしまった。

僕は部屋に戻った。アルカモーヌの出現はあまりに束の間だったので、僕に激しい動揺をもたらした。僕は懲罰者たちの歩行を再開した。これにははっきりしたリズムがあり、滑らかでもあった。より高貴な世界で呼吸しつつ、殺人犯たちの胸から吐き出される香気をかぎつけ、僕の中の非常に論理的な部分は懲罰室でも健在で、ディヴェールの前を通るとき僕は彼に言った。

「やつを見たぞ」

すぐにディヴェールを追い越してしまったので、彼がどんな顔をしたのか確かめられなかった。舎監がいるので、素早く喋るしかなかったのだ。

73 フランソワ・ヴィヨン。十五世紀フランスの詩人。最初の近代詩人といわれる。

厳格な生活のせいで僕たちは自分自身のうちにひきこもり、ときどき看守や所長にとっては笑うしかない怪奇な仕草を発明した。結局、僕たちは、そういう仕草に孤独を見出し、不条理な弾劾のせいで、その孤独の大きさにたちまち気づかされたのだ。

懲罰は囚人に痛みを与えるためのとげとげしい要素にみちみちていた。囚人部隊の「サイロ」、懲罰隊の「墓穴」、メトレーの「獄舎」、ベル゠イルの「井戸」、ここの「懲罰室」。僕たちはみんなそんな場所で鍛えられたのだ。

メトレーである瞬間に訪れる、実に特別な雰囲気をあなた方に伝えるには、どんな方法がいいのか、どんな工夫をすべきか、僕は考えあぐねている。たとえば日曜日の朝の醍醐味――「醍醐味」と僕は言わなければならない――をいかにありありとわかりやすく説明しようか。日曜には、僕たちは少し遅く寝室から出る。その朝は前夜かららいそいそと準備された。ブラシの背でネクタイの皺をのばし、七時に起きればいいのだからとそのあと疲れることも気にせず床に就き、ここの生活に身をまかせることにして緊張を和らげていた。僕たちは、慣れ親しんだ、厳《おごそ》かな、ひどく疲れる儀式でいっぱいに飾られる日曜日と休息を期待しつつ眠りこみ、兄貴分のたくましい自信たっぷりの腕に抱かれて信頼に充ちた眠りをむさぼった後、この日を迎えるのだ。これは理路整然と組み立てられた平日の後のささやかな自由だった。僕たちは、気分や恋情にしたがって、少しだけ自分たちの望み通りに寝室を出た。この朝には班長がドゥロッフルにかみそりをわたし、ドゥロッフルは、食堂のベンチでミサの時間の前に、少年たちの産毛を剃ってやるのだ。他の少年たちは暇をもてあまし、暇なことに呆然として中庭をぶらぶらするということを、毎週繰り返すのだった。

しかし、こういう朝に覚えた実に特別な感情を、僕はまだちゃんと伝えていない。ミサの時間を知らせる鐘がなる。ひとりの猛者が僕の頰を剃り、撫でてくれる。僕は十六歳で、世界のなかでたった一人で、少年院だけが僕の宇宙だった。それは宇宙そのものだった。B班が僕の家族だった。僕は人生の中に降りていった。傍らのテーブルの上にある髭剃りの泡に覆われた新聞の切れ端とともに、僕は人生を降りていった。僕が何を言っても、あなた方には伝わらない。僕はそれを言うための詩的表現を待ち受ける。たぶんこの感情は、僕の諦念から、僕の悲嘆から、また少年院にいることの幸福からきていた。とりわけ日曜日の朝に、ぼくはこれらすべてのことをいちどきに感じるのだ。今でも些細なことが機会になり、たとえば夜中に、記憶が甦ってくることがある。メトレーを生きなおすように自分を仕向け、非行少年の顔の細部や特徴を、新聞紙の上の髭剃り石鹼の泡の眺めを、見なおそうとすればいいのだ。しかしこの感情——あるいはこの反映——は僕の中で一瞬閃くだけだ。それを持続させることはできないのだ。いつかうまく言えたら、メトレーが何だったのか、あなた方はわかるだろうか。しかしそれを言い表すことは、僕にとって僕の口の匂いがどんなかを、あなたに、あなたの内面に伝えるのと同じように難しいことだ。それでも僕は言うだろう。白い幟《のぼり》、ヒマラヤ杉、E班の壁にあった聖処女の彫像などすべては、この世のどこにでもある凡庸なものではなかったと。それは象徴だったのだ。一つの詩の中で、通常の言葉は位置を変えられ、置きなおされて、普通の意味に別の意味が付け加えられる。それが詩的意味というものだ。僕の心に甦るいちいちのこと、いちいちのものが詩となった。メトレーでは、それぞれのものが象徴となり、そしてそれは苦悩を意味していた。

監獄の日々は哀れな日々であり、そこに閉じ込められたヒモたちは病的に青白く、浮腫《むく》みがでて不健康であり、一番若くなよなよした看守たちが、戯れに彼らを殴り、彼らが飢えた犬のように卑屈に許しを求めるまでやめない。そんなことを僕たちは知らなかった。監獄は、独房の中を扉から窓へと黙ったまま行ったり来たりし、毛織の上履きで歩き回るというよりも、むしろ滑るように徘徊する幽霊たちでいっぱいなのだ。この幽霊に憑かれた部屋の連なりは、探偵雑誌の束と比べることができる。ページをどこまでめくっても、まるで重ね写しのように、別の犯罪者の写真が現れるだけなのだ。これは以前に語った、ある夜の入れ子状に絡み合う歌声を思わせる。僕は汚辱のあらゆる層を降りていった。監獄では独房という独房は、どれも同じだった。なるほどここには監視員、弁護士、警官も存在するが、彼らがここにいるのは、僕たちの恥辱に(かつその栄光に)彼らの心地よい立派な生活を対比して、恥辱により多くの意味を与えるためなのだ。僕は両手で紙の束をつかんだ。指がその上で引きつっていた。僕は文学的な文章を書こうとは思わない。僕の指の動きはそんなふうだったのだ。たぶん絶望のせいで、僕は紙をしわくちゃにし、それを集め、ひとつの塊りにし、あっさり飲み込んだかもしれなかった。紙の束を消してしまうために、あるいはその功徳にあやかるために。

ビュルカンはある日クレールヴォーについて僕に言った。「わかるか、ジャノー、一日中腕を組んだまま、一言も喋っちゃいけなかった。運悪く頭を動かそうものなら、看守に連れられ部屋頭のところへ行かされる。部屋頭が殴り倒す。お決まりのコースだった。何年たっても言われたまま身じろぎもしないやつもいた。こういうやつを看守は、わざわざ懲罰室に送らない。やつらに何かしようとしてもやつらはびくともしない。おれは思うんだけど、ロッキーはみんなと同じようにしたんだ。可愛そうなやつ、あいつは考えたのさ……」。ロッキーの身ぶりやふるまいや言葉を思い出して、ビュルカンがここから遠くにいるエルシールに思いをはせていたことが、僕にはわかった。諦めない猛者はまれなのだ。最も執念深い者も消耗してしまう。フォントヴローではもはや宙ぶらりんの友情しか、友情の塊りしか残っていない。僕たちの憎しみは、突然の叫びや頭突きで表現されるのだが、それにもかかわらず、僕たちは友情で結ばれている。憎しみと等しく、最もひそかな友情も、しばしば嗚咽のように激しい唐突な叫びによって表される。

メトレーの夜について語ろう。その怪物的な甘美さを知ってもらうためだ。売店の壁に藤と薔薇が咲き、花と香りが混じり合っていた。他には何もないのだが、夏の夕方五時ごろには花々の近親相姦の香りが、十五から二十歳の快男児たちの群れに向かって漂い出した。彼らは破れたポケットに手を入れてせんずりをかいていた。夏は夕食の後、数分間だけ、各班の前の中庭に出ることができた。僕が語っているこの甘美さは、たぶん僕たちに許された休憩がごく短いことからきていた。遊びを考えつこうにも、あまりに時間が少なかった（そもそも僕たちが遊んだことがあると一度でも言ったことがあるだろうか）。ここでは決して遊べなかった。僕たちの全活動には実際的な目的があった。木靴をもっと光らせるための靴墨の製造、中庭でライターの火打石をさがすことなど。そのために、かかとで小石を叩いて砕いた。ゲパン氏は、僕たちが体をかがめ何かポケットに入れるのを見ると、すぐに走ってきて、一言も言わずに僕たちを調べた。僕たちを監視し、見つめる五十人にも及ぶ大人たちのことを思い出すと、僕はいまでも感極まって泣きたくなる。彼らは信念をもって拷問者の役割を演じていたので、僕たちの気持ちなど決して理解しなかった。そして三百人のガキたちが、彼らを煙に巻くのだった！　僕たちは煙草を交換し、脱走をめざして素早く密議し、すべてを慎重に実行した。この秘密の戯れは、僕の全人生にわたって、どんな類いの公的活動をするときも、作業場の労働のときも、食堂でも、ミサの間も、平穏で包み隠しのない生活の間も続けられ、まるでその生活には悪魔的な裏地が縫いつけてあるようなものだった。秘密の戯れは昼休みにも行われ、看守や、役員会の人物や、訪問にきた名士たちは、僕たちが休憩を楽しんでいるると思っているのだが、その間にもやはり続けられた。それにしても、看守たちの近眼にはあきれた。一番目ざといのは僕らの班長ガビエだった。「指使いする」という表現は猛者に尻を撫でられ、指（人差し指）を入れられることを意味した。この仕草はつやっぽかった。僕らの間で、それは尻軽娘の口の端にするキスの代わりになっていた。やがて、この表現は少し変化した。「やがて」と言っても、遠い過去のいつのことか、僕にはわからない。少年院の歴史は百年しかないのだ。僕たちは生まれつき知っていた。輝いている若者は快感を知り、オルガスムに達する若者であるということを。今でも僕はそこにこそ、この少年たちに共通の伝説的な出自の証しを見るのだ。それにしても僕は、僕らの隠語がそれほど厳密な意味をもたないことに驚く。それはたぶん僕たちが、ほとんどいつも毎日の生活の中に隠語を見つけ出したせいだ。しかし今になって僕は感じるのだが、僕らが言ったこと、考えたことは決してフランス語では言い表せなかっただろう。例えば、猛者によって変形された「指使いをとった」という言い方がある。これは「キスを盗んだ」というようなものだった。「指使い」はテーブルで、中庭で、列に並んでいるとき、礼拝堂で、つまり看守の目をごまかして素早く盗めるところならどこであろうと実行された。看守はその言葉が唇から唇に飛び交うのを耳にした。そしてガビエ氏は勘がいいので、他の看守よりも先にそれを聞きつけた。ところがある日食堂で、目に隈をつくり、頬のこけたヴィルロワを軽くからかおうとして、ガビエ氏は微笑しながら彼に言ったのだ。

「おまえ、昨夜《ゆうべ》また指使いしたんだろう」

彼はヴィルロワが手淫したと言おうとしたのだ。しかし少年はいつもの意味に解した。彼はかんかんになりテーブルから飛びかかった。唖然とするガビエ氏の椅子のほうに突進し、彼を倒し、脇腹を、腰を、歯を、額を、木靴の鉄の踵《かかと》でめったうちにした。ガビエとヴィルロワを立ち上がらせたとき、一方は死にそうで、もう一方は死ぬほど満足していた。こうして僕は恋人を失った。彼は獄舎に連れて行かれ、出てきたときには別の班にやられたのだ。

こんなふうに脱線する前に、僕が話そうとしていたのは、昼の休憩の間、僕たちは秘密の行動を続け、根が怠け者だったので、この活動は静かに行われ、中庭では、いろんな空想ではちきれそうになった子供たちによって、神秘的な形態をもつ穏やかで実に念のいった唐草模様のようなものが、刺繍されたということだ。

彼らの話のいちいちは(ドゥロッフルの手の話、ヴィルロワの心臓の話など)はあまり詳しく伝わってこなかった。語り手が遠まわしにしか喋らなかったせいかもしれない。または語り手が着いたときには、プティット・ロケットに積もりに積もった評判のほうが先に伝わり、彼を守っていたせいかもしれない。それでも、これらの話は結局みんなに知れわたることになったが、かなり漠然とした不正確なものだった。なぜなら前に言ったように、ここメトレーで手に入れる栄光のみが、少年囚にとって価値のあるもので、少年院に入る原因になった武勲や、輝かしく超人間的な手柄話さえも、それに比べれば大したものではなかったからだ。もちろんアルカモーヌは例外である。したがってそれぞれのエピソードは伝説的な装いをまとい、多少とも強烈な色調で脚色されたのだ。何人かの子供の周囲には何か特別なものがあるのが感じられた。そういう子供は彼自身が冒険そのものであり、指輪をいっぱいつけた手が、恐怖に取り乱した彼の心臓をしめつけていたのだ。

夕方は、何を企てるにも時間が足らなかったので、僕たちは平穏を味わった。船が氷河に閉じこめられたようなものだった。突然空白状態に陥るのだ。おなじみの夜が近づくにつれて、たぶん香りや空気の深さに、僕たちは気づかないまま影響されていた。僕たちの動きも、声も優しくなった。就寝のラッパが鳴ったとき、僕たちはすでに仲間の眠気でうとうとしていた。僕たちは列を作り、並足で大寝室に向かう階段をのぼり、さらに義務となっているいくつかの決め事にしたがって、「少年囚」の生活は組織されていた。「少年囚」とは僕たちにとって破廉恥な言葉の一つだが、それを僕たちはわがものにしていたわけだ。この言葉が大理石に金の文字で刻まれるのを見たことはなくても、それが仲間たちの胴や腕に刻まれているのを見ていた。しかしやはりこの言葉は破廉恥で、僕たちはそのことをわかっており、この栄えある破廉恥さに浸りきっていた。少年院でも中央刑務所でも、「犯罪者」という言葉は意味をもたないのだ。そんな言葉を口にしたら滑稽だっただろう。

フォントヴローには慈愛の行為が山ほどあった。カルレッティの行為がそれで、彼は煙草をちぎり、懲罰を受けた別のヒモのために、独房の戸の下に切れ端を入れてやった。刑務所はこのような行為をなしとげる荒くれの飢えた男たちでいっぱいなのだ。彼らの顔は白すぎるし、痩せているのと、散歩のとき丸刈りの頭にかぶって顔を隠す頭巾のせいで霊的な存在になっていた。ときに彼らの横柄な受け答えが聞かれた。

看守が言う。「帽子をとりなさい」

頑固な男はじっとしたまま答える。「だめです、できません、大将」

「なぜできないんだ？」

「手がポケットに入ってるもんで」

彼の声、邪険さ、傲慢さ、冷淡さは、彼を磨き上げた。厳しい禁欲生活で、心身は乾き、より鋭くなっているうえ、機嫌の悪さが加わった荒くれ者の声には鞭の繊細さがあった。彼はそれで人を鞭打つのだ。

刑務所にはまた別の行為があった。

百人以上の若者が、あいかわらず看守たちの目を盗んでこんな仕草をしていたのだ。それはある種の隠語と同じように年々形を変えていった。平手で太腿をたたき、ズボンの開きまでその手を上げ、小便をするときのように一物をつかむ格好をする。やがてこの仕草はこんなものに変わった。手で腿をたたいたあと、ずっと平手のまま口まで上げ、「そこまでやるか」という意味の合図をするのだ。

意地悪なことを考えつく若造もいて、大嫌いな、しかし屈強すぎる敵のドアの下に、前の晩か朝方に捕まえた蚤《のみ》や南京虫を素早く滑り込ませるのだ。彼はそれを敵の独房の前に素早くしゃがんで吹き入れるのだった。

僕はこういったことが、はたしてみんな現実にあったことか、それとも中央刑務所は幻想の館《やかた》ではないのかと疑う。

ビュルカンはこういったつつましい遊戯に秀でていた。男たちに惹かれて（「おれたちは男、おまえたちは意気地なし」などと言う連中だ）、ビュルカンは彼らの作法が好きになった。僕は彼の中に明白な女性のしるしを見ようとした。それを発見できれば彼をすっかり思いのままにできたかもしれなかった。僕は彼のハンカチを盗み見た。愚かにも毎月の鼻血で、ハンカチに血が滲《し》みていることを期待したのだ。ある種の倒錯者はそんなふうに出血するという。鼻血は彼らの月経なのだ。ところがこのガキをよく観察すればするほど、ますます彼の獰猛な雰囲気に気づいた。ときには、たとえ微笑していても不吉な雰囲気を漂わせていた。ふつうは、彼の肝っ玉の太さ、断固とした物腰、美貌のせいで、ヒモたちは彼に鷹揚な友情を感じるのだった。だからあまり貫禄のない彼に煙草を恵んだ。彼は、自分を爪弾《つまはじ》きしない連中に溶け込んでいった。彼らのうちの誰かが、彼を支配下におき、強盗の片棒をかつがせてしこたまかせぎ、彼と友情を結んだのかもしれない。しかし僕は彼に言ったのだ。

「とにかく、そいつがおまえに友情を感じていて、それに愛情が混じっていたとしても、そいつの好きな女には勝てない。いつかおまえは見限られる。おまえはそいつが好きでも、みたされることなんかない」

僕の言葉を理解したとしても、彼は考えに考えて、熟慮の結果やっと理解するだけだった。僕のいうことは正しいということ、僕の愛はもっと忠実なものだということを知りながら、すでに彼は僕を見捨てていた。彼をみたすことのない僕の愛を忘れ、彼の男たちへの愛に夢中になって、彼らを追いかけていた。とはいえ僕は彼をたしなめようとはしなかった。一方で僕は、ビュルカンの荒くれ者たちに対する態度に振り回され、ロッキーに対する態度にはもっと振り回された。二人はまだ友達だったが、決して触れたりしなかった。ビュルカンとロッキーの態度はこれ以上ないほど堂々としていた。猫かぶりをしていたわけではなかった。次のようなしるしで、彼らは友達だとすぐわかったからだ。タオル類やナイフを共有し、同じコップで飲み、ときどきどちらかが相手に言うのだった。「あいつに手紙を書けばいいじゃないか！」。彼らは同じ友達、あるいは同じ女を相手にしていたことがわかった。彼らには愛の営みも友情の営みと別のものではなかったのだ。

ある朝、僕は廊下の片隅でビュルカンに会った。彼はいつものように元流刑囚を取り巻く猛者たちの間にいた。僕は近づいた。控えめに彼の肩に触れ、僕のほうに来るように合図しようとしたとき、猛者たちの会話の内容に驚き、同時にボッチャコが自分の肩にすがるのを彼が許しているのに気づいた。流刑地から囚人の一人が脱走して捕まり、フォントヴローで待機してサン＝マルタン＝ド＝レに護送されることになっていた。もう一人、やはり護送される途中の者がいた。こちらはフランスで起こした最近の事件で起訴され裁判に連れて行かれるところで、彼が脱走犯に流刑地のニュースを流していたのだ。メストリーノ、バラトー、ギー・ダヴァンといった名前が親しげにささやかれるのを僕は聞いた。僕はわれを忘れていた。この二人の流刑囚は淡々と、愛したり憎んだりしている仲間について語るように、新聞で有名になったあらゆる犯罪王たちについて喋っていたのだ。二人はさりげなく犯罪王たちのことを喋った。ミュラ[74]がナポレオンのことをおまえ呼ばわりするのを聞けたら感動したにちがいないのと同じくらい、僕は感動した。二人の流刑囚は恐ろしいほど自然に、熱帯の奥地の

74　フランスの軍人。伝説的な騎兵指揮官。ナポレオン・ボナパルトの妹と結婚し、帝政期には貴族として遇された。

植物のように奇異な言葉を使った。たぶんこの言葉はそういうジャングルの植生から生まれたのだ。この言葉ははるか遠くの地域から、まるで胃からげっぷがわきあがるように、やってくると感じられた。二人の流刑囚は隠語中の隠語を喋った。そしてアルカモーヌがここにいることなど気にかける様子もなかった。流刑地にはおそらく千倍もたくましい殺人犯がいたのだ。僕はじっと彼らの話を聞いていた。ポケットに手を入れ、平然とした態度を装った。ビュルカンが振り向いても、僕の困惑ぶりに気づいてほしくなかった。看守が来たと合図があって、連中が解散したとき、ビュルカンはあまりにうっとりとしていて、ボッチャコが彼の肩から離れ、彼を解放したことさえ気づかなかった。僕が彼に触れる番だった。彼は突然別世界からもどってきた。彼のまなざしが僕に注がれて震えていた。彼は言った。

「おや、ジャン、そこにいたのか。わからなかったよ」

「見ての通り、おれは一時間前からおまえをながめていたよ」

僕の非難を大して気にかけることもなく、彼は荒くれ者たちの戯れと一挙手一投足を追っかけて行ってしまった。

ピエロと親しい猛者たちが僕に言い寄ってきたとき、僕はどう考えたらいいかはっきりわからなかった。しかし、おそらくこれはピエロ自身が僕を混乱させようとして望んだ罠ではないかと恐れた。僕は彼らの微笑に、不躾に応えることに決めた。それはこんなふうだった。ボッチャコが他の数人の猛者たちと階段の天辺《てっぺん》にいる。僕は共同寝室からやってきて降りていこうとしていた。そのときボッチャコが僕のほうに気さくな感じで近づいてきた。彼は裏返した掌に火のついた煙草を隠していたのだ。

「ほら、ダチ公、一服やれよ」と彼は言った。

そして微笑みながら僕に煙草を差し出した。見たところ彼は、一服やりたがっている他の猛者たちよりも前に吸う特権を、僕に与えようとしていた。やはり見たところ、彼はていねいに言い寄って、そのていねいさだけで、すでに僕がなんらかの敬意を彼に見せるように強制していたのだ。しかし僕は彼の与えてくれた名誉に無関心な態度をとった。ただ手を伸ばして言った。

「おのぞみなら」

僕はやむなくシケモクを受け取って吸いそうになったが、突然すぐ近くを行くある男に気づいた。フレーヌで前に出会ったヒモだった。僕はボッチャコに向けて伸ばした腕をひっこめ、そのヒモのほうに伸ばした。同時に大声で驚いて見せ、再会した喜びを表した。ヒモが階段を降りようとしていたので、まったく自然に彼といっしょに足を運び、煙草の礼を言うのを忘れたふりをした。そして僕のふるまいはあまりに計算ずくの無礼に見えたかもしれず、そのためにかえって、そんなふるまいにこめようとした軽蔑の大きさが伝わらなかったかもしれないと思った。三段目を降りたところで突然僕は失敬したというふりをして振り返り、階段を上りかけた。ヒモたちが見ていた。僕に横顔を向けているボッチャコを見て、僕は彼の顔が恥ずかしさで暗くなっているのに気づいた。この野獣の親切心が苛まれ、もつれた駆け引きの中で混乱していた。その駆け引きのなかに僕は現れては消え、まるで一人の女優のように侮蔑的にふるまったのだ。僕が荒くれで、ヒモたちとは対照的だったので、彼はなおさら傷ついた。僕は彼といっしょにいるべきだったのに、笑いながら若いヒモと降りていった。ふくれ面をし、どうでもいいことを諦めるときにするあいまいな素振りをしてみせて階段を降りたのだ。こうした僕の態度はもう計算ずくとは思えないはずだった。この種の申し出に卑屈に従う者だっているのだが、僕が軽蔑を顕《あらわ》にしたのでボッチャコはひどく狼狽したのだ。彼が震える声ですぐ近くの若造に優しく言うのが聞こえた。

「あっちへ行け、ミルー」

これは僕には勝利の瞬間だった。フレーヌではみんなが恐れていたこのヒモに、僕は突然友情を感じながら階段を降りた。用意周到な運命に導かれて彼が近づいてきたので、僕の退場には恵みも輝きも与えられたのだ。

起床のときには、ラッパ吹きが窓をあけ、シャツを着たまま、まぶしそうな目で、足を窓の下枠にのせたまま悲劇的なラッパの吠え声をあげ、一日の太陽の運行が始まるのだった。邪悪な都会の夜に崩れた壁を、ラッパの音は再建した。しかし少年院よ、僕にとっておまえにかかわるものすべてが、ビュルカンの胸のかたちを思い起こさせる文章を僕に書かせるものすべてが甘美なのだ。ビュルカンは胸を開き、太陽の下で、死をもたらす機械仕掛けの繊細な歯車を見せてくれる。僕の思い出は、最も悲しいものまで陽気なのだ。埋葬は祝祭で、僕たちがリゴーとレーに捧げた葬式ほど美しいものを他に知らない。この二人には偉大な敵として同じ日に葬送の名誉が与えられるべきであり、ただ一つの儀式において彼らは一体になるべきだった。この互いに分身であった二人に捧げられる儀式は示している、おそらく僕が分身の神秘性について語るときが来たということを。

C班には二人の兄貴分がいた。こうした栄えある例外の不思議さを僕は思い浮かべる。ただC班だけに複数の兄貴分がいたのであって、僕にとってこの友愛による二重の統治は、ロシア帝国が二人の幼い皇帝に統治されるのと同じくらい気がかりなことに思えた。リゴーとレーの心中とあの儀式も、同じくらい気がかりだった。この儀式は葬儀というより結婚式に近く、二人は天で結ばれたのだ。

僕はC班の内部に、二人の戴冠せる子供の間に、宮廷の争いや悲劇や、死にいたるかもしれない対立を予感していた。二人は実に美貌の少年だった。二人の稚児つまり小姓は——というのもC班とD班の兄貴分は、いつもA班かB班の猛者の娘役だったからだ——未成年者の小連隊を支配し、パンチ、平手打ち、足蹴り、罵声、唾を浴びせ、ときには突飛な親切心も見せた。二人は交代で支配したわけではないし、縄張りを半分に分けて支配したわけでもない。彼らの統治は溶けあい、補いあって、しばしば一方が整えたものをもう一方が壊した。しかし、対立しあってはいても、戦いそのものによって交じりあい、ついに二人は不条理な次元で出会うことになり、一致も不一致も超えて愛しあうようになっていたのだ。この二人のまどろむ心はまどろみながらあたりを支配し、彼らの眠りの厚い壁の背後で愛しあった。こうして二人の戦士は愛しあい、殺しあい、死んだのだ。

埋葬のときは雨だった。小さな墓地の泥で僕たちの黒い木靴は汚れていた。僕たちの世界はしばしば獰猛な無礼さを利用するのだ。メトレーでは、子供の口がこう言うことは珍しくなかった。「オカマを掘られてしまえ！」。そして夜のフォントヴローで、僕たちが窓を開ける数分間が、しばしばどのように終わるかということについては、前に説明したとおりだ。それは誰かの一言で始まるのだ。

「おれは、お前を掘ってやる！」

「おれのチンチンで尻を掘ってやる、あばずれ！」

「おまえのチンチンにおれの尻はつかまらんさ。おまえの尻にチンチンさ」

最後に声をかけられたものは黙るかもしれない。すると彼にかわってダチ公が言うのだ。

「おまえのチョコレート製造機をよく掃除してもらうんだな」

それからさらに、

「ガベス[75]の目に指をつっこませろ」

これらを引用しながら、僕はこの本を変わった趣向で飾りたいわけではない。夜になるとこんな悪態を互いにつくのだが、僕にとってそれは、みたされない囚人たちの熱情的、暴力的な呼びかけであり、彼らはそれを口にしながら、地獄というほどではない領域に徐々にはまりこんでいくのだ（なぜなら言葉というものは正確に解されるのではなく、誇張されるときにだけ意味を持つからだ）。これはまだ世界の始まりの肉体的道徳的な法則にしたがう領域だ。おのおのが自分の口に、より執拗にもどってくる文を選ぶ（考えたうえではなく、あいまいなまま）。そして、この文あるいは寸言は、彼にとって格言となる。それはメトレーでもここでも、猛者の肌に刻まれる刺青の役割を果たすのだ。

今から約千年前のローマ、インド、あるいはフランク族の貴族たちは、没落した貴族が利用した威厳と同じ宗教的威厳を活用したとは思えない。また彼らが、宗教以上の、あるいは宗教以外の威厳を利用したとも思えない。その理由は紋章の成立に見ることができる。動物とか植物とか、あるいは他の物からなる紋章の起源を調べるのは僕の役割ではないが、僕が感じるのは、はじめは軍事的な首長であった君主たちが、記号、象徴である盾の形の向こうに消えてしまったということだ。彼ら英雄たちは、崇高な領域において抽象的な空間に投影され、そこに書きしるされる。彼らは意味を付加され、書かれることによって貴族となった。彼らのことを書きあらわす記号が神秘的であればあるほど、彼らは人を不安にし、平民は——そして英雄たちにはるかに劣る貴族は、仕方なく彼らの起源をはるか遠くにさがすのだった。こんなふうに刺青は猛者たちを聖別した。たとえ素朴なものでも一つのしるしが彼らの腕に刻まれるとき、彼らは台座の上にのしあがり、同時に遠くの危険な夜のなかにもぐりこんだ。あらゆる夜は危険にみちている。脆弱な人間にすぎない君主が、象徴の重たい盾の後ろに姿を現したとき、彼はこの象徴の漠とした意味に充ち、あらゆる夜の住人や、夢の住人がそうであるように危険な存在となった。もろもろの夢は、人物、動物、植物、事物でひしめいているが、これらは象徴なのだ。それぞれの象徴は強力である。そして象徴の形成をうながした存在が象徴にとってかわるとき、彼はあの神秘的な力にあやかるのだ。記号の力とは夢の力であり、ナチスの国家社会主義が、暗黒の英雄の加護により、鉤十字という象徴を求めたのも夢の中であった。

他にも僕らを特異な存在にし、孤立させる事柄があった。

75 チュニジアの地名。良湾として知られる。「ガベスの目」は肛門のこと。ガベスの地形より連想されたものか。

僕たちだけに属する小さな墓地があって、その秘められたなじみの墓地には、僕たちの先輩たちが眠っていた。二人の子供の棺をそこに運んでいく前に、棺はまったく簡素な、むき出しの台の上に置いてあった。そしてその簡素なことは、威厳にみちた重要人物の葬列のようで、小さな死者たちに賢者の高貴さを与えていた。

イチイの木の下に看護室で死んだ少年たちの墓が並び、壁際のもう少し雨風から守られたところには、まともな死に方をした修道女や司祭の墓があった。そして墓地の一番奥の二つの礼拝堂には、創立者の地下墓所がある。ドゥメッツ氏とクルテイユ男爵は、礼拝堂の大理石に書かれているところでは「彼らがかくも愛せし子らの間に」眠っていた。レーとリゴーに付き添うために、僕たちの中から十人ほどが選ばれた。僕はヴィルロワといっしょだった。僕たちは自分たち自身の愛に夢中で、結ばれた夫婦として、死んだ夫婦を地の下に連れて行こうとしていた。少し後では、僕はストックレーの亡骸に付き添うことになり、十年後には僕の想像のなかでボッチャコの亡骸にビュルカンの亡骸が結ばれ、さらに後にはピロルジュのそれが結ばれるのだ。

ストックレーとは僕にとってどんな存在だっただろうか。彼はヴィルロワと僕の間に溝ができていると知って、思い切って何度も僕に言い寄った。そのうえ僕たちの人生は二度交叉したのだ。僕はある日脱走したくなった。不幸で絶望していたせいだろうか。しかし絶望があまりに深くなれば、たとえ激情に駆り立てられても、今なら別の方法で脱走しようとするだろう。もし流刑地に送られたら、僕はそんな別の方法を見つけるのではないか。自分の味覚についてはすでに語った——僕は味覚という言葉を強調する、口の中、口蓋の天辺で、ある感覚を味わうからだ——僕は「流刑の訓令」という言葉の陰鬱な味覚を味わうのだ。そして僕の絶望をもっとよく理解してもらうために書いてみる。僕は生けるらい病患者で、蠟燭を手に持ち、頭巾をかぶって、死者のミサ「死から解き放ちたまえ」が歌われるのを聞くのだ。しかし絶望のあまり、僕は自分自身の外に出てしまう（僕は自分の言葉の重さを量る）。この絶望はあまりに深いので、生きのびるために（生き続けることは大いなる事業である）まず想像力が、僕の失墜にあたって僕の隠れ家を組織し、実に麗しい人生をつくりあげた。想像力は素早いので、このことは迅速に行われ、おそらくこの深淵の底との衝突を和らげようとして、数々の冒険が僕を取り囲んだ——僕はこの深淵には底があると思ったのだが、実は底なしだった——そして落ちて行くにしたがって、墜落の速度は僕の頭脳活動を加速させ、僕の想像力はあくことなく冒険を織りあげた。他の新たな冒険を、たえず、もっと速く織り続けたのだ。ついには暴力によって翻弄され激化され、これを繰り返すうちに、想像力はもはや想像力ではなく、別のより高度な救済の能力となった。僕のでっち上げた壮麗な冒険のすべては、物理的世界において一種の実体を持つようになった。物質の世界に属するとはいえ、それはこの世界のことではなかった。しかし、どこかにそれは実在すると予感するようになった。僕がそれらの冒険を生きているのではなく、それらはどこか他のところで、僕なしに生きていた。想像力から生まれ、それよりも高度になったこの新しい能力は、何かに飢えたように冒険を僕に見せつけ、準備し、組織し、僕を引き込もうとしていた。僕の肉体が体験していた惨憺たる冒険を諦め、僕の肉体を諦めるためには、そして僕がこれらの他の冒険に身を投じるには、ほんの少しのことで十分だった（だから絶望が僕を外に連れ出してくれた、といったのは正しかったのだ）。この新たな冒険は慰めとなり、そして僕の肉体の哀れな冒険と並行して繰り広げられた。法外な恐怖のせいで、僕はインドの秘法が教える奇跡的な道を歩んでいたのだろうか。

子供の僕はメトレーから走って逃げた。ある日曜日の午後に何が僕に命じて、花々の魔法の輪を破らせ、木靴を脱がせ、野原を駆けさせたのか、僕にはもうわからない。

月桂樹の間を通り過ぎると坂になっていた。転がるようにして、牧場や木立を駆け下り、本能的に野原の隅を選んで進んだ。そのほうが僕の姿が見えにくいはずだったからだ。追われていると感じ、またそう予感していた。自分が息切れしているのに気づいたとき、川のそばで少し立ち止まった。足音が聞こえた。岸にそって駆け出そうとしたが、息絶え絶えだった。服までが恐怖で白くなっていたと思う。僕は水の中に入った。そこでストックレーが水に入らずに、僕を捕まえた。彼は腕を伸ばしてきた。僕は水に捕まったのか、子供をさらう子供に捕まったのか。しかし捕まったときの嬉しさは覚えている。僕が手に入れた自由――それはすでに走っている間に手に入っていた。走り出すことは最初の自由の行為だったからだ――この自由は服従になれているガキにとってあまりに重大すぎた。僕を捕まえてくれたことをストックレーに感謝していた（ここで僕は言いたくなる、これと同じ幸福を、警官に捕まったときにも感じると。たぶん僕が幸福を感じるのは、ただこの子供時代の場面を無意識に思い出すからなのだ）。型どおりに、彼の手は僕の肩をつかんでいた。僕は恐怖と愛情で、水の中に崩れ落ちそうだった。恐怖を感じたのは、白い光のなかに僕の冒した行為のおぞましさが浮かび上がってきたからだ。僕はひそやかな天国から脱走したわけで、これは実に致命的な罪だった。われに返ると、今度は憎悪にとらわれた。ストックレーは優しかった。ゲパン爺さんが彼に命じて僕を追わせたと言った。要するに彼は実に気高い理由だけをあげたが、たぶん恥じらいのせいで彼を駆り立てたほんとうの理由を忘れていた。というのも、彼は自分のことがわかっていたのだ。ストックレーはたくましく美形だし、マレスコという娘を殺したソクレーという名前をすぐに連想させる名前の持ち主なので、彼はどんなに破廉恥な仕業をしてもおかしくなかったのだ。あるいは、むしろ彼は、自分の場合、破廉恥な行為さえも英雄的なものに変えてしまうことがわかっていたに違いない。そしてこれは猛者たちがひそかに納得していることだった。猛者たちは自分の権力をかさにきて、彼らのうちの最高の美男の一人であるストックレーを責めはせずに、僕を連れ戻したことを大目に見て、彼ら自身は娘役や腑抜けを看守に売り渡す権利をわがものにしていたのだ。

ストックレーは僕の腕を抱え、少年院に連れもどした。彼の横で僕は自分を、後宮から逃れたのに戦士に連れ戻される女のように感じた。やっと少年院のなかの小道に着くと、木立に隠れたところで彼は僕を見つめ、右手で僕の頭を彼のほうに引き寄せた。しかし僕の顔はおそらくひどく高慢な孤独におおわれていたので、ストックレーは逃げ腰になった。つまり彼自身の実体が後ずさりし、彼の形態、つまり彼の肉体の枠を離れ、彼の口、目、指の末端からも離れ、電気よりも素早く、深くゆるやかに方向転換した襞を通って、おそらくは彼の心の秘密の部屋にまで引きこもってしまったのだ。僕を見つめている死んだ女のようなストックレーを前にして、僕はじっと動かなかった。ところが僕の仕打ちは、思いのほか効いたのだ。麻痺状態から抜け出ようとして彼は大笑いし、腕を振って、僕を前に歩かせた。両手で肩をつかみ、腰の一撃で、強力な一発で、あいかわらず笑い、歩きながら僕を串刺しにする真似をした。僕は彼の鋼のようにたくましい体の動きに、三メートル前まで放り出された。僕はただ一人で彼の前をまっすぐに歩き続け、彼の一突きに掘られてから少年院にもどったのだ。僕は直ちに獄舎にやられた。しかし僕のズボンは濡れていて、ストックレーのズボンにも大きな染みができていた。その染みはストックレーがまさに欲望した過失を露にしていて、彼も独房に監禁されることになった。少年院の管理者たちの尋問がどんなふうに行われるか、なかなかわからないのだが、僕が尋問されることになれば、彼はいとも簡単に自己を弁護することもできたはずだ。メトレーの所長は、フォントヴロー の所長よりも愚かではなかった。ところがフォントヴローの所長のほうは、囚人たちがアルカモーヌほどの純心さをもって大それたことをやらかすと、そんな素朴なごたごたに大慌てしたものだ。

ストックレーは、僕が証言を要求されても大したことは言わないだろうし、僕の答えの中身に確信がもてなかったせいで、自分を弁護することを拒否した。たぶんそれは虚栄心のせいでもあり、彼は青二才と寝たという理由で監禁されてもかまわなかったのだ。彼のほうは、僕を巻き添えにして仕返ししたつもりでいた。僕が獄舎から解放される数日前に、彼は独房を出て「訓練隊」にやられた（懲罰を受ける猛者は独房に入って床の上に寝る。別のガキたちは一日中、歩調をあわせて中庭を円形に歩む。これが「訓練隊」だった）。独房の規則と手淫のせいで、彼はくたくたになっていた。やせて青白く、まっすぐ立っていられなかった。もと浮浪児たちにパンくずやスープの残りをせがんでいた。笑ってはいけない。僕は毎日、他にも飢えゆえの、ひどく卑怯な屈辱的行動を見ている。それに比べれば、ストックレーの行動は大したことではない。

彼はある日、彼と同じくらいやせて弱っているベルトランと喧嘩した。僕たちは恐るべき滑稽な戦いを見物した。目の前で彼らは殴りあうのだが、それはまるで愛撫のように優しいスローモーションの戦いで、ときどき両方とも暴力を激発させながらも不発に終わった。二人とも目だけに力が入っていた。まだ夏だった。二人の子供は土ぼこりの中をやんわりと転げまわった。僕らに滑稽に見えていることは彼らも気づいていた（というのも僕たちの手は昼間は自由でなく、夜の間は手淫でくたくたになっていたからだ。それにしても硬い床でなんという夜をすごしたことか！）。彼らは喘ぎながら戦いを続けた。それはたがいに全身を引き裂く幽霊さながらだった。そんなふうに引き裂きあう姿に僕たちは死の神秘のあいまいな、しかし実に明瞭な形を見ていたのだ。

僕はこれ以上詳らかに、飢えの拷問と飢えのもたらす魔法について語ろうとは思わない。僕はあまりにも飢えに苦しまされたし、友達が苦しむのも見てきたので、もし彼らが飢えを訴えないとしても、わざわざ誰かを引き合いに出さなくても、僕の言葉が僕自身の辛苦をため息まじりに嘆くだろう。

その頃の獄舎の兄貴分はピュグだったが、これはなみはずれてたくましい男で窮乏にもめげていなかった。足蹴り、そして微笑で、彼はストックレーとベルトランを離した。二つの胴体は離れ離れになり、たがいに解放されて安堵していた。僕にとってストックレーの胴体は、肉体的憔悴のせいで、あいかわらずまったく高貴なほどの滑稽さをまとっていた。僕が獄舎から出て数日後に、彼は看護室に入り、そこで死んだ。「最高責任者」はまた僕が墓地の参列者に指名されるように手配した。だから僕はストックレーの死に、最後までつきあわなくてはならなかった。所長は教会までやってきた。メトレーでは、誰にも両親なんかいない。墓に数滴の聖水をかけただけで、他の少年たちと僕は墓地から出てきた。帰ったとき、ヴィルロワ、モルヴァン、そしてモノーが脱走について話しているのを聞きつけた。たぶん近くにいたメテイエの耳にも入っただろう。彼らはこのやんごとなき雰囲気の子供を遠ざけようとしていた。メテイエのそばかすだらけの悲しい顔が彼らを不安にしたのだ。彼らはその夜脱走した。

今日それぞれの独房の中で、疑いなく、一番幼い囚人でさえもアルカモーヌの運命を夢に見ていることだろう。彼らの想いのすべてが彼に捧げられる。そこで僕はまたもビュルカンを見失ってしまうのだ。アルカモーヌは犠牲者の威厳と、戦士の獰猛な美を身にまとっていた。だからフォントヴローの内部では、罪を背負い、それゆえに威厳ある勲章をつけた大物によって子供たちが受胎するという現象が繰り返されたのだ。しかし彼らは自分をそっくりアルカモーヌに似せようとは望まないのだった。なぜなら今では、ガキたちはアルカモーヌになることを夢見ることはなく——重罪裁判にかけられているところは夢見ても——彼の真似をしようとは思わなかったからだ。彼らはアルカモーヌの恐ろしい運命を讃え、彼の前では恭順の意を示してどんなことでもするだろう。彼らの間近に、同じ城塞の中に、死刑宣告された殺人者が存在するという事実は、あてどのない漠然とした不安を彼らに与え、動揺させた。ところがメトレーの連中は、やはり動揺したとしても、おそらくそれほど深刻ではなく、彼らはあえてフォントヴローをお手本にしようとしただけなのだ。僕が願ったのは、フォントヴローの猛者たちが、ひたすら彼らのために、彼らの掟にしたがって生きている僕たちのことを思ってくれることだ。さらに願ったことは、彼ら一人ひとりが美男で、一人の少年を選んでひそかに愛し、数奇な愛の形を工夫し、遠くから少年を見守ってくれることだ。少年院について語るとき、僕は「あの年増」とか「あのきつい女」とか言うことがある。こんな表現を口にしたからといって、僕はメトレーを一人の女性と混同していたわけではない。しかしこういう表現は普通、母親を意味するもので、僕が孤独にあきあきして、魂が母に呼びかけているときに浮かんできたのだ。だから女性にしかないあらゆる特徴が浮かんできた。優しさ、半開きの口から洩れる少しむかむかする匂い、うねりながら上下する分厚い乳房、唐突なお仕置き、要するに母を母たらしめているあらゆる特徴のことである（これを書きながら思い出すのは施設付きの司祭のことだ。何を言うときも彼は「とても」を挟んだ。それはやるせなさの表現で、女性の会話や文学にはおなじみのものだ。「われわれはとても幸福に感じましたので……」「私は突然あらゆることから、とても遠くに離れていました……」。女性の大きな乳房が上下に揺れるように司祭の腹は膨れていた。彼の仕草はみんな彼の胸から発し、彼の両手がたえずそこを行ったり来たりしたので、この仕草は彼の心から発する慈愛によるものか、それとも彼の胸こそが体で一番大事な部位であるからなのか、わからないのだった）。僕にとって少年院は、女性のこうした滑稽で気になる特性でいっぱいだった。その結果僕の精神において、少年院がある女性の具体的イメージとして見えたのではなく、少年院と僕との間に、母と息子の間にだけ存在する魂と魂の結合が生じたのだ。魂を欺くことなど不可能だから、この結合を認めるしかなかった。僕はこの母に祈りを捧げるにいたった。自らの記憶に彼女が甦ることを祈った。僕の生きていたのは神秘的な時代だった。この神はまだ荘厳な、はるか彼方に眠り、いわば冥界の中に眠っていたが、やがて少しずつそのヴェールがはがれていった。

母が姿を現し、独房で僕は確かに母の鼓動によって波打つ胸を見出し、ほんとうに彼女と言葉を交わした。そしてメトレーが母となるというこの変身を通じて、僕のディヴェールに対する愛は、近親相姦の感情をともなう深刻なものになった。ディヴェールは僕と同じ腹から生まれたのだ。

ディヴェールはますます途方もない存在に見えていた。あいかわらず彼のすべてに僕は驚き、魅了されるのだ。多様性《ディヴェルシテ》という言葉さえ、彼から生まれたように思えた。のこぎり草、つまりアキレウスの草が、それを使って踵の傷を癒そうとした戦士の名に由来するようなものだ。ディヴェールはよく「金玉野郎」とだけ言ったものだが、それは「なんて間抜けなんだ」という意味だった。【そしてこの表現によって彼の金玉は際立ち、彼にとってかわり、膨れあがって、彼自身よりも大きくなった。彼は消え、僕たちの前にはあのまんまるな少し茶がかった美しい金玉があるだけで、その一つひとつの丸みと熱さで僕の口はいっぱいになった。】彼の表情は冷酷そのものだった。僕たちの婚礼の夜、はじめて彼を抱いたとき（というのもヴィルロワはちがう班に行かされた後も僕の面倒を見続け、しばしば月桂樹の陰で会っては食堂のチーズの残りをくれたのだ）、いとしさに酔うと同時に、あんなに美しい顔があんなに美しい体についていて、しかもそれがまったく硬いオスの体だったので、僕は交感し一体になることが不可能なことを知ったのだ。その頭は大理石のように硬かった。それは人の手首を麻痺させるのだった。そして冷たかった。ものに動じなかった。どんな裂け目からも割れ目からも、ひとつの想念も、感動も洩れてこなかった。彼には気孔さえないようだった。人には気孔があるものだ。そこから蒸気が噴きだしてきてあなたに滲みていくものだ。ディヴェールの顔付きは邪険というより風変わりだった。彼を抱いたとき、あらためて僕はそれを認識し、彼のほうはそのことが新たな、そして気がかりな形をとっているのに気づいたようだった。このことは未知の展望を開きつつあった。僕は探偵雑誌からピロルジュの写真を切り抜いたとき、同じ感情を味わったのだ。僕の鋏《はさみ》はゆっくりと顔の線をたどり、ゆるやかさに強いられて、細部を、肌の肌理《きめ》を、頰の上の鼻の影を見分ける。このいとしい顔を、僕は新たな観点からとらえていた。そして切りやすいように上下に写真を回していたら、その顔は突然山の風景のように見え、まるで月面のようでもあり、チベットの風景よりも空漠とし荒涼としていた。僕の鋏は額の線にそって進み、少し方向を変えた。すると突然、暴走する機関車の速さで、見わたすかぎりの影が、苦しみの深淵が僕に襲いかかってきた。この作業を終えるために僕は何度かやり直さなければならなかった。はるか彼方からやってくるあの吐息が、あまりに濃厚で、僕の喉をふさいでしまいそうだったからだ。鋏の刃が開いたままで、紙を切り進むことができなかった。まぶたのあたりからくる眼差しがあまりに美しかったので、早く進みたくなかったのだ。僕は写真の顔の峡谷で、あるいは山の頂上で呆然とし、暴かれた殺人犯の顔に驚き、途方にくれていた。こうして最後にはこの不遜なガキを撫でていた。まるで単語を舌で撫で回して、それを自分のものにしたと思い込むように。こんなふうに人は即興的に顔や仕草をとらえ、例外的な道をたどりながら接近することによって、顔や仕草のなみはずれた構造を発見する。そしてビュルカンのある種の長所も、僕はまったく偶然に発見したのだ。それは僕たちの出会いから十日目のことで、階段で彼の口が僕の口に近づき、彼がこう言ったときのことだ。

「ちょっと口づけ《ビーズ》、ジャノー、ひとつだけ」

ビュルカンはルネ・ロッキーの心に向かっていた扉を、いきなり僕に向けて開いていたのだ。僕は口づけのことを「くちばし《ベコー》」と呼ぶことにしていた。それをビュルカンは「ビーズ」と子供じみた言い方をしたのだ。愛の戯れのとき使う言葉、エロチックな言葉は一種の分泌物であり、最も強度な感情や不平を表すときにだけ唇にのぼる凝縮された体液だ。これはいわば情念の本質的表現で、恋するカップルは、香りや匂いにみちた非常に特別な、一種独特の、そのカップルだけの言葉をもっている。「口づけ《ビーズ》」と言いながら、ビュルカンは彼とロッキーのカップルに特有の体液を分泌し続けていた。ビュルカンへの僕の愛のなかに、新しく、また疑いようのない未知の身体が忍び込んだ。しかし同時にこの言葉によって、僕はビュルカン—ロッキーのカップルの親密さとも関係することになった。「ビーズ」は、彼らがベッドで、廊下の曲がり角で、そしてたぶんあの階段でささやいた言葉であり、彼らの壊れた愛から生きのびた言葉なのだ。その愛が死んだ後も、残された匂いなのだ。それは息の匂いそのもの、とりわけ僕の息と混ざったビュルカンの息の匂いなのだ。僕に向けられたこの言葉で、あるいはそれを交えた他の言葉で、ロッキーはビュルカンを酔わせ、二人とも、きっと眩暈がするほど酔ったのだ。突然僕は気づいた。ビュルカンは僕と同じくらい深い愛情生活を営んでいたということに。その過去は十分豊かなもので、彼の喉もとに一つの言葉、そしてたぶん彼の手に一つの仕草が甦り、二人になって深い愛の秘められた儀式にのっとって愛し合うときには、おのずから口にされ、仕草に表されるのだ。ビュルカンの僕に対する忠実さを見張りながら、僕は彼とロッキーの友情の中に分け入り、ロッキーに対するビュルカンの忠実さもまた見張っていた。

ひそかに願っていた偶然の出来事が、まもなく起きた。僕がお昼に作業場から部屋にのぼっていくとき、それは九回目の出会いだったのだが、破れた上履きを直そうとしてしゃがんでいると、作業場からみんなが出て行き、僕はみんなが前を通りすぎるままにしていた。看守が一人、僕の後ろに残っていたが、僕が直し終えて立ち上がったとき、たまたまビュルカンの作業場のそばだったので、ちょうどビュルカンが出てきたのだ。彼は二番目を歩いていて、先頭を歩いていたのはルーだった。二人とも作業場でみんながするように、手を平らに腹のところ、ベルトの上に置いていた。そしてルーは光をよけようとして右手を目の上にかざした。ビュルカンも同じ動作をしたが、ルーが右手を額にかざしたままでいたとき、ビュルカンは手を自分の丸刈りの頭にゆっくり持っていき、また額に下ろし、そのままにした。そのときルーは、ビュルカンの額で始まったこの動作と同じことを自分も完璧にやってのけてから、手を下ろし、ゆっくりそれをズボンのベルトの上に置きなおした。ビュルカンも少し遅れて同じ動作をしたが、もっと機敏にやってみせたので、彼の手がベルトの位置に戻ったのは、ルーの手がベルトに下りたのと同時だった。彼らは同時にズボンを上げた。嫉妬はしなかったが、僕は互いにあとを追いかける二人の囚人に動揺させられた。今なしとげたばかりのまったく単純な動作を共有するからには、彼らは日ごろからひそかに了解しあっていたと感じられた。しかしその数日間、僕は興奮していたので、そんな出来事さえも、途方もないレベルにまで誇張して捉えてしまったのだ。彼らに気づかなかったふりをして、僕は食堂で作業場の仲間と合流した。僕はビュルカンの中に入れず門前にいるようだった。なぜなら彼らの連結した動きに、自分の意図した何らかの動きを介入させる時間も場所も、僕にはなかったからだ。僕は是が非でも彼の中に入らなければならなかった。

少なくともディヴェールは、死んだピロルジュよりも、自分の顔に感情が露出するのを自制することができた。たぶんそんなふうに自制するせいで、彼は震え、揺れ続けたのだ。ディヴェールの内面に潜むたえまない恐れは、彼の気さくで大胆な外面にまったく隠れて、彼という人間の真底にひそんでいた。ときどきこの恐れは表面をかすめ、外に露出した。しかしディヴェールは、いつもほんの少し、この静かな深い恐れに取りつかれただけだ。彼の身ぶりはどれひとつとして完全に純粋だったわけではない。それは彫像の身ぶりのようなもので、そのうえでそよ風と光が戯れていた。この身ぶりの輪郭は少しゆらいでいた。彼の顔に手で触れるとき、夢の人物の現実化した顔に僕は触れているのだった。この人物に愛されることが不可能であることに、僕は怖気づいていた。彼が笑いながらこう言ったとき、僕はわかったのだ。「おまえのパンツの中に一発やってやりたいな」。要するに彼は、僕が一番人気のガキだったのでものにしたかっただけなのだ。彼がこの言葉を、実に繊細に彫塑された口で、驚くほどの重みをこめて、深刻な口調で言うだけで十分だった(よくあるこの小さい曲がりくねった唇は、普通、ぽちゃぽちゃした顔についているものだ。ディヴェールの唇は、くすんで痩せた顔についていた)。彼が何か一言言うと、たちまち彼は少年囚の状態からかけ離れ、壮麗に飾られた存在になった。彼は王だった。船長のように豊かでたくましく、その一物は枝々の陰に隠れた大砲の荘厳な威力をもって、レースと絹の波の間から出現した。この大砲はガレー船に恐るべき砲弾を浴びせては退却する。僕は砲撃よりもその退却に感動した。なぜなら、間髪をいれずに責めこむ腰は巧妙に退却しては、中央刑務所で僕たちが編んだ擬装用ネットに隠されたドイツの大砲の灰色の怪物のように、レースをかぶってまた突っ込むのだ。このネットには花や木の葉がちりばめてあった。しかし、彼が僕を愛していたことがわかるまでに七年かかった。七年経《た》って彼の表情は硬質になったが、しかしまた人間らしくもなった。顔は前ほど滑らかではなく、人生の時間が刻印されていた。僕が懲罰房に行ってディヴェールと再会したとき、僕のほうは、邪険ながら魅力的で、僕を愛そうとして一生懸命だったビュルカンとかいう若造を見捨ててきたところだった。

ディヴェールは僕に言った。

「おめえが出て行った後で、班長は俺を、おめえのハンモックの中に、兄貴分の横に寝させたんだ。なんてこった、たまらねえ！　おめえのハンモックだよ、考えてもみろよ。おめえのことを想って、せんずりをかき続けたぞ。おめえが俺を好いていたなんて思えなかった。いつもおめえは俺のことなんか構っちゃいないと思っていた。おめえは皮肉屋だからな。ヴィルロワがおれたちを食堂に閉じ込めたときのことを覚えているか。俺はまったくぼんくらに見えただろ？」

「ぼんくらだよな、ちょっとな」

ある土曜日、ヴィルロワ、ディヴェールそして僕はみんなから少し離れて、食堂の開いた扉の近くにいた。三人で僕がディヴェールを好いているらしいことをネタに冗談を言い合った。しかし誰もまじめにとっていなかった。メトレーでは僕は、自分の恋にしかめ面をしなければならなかったのだ。この恋に息が詰まりそうになっていたからだ。僕の恋を表に出し、告白し、叫ばなければならなかった。しかし何を言ってもディヴェールが気分を害し、僕の言葉を嘲り、これまでの気安い素振りや親切や、接触をやめてしまうのではないかと心配だった。僕はそんな接触のおかげで、少しだけ恋の悩みを晴らしていたからだ。僕は滑稽なまでに自分の恋の表現を誇張した。ディヴェールをからかい、僕の恋と僕自身までからかっていた。したがって僕は、まったく純粋な次元で、実にきれいな気持ちで彼を愛していたのに、遊園地の歪んだ鏡に映るように、他人には歪んだ感情しか見えていなかった。ディヴェールは僕の皮肉を恐れた。ところが愛の所作と言葉を茶化したせいで、愛の威厳は僕の中で壊れてしまっていた。滑稽な気持ちで愛すること、あるいは滑稽でありながらも愛することに僕は慣れっこになっていた。僕が言いたいのは、一人の少年に何らかの滑稽な面を見つけ、彼の美貌に汚点や染みを見つけることが彼に惚れることの邪魔にはならないということだ。逆に僕はそれが原因で愛するところまで行った。愛することにうんざりして、僕は美貌にゆらめくガキたちを、その魅力がそこなわれるまで追っかけまわし監視した。僕はその瞬間を待っていた。汚点を暴く一瞥、醜さを発見し、美貌を台無しにする顔の線や形を発見するのに十分な視力を持とうとした。こうして愛の重荷から身軽になろうとしたのだ。しかし、しばしば反対に、あらゆる面から少年を見つめた後で、この少年は新たに無数の炎できらめき、増殖した切子面の間で混乱し縺《もつ》れた魔力の中に僕を引きずり込むことになるのだった。だから汚点を見つけても、それだけではもはや僕を解き放つには不十分だった。実際は反対だったのだ。汚点をさがすことで、そのたびに僕は新しい観点から傑作を再発見するのだった。僕はそこに僕の愛の倒錯性の原因を見るべきなのか。耳がはりついていたり、ちょっとどもりだったり、金玉が一つしかなかったり、指が三本なかったりする恋人を、僕は熱愛した。いちいち挙げたらリストは長くなる。僕はディヴェールをずいぶんからかって、彼を――そして彼と僕の関係を――実に多くのグロテスクな装飾でかざりたてたので、彼の肌の白さは、それが別の人物なら気持ちの悪いものだったが、彼の場合は受け入れることができ、やがてそれが魅力になったのだ。【そのため、ずっと後になって彼を想い出して自慰するとき、僕はとりわけ彼の肌の白さを想ったものだ。】ついにはそれが糞尿食に及ぶことだってありえないことではなかった――話に聞くときには吐気を催さずにはいられなかったのに――そしてたぶんあの監房の囚人たちを愛するせいで、糞尿を越えて、はるか遠くに、狂気にまで僕はたどりついた。監房のなかの錯綜した臭いの中で、自分のおならをかぎ分けることを諦めながらも、僕はヒモたちの出す臭いを見境なく受け入れ味わい、糞便にさえ慣れっこになっていた。【そしてディヴェールは僕のそばを通りながらこう言うのだ。「恋はおぞましければおぞましいほど、おれの気にいる」。そのとき僕は想像で彼の「あそこを舐め」、僕の舌を深々と洞窟のなかに入れた。清潔で、かぐわしい洞窟を想像したが、次の夜にそれは糞まみれなのを想像した。】おそらくこんなふうにわが身を委ねたのは、このようにして僕は世界から遠ざかることができたからだ。この失墜は、その速度と垂直性によって、僕をまだ世界と結んでいる糸を切断し、僕はこの失墜に引きずり込まれ、監獄の中に、不浄の中に、夢想と地獄の中に深く沈み、ついには聖なる庭園にたどり着いた。そこには薔薇が咲きほこっていた。その美しさは――僕はそれをやがて知ることになる――花びらのめくれ、その襞、その裂け目、その先端、しみ、虫の食った穴、赤い斑点、そして棘のせいで苔むしたようになっている茎からなるものだ。

ヴィルロワは、僕がディヴェールを愛していることをからかった。この愛は屈折に満ちていたからだ。しかしヴィルロワは僕がハゲタカであることを忘れはしなかった。彼は僕の将来と威厳を案じたのだ。彼のおかげで僕の身ぶりには余裕ができた。僕の身ぶりは風を受けて大げさになり、丘を下り自転車のハンドルに上体をかがめているガキの姿を思い浮かべ、走る勢いでシャツが膨れ、硬い小さな胸をまっすぐ反らせるのだった。ヴィルロワは僕が男性的な教育を受けることを望んだ。だからまだ幼い僕は、わが夢の中で、ガレー船に囚われた美女であることを拒否し、水夫となり、船長のそばで成長し、ヴィルロワの地位をひきつぐ可能性を確保しようとした。それはほとんど名誉にみちた教訓のようなもの（一種の軍人的名誉）で、猛者からハゲタカに伝えられた。彼は——どんな猛者もそれを許しはしなかったように——自分のハゲタカがオカマになることを許しはしなかっただろう。彼は僕に闘うことを強制した。しかしそれでは不十分だった。僕のやってのける一撃がより効果的になるように、僕の権力と権威がもっと大きくなるように、こんどは僕が誰かを保護しなければならなかった。だから彼は、僕がハゲタカを持つべきであると決定した。ヴィルロワはC班のあるガキを自分で選んだ。それは図々しいガキで、夏の午後、ヴィルロワが月桂樹の陰で僕を彼に紹介し、僕を指さしてこう言ったとき、このガキは鼻先で笑ったのだ。

「こいつがおまえの男になる。おれがおまえに命令する」

ヴィルロワは、僕が彼の目の前で、このガキと「身を固める」ことを望んだ。ある夕方、彼はB班の後ろで見会いを仕組んだ。このガキがどんな策略を弄して、気づかれずにE班から脱けてきて、大広場を横切って来たのか知らない。ガキがやってくるとすぐにヴィルロワは、雑草とイラクサの上に彼を寝かせた。

「ズボンを脱げ」と彼は命令した。

ガキはズボンを下ろした。夕暮れだった。赤面しているのが見えなくても、僕の困った仕草を見て、ヴィルロワは僕が恥ずかしがっているのに気づいた。彼は言った。

「さあ、やれよ、ジャノー、入れてやれよ」

僕はヴィルロワを見つめた。僕は彼の膝に身を投げたかった。僕を苦しめたのは、彼の目の前でオスの姿勢をしたら、彼は僕を前のように愛さなくなり、僕に興ざめするのではないかという想いだった。彼はさらに言った。

「なんだよ、早くやれよ、時間がないんだ、どうしたおまえ、あがってるのか」

草の上に寝て、尻を風に曝し、ガキは待っていた。我慢して無表情になっていた。ヴィルロワは僕の腕をつかんだ。

「待ってろ。手伝ってやる。おれが先に行くぞ」

彼はガキの上にかぶさったが、蛇のように頭をもたげて言った。

「ここへ来いよ。おれの前に。【同時に尺八させるんだ】」

僕は彼に向かってしゃがんだ。ヴィルロワはいつものことだが、最初の一突きでそのまま突進した。

「さあ早く、【お前のを出せ】」

〔ここで子供の戯れの描写が続くところだが、それはあなたに補ってもらいたい。〕[76]

【僕がぐずぐずしているので、彼は怒って僕の前をあけ、勃起した一物をつかみ、自分でそれをガキの口に入れた。】

ヴィルロワは少年ではなく、僕の顔にまなざしを突き刺し、長いキッスで自分の顔と僕の顔をくっつけた。彼はたちまち達してしまったが、僕のほうがその前に行ってしまった。僕たちは三人とも、まったく気がねすることなく立ち上がった。ガキのほうが誰よりも不躾だった。ヴィルロワは僕のほうにガキを押しやった。

「抱き合わなくっちゃ」

僕はガキを抱いた。ヴィルロワは付け加えた。

「これで、やつはおまえの男だ」

そして僕に向かって言った。

「これからおまえは、このガキのために喧嘩を買ってやらなくちゃ」

そしてこれらの素早い動作のあと、兄貴分の調子を取り戻してガキに言ったのだ。

「じゃあもう消えるんだ。もうおまえを見るのはたくさんだ」

ガキが去ったあと、ヴィルロワは親しげに僕の首をかかえて言った。

「ところで弟分、よかったか」

僕たちは寝室に戻ろうとしている連中に合流した。

僕は猛者になっていた。ヴィルロワの手をまぬかれようとしていたが、こんどはディヴェールが僕を引きつけていた。ディヴェールが僕を愛するなら、そのせいで僕は男らしさを発揮する試練に失敗するかもしれなかった。実は僕が彼を愛していることを彼のほうは楽しんでいたのだ。ヴィルロワは自分自身の嫉妬をかきたてて刺激を味わっていた。突然彼はディヴェールと僕を、誰もいない食堂に押し込め、ドアを閉

76 〔 〕の部分は、ガリマール版にのみあって、無削除版にはない。

めた。僕たちは十秒間呆然としたままで、同じ暗闇の中に閉じ込められていた。ディヴェールはわれに返ると、叫んだ。

「おお、馬鹿な奴！」

闇の中で、その闇にもかかわらず、僕は気がねしていた。彼に近づいて抱きたかった。しかし笑いながら彼は僕を制した。僕も笑いながらこう言った。「おまえ怖気づいたんだな」。彼は夜の中でまた笑いながら言った。「そうさ、怖気づいたんだ」。あまりに恥ずかしくて胸が悪くなった。なぜならこのときまで彼が僕に愛想よくしていたのは、ただ僕をからかうためだけだった、と僕は腑に落ちたように思ったからだ。彼はこう言いながら僕を愚弄していたのだ。「おお、かわいいやつ、おまえのズボンのまえあきに一発入れてやる」。彼は意識していなかったが、猛者の気分でそう言っていた。そのとき僕は自分の醜さ、剃った髪、少しばかり生えた頰髯《ほおひげ》を意識した。というのも僕は、まだたいていの猛者たちが僕の中に女を求めていると思っていたからだ。僕は自分のあわてようを少しも見せないようにして、最初にドアを拳で思い切りたたき、ヴィルロワに開けるように頼んだ。彼は僕たちをからかいながら戸を開けた。たぶん僕らを閉じ込めていったいどうしようとしたのか、僕にはわからなかった。たぶん僕を辱めたかったのだ。というのもある夜——僕は彼の愛でるハゲタカであり、愛情たっぷりに香りをつけてもらっていて、彼の友情を疑うはずがなかったのだが——食事のあと彼は、僕が流しに行って皿を拭くように僕に命令した。僕がびっくりして立ち上がると、彼はみんなの前で僕の顔に、残飯でむかつく臭いのする雑巾を投げつけ、それからこの冗談に大笑いして僕を侮辱したのだ。

僕は僕の愛する猛者を無邪気に裏切ったものだ。子供たちはみんな、こういう無邪気さで裏切りをした。だからビュルカンも裏切ることを僕は疑ってはいたが、それでも彼は僕を愛していたのではないかと自問する。たぶん彼は裏切りのせいで僕を愛したのだろう、あるいは僕が彼を自分のものにしていたら、彼はいっそう僕を愛したかもしれない。僕は彼を手に入れることを決意すべきだったのだ。

偽装用ネットの作業場からもどってくると、僕はビュルカンを目でさがしたが、いなかった。彼はそっと六班に行ってロッキーの消息を知ろうとしたのではないかと、僕は気をもんだ。そばを歩いていたラスヌールのほうを向き、ピエロを見かけなかったか尋ねた。代わりに答えたのは夜明けのルーで、彼は青白い顔色の奥から、無関心を装って小さな声でこう言った。しかも僕がビュルカンに執着していることを知らないふりをして。

「あいつなら、ダチ公のヒモに会いに行くのを看守が見逃してやってたよ。先に上っていったよ」

僕は平然としていた。外面は落ち着いて列の中を歩き続けた。ラスヌールが訂正した。「それは誰かに聞いたことだろう」。僕の後ろでルーがさらにこう言うのを聞いた。

「ボッチャコがあいつといっしょに行こうとしていたぞ」

階段の下にくると、まるでしめしあわせた偶然のように電灯が点《つ》き、午後五時の中央刑務所は、眠り込んだ都会で突然、黙ってまめまめしく働きだすパン屋の雰囲気だった。僕は廊下に入ろうとしている先頭の何人かを追い越して突進し、三段分駆け上がった。ビュルカンは上にいた。いつものようにじっとまっすぐ立っていた。両手は腹の上の、ズボンのベルトにおいていた。僕がこんなふうに急いでやってきたのを見て、微笑した。僕より四段上にいたので、彼は上位に立ち、僕に微笑んでいるように見えた。

「あばずれ、ばいた」

僕は言った。走ったせいでよく声が出ず、かすかな声で言った。肉体的集中による声の不調を恥ずかしがることはないと思っていた。

「いったいどうしたんだよ。ジャノー？」

彼の率直さを信じていたので、僕は即座に彼が反応するかと思った。殴りかかってくるかとも思った。乱暴な動作で自分の率直さを示すかもしれないと思ったのだ。ところが彼は何もしなかった。僕は低い声でうなった。

「おまえの男なんか、おれはちっとも気にかけないさ」

即座に僕は彼に対してどんな権利ももっていないことを悟った。ただ眼差し一つで、または両手でつかんで、彼が僕のものだと納得させ、それを要求しようにも、当然な権利というものをもっていなかった。それに刑務所では、友情という言葉は、愛情を前提としなければ何も意味しないということを僕は知っていた。だから僕に忠実であることを彼に強いる手段は、一つのことをのぞいて何もなかったのだ。一つのことは肉体的所有である。ところが、僕は夢の中でさえ、彼を自分のものにしてはいなかった。

「ジャノー、いったいどうしたんだよ？」彼は繰り返した。

僕の後から囚人の列が上ってきた。その音が聞こえた。

「行けよ、ジャノー、頼むから。またおれたちがいっしょのところを見たら、やつらがおれのことを誤解するだろ」

しかし僕は顎を引きしめて近づき、彼の腰を腕にかかえた。きつく抱いた。僕は呆然とした。彼は振りほどこうともしなかった。表情で懇願し、また言った。

「ジャノー、放してくれよ」

そしてつぶやいた。

「おれはおまえのものだよ、誓って言うよ」

僕は彼を放し、彼は自分の部屋のほうに消えていった。ちょうど潮時だった。黙ったままの囚人たちがそばにいた。僕は彼らに合流したが、もし僕がビュルカンをものにしたとしても、それは彼の友人としてであり、僕には友情が与える権利しかないと悟った。そして僕が夜毎に、いつでもより深い、より親密なものとして自らのうちに呼び覚ます感情は友情なのだ。僕はビュルカンを所有することを望む。しかし所有とは、適切な言葉なのか。愛の戯れにおいて、僕たちはたがいの体をからみあわせ一体になる……白状すると何日か前の夜、僕は彼との美しい愛の場面を想像し、目覚めのときになって悲しみを覚えたのだ。そのときやっと、彼はもう死んでしまって、亡骸は中央刑務所の墓地で、ボッチャコの亡骸の横で腐りつつあることに気づいたのだ。

【僕たちが思う存分口づけをし、体をからませた後で彼は言った。

「ジャノー、口のなかに入れなくちゃ」

僕はため息をついた。

「何を?」

「愛しいあんたの一物よ」】

ビュルカンについて書き進むにつれて、僕が彼に見ていたあらゆる魅力から、彼自身を分離するようになっている。僕は紙の上で一人の素晴らしい人物に生命を与え、恋人の持つあらゆる美点でそれを飾り立てた。その肉体が凡庸さから少しずつ遠ざかっていくのを僕は目撃したが、僕はビュルカンをその肉体からも分離した。僕が彼のうちに発見したこれらすべての魅力を、彼がほんとうに持っていたのか、僕は自問する。ビュルカンの役割はたぶん愛されることであり、この愛がもたらす陶酔によって——言葉のおかげで——いまでは不動のものになってしまった理想的人物の特性を、僕はより巧みに発見したのだ。彼の中にこのような特性も、また発見したからこそ、僕はビュルカンを愛したのではないかと、自分自身に尋ねてみても僕は答えられない。

僕はだんだん彼を愛さなくなっていた。世界で一番美しい手紙を書きたいと思わなければ、もう恋文を書くこともなくなっていたはずだ。彼はもう僕に霊感を与えなかった。彼から抽出できるものはすべて抽出したのだ——僕の手段が尽きたからか、彼自身が空っぽになったからか。言葉の遊びや技巧で、ある人物を定義し、彼に力と命を吹き込むこと、彼はそうすることを助けてくれたかもしれない。それにしても、正確にいえば彼の役割とは何だったのか。

僕はこの本の中に、彼の行為、彼の動作、硬い尖端をちりばめて聳え立つ彼の人格のあらゆる属性を、愛の言葉で記録した。しかし芸術作品を書こうとして、彼を崇高なものとする表現を自分の中にさがす——またはさがすまでもなく見つけ出す——必要はもうないのだから、もし人間の命を生きるビュルカンを思うなら、別に魔術的な言葉の助けを使わずとも、彼が行動するのを見とどけるだけで僕は満足する。僕はもう彼の名前を言わない。彼について言うべきことはすべて言った。作品は燃え上がり、そのモデルは死ぬ。そして生きながら僕の本の中に閉じこめられた他の子供たちに、できるかぎりのあらゆる美しい名前を与えて楽しんだときにも、漠たる観念とともに、僕はおそらくビュルカンを僕の文学の外部に保存しようとしていた。このビュルカンは、僕が自分の体全体で愛した肉体的存在だったのだ。そしていま僕はこの哀れな間抜けにかぎりない哀れみをもつだけだ。彼の羽は全部剝がれ落ち、もう飛ぶことができないのだ。

ビュルカンが燃え上がる大天使アルカモーヌではなく、ビュルカンの冒険が天国で、つまり僕自身の最も高い領域で繰り広げられるのではないとしても、そのことを口実に、アルカモーヌは決して実在したことがないとは言わないでほしい。僕はこの殺人犯に現実に出会ったのだ。彼はこの地上を、僕のすぐそばを歩いたのだが、あまりにも遠くまで歩き続けたので、僕だけが彼の遠出の到達点を目撃しなければならなかった。「僕自身の最も高い領域で……」という表現は、さらにまた僕の中の非常に高く、非常に遠いところを知覚するには、僕の注意力のすべてを動員する必要があったということを意味する。なぜなら、そこに刻まれた模様や図形は、かろうじて識別できるものだったからだ。アルカモーヌの人間的な仕草によって、地上の行為によって、かきたてられた振動が、そこにそんな模様や図形を刻みつけたのだ。

ビュルカンは大天使ではなく、ディヴェールの悲しい運命をたどりもしなかった。僕は決して彼にアルカモーヌのことを詳しく語ったことはない。彼がアルカモーヌを崇拝していたとしても、それは秘密だった。彼の羞恥はいたたまれないほどになっていたのだろう。実は彼はその崇拝を心の奥に隠していたのだ。秘密が明らかになったら、彼はこの崇拝も、ついでに僕さえも、唾棄するようになっただろう。ディヴェールは、人が日常生活を愛するように監獄を愛していた。彼はただ監獄の日常の中で生き、それを美化することなく、美化することを望みもしなかった。自分が生涯囚人であることがわかっていた。ビュルカンは監獄でワルツを踊っていた。彼の生来のリズムがワルツだったからだ。しかし彼は自分の巻き起こす竜巻で監獄の壁を崩し、太陽のもとに旅立とうとした。彼の肉体は活動と自由の讃歌を歌っていたのだ。彼は陽気な性格で僕に喜びを教えてくれた、と僕は言った。またその前に起きたことも書いた。それは彼が僕に伝言して、流刑地についての詩を書くことを頼んだとき、どれほど僕が狼狽したか、あなた方に感じてもらうためだった。実はメトレーが彼の急所を痛めつけていた。彼の笑い、彼の健康とは裏腹に、彼は死ぬほどの衝撃を受けていた。僕たちみんなと同じように、この死の重みに引きずられていくのを、彼も避けることはできなかった。疑いなくロッキーを自由にしようとして彼は死の危険を冒し、実際に死を見出したのだ。自分の檻の格子を切ったあと、彼は流刑囚ロッキーのそれも切ったはずだ。彼は恋人を救おうとした。僕の想像では、ビュルカンは監獄のまわりを徘徊する数え切れない若者の一人で、そこには彼らの恋人である共犯者が閉じ込められており、この若者あるいは兄貴分に、看守と共謀して、ひそかに衣類や、パイプや、愛をこめた希望の手紙をわたすのだ。地球上のあらゆる監獄の周囲を、この押し黙ったままの、しなやかな影法師がさまよっている。彼らは微笑を浮かべているが、ひどくやつれている。彼らは地獄に落ちた魂と呼ばれる。

ビュルカンへの僕の愛が挫折するたびに、アルカモーヌの輝きは増す。しかしそのとき、僕の悔悛する心が棄てては取り戻す崇拝にすっかり身を委ねるために、僕はビュルカンがアルカモーヌを見捨て、忘れてしまうことを望む。アルカモーヌのイメージに対して言葉は少しも力をもたない。言葉はイメージを表現し尽くせない。イメージの素材は無尽蔵だからだ。

小説は博愛主義的な報告をするものではない。それどころか残酷なことにみちていて、それなしに美は存在しない。このことを讃えよう。監獄の中で犯罪者に関する規則は厳格で精密である。美に奉仕する特別な正義の掟に従えば、規則がそんなふうであるのは正しいことだ。というのも監獄の規則は、極度に硬質で、しかも繊細な素材を加工する道具の一つだからである。素材とは殺人犯の心と体だ。法廷において言葉によってアルカモーヌの死罪が通告されたその夜に、事実として、一連の細部からなる手続きの全体によって死罪が通告されたのだが、それを不憫に思うのはよそう。そうした手続きによって彼はもう死刑台のはしごを上っているようなものだが、こうして彼は人間の状態から死の状態に移っていた。たぶん彼は脱走するために死の状態を利用することができたかもしれない。なぜなら人は自分に与えられたある種の異様な状態を、実際的な目的のために利用することができるはずだからだ。この新しい存在様式には「この世を超脱した」という表現がふさわしいかもしれない。そういうわけでアルカモーヌはもう前の独房にもどることを許されなかった。記録保存室に行ったときから、みんなが彼に恐ろしいほど親切になった。所持品検査はない。誰も殴らない。彼はそれに驚いた。看守たちは以前は彼にひどくつらく当たったものだ。彼がブワ・ド・ローズの喉をかききったときには手錠をはめられ、看守全員が次々彼を殴ったのだ。彼は呻《うめ》いた。彼はずっと殴られ続け、処罰のため入れられた独房からやっと出されたときは血だらけだった。看守の補佐たちが別の独房に彼を移さなければならなかった。そこで彼は法廷が判決を下す日を待った。その間じゅう、彼は血を失い続けた。彼は死者であり、殺人犯だった。彼の力を実感したときも、看守たちはまだ虐待を続けた。しかしアルカモーヌの奇跡を知ったなら、つまりあの薔薇とは愛、友情、死……そして沈黙を意味するということを知ったなら、彼らは何と言ったことだろう。彼らの想像の中でアルカモーヌは神秘的な結社の一員となったかもしれず、そこでは賢明で精妙きわまる中国人が言葉を教えるのだ！ 看守二人と管理職の一人が彼を取り囲み、死刑囚用の独房にすぐ連れて行った。看守は扉を開けるとき、厳かに、一種の思いやりを示した。素振りからは看守の感情は識別できなかった。ただ僕にはわかる。この看守は突然優しい気持ちになり、泣き崩れそうになっていたことが。表面上は疑わしく横柄に見えても、些細なことが、この看守に衝撃を与え、慈愛というあの神秘的な美徳を花咲かせるかもしれない。なんでもないことで彼の心は開くのだ。独房の扉はいつもの恐ろしい音を響かせて開いた。

僕の本のこの章は、絶望の歌にすぎないだろう。そして僕のペンがこの絶望という単語をたびたび繰り返すのではないかと心配だ。アルカモーヌがまず一歩踏み出した。彼は絶望それ自体の中に入ったのだ。なぜならそのときから、もはや身体を危険にさらすことのない儀式が行われるのではなく、ただ彼の存在が世界の外におかれたからだ。実際、重罪裁判所の荘重な雰囲気は、高位の聖職者が列席する重要人物の葬儀を思わせ、そこですでに被告人の処罰は決定され、彼は生きながらに至高の場所に記念碑的な地位を占め、絶頂に生きるようになる。なぜならあらゆる豪華絢爛な装飾は彼の栄光を讃えるためにあるからだ。彼はあの巨大な身体が生きるために、自分の血を送る心臓なのだ。巨大な身体とは法廷の虚飾、護衛たち、傍聴者たち、また外には彼の名と死という名詞を混同する群衆、そしてはるか彼方の新聞やラジオ、耳をそばだてていたのに、もっと秘密の隠された要素に先を越されたようだった国民、そして若者たちだった。彼は国民を彼の超自然的な精液で元気づけ、若者たちは苦しみに喉をつまらせ、一生の間、斬首の聖なる傷跡を記憶することになる。アルカモーヌはあまりにも細部にわたって死を認識しつつあった。それは肉体を規定する細部、肉体が配慮する細部のことである。この細部において崇高さは影をひそめ、今までになく言葉が威力を発揮した。今の独房は彼が三ヶ月拘留された二階の独房とそっくりだった。そっくりだが、いくつか恐るべき特徴があった。例外的な、荒々しい、非人間的な、熟慮された奇想で、地獄の恐怖が内装に表現されていたわけではない。そこにはただ日常的な内装と習慣があるだけだった。ただ一つか二つの細部だけが変わっていて

（あるべきところにない、または裏返しになっている、あるいは中がむき出しの品物などだ）、それらはこの空間でだけ意味をもち、この空間を象徴し、この内装と習慣が地獄に所属することを露に示している。見たところ独房は他の独房と同じで、アルカモーヌがそこで送る生活も他と同じだった。しかし窓は中くらいの高さまで煉瓦で塞いであり、戸の差し入れ口はいつも開いていて、僧院ののぞき窓のように、ただ格子しかなかった。戸のそばの外側に大きな木の腰掛けがおいてあり、一瞬も殺人犯を見逃さないように看守たちが交代で配置につき、そこに座って彼を監視できるようになっていた。この独房はまったく特殊だった。アルカモーヌがそこに入るとすぐに看守が補佐とやってきた。補佐はシーツ、毛布、硬い布のシャツ、タオル、一組の上履き、粗布の上着とズボンを持ってきていた。アルカモーヌはベッドに座り、裁判の間だけアルカモーヌが着るのを許された平服を、看守が脱がせてやった。看守はまずネクタイを外してやり、ついで靴、上着を脱がせ、完全に裸にしたところで、シャツ、粗布の上着とズボンを着せた。アルカモーヌは自分の衣服に触らなかった。彼は妖精的ともいうべき状態にあってその場の中心人物だった。アルカモーヌは妖精であり、妖精たちは地上の安物の衣装には触れないものだ。この間彼は一言も喋らなかった。

四人の看守と一人の補佐が彼に仕えた。看守長が言った。

「おまえは恩赦を願い出ることもできると思うよ」

しかしアルカモーヌもほかの誰もなにも言わなかった。服を着終えると、彼はベッドに座り、まるで海に沈んだように軽くなり、もう体を感じることもなかった。実際、長い間歩いた後に感じるあの疲労を体自身が知っていて、どこであろうと突然体は眠り込んでしまうのだ。さらに他の原因もあって、ガレー船とその漕ぎ手を揺さぶるあの海に、彼は沈みこんでしまった。その原因とは、まるで遠い所で行われているかのような奇妙な作業の実に特殊な音だった。彼を目覚めさせるには、どこか知らないところからやってくる衝撃が必要だった。そのとき彼は自分の足元に四人の看守が跪いて、自分の踝《くるぶし》に鎖をつないでいるのを見た。彼はまず上着の袖の端を触り、それから腿のところで伸びたズボンを触った。彼は恐かった。

まだ外から、けたたましいどよめきが聞こえていた。ビュルカンは後で、「死ね」、「死ね」と言う声を聞き分けたと僕に言った。それはおそらく嘘だった。共同寝室の窓は中庭と作業場に面しているからである。それでも僕は彼を信じる。というのも、しばらく前からいつも、裁判所から監獄に戻る殺人犯にむかって、群衆がそう叫んでいたからだ。

重罪裁判所から死刑囚を戻す護送車はいつもゆっくり走る。車は死を思わせるあらゆる装飾と天の重みを積んでいるからだ。今日ではエンジンが酷使されるが、車が馬に引かれた時代は——それが目に見えるようだが——馬は黒い泥の中を歩きながら、青息吐息で胸先まで震わせた。車軸も軋んだ。

護送車は二種類ある。殺人犯が一人で看守といっしょに乗っているもの——これはそれほど悲劇的ではない——そしてもう一つは、同じ護送車の小さな独房に共犯者たちが乗っているもので、共犯者の命は安泰なのだ。恐ろしいほどの歓喜で共犯者たちは有頂天になる。彼らは生の讃歌であり、ヴァイオリンの絡み合うワルツであり、やがてこのワルツは沈黙して陰鬱になり、すでに死んでしまって死を嘲《あざけ》っている仲間に付き添うのだ。生きのびる共犯者たちがすぐそばにいるせいで、殺人犯は心の奥底まで責め苦を受ける。なぜならすぐ近くで彼に触れた仲間たちの、今朝彼が讃え、夕方には憎んでいる友たちの命は無事だからだ。アルカモーヌは一人で戻ってきた。

もし犯罪者がまったく幻想的な雰囲気の法廷で裁かれるなら、つまりそれがオペラの悪魔たちや恐ろしいカーニバルのように仮装した連中や、例えば司祭のように非人間的で超人間的な存在からなる法廷なら、裁判はそれほど恐るべきものではないだろう。しかし法廷は、日常の凡庸な生活のすぐ近くにありながら、突然死を決定する判事たちによって構成される。僕たちはみんな、判事たちを人間らしくしているいつもの習性をそっくり見ることができたのであり、彼らは人間性を失うことなどないのだ。だからこそ人間、あるいは僕ら自身の一面は、地獄と密接な関係にあると考えざるをえない。この一面が、突然地獄とつながるからだ。実際、人間の中に地獄を発見するときよりも、はるか彼方の地獄を見せつける残忍さと争うときのほうが、恐怖はむしろ小さいのだ。人間の中の地獄にはもう奇跡を期待することもできないのだ。アルカモーヌの鎖は堅く固定されていたが、それを固定しているのは神秘的、空想的な意志ではなく、人間の意志であり、民衆の意志だった。その意志がここの四人の看守に任務を委ね、鍛冶屋の代わりもさせていたのだ。鎖をつける看守たちはほんものの鍛冶屋自身に劣らずこの務めをよく果たした。

アルカモーヌは話そうとした。何か言おうとしたが、何を言っていいかわからなかった。言葉は彼の口の中で干上がっていた。そこでこの麻痺の海の中に飲み込まれた状態を続けるために、黙らなくてはならないことがわかった。看守たちは話し、いそいそと働くことができた。彼らは鎖を付け、ボルトを締め、扉を閉めるこの世間の側に属していた。アルカモーヌはこの世間を超越していた。

「腹が減ってるか」と看守長が尋ねた。

アルカモーヌは「いや」と答えた。

「少しスープはいらないか」

ごく小さな声で「いや、いや」と答えた。アルカモーヌは朝から何も食べていなかったが、看守長はしつこく勧めてもいけないと悟った。彼は他の看守に出るように促し、自分で扉を閉めて錠をかけた。差し入れ口を見張る看守はすでに決まっていた。この看守は腰掛けに座り見張りを始めた。アルカモーヌは眠ろうとして、そのためベッドに横たわったが、鎖で足があまりに重く、両手で足を持ってベッドの上にもち上げた。金属の音がしたので、看守は注意深く見つめざるをえなかった。アルカモーヌは眠っているようだった。彼は長枕の上に頭をのせていた。彼は、法廷の審問を、自分のためになるように、無罪になるように、頭の中で思いのままに変更して再現した。そんなことをしても、ほとんど無意味なのだ。しかし弁護士の間違い、答弁の誤り、裁判官の激しい口調など、うんざりする細部を思い起こすにつれて、怒りと恥で彼は震えた。いったいどうやってナポレオンは自分の意思どおりに、眠ったり目覚めたりできたのか。夜が更けた。独房はほとんど真っ暗だったが、突然その白い壁に照り返す獰猛な明かりが灯った。看守が電気を点けたのだ。この衝撃は彼の全身を冒していた麻痺状態を破った。ここでは一晩中、そして四十五日間、明かりがついたままになるということを彼は悟った。

こんなニュースがどうして僕たちの寝室まで伝わるのか、ビュルカンが教えてくれた。陰鬱な作業を手伝った独房の助手が、そのとき懲罰を受けていて、ビュルカンといっしょの部屋に戻ってきていたのだ。その部屋は八号寝室の横にあったので、彼は左側の壁を七回たたいた。「おいらの靴は……たっぷり水を吸う」などと伝えるのだ。ビュルカンは釘で紙切れに記した。「死刑囚」（Condamné à mort）と。そしてそれぞれの文字の下にアルファベットの中の順序を示す数字を書いた。八号寝室の第一の独房は、同じ信号で応えた。そしてビュルカンは（器用な手つきで）目の前に紙をおき、Cの信号として一、二、三とノックし、Oの信号として、一、二、三……十五、等々を送った。ニュースはこの方法で八号寝室から六号寝室に、六号から九号に伝わり、すでに監獄全体が壁を打つごくかすかな音、隅々からあらゆる方角に伝わる無数の打撃音で筒抜けになっていたのだ。悲痛な知らせは壁を越えて伝わった。それは野生の民の間で、ジャングルを越えて風に運ばれる裏切りのニュースよりももっと速く広がり、飛んでいった。ニュースは看守の追跡を逃れた。壁や天井や通気孔が、エコーがどよめいていた。監獄は闇の中で、強度の広大な生命にみちみちて革命記念日の夜を生きていた。祖国危うしの通知がもたらす動揺に似たこんなに激しい愛の活動に、助手とビュルカンは陶酔していた。右の壁からの合図で、彼らは飛び上がった。別の合図を送れば前の合図の影響が少しおさまるだろうと彼らは最後に考えた。最初の合図がもたらした吐気の中にまったく沈みこんでしまえないことを悔やみながらも。またもスプーンを握って合図に応えたのはビュルカンで、それから彼らは耳を傾けた。「一……二……三……――C」。しばし沈黙。それからまた「一、二、三……」。右の監房が、彼らに死刑執行を伝えていた。

真っ暗な夜だった。

中央刑務所の壁の外の群衆は立ち去り、叫びや罵りやざわめきはおさまった。静寂がもどってきた。

監獄は静寂に包まれていた。その夜は誰も歌おうとしなかった。看守は冷たい食事を取り、仲間が交代に来るのを待っていた。監獄の外では、苔で覆われた木々の幹に寄りかかり、疲れや悲しみで上体をかがめ、しばしば目をつむりながらも寝ないでいる若者たちがいた。他のものは月光の射す草の上で眠っていた。彼らの驚異的な忠実さのしるしは、僕に大きな絶望を与える。なぜなら僕が懲罰房でビュルカンを、そして彼の手紙を待っていたときの彼の投げやりな態度が僕に与えた苦しみを、なおさら苦しく思い出させるからだ。しかし他人の目に僕がどれほど頑固に見えるのかは、わかっている。なぜならビュルカンの頑固さもまた、自分が棄てられたことへの深い嘆きからきていることを僕は悟っていたからだ。大きな悲しみが彼の中にこみあげてきたが、誇り高いせいで泣けないでいる目の裏に留まっていた。この抑えられた悲しみが彼の頑固さとなって表れたのだ。僕があそこにいたとき、僕に棄てられてしまうかもしれないという恐れのせいで、彼は毎日僕に手紙を書き続け、僕は仕方なくそれに返事を書き続けた。この恐れは彼を少し優しくした。彼は僕の想いがぶれないのに気づいていた。僕がそばにいるのを感じていた。僕たちを結びつける絆を編み続け、彼の手はそれをさらに堅く結ぼうとした。しかし僕は苦い気持ちよりも一種の平穏を感じていた。このガキがもう僕を必要としなくなったときから、僕の役割は消えうせ、同時に、彼と僕の関係が必要としたすべてのことは消えうせ、それゆえ純粋な、輝かしいすべてのことも消えうせていた。懲罰房に入った僕はもう彼のために何もできなかった。そして最後の諍いをしたにもかかわらず、僕は自分の威厳を信じることができなかった。僕は階段の上にいた。ビュルカンに言葉をかけようとして、作業場から出てくるのを待っていた。彼は微笑みながら僕のほうに駆けつけた。たぶん彼は、僕も彼に直進してくると思ったに違いない。しかし僕は動かなかった。彼は僕に向かって飛びかかったが、僕はじっとしていた。僕が動かないので彼は驚き、少し笑った。僕は冷淡なままだった。彼は僕を小突いて、僕を揺さぶろうとした。しかし僕はあいかわらず動かなかった。彼はもっと強く僕を小突いた。僕は石みたいだった。彼はもがいて、激しい怒りでいっぱいになり目をらんらんと輝かせて、僕の頬をたたいた。僕の心の底に怒りと大笑いが、顔には表れない押し黙った見えない笑いがこみ上げ、さらに僕の怒りに火を注いだ。僕はビュルカンを支配するときがきた、とわかっていた。彼が僕を平手打ちするのを放っておいた。彼の微笑はもう消えていた。そして突然僕は神のようなものになり、もはや他人が僕を罵倒するのも傲慢にふるまうのもがまんできなくなり、自分から突進した。そんなふうにゆっくり始まった僕の応酬に、まずビュルカンは驚いた。僕は全身で彼の上にのしかかり、彼を支配し、彼を打ちのめそうとした。彼は体勢をたてなおし、身構えようとした。しかし逆に彼の何でもない動作が僕を刺激した。僕は足で拳で、彼をめった打ちにし、彼が階段の上にあぐらをかいて倒れそうになるまでやめなかった。彼は哀れな姿勢でいたが、僕は少しも同情しなかった。口から泡を飛ばして僕は「起きろよ」と言った。彼は素早く立ち上がった。僕はまた殴りかかったが、彼はもう虚勢を張ることも攻撃することもなかったので、僕はまったく無防備になった彼のすぐそばに立っていた。僕は彼に触れていた。僕の体は彼の体に触れていた。僕はあいかわらず小突き続けたが、彼の体の熱が僕の熱と交じり合った。僕の頰は燃え、彼の頰も燃えていた。顔面を殴られないように、彼は上体を横に向けていたので、僕は彼を攻撃するのをやめたが、バランスを失って彼のほうにつんのめった。僕の腿が彼の腿に触れた。【僕は勃起していた。】そして僕の攻撃は力を失った。僕は立ったまま彼を抱き寄せ、彼の背中が僕の胸に当たった。僕は右手で彼の顔をつかみ、僕のほうに向けさせようとしたが、彼は抵抗した。僕は彼を両足ではさみ拘束した。彼の唇にキスしたかったが、彼は顔を背けた。目の上に両方の拳を当てた。僕はそれを払いのけようとしたが、まるであのおぞましい仕草を再現するように感じた。その仕草が僕をメトレーへと導いたのだ。十六歳の僕は残酷にも、ある子供の左目を抉《えぐ》ろうとしたのだ。その子は僕の非情な視線におびえ、彼の目が僕を引きつけていることを悟って、目に拳をあてて逃げようとした。しかし僕の拳の力のほうが強く、彼の拳をはぎとり、僕はナイフでその瞳を抉り取った。ビュルカンはそれと同じ仕草で身を守った。【僕の一物は焼けつきそうだった。】僕は彼にしがみついた。彼は僕を振りほどこうとはしなかった。さらに強く彼を締めつけた……そして突然僕は片手を彼の腹に、もう一方の手を彼のうなじにあてて、乱暴に彼を二つに折るヤクザな動作をした。こうして十秒間彼を支えていたが、もうビュルカンは何もしようとしなかった。彼が負けたのを感じた。彼の息切れした呼吸を聞いた。僕自身も少し荒く息をしていた。彼を放したとき、僕たちは二人とも恥じらいを感じていた。

歯を食いしばり、あいかわらず邪険な調子で僕は言った。

「おまえを懲らしめてやったぞ、とにかく」

「おれはそう思わない。おまえの思い通りにはならない。おれはくじけちゃいないさ」

「同じことさ。おれは楽しんだ。おまえはおれの思い通りになるんだ」

「ジャノー」

僕たちはにらみ合った。

彼の目は驚いてはいなかった。この喧嘩にはさしたる理由がないことに僕らは気づいていないようだった。しかしこれは起きるべくして起きたことだと、心の底では感じていた。僕は彼に言った。

「ずらかれよ。もうたくさんだ」

彼は乱れた服を直して消えた。僕が大将だった。

そのとき僕にとって、彼はメトレーで子供だったときの彼にすぎず、メトレーでそう見えていた通りの彼にすぎなかった。そのことがよくわかった。僕は作業場に戻った。この立ち回りのおかげでまさに甦ってきたのは、日曜日に許される少年院の外への散歩だった。彼はなだめるように僕の名前を呼んだが、僕はそれに軽蔑をこめた調子で答えたのだ。

日曜日の午後、僕たちは礼拝堂で夕べのミサの晩課[77]を聞いた後、楽隊と旗を先頭にして散歩に出かけた。田舎道を、ときにはかなり遠くのマンブロールまで行き、ある日には、フォントヴローが見えるところまで足をのばした。僕たちは中央刑務所の窓に注目した。たぶんそこには囚人がへばりつき、僕たちがやってくるのを見、僕らの音楽が彼らのほうに響くのを聞いていたはずだ。僕らには、十六歳の少年たちの奏でるラッパと太鼓に導かれて高く上げる足、軍隊のような行進しか楽しみがなかった。僕たちはこの音楽にあわせて並足で歩いた。この地方には、ありふれた家にも君主の住まいの優雅さがあり、多くの城館もある。この散歩のとき僕たちは道路の外れにある、そんな城館によく出くわした。その前を通るとき、僕たちの一隊は沈黙した。

冬の夜の間、明け方になると、寒さと罵声の中で、恥辱的な思いで目覚めるときがやりきれなくて、僕たちはそれぞれに城の主である自分を夢見たものだ。これほど間近に城館と出くわすと、僕たちは自分の夢が突然目の前で実現されたのを見るように思った。そこに入り、そこの主になったように思った。そう信じつつも、実は信じていなかったのだ。僕たちはさらに歩き、城館が遠ざかるにつれて会話を再開した。僕たちの内緒の物語は終わった。僕たちはときどき振り返り、城館が遠ざかったのを確

77 カトリック教会の晩の典礼。

かめた。城館はいつもこんなふうに僕からはるか遠くにあった。そしてハンモックの中で、少年院のみじめな生活から逃れようとして、僕は城館の鏡や絨毯や大理石を夢見た。それは実に強力で、実に長いあいだ夢の対象だった。僕はあまりに貧しかったので、そんなものが実在するとは信じられなかったのだ。

ビュルカン自身がある日僕にこう言った。「おれはいつだって一文なしだった」。彼が死んでしまった今、僕はこの告白を聞いたことに赤面する。というのも彼は、自分はいつだって輝いていたと僕に大真面目にしつこく書いてきた手紙を否認したからだ。盗みをしても僕は決して即座に裕福にはならなかった。しかし少しはましになったのだ。紋章の入った革装の本、和紙の豪華本、肌理の粗いモロッコ革、紋章入りの皿、古金色の鉄具などが、中国の置き物、縞《しま》瑪瑙《めのう》と金メッキした銀の印章、絹織物、レースなどとにぎやかに混じりあって、僕の部屋は、略奪のあとの海賊船の甲板に変わっていた。

今はもう何の夢だったか忘れてしまったが、そのとき僕は夢から覚めたところだった。ある夜自分のハンモックの端から身を乗り出して、ヴィルロワのハンモックの下の床にある上げ蓋が下ろされるのを見た。ヴィルロワはもう、寝たときの場所にはいなかった。僕は彼がもどるまで目を覚ましていた。どうやって彼が床の釘をぬき、どんな綱や、あるいは結んだシーツを使って、誰といっしょに、寝室から食堂に降りていったのか考えていた。どこへ行こうとしたのか、そこで何をしようとしたのか。たぶん猛者の連中がそろって闇の中に降りていったのだ。僕はその鼻先にいたのに、そんなことは予想もしなかった。他の連中が寝ているハンモックをのぞきに行こうともしなかった。二時間以上か以下か、僕は待った。共同寝室の奥で誰かが歌を口ずさむのを聞いた覚えがある。「いとしさに揺れなさい」が、僕には「いとしいガキ」と聞こえた。下の食堂でかすかな音がし、ついで板をもちあげてヴィルロワの頭が現れた。それからとりあえず上体の一部、彼の体で一番感動的なところ、そして開口部の縁に彼の膝。そのとき、もう片方の膝は、足が板の上にあったので伸びたズボンの中で折り曲げられ、皺になったズボンがヴェールの下の看護婦の顔に見えた。ヴィルロワはシャツとズボンを身に着けていた。僕には見えなかったが、ハンモックをかける横木にぶらさがっているはずの綱を引いた。最後に彼はまっすぐに立ち、僕が寝ていないのを見て近づいてきた。そして仲間のロベールに会ってきたところだと僕に告げた。ロベールはちょっと前に監獄から出てきたばかりの強盗だった。

「どこから来たんだい」と僕は尋ねた。

「えっと、フォントヴローからだ。昨日会った。あいつはおれにそっと紙切れをよこしたんだ」

彼は少し気詰まりな感じで僕にそう言った。たぶん少し不安で息切れしていたし、低い声で言わなくてはならなかったから。結局、もう少し息を吐いて、今度は息を吸いながらしわがれ声になって言った。

「うまくいかなかったよ」

打ち明け話の一番肝心な部分はこれだった。あとはもっと簡潔に説明した。こう付け加えた。

「今夜あいつはおれを連れて行くことができなかった。おれの着る服が準備できなかったんだ。誰にも言うなよ、絶対。いいな」

彼は僕の耳に口を当てて、これをささやいた。【僕の耳はこれを口が精液を飲むように飲みこんだ。】その言葉が僕の中に注がれると、僕は暗闇の世界の底にくずおれた。その世界にちゃんと入れてもらうには、僕の腕をヴィルロワの首に巻きつけるだけでよかった。彼は僕を拒みはしなかっただろうが、僕はあえてそうしなかった。彼は丸刈りの頭を僕に近づけてさらに言った。今では何でも言えたからだ。

「おれのいい匂いがわかるか?」

闇の底からわきあがるため息を吸いこみながら僕は言った。

「うん」

ごくかすかにささやいた。さもないと叫んでしまいそうだった。最後にまったく兄弟愛的な感情が僕たちを包み、彼は少しぞんざいな調子で付け加えた。

「いい匂いだろう。あいつがおれを抱いたのさ」

彼はこっそり煙草を吸うときのあの特別な身ぶりをした。煙草を吸って煙を吐き出すとき、手で口の前の煙を揺すり、遠ざけ、散らすのだ(これは猛者の資格を認めてもらい、一族の一員となるための数々の身ぶりのひとつである)。つまりヴィルロワは、煙を散らす必要もないのにこの身ぶりをしたのだ。彼はダチ公の匂いが彼の口に残ってその存在を暴露するのを懸念していた。僕はしまいに眩暈を覚えた。僕の男、僕の猛者、僕の大物は、僕を抱いて匂いをかがせる男は、もっとたくましい猛者に抱かれ愛撫されていた。つわものが彼を抱いたところだった! つまり泥棒たちは抱き合うのだ。いま書き記している思い出に、僕の心は締め付けられる。というのも、夜明けのルーが、誰にも気づかれないようにビュルカンを愛していたということもありえないわけではない、ということが僕にはわかるからだ。そのことに気づくために、夜中にあの上げ蓋が開く必要があった。泥棒たちは抱き合うのであり、泥棒たちはもはや僕にとって、いい匂いを発散しながら抱き合う若者たちでしかなかった。僕はこの点に、僕の盗癖の出発点を見るべきだろうか。中央刑務所で策略を企むには厳格にことを進めなければならないが、そんなことはできず、僕たちはただ狂った夢想をでっちあげ、それによって海も山も飛び越え、時代を超越し、人生において泥棒を容認する用意ができていた。結局、そんな夢想によって、まさに僕たちは、将来に投影された自分たちの生活と、フォントヴローの与太者たちの責め苦にみちた大胆な現実を、混同することができたのだ。フォントヴローのヒモたちは、僕らを尻にしていた。

僕は盗みをはたらくことを愛する。その行為そのものが優雅に見えるからだ。そしてとりわけ、おちょぼ口を小さく細い歯の上に半開きにしている二十歳の泥棒を愛する。僕は彼らを愛するあまり、彼らとそっくりにならなければ気が済まなかったし、ついにはこの子供たちの優雅さをわがものにし、鈍重な自分の身ぶりも束の間軽やかなものにしなければならなかった。そして僕が盗みをするときには、単に彼らが盗むときの身ぶりを模倣するのではなく、僕の愛をかきたてた彼らのあの優雅な身ぶりのほうを再現しなければならなかったのだ。僕は素早い、しなやかな泥棒を愛し、僕も素早く、しなやかになったので、警察とその犬たちはすぐに僕の仕業をかぎわけた。やがて僕は悟ったのだ。僕は誰かを熱愛し、その人物の役割を演じていたわけだが、そんな人物は自分の内部に閉じこめておくほうが慎重なやり方だということを。僕は彼をもっと親密に抱きしめる。彼の目覚めた魂、好機に備えて緊張する精神と一体になる。しかし、もう彼の身ぶりを真似はしないのだ。彼は徐々に僕の中に消えていき、溶けてしまう。僕はもう自分が見たいと思った彼の身ぶりを再現するのをやめた。そうではなく特定の状況の中でまさに僕が厳密に実行すべき身ぶりだけをすることにした。彼は僕の内部の奥底で僕を見守っていた。いうならば彼は僕の守護天使だった。こうして僕はただ僕のものである身ぶりを、ただ必要にせまられた身ぶりだけを実践するようになった。そうすることでやっと僕を魅了した優雅なチンピラから自由になることができた。あとは、ほんの一瞬であっても盗みの行為につきまとう陰険さを恥じる心に打ち勝つだけでよかった。ほんのまばたきの間でも、この身を隠さなければならないことに僕は赤面した。しかし泥棒はこの必要な陰険さを、快楽の要素に変えなければならないということも、やはり僕は悟ったのだ。泥棒は夜を愛する（頭をかがめ、視線を滑らせ、横目で機会をうかがう、あるいは別世界に旅立つようにすること、それは夜の中に存在することなのだ。〔仮面をかぶり変装すること、それは夜の中に存在することなのだ。[78]〕）盗むことを愛さなければならない。若き盗人よ、きみが似たいと思う華麗な存在にきみを変えてしまう夢想に、いつでもさらわれてしまうがいい！　自分の愛する強盗に似たいがために――あるいはこの強盗そのものでありたいがために――強盗になろうとする子供たちだけが、ぎりぎりの極限までこの人物を演じる勇気を見出すのだ。あなたの身ぶりが美しいことは重要である。苦しみの中で行われ、苦しみの中で切り出され、苦しみから、そして危険から生まれた身ぶりは、そのために顔が歪んでも、体の姿勢がグロテスクになっても、やはり尊敬に値する。美しさゆえに、彼らを交尾させたまえ。僕の物語の子供たちは、猛者であることの美のために、自分たちのすべきことをするのだから。盗みは美しい。たぶんあなた方は躊躇うだろう。はかない、実にはかない、まさに目に見えない身ぶりのせいで（それこそがこの行為の精髄なのだ）、泥棒は蔑むべき存在となるからである。彼には、ただ見張り、盗む時間しかないのだ。それこそがまさに泥棒であるために必要な時間であるが、この恥を暴露し、見せつけ、人目に曝したあとは、この恥を超えたまえ。あなたの自尊心が栄光を手に入れるには、恥辱を体験しなければならないのだ。

僕ら野蛮な子供たちは、僕たちのアイドルだった大胆な悪党たちよりも、残酷なことでは先を行っていた。しかし、いかつい男たちの栄光をくすねる能力を、もう失っていたにしても、僕が懲罰房に入った最初の頃、ビュルカンのため紙袋に自画像を描いたとき、僕は意図しないままにがっしりとした体格の自分を描いていた。そのことに驚かないでほしい。僕は筋肉質のたくましい自分をありのまま描いたのだ。僕がすっかり自信を失うには、ビュルカンの死が、そして彼の裏切りに遭うことが必要だったのだ。

こういう次第で少年院は、僕がどんな人間になるかを決定した。先生たちが話題にする「悪影響」というもの、じわじわ効いてくる毒、やがて予期しない花を咲かせる種とはこういうものだ。ヴィルロワへの口づけ、このつわものとの口づけは決定的な

---

78 〔 〕の部分は、ガリマール版にだけ加筆されている。

体験だった。というのも、それぞれのオスに自分の熱愛するオスがいて、男らしい美と力の世界ではこんなふうに愛し合っているということに気づいて、その頃の僕はまだ仰天していたからだ。筋骨隆々でとぐろを巻き、頑固でとげとげしい花々が鎖の輪のようにつながって、一つの花輪を形作っているのだ。僕は驚くべき世界に気づいた。この猛者連は、もっと強くもっと美しい他の猛者の前では、いつも女になってしまうのだった。彼らは僕から遠ざかるにつれて、徐々に女でなくなり、まったく純粋な猛者となり、あたりを睥睨《へいげい》するのだが、そのなかでも、ガレー船に君臨し、かくも美しく荘重で近づきがたい男根をもつ男は、左官の格好で少年院を往来した。それがアルカモーヌなのだ。僕はこの花輪のもう一方の端にいて、ヴィルロワが僕に挿入したとき、張り詰めた腰に世界中の男らしさの全重量を引き受けていたのだ。そしてエルシールがアニアーヌの少年院にいたことを知ったときも、僕はほぼ同じ眩暈を覚えた。アニアーヌは越えがたい厚い壁に囲まれ閉じられた少年院で、ちなみにそれはエイスの少年院も同じことだった。僕たちは流刑場のあらゆる特徴を知っている。なぜならメトレーでは監獄と流刑地に関することしか話の種がなかったからだ。僕たちはアニアーヌに言ったものだ。「誰それは出世した。ベル＝イル行きだ」「別の誰それはいる」。これらの名前は、まだ自分の「家族」のもとにある子供たちを怯えさせ、一方で魅惑したかもしれないが、僕たちはシンガポールの住民が、自分の話の中で「スラバヤに寄っていく」と言うように、まったくあっさりそれを口にした。アニアーヌの雰囲気は厚い壁のせいで、僕たちのところよりもずっと威圧的だったにちがいない。その壁の中で育った子供たちは、ここの少年囚とはずいぶん違うと僕たちは思っていた。別の植物が彼らを飾り、彼らの手には別の枝や花がついていた。しかし彼らも僕たちのように、そして僕のように非行少年だった。流刑地からきた僕は、流刑地からきた男が好きであり、この男は流刑地に戻ってきた男が好きであり、戻ってきたこの男は、流刑地からきた男が好きなのだ。ヴィルロワは僕の口にキスしたのに、僕はまだ彼の首を抱こうとはしなかった。眩暈を起こしかけたが、そのままに引きずり込まれることなく、ただひとり取り残されていた。

ある日僕は悲嘆にくれた。トスカノがついにつかまったことを知ったからだ。彼は食堂の雑役当番だった。そして僕たちが昼食の後、中庭にいたとき、彼は水汲み場に行き、壺に水をくもうとしたのだ。たちまち村の娘たちがそろってやってきて、彼をとり囲んで嘲った。というのも、一陣の風が吹いて彼のシャツが体にはりつき、シャツがまるで青の肌着のように見えたからだ。『ファウスト』の文章を飾る版画の中のマルゲリータが、そんな肌着を着ているのを見たことがある。その瞬間、少年は涙をぬぐい、または髪かヴェールをかきあげるようにした。しかしその涙は風の吹き上げた泉の水滴でしかなく、彼は変身をとげたのだ。こうしてしばしば、偶然のたった一つの挙動によって人は歴史に知られる名高い場面の登場人物になってしまうことがある。あるいは一つの品物がしかるべき仕方で配置されて、そんな場面の舞台装置となる。突然僕たちは、長い眠りによって中断されていた冒険を再開する瞬間が来たように感じる。あるいはまた限られた数の身ぶりしかできないと感じる。あるいはまたあなたは英雄的な家系に属していて、その一族は誰でも同じ合図を繰り返すとか、また空間において鏡に映る姿のように、時間においてあなたは過去の誰かの行為の反映であると感じるのだ。地下鉄の中で、両側のドアの間にある細い柱を両手で握って体を支えているとき、僕はランスの戴冠式で旗竿を手にしたジャンヌ・ダルクの反映ではなかったのか。僕は独房の格子のむこうにいるビュルカンが、白いベッドの上に腹這いになり、腕をたたんでその上に顎をおいているのを見ていた。要するにそれはスフィンクスの姿勢そのもので、愛の行為に備えていたのだ。僕は彼という判読不可能なものを前にして、巡礼の杖をもち、問いを投げかけるオイディプスなのだ。そして僕が彼の作業場に隠れて会いに行くたびに、また彼の仕事仲間たちがこう言うたびに、彼自身も別の何かの反映だったのではないか。

「しまいにあいつは、おまえを荒くれたちにやってしまうぞ」

僕は微笑し、冗談を言うことができた。そのときビュルカンと僕は、何か暗い影に蔽われていた。というのも冗談というものは、あらゆる予言のさりげない雰囲気をともなうものだが、彼の顔には死の影が落ちていたのだ。実際にはそれは流刑囚の丸刈りの頭にかぶった大きな麦藁帽子の影にすぎなかったが。僕たちは、親しみ深い生きた歴史そのものであり、詩人ならそのなかに永劫回帰のしるしを解読することができるのだ。トスカノの顔に刻まれた過失はすでに知られていた。なぜならラロッシュディユが、その夜、ドゥロッフルがトスカノのハンモックから降りてくるのを見ていたからだ。こうしてトスカノの高貴な美徳はドゥロッフルの軍門に降《くだ》った。トスカノのあらゆる闘い、策略、戦闘を想像するのはそれほど難しいことではない。札付きの、軽蔑的な噂に囲まれたまぎれもないハゲタカになることへの恐れによって、トスカノの闘いは支えられていた。トスカノはドゥロッフルがむき出しの腕を彼の上においたとき、その腕とも闘い、快楽とも闘ったのだ。結局彼は降参した。そして僕たちは彼といっしょに昔の流行歌の登場人物となり、泉のところで彼を取り囲んだ。他の連中は彼をからかった。僕はおとなしい色男にすぎなかった。ドゥロッフルが嬉々《きき》としてやってきて、隅石に片足をのせ、真っ赤になったトスカノの肩に拳をおいた。登場した猛者は、たちまち娘たちを黙らせた。

当然ながらあばずれ娘の一人が密告して、トスカノは懲罰房に送られることになった。集まった連中がそれを話しているのを聞いて僕は言った。

「なんでやつが懲罰を受けるんだ。何をしたんだ？」

「あいつの男に一発くらわせたんで、捕まったんだよ」

トスカノはちょっとした女王様扱いだった。そして僕たちは二人で争って親分役を自分のものにしようとした。

ビュルカンは、ある夜、それが彼を見た最後の夜になったのだが、シャワー室でわざわざ似たような話を告白した。彼は石鹸がいるという口実で僕のところに忍び込んできた。僕はすでに湯で濡れていた。熱い湯が僕たちを白い湯気で包んでいた。つまり彼は看守に見られずに首尾よく僕のところに入ってきたのだが、じつは看守も湯気で姿が見えなかったのだ。僕は石鹼で体を洗っていた。彼を押しもどそうとして言った。

「面をひっこめろ、おまえの可愛い面を」

彼は優しく笑った。

「売女の面はおいらのせいじゃないぞ。もともとこうなんだ。メトレーでおれはこの顔で男たちをかついでやった……ちょっとしたことですぐ喧嘩が始まった。あそこにいたとき、まずおれのため、それからレジスという別のガキのため、猛者たちは争ったんだ……時たま……」

彼は体を洗いながら、こうささやいた。水が彼のかがんだ背中に、うなじに滴った。僕たちの石鹼は盛大に泡立っていた。

彼が喋るにつれて、僕自身の過去の生活まで物語るにつれて、僕は花を咲かせたマロニエの下や、ブラシ製造所の埃の中でのメトレーの生活を生きなおしていた。デュデュルが口髭を鼻で啜《すす》っているのも思い出していた。

ビュルカンはささやき続けた。

「時たまおれたちは休憩時間に会った。おれは彼に言った。『そいでレジス、今日は何人に、喧嘩させたんだ？』そして、こんなことも言ったんだ。『ミヨーとおれの親分を二十二回喧嘩させたぜ（ミヨーはレジスの親分だった）、おれのせいで親分はミヨーをぶんなぐったよ』。すると彼は言った。『二十二回なんて無理だ』。おれたちはガキだった。十四歳か十五歳だった。その頃おれは偽の手紙を書いて、親分に会いに行った。親分にこう言った。『ほらミヨーがこんなものを送ってきたよ』。休憩時間に彼らは出くわした。おれの親分がレジスの親分を殴った。『おれのガキを迎えに来てみろ。これでも食らえ』。相手もしりごみしなかった。パン、パン、血を見るまで続けたさ」

彼はますます早口で喋った。自分の思い出に刺激されていた。最後の言葉は、ほとんど食いしばった歯の間から出てきた。彼の引き締まったまっすぐな裸の腕が、両足の間を動いていた。彼は泡とオーロラ色の肌をなめして揉んでいた。

彼は笑い、少し頭を振った。

「そうやってかついでやったのさ」

僕は彼の手をとった。ときどき彼の肘が僕の勃起した一物にあたった。僕はその肘をそのまくっつけておきたかったが、触れたかと思う間に、彼は濡れたまま分厚い蒸気の中に消えていった。そして「濡れたまま」は、彼の死について語ろうとした看守が使った言葉そのままだった。「彼は壁の下で血に濡れたまま……」。雨の夜だった。彼はまさにこの日に、まるで蒸気に包まれて死んだようだった。

ディヴェールに再会してから、僕は彼の中に、たぶんアルカモーヌにもピエロにも見たことのないしるしを見ていた。それは女たちの痕跡だった。アルカモーヌの冷酷さと彼の運命は、およそ愛というものから彼を遠ざけていた。

ビュルカンはといえば、彼は自由な身であったことがほとんどなく、娑婆の生活を送った時間が短いので、少年院の影響が消える間がなかった。彼はいつもオーラに包まれて生き、その身ぶりは息づまるような影――月桂樹と薔薇の影――に囚われたままで、それを振りほどこうとしても無駄だった。何よりもまず彼の言葉遣いにそれが感じられた。彼はまったくさりげなく規則について、衣類について喋った。彼はまた、「抱く」というかわりに「手に入れる」と言った。要するに、彼の最も大胆な挙措にも、僕たちにはない羞恥があったのだ。

この本の中で僕は盗みの擁護をすることも望んでいたかもしれない。僕の幼い仲間たちには、神々の使者メルクリウスのように機敏で優雅な泥棒であってほしかったのだ。僕たちは本物の泥棒だっただろうか。そうは思わない。僕はそのことに驚き、心の痛みを覚える。僕たちの誇った重罪は、その奇抜なこと、華麗なことでは蛮族の装飾を思い起こさせるが、今日の役者たちは、そんなもので自分を飾ろうとはしないのだ。それはスパイ行為、薔薇の木でできた棺、王子たちの恋、溺死、スカーフによる首吊り、義足、男色、荷車の中の誕生等々で、そのおかげで役者たちは奇抜な偶像になれたものだ。僕の物語の中の子供たちはこんなふうに変装することを知っていた。彼らはこの本に、おおむね悲劇的で高貴な過去をもって登場してきた。そして、仮構された過去がしだいに彼らの残酷な膨れっ面をした小さな口から洩れ出てきた。それなら彼らは、やはり僕が紹介してきたとおりのものでもあるはずだ。僕はでっちあげているのではない。僕が彼らを一定の角度から捉えたのは、そこから見れば、彼らがそのように見えたからだ――それはプリズムによる屈折のようなものだったかもしれない――だから彼ら自身はそうであると思わなくても、やはり彼らは実際にそんなふうでもあったのだ。そのなかで一番大胆で一番異常な飾りをあえて身につけていたのはメテイエだった。

僕はとりわけ彼のことを念頭において、この少年たちはみんな王侯の息子だと言ったのだ。メテイエは十八歳だった。醜い若者を描写するのはいやなのだが、僕は彼をずいぶん夢に見たので、彼の赤い吹き出物、そばかすの散った三角の顔、鋭く危険な動作を思い出すことも受け入れるのだ。彼は一番敏感なものたちには、特に僕にむかっては、自分がフランスの王たちの直接の子孫だと語った。彼の細い唇の間から、系図が数珠つなぎになって繰り出された。彼は王座をほしがっていた。子供たちの頭に王についてどんな観念が潜んでいるのか、誰も調べたことはない。しかし僕は言わなければならない。ラヴィスやバイエ[79]、または他の著者によるフランス史を目の前にして、自分が皇太子か、どこかの王の血筋だと信じ込まないガキはいないと。脱獄したルイ十八世の伝説は、とりわけその夢想をかきたてた。メテイエもそんなことに刺激されたにちがいない。彼はフランス王の後継者たろうとした。メテイエの誇大妄想と、僕の執念深いペテン師の傾向とを混同してはならない。この傾向に忠実に僕は、

79　エルネスト・ラヴィス（一八四二〜一九二二年）、アルベール・バイエ（一八四九〜一九一八年）、二人ともフランスの歴史家。

勢力を誇る家族の一員であることを夢見るのだが、メティエは自分が王の息子か孫であると心から信じていたことに注目しよう。彼は崩壊した秩序を再建するために王であろうとした。彼は王だった。ところが僕はあえて不敬を働き、王家の純粋さを汚すことしか望まない。猛者たちの間に、僕というハゲタカの出入りを認めさせることは、彼らのカースト制を汚す行為だった。

書いていくにつれて、この子供の記憶がはっきりしてくる。メティエが王にふさわしかったのは、彼が自分という人物は支配者であるという観念をもっていたからだ。木靴の中の彼の細い素足は、ルーヴルのような宮殿の冷たい敷石や、あるいは灰を踏むあわれな王子の足だった。ディヴェールが一つひとつの動作で見せた天上的な、豪奢な雄弁に比べても、それはなんという優雅さ、そして何という超越的な簡素さであったことか。一方が王ならば、もう一人は征服者だった。

B班の猛者たちはメティエを知らなかった、または知らないふりをしていた。メティエは自分の中にひた隠しにして王権の観念を持ち続けていた。しかし、さながら生ける聖櫃であった彼のあの高慢ちきな身ぶりは、執事だった聖エティエンヌが瀆神行為を避けようと聖餅を飲み込んだときと同様の身ぶりだった。そしてこの気高さはひそかに僕たちをいら立たせていた。ひそかに、ということはつまり、僕たちは何も露見しないようにしたし、僕たち自身がそれにいら立っていることに気づきさえしなかったということだ。そしてある夜、僕たちの憎しみは爆発した。メテイエは、寝室につながる階段の一段目にすわっていた。彼は自分が、樫の木の下で人々を裁いた聖ルイ王[80]だとでも思っていたのか。彼が喋ると、誰かがからかおうとした。笑い声が上がると、彼はそれに軽蔑をもって答えた。僕たちが溜めに溜めていた恨みが堰《せき》を切ってあふれ出た。鉄拳、平手打ち、罵倒、下劣な言葉、唾。彼がドゥレル、ルロワ、モルヴァンの脱走の企みを密告したにちがいないことを、班のみんなが思い出した。真偽は別にして、この種の弾劾はすさまじいものだった。どの子供も自分を抑えようとは思わなかった。疑惑に基づいて、こっぴどい処罰を実行した。処刑が行われたのだ。王太子は処刑された。編み物をしながら国民公会を傍聴した女たちが先祖に対してやった仕打ちよりも執拗に、三十人の子供たちは吠えながら彼を取り囲んだ。竜巻の中にもときどき訪れるような静かな瞬間に、彼がこうつぶやくのが聞こえた。

80 ルイ九世（一二一四〜七〇年）、カペー朝第九代の王。治世の間、フランスは繁栄した。

「キリストもこんな目にあったんだ」

彼は泣きはしなかった、しかし彼は、これほど場ちがいな威厳を帯びた玉座にあって、たぶん神自らがこう言うのを聞いたのだ。「汝は王であろう、しかし汝の頭を締めつける冠は赤熱した鉄であろう」。僕は彼を見た。彼を愛した。学校で誰かの顔を描かなくてはならないときに覚えた一種の恐れに近いものを感じた。どの顔も尊厳で守られている。それらはイメージであるという意味では、みんな似ている。大まかな輪郭を描いているときには何の感動もなかったが、細かいところまで似た形を追求しなければならないとき僕は麻痺してしまった。麻痺はただの物質的、肉体的な困難のせいで起きたものではなかった。それは形而上学的な次元の困難だった。顔は僕の前にあった。そして似せようとしても形にならないのだった。ついには突然僕の頭蓋が張り裂けそうになった。僕は彼の顎が特別であり、彼の額が特別である……のを見たところだった。僕はすでに知っている知識の中を前進していただけだった。彼が喧嘩して、両手を胸の前に構え、天が張り裂けるままにしたとき、メテイエはメテイエだった。こうして彼の両手は大きく開かれ、親指の先がたがいに触れた。ユダヤ人の墓に刻まれる二つの手はこんなふうなのだ。[81] 時には、もろもろの姿勢を尊重しなければならない。僕を支配する必然性は、乱暴な戯れのうちに秘められた演劇からやってくる。

ディヴェールはときどき笑いながら僕に言ったものだ。

「おれのハンモックに来いよ。おまえをピカピカにしてやる。おれのがどんなに立派か見せてやるさ」

ところでアルカモーヌはある日酔っていた。ワインを飲んでも、神に遣わされた天使の顔は黒ずんだりしない。彼は青くなっていた。青いワインにそまり、彼はぶつかり、つまずき、しゃっくりし、罵りながら、誰にも見られずに少年院の中を行ったり来たりした。顔を染めて月桂樹の間をよろめく、この殺人者を思い出して、僕は今なお夢見るのだ。ああ！ 僕はこういう異様な罪の仮面劇が、まったく気の狂うほど好きなのだ。度はずれて破廉恥な王子や王女たち、あの目の眩むマリー・アントワネットやその親友ランバル公妃のような人々の放つ魅力は僕をうちのめす。彼らが走った後の脇の下の香りは果樹園《ヴェルジェ》の香り、一物《ヴェルジュ》の香りなのだ！ 派手に着飾り、ぐでんぐ

81 両手の親指がたがいに触れあった形は、「祝福」を意味する。

でんに酔っ払ったアルカモーヌ、つまり海賊の一物は中庭で歌っていた。誰にも彼が見えなかったが、彼自身には誰かが見えただろうか。たとえ開いていても、彼の目は閉じていたのだ。

問題の夜に、読書係だったアルカモーヌの代わりをしたのは僕だった。というのも班ごとにみんなが食事をしている間に、少年囚のひとりが大声で薔薇文庫[82]の中の一冊を読むことになっていたからだ。B班の食事中にいつも朗読するのはこの殺人犯だったが、彼は酔っていたので、僕が彼の手から子供用の読み物を受け取ったわけだ。この本の中のすべての無害な言葉には、班長にはわからない暗示的雰囲気があって、それは僕たちにだけわかるものだった。このとき僕はセギュール伯爵夫人の書いたこんな文章を読んだ。「この騎士は申し分なかった」。これは乗っている馬が美しいという意味だとしても、ディヴェールが「申し分ない」と言うときは、彼の壮麗な愛の道具を意味していたのだ。そこで僕はこの表現を口にしながら、ただ僕一人のために、ディヴェールを獰猛なケンタウロス[83]に変身させていた。

ここフォントヴローと同じで、メトレーの看護室で僕たちは特に治療を受けたわけではない。体調が悪く（または性病だったのか）ディヴェールは毎週注射をしに行った。他の病人と同じように、彼はそれを「注入」などと呼んだが、それはヒモたちが治療にも病気にも等しく抱いている密かな愛情によって作られた言葉だった。この病気はヒモのしるしで、一生治らないものだった。どんなに献身的な修道女も、壊れた肉体の手当てをすることはできないものだ。それでも看護室は僕らにとって天国だった。それはいつもくたびれる毎日にあっては、純白のすがすがしい休憩所のようなものだった。看護婦のかぶりもの、エプロン、ブラウス、シーツ、パン、ピュレ、陶磁器などは氷の白さだった。この氷の中、雪の中に、ときどき身をうずめたくなった。その高い頂に、修道女ゾーエは専制のしるしの黒と赤の旗を掲げる鉄の竿を立てていたのだ。ベッドからベッドへと愛の言葉に包まれた目配せを送りあう小さなガキどもを、彼女は叱り飛ばした。ある日僕は彼女が、新しいラッパ吹きのダニエルの指に、監獄の玄関の大きな鍵で荒っぽい一発を食らわすのを見た。男子というよりも女子である千人もの子供たちと接しているうちに、修道女はこんな男性的なふるまいを身に

82　一八五六年に、フランスの出版社アシェットより発行された、子供向けの読み物シリーズ（コレクション）。

83　ギリシア神話に登場する半人半馬の怪物。

つけてしまったのか。このガキは歯を食いしばってうなった。

「今に見ていろ、あばずれ」

それを聞いた彼女は、彼の腫れ物が治る前に、看護室から彼を追い払ってしまった。僕たちはいっしょにそこを出たが、彼は自分のハゲタカ、ルノドー・ダルクと落ち合う手はずを整え、ハゲタカは彼を月桂樹の陰で待っていた。

しかし運命は、僕の目を見開かせ、夜を二つに裂いてその内側を見せるために、また別の手段を用意していた。僕はあなた方に言ったことがあっただろうか。一度ディヴェールは、僕のことを「おいらの太鼓！」と呼んだのだ。彼は細い優雅な撥《ばち》でやさしく僕をたたいた。ある日の午後、彼が太鼓を持って軍楽隊の練習から帰ってきたとき、僕たちは少しの間、みんなから遅れて二人だけになった。彼は楽器を背負っていた。突然動いて、太鼓を回し、自分の前においた。手のひらで太鼓の皮を二、三度なで、それから突然何の怒りにとらわれたのか、騎士よりも陰険に獰猛に、握った拳の一撃で太鼓の共鳴皮を突き破り、手首は激情に震えて中にめりこんだ。やっと彼は落ち着いて、しっとり濡れたきれいな口で笑い、少し息を切らし、僕の口のすぐ近くで言った。

「とうとうおまえをつかまえたぞ、すけべな売女。おまえは嫌と言えないだろう。ほらおれのズボンを見てみろ」

彼は騎士のような素早さで、僕のスカートをまくり上げたところだった。【彼のズボンの前があき、絹のシャツが波うつ真ん中から一物が飛び出たので、僕は素早くそれを握りしめた。】長椅子の上か、冷たい苔の上だったか、僕はこの驚異の重みに打ちのめされていた。宮殿の衛兵に犯された王女が自分の威厳を思い出すのは、精液が冷えてしまってからである。一つの場面が素早く僕の中に閃いた。――「行ってくださいな」僕は心の中で叫んだ。「行ってくださいな。お願いですから行ってください。あなたがいると私は自分を抑えきれないの」。勝ち誇った衛兵は頭を下げ、陰険な表情で僕を見つめた。まるで「おまえはおれのものだ」と言わんばかりに。僕はさらに叫んだ。「私は激情に青ざめているにちがいないわ」。ディヴェールは太鼓の位置をずらしていた。そしてやわらかくなった膨らみに、僕に付いたのと同じ染みを見て、その温度を感じた。僕はぶきっちょな、愚かな、馬鹿げた仕草をしたが、それは悪魔祓いの仕草で、この仕草は、衛兵の強壮な体が王女に与えた喜びを、僕から遠ざけようとしたのだ。それから僕の中に何かが沈み込んでいくような憂愁を感じたのだが、それは突然の死の接近によって生まれたものだった。僕たちの心にヴェールがかけられる。夜になる。これに似た夜に僕はビュルカンの死を知った。

最初僕は何も詳しいことを知らなかった。しかしビュルカンの名前が監獄の上に掲げられ、軽やかに漂い、その名に揺さぶられる波が得体のしれない不安を引き起こしたようだった。この不安を僕は大部屋の中央でも感じていた。あのとき脱走の企みが彼を誘惑したにちがいない。

一年以上かけて、仕立て作業場の襤褸《ぼろ》切れの山の向こうにしゃがんで隠れ、ボッチャコは床下に穴を開けるのに成功していた。その作業は——脱走のあった五、六日あと、つぎはぎしたズボンの山を取りに行ったとき僕はそれを見たのだが——中国人の仕事のように正確で繊細だった。彼は鏨《たがね》か鋏か何かを使ったのだろう。それから同じ道具を使って大梁《おおばり》に、彼のかがんだ上体が入れるほどの大きさの窪みを掘っていた。梁にまたがり両足はその両側に、昔の総会室の上の中空にぶらさげたにちがいない。彼はそれに一年かけた。その夜ボッチャコは意を決して脱走するために、掘りこんだ穴の中に煙草——どこで手に入れたものか知らないが——それにパンのたくわえを持って忍び込んだ。閉じた上げ蓋の上には仲間が襤褸切れを散らしておいた。

六時に看守が囚人を迎えに来たとき、毎晩のように点検が行われた。そのとき不在の人物がいたので、刑務所のすみずみまで捜索が行われた。脱走したものと思われた。しかし彼が実際に脱走したのは、それから三日目の夜だった。

僕はさらに、少し前にボッチャコが金具製作所で金工用鋸《のこぎり》を盗んでいたことも知った。この盗みが中央刑務所全体に引き起こした騒ぎが収まるまで、彼は数日待った。それまで彼自身は疑われていなかった。看守たちは見張りを倍にし、見回りは三倍になり、ずっと細かく行われた。しかし二週間後にすべてが忘れられ、警備の作業は普段のリズムに戻った。ボッチャコの説明からわかったことは、彼がまず仕立て作業場の窓を取り外し、格子を鋸で切り、中庭に降りると、ビュルカンが自分のところの窓から綱を落とし鋸を引き上げ、窓の格子を切り、ボッチャコと同じように中庭に降りた。互いに助け合いながら第一の壁をよじのぼることができ、巡回路にたどりつくと、ベッドの台の鉄片で作った道具を投げたのだ。これはいわば銛《もり》のようなもので綱の先端につけ、自分の腰のまわりにその綱を巻きつけたのだ。この銛が壁の天辺に引っかかるはずだった。ビュルカンが登り始めたが、すぐに警察犬にかぎつけられ捜索が始まった。僕たちは犬が吠え始め、それから猛烈に吠えるのを聞いた。みんなベッドの中で耳をそばだてていた。突然闇の中で叫ぶものがあった。「止まれ、さもないと撃つぞ」。話に聞いたのはこうだった。ビュルカンは素早く登ったにちがいない。そこに看守たちがやってきた。ボッチャコはぶら下がっている綱をとり、自分もよじ登った。鉤爪《かぎづめ》が引っかかり、綱も丈夫だった。しかし壁の天辺の石はもろかった。しかも雨が降っていた。二つの体の重みで、たちまちいっぺんに石は崩れた。ボッチャコは足を折った。ビュルカンは逃げようとした。現場にかけつけて銃口をむけている三人の看守に彼は襲いかかった。彼らのひとりが発砲した。ビュルカンは後退した。犬が襲いかかった。彼はさらに壁のほうに後退した。看守たちが彼を捕まえようとして近づいた。しかし僕が思うに、彼は腿に傷を負いながら暴れたはずだ。犬と看守を相手に戦った。彼はつかまることを拒んだ。足や拳で看守を攻撃し、一度は看守の手からピストルを落とし、ビュルカンはそれが足元で光っているのを見た。素早く取り上げて看守に発砲した。しかし警備隊長と他に六人の守衛が駆けつけて、僕の友を機関銃で壁に釘付けにしたのだ。彼はくずおれた。僕は彼が口の周りに拡声器のように両手をあて、声にならない叫びで「助けて」と言うのをまざまざと思い浮かべずにはいられない。そして彼はびしょ濡れになり、煙、水、そして二十か三十発の致命的な銃弾の炸裂する花の中にゆっくりと消えていくのだ。

ボッチャコは呻いていた、足はまだ花崗岩の塊りに挟まれたままだった。看護室に連れて行かれた。彼は意識を回復しないまま、数日後に死んだ。そのときの夜明けのルーの言葉だ。

「ピエロは天使の所にいる彼の情夫に再会するだろうさ」

僕は確信するのだが、ルーを通じてヒモたち連中はあらゆる内緒話を、僕たちの集団のなかの敵対関係を知らされていたのだ。彼らは僕たちを軽蔑していたのか、それとも反対にこんな終わりのないかけひきや、こんなたえまなく続く感情的なやりとりが、彼らを困惑させていたのか。

彼らは二人とも中央刑務所の小さな墓地に葬られた。それから少したったある日、僕たちは五人で藁布団の作業をしていた（マットレスの古い布に藁を詰め込むのだ）。何人かの囚人と看守たちは心安くしていた。いろんなことが話題になった。僕たちは看守たちとちょっとの間冗談を言いあった。ひとりの仲間が言った。

「あんたはあそこにいたんでしょう、ブリュラールさん、ビュルカンとボッチャコがずらかろうとしたとき……」

そして僕たちが藁を詰めている間、こんなことを喋るのは禁じられているにもかかわらず、僕のビュルカンに対する友情を知っていた看守は——看守はみんなそれを知っていたが——こんな調子で、彼の目撃したあの夜のことを語ってくれたのだ。彼は自分をひるませた雨のことを強調して、雨のせいでピエロがあんな目にあったのだと僕に思わせようとした。埃が僕の目に入り、喉がいがらっぽくなったが、僕は泣かされたわけではない。「おまえのダチ公だった」とさえ彼は言ったが、僕は何も答えなかった。他の連中は僕のほうを見ないようにして、作業を続けていた。看守は細かいところまで覚えていた。ピエロを穴だらけにした銃弾、壁から跳ね返った銃弾、彼の歪んだ口、彼の沈黙も。後になって僕は他のもっと激越な詳細を知ったが、それを讃えるほどの精神的自由も時間もなく、さして驚きもしなかった。僕は熱狂的な鑑定人として、証人として、ビュルカンの深紅に染まった冒険の跡をたどった。たとえこの証人が別の冒険を思い出しても、それはビュルカンの最後の冒険のリハーサルにすぎないのだった。僕は何も感じなかった。ひたすら観察した。囚人たちは次から次へとこの冒険の美しさを伝えてくれるのだった。僕を取り巻く囚人たちの群れの見開かれた目、突然半開きになる口、沈黙、そしてため息によって、僕はひそかに理解した。

僕はいっそう美しい場面に立ち会っているのだから、それを讃えるべきなのだ……と。

誰かがこう言った。

「あいつはセメントの張り出したところに足を置いたが、崩れてしまった……それで足を折ってしまったらしいんだ」

どの喉からも吐き出される無音の「おお」という響きは、この物語が感動的であることを僕に知らせていた。僕の友の死が悦ばしげに物語られるのを僕は聞いたばかりだった。しかし僕はあまりに消耗していて、何かを感じるには、囚人たちの群れから誰かの魂を借りてこなければならないくらいだった。三日後に僕は、ビュルカンが脱走したのは、懲罰房からだったということを知った。ピエロの場合、彼の遺体を家族が引き取ることは問題外だった。彼の家族は行方不明だったのだ。ボッチャコについては、囚人は誰でも有罪期間中は中央刑務所ですごさなければならないという規則を厳密に守るなら、彼の刑期はまだ三年あったから、家族が遺体を引き取ることができるのは三年後になるだろう……。しかし、墓掘人から聞いたのだが、彼らは共同墓地に葬られた。ピエロは彼の全身を被っていた刺青の青いレースに包まれて葬られた。浮き輪と水夫、娘の髪型、乳首の星、船、ペニスの上の豚、裸の女、花々、掌の五つの点、そして目のまわりに刻んだかすかな線。

堅気の人物が貴重品を盗まれて警察に届け出たとき、「あの間抜け、屁をこいた」などと僕らは言う。また「あの間抜けは喪に服した」という言い方もある。僕は神の前で喪に服する。

ビュルカンよ、あなたの死そのものが、あなたが実際に死ぬのを見て戸惑い、驚いている。あなたは僕の先に逝った。死んで僕を追い越し、僕を貫通した。あなたの光は消えた……詩人や早熟な英雄はなんと若くして死ぬことか。自分の意図に反して、僕はあなたのこと、あなたの人生、あなたの死を荘厳な調子で語るだろう。ビュルカン！ 他の数々の愛の間にあって、あなたは何だったのだろう。束の間の愛だった。あなたに会っていたのはたった十二日間だった。偶然の仕業で僕は別の誰かを歌い上げたかもしれなかった。

少年院にまどろむすべての謎をあなた方に教えようとは（そして暴露しようとは）思わない。まだたくさん謎はあった。僕は手さぐりする。ときどきそのことを考えるが、心に浮かんできても跡が残らないのだ。それは紙の上にも何も残らない。ただ待つしかない。それらはこの本の最後に姿を現すだろう。

【ある日僕は、記念物保管室の壁にたぶん釘で刻まれた卑猥な落書きを見た。所長の尻に、ディヴェールの巨大な一物が刺さっていた。この一物はぽつねんと宙に浮かび、下のほうには「ディヴェール」という字が雲に囲まれていた。「犯罪学校の五人のガキ」と署名してあった。ディヴェールにこのことを告げると、彼はうす笑いし、肩をすくめた。】

僕は少年たちの微笑についても語ろうか。とりわけ驚異的な微笑を。冷笑的かつ挑発的で、狡賢く、親切な、娘たちよりも娼婦めいた微笑を。そのせいで大人たちのそばを通るとき、このガキたちは大人を、とりわけビュルカンは刺青をした男たちを苛立たせた。彼が僕に一度言ったとおりで、きっとビュルカンは「彼らの胸をときめかせ、彼にご執心の男たちを動揺させた」のだ。

少年囚は自分の役に立つ行動しかしなかった。彼らの生活は、大人の囚人の生活を模範にしていたと言ったあとで、こう言うのは変だと思われるかもしれない。しかしこの奇跡は実際に行われていたのであり、僕はそのことを証明してみよう。彼らの活動はいちいち中央刑務所と同じ活動を再現したもので——あるいは同じと信じられていて——いつも当面の必要が理由となった。それは遊びではなかった。原始人と子供は真剣なのだ。彼らのお祭りに愉快に見えるものがあっても、そんなに愉快なのは、これがあの（いつもの宗教的な）戯れからわきあがり、笑いとなって炸裂するからである。祭りは即興で生まれるものではない。祭りとはそれ自体有用な行動であり、これはむしろ獲得しなければならない神性に捧げられる崇拝の儀式的な身ぶりなのだ。メテイエの処刑は、原初の供犠と乱痴気騒ぎをともなうお祭りだった。要するに、この子供たちの喜びとはバッカス的な次元のもので、何らかの残忍さによって引き起こされるある種の陶酔状態だったが、この残忍さはあまりに強烈で、この歓びを表すには、しゃがれた、しかし音楽的でもある笑い声によるしかなかった。そしてもし彼らが時折微笑することがあったとすれば、彼らはこの渦巻くような音楽的な歓びを拒絶することも、拒絶を夢想することさえもできなかったからだ。この歓びこそがあらゆる上質な悲劇を包みこんでいるのだ。それにしても彼らの笑いは陰湿だった。もともと花々は快活なものだが、ある種の花々は、花と化した悲しみなのだ。そして少年囚の笑い、特にアルカモーヌの笑いは、彼らの顔の表面に微《かす》かな動きしか生み出さなかった。しかし一方では、アルカモーヌ自身が厚い器の底で、泥の底で生き延びていることは明らかだった。そこからときどき気泡がわきあがった。それは涙だった。そして少年院全体が巨人アルカモーヌに変身していた。

しかしいま非行少年たちは壁の中にいる。彼らはもう僕たちに希望を抱きはしないし、トゥレーヌ地方のもう一方の端にあるメトレーはすでに廃墟で、つまり無害なのだ。堅固な監獄が、それを風化させてしまう時間の中で鋭い角を丸くして、ロマンティックな石碑と化してしまい、目に優しく心地いいものになってしまうなんてことがあっていいだろうか。僕が少年院をもう一度訪れたときには、石の間に草が生え、茨が窓に侵入していた。かつて少年たちはそこを片足を直角に上げて跨いだものだ。窓ガラスは割れ、ツバメが建物の内部に巣を作り、閉じた暗い階段は、そこで僕たちはさんざん口づけし愛撫することができたのだが、崩れてしまっていた。

この廃墟を一瞥したからには、僕の魂の悲しみは決して癒えないだろう。僕はゆっくり歩いて行ったが、何かの鳥の鳴き声以外に何も聞こえなかった。一つの死体があっただけだ。確かに僕の青春は死んだのだ。あれほど多くのならず者たちがいたのに、もう何も残っていなかった。たぶんいくつかの日付、あるいは獄舎の独房の床や壁に刻まれたイニシャルの文字の絡み合いしか残っていなかった。僕は少年院を一周し、さらにもっと大きい輪を描いて一周した。さらにもう一周して、しだいに大きな円を描きつつ遠ざかっていくにつれて、僕の青春が死に絶えていくのを感じた。あんなに多くの若造たちをひきつけた化け物じみた蛇たちの絡み合いが、花を咲かせるとたちまち枯れてしまったなどということがありうるだろうか。僕は一人の少年囚が姿を現すことを切望した。道の曲がり角で所長に命令され作業している連中の姿を見たかった。五年間の無気力な暮らしのあとで、見棄てられた少年院を突然甦らせる最後の奇跡に、僕は希望を託すしかなかった。

少年院がこんな荒廃の状態にあることを目撃して、僕は物語をでっちあげて戯れることをやめてしまった。僕の想像力は涸れてしまったが、反対に僕は自分の青春とむきあう。その中に眠り込む。あらゆる手段を使ってそれを甦らそうとする。僕の青春は消え去り、フランスの他の少年院の中に散逸し、自然が実に甘美なあの場所に、厳格な雰囲気を与えていたいかめしい徒党たちの思い出を、僕は自分の中にさがしにいかなくてはならない。僕はわが少年院を全身で愛していたことに今さらながら気づくのだ。これはドイツ人が出て行く準備をしていたとき、フランスが彼らに強いられていた厳格さを喪失してはじめて、ほんとうはドイツ人を愛していたことに気づいたようなものだ。フランスは怖気づいた。略奪者に行かないでほしいとせがんだ。「ずっといっしょにいて」と叫んだ。【ヴィルロワが僕を突きさしたとき僕は激しく痙攣した。フランスはそんな目にあったのだ。しかし一物は萎《しな》びてオスは消えていく。】こういうわけで、もうトゥレーヌ地方は孕《はら》むこともないのだ。

悲しみにくれた僕はどうしても大騒ぎしたくなって、僕の心臓を抉り出し、おまえの顔に投げつけてやりたい。

天使の子孫たちはいまどこに集まっているのか。僕の愛《いと》しいメトレー！ もしキリストの単なる「愛」の教えが、最も驚異的な怪物の群れを生み出したとすれば、花々への変身、天使に助けられた脱走、火あぶりの刑、復活、異教の獣たちとのダンス、むさぼられる脇腹、癒されたらい病患者、口づけされるらい病患者、聖なるものとして崇められるはらわた、有力者の公会議で笑いもなしに刑を言い渡される処女たち、つまり「黄金伝説」[84]と呼ばれるすべての伝説、少年院のすべての家族の中でうごめくさらに圧倒的な奇跡は、最後に大集合して、溶け合い、混じりあい、大釜で煮られ、

84 十三世紀、ジェノヴァのヤコブス・デ・ウォラギネによって書かれた、キリスト教における聖人伝の集成。

沸騰し、僕の心の底に最も輝かしい結晶を、つまり愛という結晶を見せてくれるのだ。僕は純粋で単純な愛を、あの鍛えられて屈折にみちた家族たちに捧げる。

この愛はまた僕に癒しがたい痛恨を引き起こす。なぜなら僕はピエロとボッチャコの間にそれを見出したと思ったからだ。少年院でボッチャコは、ジンギス・カンがそう呼ばれたように悪党ボッチャコと呼ばれていた。どんな娘役でも、たちまちものにしてしまう男で、内気な恋人みたいなところは全然なかった。ベルトに手を入れて、体を揺すって歩くと、お気に入りの若造はすぐ彼の手に落ちた。それがおおむね彼のやり口だったのだ。それにしてもビュルカンを懲罰房から解放し、いっしょに連れて行こうとするなんて！　ビュルカンは懲罰房から脱出したのだ。彼はそこに一日しか入らなかったので、僕は懲罰房で彼に会いそこねたのだ。

僕がそれを知ったときどれほどの喜びと絶望を覚えたか、容易に想像してもらえるだろう。彼はついに懲罰房に降りてきた。僕に会うために懲罰を食らうことに成功した。それは僕が期待し、同時に恐れたことでもあった。彼は愛の証拠を僕に見せてくれた。この証拠は、彼が脱走を試みたとしても消えはしなかった。なぜなら、共同寝室の部屋から脱走したほうが容易だったはずだし、ボッチャコのほうは懲罰房にきていたわけではないからだ。

同じ部屋の連中の一人が、ビュルカンが死んだ後のある朝、僕に言った。

「独房の掃除をしていたとき、おれもやつを見たんだ」

「見たんだって？　やつはどこから来たんだ？」

「懲罰委員会からさ、確かに」

こんなことを知る瞬間を与えてくれた世界全体に対して、僕は全身全霊で感謝を捧げた。同時に僕は、幸福を手に入れかけたその瞬間に死をもたらした運命の悲惨を讃えた。

「どうして懲罰委員会に行ったんだ？」

「寝室で煙草を吸ったんだよ」

しかしビュルカンと寝室が同じだった別の囚人が、これを訂正した。

「煙草を吸ったのはあいつじゃなくて、〈夜明け〉だったんだよ」

「それで？」

「それでって？　ピエロは自分が吸ったと言ったんだ」

「ピエロのやつは、看守に言ったんだ。『おれです、大将』」

僕らの友たちの愛の駆け引きを理解するのは恐ろしいことだった。僕はそれを知っていた。なぜなら僕たち自身が、同じ愛の駆け引きの手法を経験してきたからだ。メトレーの寝室で、僕はディヴェールの過失を引き受けたし、ビュルカンは、夜明けのルーの罪を背負ったのだ。

それならボッチャコは、あのガキをあえて連れ出そうとしたとき、そのことを知っていたのだろうか。彼はビュルカンに対して、つまりピエロに対して、信じられないような思いやりと繊細な気持ちを抱き、そんな気持ちを完璧にしようとして、彼と脱走し、つまり最大の危険の中でピエロと結ばれ、あるいは彼を救おうとし、その冒険をしながらピエロを彼の大胆な仕業に参加させようとしたのだ。こうした推測に促されて、僕はピエロがもっていて、監獄の他のハゲタカたちにはない特性とは何だったか、なぜ首謀者のボッチャコが彼を選んだのか考えてみた。他にも問うべきことがあった。脱獄するのにビュルカンとの共謀を選択したのは、ボッチャコがビュルカンの中に脱走仲間となるのに必要な能力を認めていたからだ。それはまず冷静と勇気という男性的特性である。ビュルカンはそれを十分にもちあわせていた。彼は非情で、冷たく、むこう見ずだったと言えるくらいだ。メトレーの渾然とした記憶のせいで僕たち、僕とビュルカンが一種の混沌の中に紛れこんでしまうことを、僕は期待してもよかったのだ。彼はそこに紛れこみ、たぶん湖やその岸辺の湾曲などといっしょにその記憶を愛と混同してしまったかもしれないのだ。彼はおそらく前世の紆余曲折の中に迷いこみ、双子がかつて自分の半身だったもう一人を愛するように、僕を愛するかもしれないのだ。しかしこの説明はただ言葉から生じたもので、事実は違っている。ビュルカンは、必ずしも僕がメトレーを思い出させるから僕を愛したわけではない。僕自身はメトレーが理由でビュルカンを愛したが、ビュルカンがそこで一番美しい子供だったからこそ、僕はメトレーをこんなに愛するのだ。僕のビュルカンに対する愛には、僕に対する彼の軽蔑が混じりこんでいた。この思いつきは矛盾していると思われるかもしれないが、それをよく考えてみてほしい。ビュルカンからわきあがり明白に表現されたこの軽蔑は、僕の中に穏やかに入ってきて、僕の愛を変質させた。それはゆるやかに僕を分解し、僕の人生を破壊したのだ。

すべてが崩壊していた。僕はもうビュルカンを殺すか、自殺するかしかなかった。なぜなら、この幸せとこの苦しみ、そして死を自分にもたらすことだけが僕の役割で、この役割をもう果たしてしまったので、もはや生きる理由がなくなってしまったからだ。

しかしビュルカンは僕よりも高いところにいた。決して僕は彼に到達することができないと確信していた。たとえ、顔の少し汚れた哀れなヤクザという惨めな現実において、すれっからしの歌や、歌のような人生の感傷でいっぱいの魂の持ち主として、彼を思い浮かべたとしても、彼は僕より傲慢だったから、僕の上位にいた。はるか高いところから、僕を見下ろしていた。彼は僕を愛していなかった。僕は彼を愛した。結局彼は、僕をより多くの冷酷さ、より多くの大胆さ、より多くの愛へとかりたてる悪魔だった。アルカモーヌがほかの誰かにとって男の中の男だったように、ビュルカンは僕にとって男の中の男だった。

こうした特性を持つビュルカンを愛したのだから、ボッチャコも冷静さと勇気を失うときがあったにちがいない。そんなとき相手の冷静さと勇気が彼の心にしみてきたわけだった。ボッチャコは結局のところ、優しく脆かったのだ。たぶん彼は僕に煙草をすすめたとき、まじめに僕の友情を望んでいたのだろう。彼の友情を拒んだことを、それにもましてあのとき友情を象徴していたもの、つまり煙草を拒んだことを、僕は今でも恥ずかしく思う。

メトレーでは、ある猛者がストックレーにこう言うのを耳にしただけでもう十分だった。「リゴーがおれに一服くれたんだ……」。僕は猛者たちが友情の絆によって、共謀によって結ばれていることを見抜いていた。彼らは共謀して、腑抜けやハゲタカを遠ざけていたのだ。しかし彼らを結びつける誓いは決して公言されなかった。彼らはむしろ直感で、本能的にたがいをかぎつけた。同じ好みが、同じ嫌悪が、彼ら同士を引き付けた。「一服《トゥーシュ》」は「試金石《ピエール・ド・トゥーシュ》」だったのだ。稀にしか手に入らず、湿り、しゃぶられ、黒ずみ、汚れた、えもいわれぬシケモクは、むかつくような優しさの象徴であり、口から口へとまわされ、それぞれの口が邪険な仏頂面でふくれていた。それはときに子供に見られる表情で、そんな子供の魂はさんざん泣いたせいで重たくなっている。繊細な子供たちは絶望によって電気を帯びているのだ。メトレーでは、どうしても僕らの心はなごむことがなかった。猛者たちはもちろん誰も泣かなかった。一本気で頑固な少年たちは、青い膝丈の服を着て、ポケットに手を入れ、冷酷さのせいで表情は乾き、とげとげしく、非人間的だった。自分のか弱い邪険さにふさわしい夏の太陽の下で、彼らは並木道を行ったり来たりし、垣根をこえたりした。彼らは友情という宝物を知らなかったので、固く結束した集団の魅力や、優しさや、くつろぎを知らなかった。彼らはその点でもローマ風に厳格だった。しかし愛に目覚めると、彼らは腑抜けたちをほしがった。猛者たちは暴力を振るわずに愛しあった。彼らの育んだこの愛、あるいは彼らがカースト制のための識別の指標としたこの愛を守るために、彼らは敵を必要とした。敵が必要なのだ。敵は愛に境界線をしるし、愛に形を与えるからだ。境界線は敵が攻めてくるときは防壁となり、これによって愛は自分自身を意識して敵に襲いかかるのだ。

ダニエルはまたラッパ吹きを再開していた。ある朝彼が、池の近くの誰もいない広場で位置につき、ゲパンの命令どおりにどんな合図でも吹き鳴らそうとしているとき、ゾーエ修道女が看護室から出てきた。彼女は礼拝堂に読誦ミサを聞きに行こうとして彼の脇を通った。この子供の心は、怒りで凍りついていたにちがいない。彼はおそらくこの修道女のせいで指を切った自分の稚児のことを思っていた。この稚児は彼といっしょに残ろうとしたのだ。「こんにちは、ゾーエさん」と大声でダニエルは言った。仕事を終えたところで、修道女たちはご機嫌だった。だから彼女も「こんにちは」と答えた。ラッパ吹きは彼女に近づいた。たがいの距離がせばまったとき、二人は池のすぐ近くにいた。機敏なガキは肩で老女を一突きした。老女は息を呑んで水の中に倒れた。束の間スカートが、大きい滑稽な睡蓮のようになって彼女を支えたが、すぐに水を吸って、恐怖と恥で声も出せない老女を底に引きずり込んだ。足や腿や腹が水につかって、自分の慣れていない新しい事態に、この処女は完全に麻痺してしまった。動こうとも叫ぼうともしなかった。彼女は沈んだ。表面にはまだ微かな波立ちがあった。それから四月の朝特有の完璧な静けさが訪れた。マロニエの花の下で処女は溺れて死んだ。子供はまた肩を突き上げ、ラッパを吊り下げる赤と白のヒモを元に戻し、手をポケットに入れ、何ごともなかったようにゆっくり池から離れた。あくる日になってやっと死体が水面に見つかった。当然それは事故と、足を踏み外したものとみなされた。次の日曜日のミサの前に所長は少年囚を集会室に集め、ゾーエ修道女の事故死を告げ、彼女のために祈るようにうながした。

ヴィルロワがH班に移された後は、僕は自分の貞淑から解き放たれた。それは僕の恥の時代だった。この恥は決してあからさまなものではなかった。僕の前で誰も決して声高にそれについて喋りはしなかった。たぶん僕とヴィルロワとの親しさが理由で、自分の可愛いダチ公を守ろうと、彼が突然出現しかねないとみんなが思っていたのだ。しかしどこからか漂ってくるが、みんなが匂わないふりをするある種の匂いのように、この恥は僕を包み込んだ。それでも沈黙の仕方で、額の皺で、僕たちはみんなが気づいているのを察知するのだ。毎晩ヒモたちはかわるがわる僕のハンモックにやってきた。僕たちの愛は素早かった。しかし看守のラロッシュディユがそれに気づいて、僕は懲罰委員会に送られた。それは獄舎の近くの石灰のように白い小さな部屋で、緑のクロスを張ったテーブルと二つの椅子がおいてあった。テーブルの後ろに所長がすわっていた。彼の横にはデュデュルがいて、そして後ろの壁には、大きな十字架がかけてあった。その日懲罰を受けるガキたちがみんなドアのところで決定が下るのを待っていた。八回または十回パンだけの食事、八回の立ちん棒(休憩の代わりに獄舎の中庭で毎日くたびれる運動を二時間行うこと)、あるいは一ヶ月の獄舎、一ヶ月あるいは二ヶ月の独房、しかし、たいていは新しい決定が降りるまで独房か獄舎に送られた。僕もドアのそばで待った。囚人たちがリズムを刻んでたたきつける木靴の音、底に鉄をつけたあの木靴の音が僕の魂に侵入し、魂からあらゆる希望を追い払った。「おいち、にー! おいち……にー……」(ここで一言。優雅なのは「おいち、にー」をなるべく不明瞭なやり方で発音することだった。たとえば「熊っこ……おまんこ」あるいは「おまんこ……どんこ」などと言うことで、最後にそれは動物のうめき声になった。兄貴分のうめき声が変わっていて野蛮であるなら野蛮なだけ、ますます彼は恐れられ、敬われた。僕はこの叫びの権力を再考しつつある。それは動物の叫びに、獣の叫びに似ていたと言ったが、ただ単に「一、二」と言うだけだったら滑稽だっただろう。この叫びはオスの叫びだった。それはハゲタカを動顚させた。休憩の後で兄貴分が叫びを再開したとき、少し間をおいてすぐ僕たちはこの男の支配に屈したのだ。彼の権力を詳しく説明するには、鬨《とき》の声、刺青、奇妙な刻印、装飾した杖、有無をいわさない男根について語らなくてはならない。それぞれのオスが彼の一物の形と大きさに応じて自分なりの命令をするのだ）。口の中にライターの鋼鉄の破片を隠しながら、僕は懲罰委員会の入り口で待った。それをこっそりわたそうとしたのだ。僕の処分が決定されると、看守長のビアンヴォーがすぐに僕をつかまえ、検査するため全身裸にし、独房に突っ込んだ。僕は独房の中だった。デュデュルが紙切れをもち僕に言った。

「おまえは自分のじゃないハンモックから出てきたのを見られたんだ。破廉恥だぞ！」

そして所長は頬の皮膚全体を痙攣させて、

「破廉恥だ、おまえの年で！」

僕は一ヶ月大監房に入れられた。

大監房では、幼いオカマがそこに入ると、看守にとっては僕たちが眠っているはずの夜の間、猛者たちが邪険な戯れを仕かけてくるのだ。自分の思いのままになる女たちを、馬鹿たれとか、あばずれと呼ぶように、荒くれたちは子供たちに、彼らの怪我した足や、きれいに洗っていない尻について意地悪を言った。足の爪が長すぎる少年については、「あいつの爪は縮れてる」と言った。また「糞だめ」と言い、「てめえの糞だめを揺すってやるぞ」と言うのだった（糞が複数だと思って、少年は破廉恥なsの音を「糞《メルド》」のあとに付け加えた[85]）。【怯える子供にむかって、猛者たちはさらに唇で音をたてて、一物の濡れた先っぽが、唾と汗で湿った尻に出たり入ったりするのを真似た。荒くれたちは、「さしぬき」とか「豪穴《ごうけつ》」とか呼んだりするのだ。】青白い従順なガキたちは、粗暴な言い回しの撥や鞭でたたかれて歩いたといってもいい。しかし荒くれたちにとって彼らはおいしい食べ物なので、そのげんなりするような表皮を剝いてやらなくてはならなかった。彼らはとげとげしい鉄条網に囲まれた、まだ幼い兵士たちに似ていた。たぶんそこからミツバチの羽ではばたいて飛び立つだろうが、さしあたってはまだ茎の上についている薔薇の花なのだ。荒くれたちは、彼らの恐るべき組織網で子供たちを包囲した。ある日懲罰室で彼らは、アンジェロ、ルメルシエ、ジュヴィエに命じて足を洗わせた。僕もそこにいた。僕は荒くれたちに気兼ねして靴を脱がなかった。それはB班のドゥロッフルとリヴァル、[86] A班のジェルマンとダニエル、C班のジェルレだったが、彼らはヴィルロワのことを気遣って、僕には作業を押し付けなかった。ドゥロッフルが儀式を考案した。三人の子供はそれぞれ寝床の前に来て自分の役割をあてがわれた。アンジェロは水を張ったたらいを手に持って、そこにハンカチをつけておく。ルメルシエは靴を脱いだ猛者たちの足を洗う。ジュヴィエは自分の脱いだシャツで足を拭いてやる。そして彼らはいっしょに跪《ひざまず》いて、洗った足に口づけする。大監房に入ったとき、僕たちを襲ったのは恐怖だっただろうか。薄闇の中で、不動の猛者たちの裸の上半身が輝いていた。尿、汗、クレゾール、糞の匂いが漂っていた。そして猛者たちは、花のような口から音をたてて唾や痰を吐き、魅

85 通常、フランス語名詞の複数形を示すｓは発音されない。
86 二五六ページでは、リヴァルは「A班の猛者」とあるので、誤記かもしれない。

惑的な中傷を吐き出した。そこにいたロランクはひそかにアンジェロを愛していたに違いない。というのも彼は、確かにさりげなくではあったが、ドゥロッフルの冷酷さからアンジェロを守ろうとしたからだ。しかしアンジェロにとってロランクは、本物の荒くれではなかった。ロランクは言った。

「ほっといてやれよ。なあ、いじめるなよ」

ドゥロッフルは何も言わなかったが、少し後で、彼は嫌悪に震える天使に無理強いして、舌で鼻の穴を掃除させようとした。

ロランクはまた言った。

「またかよ、ドゥロッフル、見逃してやれよ！」

こんどはドゥロッフルは邪険な面をして言った。

「このチンピラ、つべこべ言うな」

彼は不機嫌で、手がつけられなかった。その邪険さのせいで、自分が一撃されるのを恐れているように見えたので、自分の邪険さにますます獰猛な怒りを掻き立てられ、彼の全身が動揺していたのだ。彼はある種の毒の容器や、爬虫類や、短刀（昔は「慈悲」などと呼ばれた）のように聡明で邪悪に見えたが、それは冷酷で鋭利で静謐な宝石や指輪の邪険さでもあった。それにかかわる罪で僕は監獄に入ったのだ。邪険さは場合によって殺しにまでいたる。僕は、彼に関してはまさにこの意味で、この邪険さについて、この人を殺す武器について語りたかったのだ。アルカモーヌにとって、ドゥロッフルはあの殺された娘の顔を持っており、この顔は意志的な邪悪さにみち、人に災いを引き起こすあらゆる要素にあふれていた。アルカモーヌは憎しみを抑えてドゥロッフルを見つめることなどできなかったに違いない。

アンジェロは優しくドゥロッフルに寄り添った。彼はロランクのことを笑い、ロランクにむけて言った。

「いったい何を気にしてるの」

彼はここで愛の騎士の敵になって、自分の猛者の寵愛をとりもどす機会をつかもうとしたのだ。ロランクは黙った。罰を受けたロランクを踏みつけにしておぞましい協定が結ばれた。アンジェロは、ヤクザの鼻の穴を舌で舐めた。

僕がこの場面を回想するのは、それがメトレーの獄舎で起きたからであり、その獄舎はあらゆる点において、ここフォントヴローで僕たちがたむろしていた懲罰室と似ていたからだ。ここで僕は一つの恋物語の結末を聞いたばかりなのだ。懲罰室には十二人ほどの囚人がいたが、誰も僕とビュルカンの友情のことを知らなかったはずだ。そして僕は彼らの中に第六班の副長がいるのに気づいた。第六班は僕にとって謎であり続け、僕自身はまだ行ったことがなかったが、ビュルカンは僕に隠れてしょっちゅうそこに行っていた。それはロッキーのいる家族だったのだ。僕はその副長にロッキーを知らないか尋ねた。彼は知っていると答え、詳しく喋った。「大きい痩せたやつだった。いいやつだ。やつとは知り合いだったけど、イル・ド・レに行ってしまった。ここでは結婚していたんだ。ついこの間のことだ」。それは「合法的」に結婚するという意味だ。僕の目の中で一瞬ある婚礼の、胸を引き裂くような映像が輝いた。花嫁はほかでもないビュルカンで、白いサテンの裳裾を長く引いたドレスを着て肩をはだけ、オレンジと百合の花を丸刈りの頭にかぶり、腕にも持っている。僕を狼狽させた感動はすべて、メトレーの星の下で行われた、あの婚礼の思い出のせいなのだ。僕の中で、ロッキーのイメージは少しぐったりして、赤い絨毯と緑の植物を背景にした礼服姿の新郎新婦の、愛し合う流刑囚のイメージと溶け合う。しかし一つの慰めが、実に甘美な平和が、僕の心に染み入ってきた。なぜなら監獄でロッキーが結婚したのは、もうビュルカンを愛してはいなかったからだと僕には思えたからだ。結局僕は、ビュルカンのほうはこの結婚を知って口惜しく思っていると確信していた。だから彼の僕に対する軽蔑は償われていた。しかし同時に僕は、僕たちが、つまりロッキー、夜明けのルー、ボッチャコ、ディヴェールそして僕が、野蛮な友情で結ばれておらず、クレオパトラの五人の戦士のようではなかったことを残念に思う。五人は、全財産をはたいて、サイコロかトランプで選んだ五人のうちの誰かに、ビュルカンとの愛の一夜を買ってやっただろうに。

メトレーにいたせいで僕は善良である。要するにつつましい仲間に対する僕の善意は、愛した者たちに対する僕の貞節から発しているのだ。富を手にして極端な孤独の中で育っても、僕の魂は決して開花することはできなかっただろう。僕は虐げられたものが好きではない。僕は自分が愛するものを愛する、常に美しいもの、ときに虐げられても反抗して立ち上がるものを愛するのだ。

監獄の子供たちや天使たちのあいだで、人生の四十年を、あるいは全生涯を生きて、道を踏みはずさずに生きることは難しい。そして子供を拷問する看守たちは、子供の香りのせいで芳しかった。

ビアンヴォー氏は獄舎の統括者だった。彼の口は食いしばった歯の上に堅く閉じ、鼻眼鏡の奥にある彼のまなざしをうかがうことはできなかった。夏も冬も、青空色で幅の広い絹のリボンを巻いた黄色い麦わらのかんかん帽をかぶっていた。ビアンヴォーは小さな部屋に閉じこもっていたが、その窓は獄舎の中庭に面していた。そこを僕たちは兄貴分の指令に従って輪を描いて行進したのだ。彼は鉄格子の陰に隠れて監視し、誰かがしくじったり、小声で喋ったりすると、その少年の一日にたった一回しかない粗末な食事を取り消すのだった。夏には彼は冷たい水をいっぱいに張った盥《たらい》をもってこさせ、太陽の下で死にそうになっている僕たちをながめやり、自分は三時間そこに足をひたしていた。彼は別の病気がもとで死んだ。少年院の全員がメトレーの村の墓地に彼を送ったが、礼拝堂を出て、音楽隊の指揮者が腕を振り、葬列の行進を指揮したとき、少年院の大いなる快活な魂は、聞こえない「マルセイエーズ」「国歌」の渦の中で気炎を吐いていた。

懲罰室が、中央刑務所の本質そのものを凝集し鍛錬しているように、少年院は獄舎から愛の力を引き出していた。そして、大監房からはもっと深い力を引き出していた。そこでは闇を加工しながら、何人かの猛者たちが、すぐには止まらない波動を放ち続けた。ビュルカンとボッチャコの死は、彼らを不滅の存在にし、聖別するはずだったが、彼らを聖人としてまつりあげる一方で、悪魔に味方するものがあるのだ。そしてこの場合もまた、夜明けのルーの出番だった。彼は言った。

「それがどうしたというんだ、ボッチャコのやつ、ただの間抜けだったじゃないか」

「なんてことを言うんだ」

「あの『ずる』に聞いてみろや。あいつらはいっしょに仕事をしたんだよ。あの石頭の悪漢ボッチャコはアパルトマンに押し入っても手紙が盗めなかった、読む気にならなかったというんだ。デリケートなせいでな。こんなやつが大きな顔をしていたんだ！」

それにしてもビュルカンの死は、僕にとってだけビュルカンを壮烈な存在に変えたのだが、死によって彼は、僕の中のある場所に落ち着き、僕の手に届く存在になった。しかしもう少し聞いてほしいことがある。懲罰室の規則によって彼と離れ離れになり、再会するのが不可能になることがわかったとき、僕はあまりに彼を愛していたので、夜ふけに僕の孤独な快楽のために彼のイメージを思い通りに使うことさえできないと悟ったのだ。少し後で、彼は死によって何日間か英雄になり、触れてはならない存在になったが、今、彼の燦然たる輝きは消え、僕は彼を心静かに愛することができるだろうと感じている。僕の記憶の中で、僕たち二人のアヴァンチュールは人間的な様相を帯び始める。彼の冷酷さが消え、彼が優しさにくるまれるとき、彼の行為の一つひとつは一番獰猛な行為でさえもやわらぐのだ。

僕の記憶は、僕をなだめるもの、隠された断続的な愛を告げるものしか保存しない。ビュルカンはそんなふうに僕を愛し、同時に僕を軽蔑していた。そして彼の獰猛な行為の中から、僕は大理石にできたひび割れしか記憶にとどめていない。そこからは火山の噴気孔から出るガスのように、人間を超えた彼の優しさが洩れ出てくるのだ。結局僕は、確かに一人の子供を、僕を愛した官能的なガキだけを愛したのだ。あまりにも優しくて、彼が死んだ今では、僕が、彼と一緒に快楽に耽ることを妨げるものはもう何もなく、彼の死は彼を不可侵にするどころか、死を通じてこそ僕は彼に侵入するのだ。そして今夜まさに僕は彼の幽霊に告白させるのだ。「兄貴、おいらのケツの中に手があれば、あんたが突っ込む一物を握り締めてやりたいよ」。そして僕の仕草がずっと滑らかになるように、僕はビュルカンの上にあらゆるしるしを積み上げて、英雄ではない彼の別の面を見ようとした。僕は喜びをかみしめながら思い出すのだ。僕たちが出会ってから九日目に、彼の属したジャンヌ・ダルク家の兄貴分が初めて彼を可愛がった[87]【に刺し入れた】ことを話したとき、彼の目に浮かんだ陽気な驚きの表情を。【彼は焼けつくような激しい痛みを覚えたが、彼の味わった恐怖に比べれば、それは何でもなかったと言った。彼は猛禽の精液が体内を流れるのを感じた。】そして子供がさくらんぼの種を飲みこんだとき、よく親たちが子供を脅そうとして聞かせる話を、彼は突然思い出した。その種から芽が出て花ざかりの木になり、おなかから飛び出してくるという話だ。精液が彼の中で発芽し、そこでガキが一人育つかもしれなかった。僕は思い出すのだが、メトレーで彼は農作業場にいたから、まわりは腑抜けばかりだった。しかし彼の魅力はそんなことで減りはせず、むしろ強まった。どんな腑抜けにも、ちょっとは猛者の心があったからだ。

ウィンターにとって自分の美貌は災いでしかなかった。荒くれ者たちは彼に惚れこんだので、結果として彼は十二の男根に刺しぬかれるという苦しみを味わった。しかもほとんど公然とそうされてしまうという恥辱までおまけつきだった。ずっと後で彼がパリで若いヒモだったころの生活について僕に物語ったとき、過去に味わった恥の

---

87 「を可愛がった」の部分は、ガリマール版による。

思い出から生じる繊細な心痛のせいで、彼の声は少し震え、顔も震え、彼自身が震えていた。彼の唐突な仕草から、監獄で受けた恥辱の跡が透けて見えた。体のかつて傷を受けた場所をこすると、ちょっとした傷が浮き上がって見えるものだ。

彼の美貌とのんきさは、彼をものにした男たちを興奮させた。

「おいら、可愛いやつをものにしてきたとこだ」

そんなふうにディヴェールは語り、僕にむかってつけくわえた。

「おまえも、ヤクザの一物にやってもらえよ」

ウィンターは、幸いにも、長いこと売春の悲哀を味わうことはなかった。僕はこの貴族的なガキが、僕たちの鏡像でみちた超自然的王国の中にいる姿を見たかった。それはつまりあの気高い王国であり、そこに僕たちは身を投げ、猛者たちの男根や胸や腿や爪によって恥辱に塗《まみ》れ引き裂かれる。猛者たちは崇高な空からこのガキの洞窟に飛び込んでくるのだ。ウィンターは美しく見えないように睫毛を切った。所属する班を変えて腑抜けの仲間になった。十二人の猛者たちに精液を浴びせられた後、彼が涙をぬぐっているのを僕は目撃していた。彼はC班に移されたが、そこはハゲタカしかいないところで、二人いる兄貴分までもそうだった。一人はB班の荒くれの稚児、もう一人はA班のヒモの稚児で、彼らは支配権を握り、わがもの顔にふるまっていたのだ。そしてこの可愛いハゲタカたちが、食堂では、木靴で大きな音をたててしまった一人の腑抜けを壁にむかって立たせ、パンだけの食事を命じて大声で言うのだった。

「こいつはオカマを掘らせるくせに、大騒ぎする」

この申し分ない図々しさには、誰も苦笑も抵抗もできないのだった。

僕は僕自身が倒錯的表現を工夫したのかどうかわからない。しかし詩人が言葉や、文章の形の影響を受けないこと、彼の前ではじめてそんな文章や言葉を発音し、彼にそれらを知らしめた人物たちの影響を受けないことはありえない。笑いながら、すでに語ったあの珍妙な言い方で、ある日僕を口説いたとき、ディヴェールはこう言ったのだ。

「こっちへ来いよ、牝猫、おまえの鼻の穴を舐めてやるよ」

そして彼のこの言葉を言う舌は螺旋を描いて動いた。【鼻から出たものは吸われ、飲みこまれなければならない。僕の鼻孔をさぐったばかりの指を、ひそかにしゃぶらなくてはいけない。彼の言葉が口にされるとたちまち圧倒的に思えたかもうわからない。ある夜、ヴィルロワは初めて、彼らしい言い方で、僕の「おまんこを食べたい」

と言うのだった。彼は僕の臭いのする汗と、自分でぬりたくった精液にまみれた顔を僕の顔にくっつけた。僕は彼の汚れた渋面をなめまわし、舌を彼の鼻孔にしのびこませ、彼の体から出た汚物を自分のものにして幸せだった。】

ディヴェールの身ぶりは、まさにオスの身ぶりだった。テーブルにつくときに、椅子を自分の下に置き、それをテーブルに近づけるために、僕はそれまでやっていたように椅子の両側をつかまなくなった。僕は片手だけを股の間に入れて、椅子を引っ張りこむようになった。これは男の仕草であり、少し面食らわせるが騎士道的な仕草であったから、以前なら僕がそんな所作をするのはまったくありえないことに思えた。ところが、僕はそれを繰り返し、堂々とやってのけるようになったのだ。【彼のおかげで、監獄の稚児どもをみんなくし刺しにしたい気分にすらなった。】

ディヴェールは三年の間、約百人の輝くような子供たちを収容する少年院で一番の美男子だった。彼は大胆にも――そんなことをしたのは彼だけだった――ズボンを仕立て直し、足にぴったりひっつくようにした。【それで彼の一物と金玉を包んだ部分は浮き彫りになった。彼の一物は完璧な形をしていた。ときどき震えて、その震えを布地ごしに伝えた。彼の金玉は、たっぷり大きいのだが、それを包む皮膚は硬くはりつめて、垂れ下がることがないのだった。金玉は下ではなく、前の方に突き出ていた。〕彼のこの器官が少年院の中心だった。彼が目の前にいないときでさえも、僕の目はそこを見つめていた。そして奇妙なことに、ささいな動作で（彼が腕を上げようが、拳を握ろうが、走ろうが、僕の美しいヒモに馬乗りになろうが、足を踏み出そうが……）、または彼の体の一見無害な部分の一つ、たとえば裸の腕、または服を着た腕、手首のバンド、うなじ、動かない狭い肩、特にズック地のズボンに浮き出た誇らしいふくらはぎを見ただけで（実際、一番強く一番美しいガキたちのふくらはぎは布地に浮き彫りになっていた）、僕たちは本能的に理解したのだ（アルカモーヌの隆々たる筋肉も思い出しながら）。美はこの生気の中に宿っていることを、さらに僕たちはそこから威光を引き出すことができるということを。というのも僕たちは隠れて、ズボンのふわふわする生地を手でよくこねて、ふくらはぎの形が残るようにしたし、膝を伸ばしてズック地がふくらむようにしたからだ（これもやはり、わざわざズボンに張りを与える手段だった）――ディヴェールが気遣う細々としたところを一カ所見るだけでもわかったのだが、それらは彼の性器（金玉と一物）を高貴に包みこむ羞恥を含んだ象徴のひとつだったのだ。

広げた手の親指の付け根に五つ目型に刺青した五つの青い点は、他のものたちにとっては「警察なんか怖くない」という意味だった。ディヴェールの拳骨の上にあるそのしるしは、聖書や他の神話より、はるか遠くまでさかのぼる実に深刻な意味をもっていた。これらの青い点は、何かわからないが、ある宗教を奉じる司祭の装飾に用いられたのだ。初めて僕は歌で情熱を表現する音楽家たちが理解できた。ディヴェールの仕草を通じて聞こえてきたメロディーを記録することができたらいいのにと切に思う。

行列して進む間、または食堂から作業場に、集会場から各班の建物にむかうとき、ディヴェールはときどき僕の後ろにいて、歩いている間、僕の歩みに合わせて歩こうと僕にぴったりくっついた。彼が右足を踏み出し僕の右足に張りつくと、今度は彼の左足が僕の左足にくっつき、胸は僕の肩に、彼の鼻、彼の息は僕のうなじに、【彼の一物は僕の尻に】くっついた。僕は彼に運ばれているような気分だった。僕は彼に組み敷かれ、彼は僕を愛撫し、全身の重みでうちのめし、まるで鷲が美少年ガニュメデス[88]をさらうように、自分のほうに引っ張り寄せていった。結局彼は四日目の夜を僕といっしょに過ごし、僕をそんな目にあわせることになった。僕のほうが準備ができていて、彼の一物を体の中に深く入らせ、彼は大きな肉塊になって襲いかかってきたのだ（僕の背中に空全体が崩れ落ちた）。彼の爪は僕の肩に食い込み、歯は僕のうなじを嚙んだ。彼は僕の中に植えつけられ、僕の地面に根を張り、僕の上に鉛の枝と葉むろを広げた。

（彼の白いシャツのはだけた襟のところに、青と白の縞のジャージーの肌着がのぞいていた。いったい誰に対して忠実なせいで、彼はこの水夫の肌着を着用していたのか。それにしても女性のドレスのすそから下着の端がのぞいているのを見つける男たちの楽しみが僕にはわかる。彼の都会風の見かけの下に、ていねいで利発な言葉遣いの上に、僕はメトレーが端々にのぞくのを発見する。それはシャツの襟あきにのぞいていた青と白の三角形と同じように心を乱すのだ）。

班長たちは、共同寝室の端に設けられたそれぞれの小さな部屋で眠るのだった。看守は壁にくりぬかれた小さな可動式の窓から僕たちを監視していたが、僕たちはいつもそれをまぬかれる方法を見つけた。ディヴェールの素早さ、機敏さ、まなざしと動

88　ギリシア神話の登場人物。トロイアの王子で美男だったといわれる。

作が速く、束の間だったせいで、ひそやかで罪深かったあらゆるふるまい。しかも彼はまっすぐな気性のせいで率直にふるまった。こんな混合物は珍しくないのだ。それを僕は後にビュルカンの中にも見出した。若者は、しなやかな生物から生気にみちた存在へと、すみやかに変身することを知っている。そういう生気は純粋に見えるものだ。ある夜ダニエルはハンモックの下を通りぬけて盗みに行こうとした。少年囚たちは、自分たちの間では盗まないものだ。彼らは屈強で、盗みをすれば相手に顔をずたずたにされるだけだし、もし相手が弱虫なら、彼らから盗むために夜にわざわざ起きたりする必要がなかった。夜が明けて、何かほしいものがあれば、それを持っている少年囚が、ていねいに届けてくれるからだ。だが、僕はダニエルの姿を見たのだった。

あくる日の朝、食堂でお祈りの後、スープとパンの朝食をとろうとしていたときに、班長の時計と煙草が盗まれたことを知った。その夜はダニエルの姿が見えなかった。午後三時頃、ブラシ製造所から便所にいくのを誰かが見たのが最後だった。彼は脱走したとみなされた。しかし三日後、月桂樹の垣根の中に、すでに悪臭を放っている彼の死体が見つかった。歯はむき出しになり、目はえぐられ、包丁で十四カ所突かれていた。彼がハンモックの下をうろついているのを見たのは僕だけだと思っていたが、彼の死とあの夜中にうろつく姿がどう結びついたのかわからなかった。寝室で横になると、僕の目は波の立たない暗い海の上を漂ったが、夜の闇を真正面から見つめようとはしなかった。ハンモックを少し膨らませるだけの小さな子供たちは、それぞれにこの死の謎で頭をいっぱいにしていた。

ドゥロッフルの愛していたトスカノと友達になったせいで、彼の愛人に隠れて、僕は夜トスカノと会った。彼のハンモックの下で、毛布を床に敷いてすわり、別の毛布にくるまって僕たちは喋った。トスカノに対する僕の友情はまったく純粋なもので、僕たちが語らった当日の夜も、僕は自分が清められたと感じながら、いつものようにヴィルロワと交わることを承知した。しかしどうにも止められない一種の貞淑な気持ちが快楽を味わうのを妨げた。僕は気分が悪いと口実を言って、早々に自分のハンモックに戻ったが、それはトスカノに会いたいからというよりも、むしろ僕の彼に対する友情をかみしめようとしたからだ。何回か続けてトスカノはハンモックから降りるのを拒み、ハンモックの底で寝袋にくるまって体を丸めていた。一度僕が去ろうとしたとき、彼は耳元で尋ねた。

「水夫は頭を丸刈りにしていたというけど、本当かい？」

彼は昔のフランス海軍のことを言おうとしているのだと即座にわかったが、僕はどう答えていいかわからなかった。なぜなら僕は十八世紀の海賊を主人公にした冒険小説を、その襲撃、座礁、嵐、暴動、見張り台での絞首刑の話を読んだことがあり、前に語ったあの度外れた怪男児のことを聞いたこともあったが、汚れた頁にぎっしり詰まった活字で描写されたラム酒や黒人奴隷や黄金や燻製の肉などの闇取引に夢中になるだけで、あの時代の水夫が丸刈りにしていたかどうかなど知らなかったからだ。水夫たちの頭は虱《しらみ》だらけだったかもしれない。結局ある夜、トスカノは毛布を折り畳んで降りてきて、僕と雑談を続けることに同意した。たぶん死神の顔をしたジョリー＝ロジェ、つまり悪党たちの旗のひるがえる帆船に乗ったつもりになっていたか、または離れ小島の流刑地から出てガレー船に乗り、カリブ海で働くつもりになっていたか、きっとそんな話を読み終えたところだったのだろう。そしてそんな極上の旅からもどってきたまさにその夜、彼は僕を密かに呼んで、銀の腕時計を僕に見せたが、それはダニエルが班長から盗んだものだったのだ。僕はどうやってそれを手に入れたか聞いたが、彼は何も答えなかった。警察はダニエルをやった殺人犯を見つけようと躍起になったが、パリからやってきて通常の殺人にお決まりの手口を想定した捜査をするだけで、子供の世界の犯罪に関しては全然役に立たなかった。僕はブレストの監獄で事件の結末を知った。僕はそこでドゥロッフルに再会したのだが、彼は情を込めてトスカノのことを、僕たちの目の前で溺れたガキのことを語った。そして混乱していたので、彼はダニエルの殺しのことも喋っていることに、自分では気づかなかったのだ。彼は僕と同じく、ダニエルが班長の部屋に入っていくのを見ていた。盗みのあった翌朝には何も言わず、正午頃、月桂樹の垣根の陰で、ダニエルに獲物の一部を要求した。盗人は拒んだ。ダニエルが包丁で十四カ所も刺され、倒れ、血みどろになり、死ぬまで争いは続いた（僕らの包丁は、ちゃんとしたナイフよりもずっとよく切れ、獰猛で危険なのだ）。ダニエルは叫ばなかった。戦いは沈黙のうちに、静まった枝々の間で行われた。僕にとってトゥレーヌ地方は、か細い、またはたくましい体つきの、腕をむき出しにした幼い死者が累々と眠る場所なのだ。この死者たちを哀悼しようとしても、慰めになる巻き毛さえ残っていない。それは口を閉じ、歯を食いしばったイタリア風の死に方なのだ。この殺人は、回廊や並木や黒檀の廊下や武人像の列が交叉する場所の、植え込みの背後で起きた。武人像は三方向に並んだ円柱の列に続いていた。十六歳の少年の英雄的な登場によって、そこはラシーヌ劇の宮殿の回廊列柱と化した。

ドゥロッフルは煙草を自分のものにし、時計は彼の稚児のものとなった。自分の猛者が好きでなくても、決して彼を売り渡さず口を割らなかったハゲタカのヒロイズムを、僕は讃えずにはいられない。彼は一度だけ僕に腕時計を見せるという軽率な行為をしただけだ。

H班のヴィルロワはトゥーロンに出発する一週間前に、僕を正式に売った。ヴァン・ロワに売ったのだ。彼は一度娑婆に出たことのある猛者だったが、素行不良のため少年院に戻されたのだ。それで、ヴィルロワが僕にたっぷりチーズをくれたわけがやっとわかった。あれは僕の代金だったのだ。三ヶ月間ヴァン・ロワは僕を買うために節食し、僕は彼が少しずつ支払う結納を貪り食ったわけだった。売買契約が交わされていたわけではないが、ある夜中庭で、ドゥロッフル、ディヴェール、他に五人の猛者を前にして、ヴィルロワは僕をヴァン・ロワに譲ると告げた。そこにそろった仲間のうち気に入らない者があったら、ヴァン・ロワに食ってかかる前に、自分に文句を言えと言った。一瞬ディヴェールが僕らのことをばらすのを僕は心配し、かつ期待してもいた。彼は黙ってやりすごした。他のガキはみんなヴァン・ロワのことをすでに見知っていたので、問題はないと言った。するとヴァン・ロワは後ろから僕を捕まえ、腕と足で乱暴にはさみこんだ。一月後に彼はかつて自分が売った他のハゲタカに惚れ直した。その結果、彼は僕をディヴェールに譲ったので、僕とディヴェールは前に語ったように式を挙げて結婚したのだ。

ドゥロッフルはパリっ子で、よく地下鉄に乗ったことがあり、窒息した人間にほどこす救急措置を説明する突飛なポスターを車内で見たことがあったに違いない。メトレーで迎えた三度の七月のうちのいつだったか、たぶん二度目だったか、ある午後、音楽隊を先頭にして僕たち全員は、丘のふもとに流れるあの川まで降りていった。その川のことを語ろう。僕たちには小さな水着が配られ、タオルで水気をぬぐった後、たいていは日光で体を乾かした。セルロイドの襟と黒いネクタイをつけた看守に監視されて裸になり、川べりの牧場であの四百人の子供たちが、やせた体を水と太陽にさらすのは壮観だった。川はさして深くなかった。トスカノはドゥロッフルといっしょにみんなから離れたところにいた。彼は深みに落ちたに違いない。水の中に沈んでしまった。ドゥロッフルが溺れたトスカノを腕にかかえた。彼はトスカノを牧場の草の上に寝かせた。僕たちB班は全員そろっていて、班長から遠いところにいた。ドゥロッフルはトスカノをうつ伏せにして、その上にまたがり、地下鉄のポスターの指示に従って、リズムをつけて動き始めた。あのポスターには珍しい挿絵が入っていて、若い男が、うつ伏せになった男の背中にまたがっていた。そのイメージの記憶が（このときの必要にうながされて）ドゥロッフルのみだらな思いを刺激したのか（彼は後でそう言ったのだ）、それとも自分のその姿勢だけで十分だったのか。それとも死が間近にあったからか。リズムをつけて背中を圧迫する彼の運動は、最初は絶望のうちに行われたが、それでも希望を、狂おしい希望をはらんでいた。この絶望は、ほんのわずかな希望によってしぼんでしまうのだった。彼の動作はゆるやかになったが、それでも異様な生気にみち、霊的な生命を帯びたかに見えた。緑の牧場の草の上で裸だった僕たちを太陽が乾かし、僕たちは不安に慄《おのの》いていた。たいていの連中は直立し、一部のものは前に体を傾けていた。ジャンヌ・ダルクが死んだ子供たちを生き返らせたという奇跡の一つを実際に目の当たりにすることを僕たちは恐れていた。ドゥロッフルはトスカノを蘇生させようとして、自分の中に過剰な生命を引き受けたようだった（彼は正午の強烈な自然との親密な関係から、その生命を引き出していた）。彼の友達は死ぬはずがない！　そして埋葬の日に、葬列の中で、彼は本能的に、自分の腕でトスカノのいつもの仕草を真似、顔にはトスカノの特徴だったチックや微笑を浮かべていたのではないかと思う。要するに彼は棺の後ろで死者を真似るパントマイムをするという心躍る役割を果たしていたのだ。ドゥロッフルの男根は彼の死んだハゲタカの、濡れた水着に浮き出た尻をこすっていた。僕たちみんながそれを目撃したが、誰も何も言おうとしなかった。ドゥロッフルは彼の友の生命を呼び戻すために口笛を吹けばよかったのだ。かつてビュルカンの親分がそうしたように、口笛を吹き、歌を歌えばよかったのだ。

(僕はビュルカンについて「かつて」と書いた。僕にとっていまビュルカンは、少年院時代の僕のあらゆる記憶を支配している。彼はそれらの記憶の父なのだ。だから彼はすべてのものに先立つ。)彼の親分が【勃起できないまま、】愛の交わりに備えているとき、親分はビュルカンに心地よいタンゴを口笛で吹かせた。

「ああ、変なやつに会ったもんだ、まったく。ジャノー」

ビュルカンは笑いながら僕にそう言った。

僕は笑いはしなかった。このふるまいは、ある田舎の儀式を思い起こさせたからだ。というのもヴァンデー地方の農民は、雌ロバと交わる種ロバが勃起するように、ヴァイオリンとアコーデオンを聴かせるというではないか。

あの緑の草地の真ん中でのドゥロッフルのふるまいは聖なるものだった。誰も笑いはしなかった。

最後に彼は小刻みな戦慄に一瞬体を震わせた。それは肩を濡らした水滴を乾かす風でも、恐れでも、恥でもなく、陶酔だった。彼は【射精して】同時に小さな死者の体の上に倒れこんだ。彼の悲しみは凄まじく、なだめるにはひとりの女性が必要だと僕たちは悟った。

それから僕は大部屋に入り、一番気高い、一番元気なヒモたちが、行進にくたびれて、両膝をついているのを見た。彼らがあんまり小さい声でささやくので、厚い金色の胸板をもつ浅黒い体の看守たちは、猛獣使いの態度で身構え、ヒモたちの隆々たる筋肉をこん棒で殴るのだ。ヒモたちは殴られたと叫ぶ。自分らが食いものにした娼婦のように叫ぶ。彼らの叫びは、柱の間や、壁や、地下室を横切って僕のところまで響いてくる。ここは人間を変える学校なのだ。映画でローマ人が奴隷たちを鞭打つシーンがあるように、中央刑務所の地下室の奥で、看守たちが、ほとんど裸のきらめく太陽たちを血が出るまで鞭で打つのを僕は見た。彼らは革紐に打たれて身を縒《よ》じり、床を這っていた。彼らは虎よりも危険で、同じくらいしなやかで、もっと陰険だったので、冷酷な目をした看守の腹をえぐりかねなかった。そして看守は、責め苦にあえぐ美貌の者たちを、冷淡な腕で疲れることなく無情に鞭打った。看守はまったく別人になっていた。彼の手のうちから、ヒモたちは恥で青ざめ、目を伏せて出てきた。それはまるで婚礼に備えるうら若い娘たちのようだった。

フォントヴローに暴動が起きたように、僕たちも暴動を起こした。

少年院にビラがまかれたわけではなかったのに、猛者たちみんなに計画は伝わっていた。僕たちは自由への願望とは別の何かに動かされていた。僕たちの日常を棄て去るには、自由の願望だけでは足りなかった。愛が必要だった。リシャールが企《たくら》みを指揮した。彼がこの動きに与えた衝動は猛烈な勢いを得て、彼は意気軒昂としていた。僕たちは心の底では脱走したくなかった。たとえ泥棒や詐欺師、ヒモたち、男めかけが、エナメルの靴で大手を振って歩けるきらびやかな俗世間が存在するとしても、僕たちは中央刑務所を除けば、この少年院のように曲がりくねった廊下のある、暗い洞窟めいた内部を徘徊できるような家はどこにも見つからないだろうと予感していたからだ。それに愛の威力に突き動かされる暴動ばかりでなく、僕たちは暴動のための暴動を欲していたのだ。暴動という言葉は、集団脱走を意味すると考えてほしい。というのも少年院には壁がなく——爆発物にはそれにふさわしく、また爆発を可能にする火種が必要なのだから——およそ爆発するということが不可能だった。毎日の生活で、僕たちは決して苛立つこともなく神経質でもなかったことを、まだ僕は十分説明しきれていないと思う。谷間に嵐が鬱積するように、僕たちの家族つまり班の中に嵐の気配が鬱積することは決してなかった。なぜなら僕らの額と心臓から発する電流は、無数のやり方で花々、木々、空気、田園地帯を通じて発散する手段をいつも見出したからだ。もし僕たちの生活に緊張があったとすれば、それはただ、競い合い、警戒しあう子供たちの悲劇的態度によるものだった。僕たちは一日の怒りの波を巻き起こそうと欲し、少年院の鉛の覆いが僕たちになだれ落ち、僕たちをおしつぶし、僕たちがゆっくり蒸し釜で煮られるような状況を、より深く感じようとしたのだ。誰もそわそわしたりしなかった。オスたちに知らせを聞いたハゲタカたちは黙りとおした。裏切るのでもなく弱みを見せるのでもなく、誰もが黙っていた。指令されていたことは、それぞれの寝室の床板の三、四枚をはがし、——ヴィルロワがしたように——そこから食堂に降り、野原に逃げ、一人ひとり散っていくことだった。指令は申し分なかった。一人ずつというわけだ。しかし夜が素早くガキたちを集結させ、カップルや徒党を組織するかもしれない。これについてはっきりした見通しはなかった。なぜなら僕たちは、確かな成功を想い描いて愚かな期待に胸をふくらませても、自分たちの愚かな希望は成功の見込みの少ないことを確信していたからだ。

脱走の計画は、僕らの間に居すわり四日間慎重に温められた。少なくともこの間だけは、その思いつきが気にかかって、それについて話そうと、僕たちは小さなグループを作って壁際に集まり、仲間のうちの一人は腑抜けたちを蠅でも追い払うように追い払い近づかないようにした。何ひとつ露見しはしなかった。決行の日は、日曜から月曜にかけての深夜だった。

午後になって、暴動の首謀者だった猛者たちが、ヴァン・ロワとディヴェールに裏切られたといううわさが広まった。そのとき感じたことを正確に言えるかどうか、僕はわからない。すでにディヴェールは、実に気高く豪胆で、みんなに、猛者たちにまで尊敬される地位を勝ち取っていた。しかも、諍いを避けてきた結果、敗北者の立場に立ったことがないという利点をそなえていた。彼の犯した裏切りのせいで僕は彼を軽蔑したが、それでも彼への愛を失っていなかった。それどころか、僕は軽蔑する余地がなくなることを願って、彼をより獰猛だとみなそうとさえ努めたのだ。それでも、確かに僕は彼を少し疎遠に感じ、ほとんど本能的に彼の姿から目を背けるようになった。以前は彼という太陽に顔を向けていたのに。彼の裏切りは少年院の全員に知れわたったが、誰もその卑劣さを責めようとはしなかった。

少年院は四日間だけ、希望にあふれた素晴らしい日々を送ったところだった。まだ熱い灰から昇る煙を吸って満足していた。ところが夕方になると驚くべきことが起きた。七人の組織者の一人として捕まったヴァン・ロワが、拘束を解かれたのだ。彼が素行に問題なしと認められた時期は三ヶ月にもならず、普通なら拘束を解かれるまで少なくとも一年はかかるはずだった。僕たちは悟った。ディヴェールを糾弾したのはまったく非道な誤りだったと。しかし僕の心中の苦しみは長びいた。一日のあいだ僕がディヴェールに対して覚えた軽蔑は、心に刻印されてしまったに違いない。にもかかわらず僕の本能は誤ってはいなかった。ディヴェールは本物のオスではなく、ただの裏切りだとわかったからだ。なぜならヴァン・ロワの裏切り行為を知ったとき、この猛者のほうが僕にとって、威光を増して見えたからだ。彼は恐るべき暴挙に出て、彼の友だちの中でも最も美貌の六人をエイスの徒刑場に送り込んでしまった。僕はこうしてさらに危険な真実を学んだのだ。一番強い猛者は、また密告者でもあるということを。僕は「さらに」と言おう。なぜならストックレーが僕の脱走を止めさせたときにもそのことを悟ったし、ずっと前のある日、猛者の一人が子供じみた嘘を言うのを聞いたときにも、確かにそれを予感したからだ。獄舎で兄貴分が、きちんとした並足で歩かない幼い少年を殴ってこう言うのだった。

「おまえをこんな目にあわせるのは、看守から食事抜きの罰を受けないようにするためなんだぞ」

そして僕は、裏切り者を思いつつ、曲がりくねった深いもぐらの坑道が掘りこまれた大理石の塊りを想像して楽しんだ。裏切り者は騎士の階級から、最も高位の貴族から、尊大な人間たちから生まれるということを僕は学んだ。厳密に言うと、ディヴェールは裏切ることさえできなかったのだ。なぜなら彼の心根は優しかったし、彼が冷淡なのは、ただ外見がそう見えるように彼が努めた結果だったからだ。どんな運命を、どんな港を目指してか、彼が少年院を去った夜、僕は陶酔を覚えて、ダニに食われたこのヒモが恵んでくれた愛のひと時を生きなおしたのだ。このヒモとはヴァン・ロワのことだ。僕は彼の腕の中で寝た。ディヴェールの女である以上に、僕はヴァン・ロワの「可愛い情婦」だった。

ほんとうの暴動は一年後に起きた。僕が出所した年にメトレーに入ったギーが、後で僕にそれを話してくれた。

「こんなふうだった。俺たちは朝、作業場に出かけるために列を作った。ゲパンが点検にやってきた。もう誰だったか覚えてないけど、彼は、ライターの火打ち金を仲間にわたしているやつに目をつけたんだ。彼は近づいてきて怒鳴った。火打ち金を見つけようとした。やつはゲパンを追い払おうとした。争いが起きようとしていた。しかしそいつは猛者だったから、他の猛者がみんな怒ったんだ。それで、わかるか、列をつくるかわりに他のみんながその場面を見ようとして、作業所のチーフや班長たちがいたにもかかわらず(「にもかかわらず」という言葉が彼にはあんまり文語的に思えたので、彼はそれを繰り返し、できるだけ下品な冷淡さで発音した)、列から外れたんだ。それで騒ぎになった。みんなが怒鳴り始める。突然誰かが叫んだ。『火をつけて出て行くぞ!』」

少年院は大混乱に陥った。看守たちは子供たちの巧みな戦法に翻弄された。いくつかの建物に小さな火の手が上がり、少年囚たちは脱走した。看守たちが殺された。彼らは自らの死に直面して叫び、ゆるしを懇願した。「おれには子供がいるんだ。考えてくれ、子供がいるんだ」。一番重罪のものは、エイスに十年間送られた。

僕がメトレーにいた時期の終わり頃、そこでの夜は、つらいものになっていた。とりわけある一夜は、僕の味わった中でも一番怖い思い出を残した。僕は真っ暗闇の中で目を覚まし、メトレーにいることに気づくまで途方にくれていた。そこに自分を見出してほっとしたが、恐怖が僕のシャツに張り付き、シーツを濡らしていた。ぞっとするような悪夢を見たばかりだったからだ。どういう犯罪だったのか思い出せないが、僕はどこかの土手の斜面で老いた女が誰かに殺されるのを見た。はっきり覚えているのは、宝石の場面だ。僕は落ちていた宝石を踏みつけ、踵で泥の中におしこんだ。後でそれを拾ったのだが、そのとき共犯者たちがもどってきた。僕を見ていたのは、一人の若者だけだと僕は確信していた。彼はさっき土手の下で、老女が殺されるのを無関心にながめていたので、僕が殺しに加わっていないことは目撃していた。だから僕は彼を警戒していなかった。彼の目前でかがんで宝石を拾った。三つの指輪だった。二つは普通のもので、三つ目は特殊な形をしていた。エメラルド――またはもしかしたらトパーズ――を加工したもので、小さな頭巾のような形をしていた。それは親指にはめるためのものだった。僕はそれらをポケットに入れた。大変高価なものに思えたが、現金化してもいくらにもならず、スパンコールのようにはかないものにすぎなかった……若者は僕を放っておいた。そして僕が宝石を拾い終わると、僕の肩に手をおいて言った。

「おまえはそこに何を持っているんだ」

彼は僕をお定まりの規則にしたがって逮捕した。若者は変装した刑事だったのだ。最初、僕はギロチンにかけられるとは思わなかったのだが、夢の中で少しずつこの恐れがはっきりしてきた。はじめはさざ波のようなものだったが、この恐れは確信に変わり、僕を圧倒した。あまりの不安に僕は目覚め、自分が監房にいるとわかって安心した。しかしこの夢には真実のみがもつ迫力があり、目覚めた僕は、ほんとうは単に夢を見ていたのではないと思ってぞっとした。この夢は前日に起きたことを変形し、正確に持続しながら、再現していたのだ。僕はヴァン・ロワの煙草を全部かっぱらい、自分のわら布団に隠したが、ばれないように、ある少年が出所したのを利用した。出所した少年は、みんなが目覚める前に寝室から出たので、ヴァン・ロワは盗みに気づいたとき、あの少年にやられたと思った。彼はかんかんに怒って、躊躇うことなく、わら布団を全部調べた。僕の布団も調べた。自分の煙草を見つけたら、彼は僕を殺していたかもしれないが、十分探さなかったので、何も見つけられなかった。

今語った夢を思い出すと、目覚めたとき僕を苦しめていた不安が、また甦ってくる。僕にとってこの夢は、あの大胆な裏切りに下された、高次元の正義の裁きという結末でもあったので、見かけは平凡で些細な出来事によって引き起こされた裏切り行為のことをここにしるしておくことにする。それはディヴェールがアルカモーヌに行った裏切りで、僕は彼を手伝い、彼と合体して共犯者となったのだ。

メトレーで僕はこの夢がなにもないところから生まれたとは思わなかったので——しばしば夢は無から生まれるように見えるが——僕の人生の移ろいそのものが、この夢の中に深く根付いていて、それが大気に花を咲かせたという印象を抱いたところだ（僕は「自由な」、そして「純粋な」大気と書くところだった。やれやれ！）。

ドゥロッフルの信頼を得るために僕は何もしなかったが、たぶん彼は、あの時代に僕がハゲタカで、トスカノの友達だったことを思い出したのだ。

ある晩、彼はトスカノの死のことを僕に再度語り、このガキにとりつかれている恐ろしさについて話してくれた。僕は彼に幽霊を信じているのかと尋ねた。しかし彼が亡骸に対して行った愛の仕草、あの死んだ肉に捧げた奇異な儀式は、誰の目にもそう見えたに違いないが、彼にもそれは冒瀆と思えたのだ。彼は恥辱の中で——死者と交わり、そのうえ快楽を貪ったという恐怖の中で生きていた。あの惨劇の後で、彼は悲劇を生きなければならなかったのだ。ある日彼は言った。

「おれは自分の誕生に立ち会ったんだ。やつが死んだ直後に、やつから生まれ出てきたような気持ちだ。おれの頭蓋骨はあいつのものなんだ。おれの髪も歯も目も、あいつのものだ。おれはかわいい恋人の死んだ体に住んでいるようなもんだ」

おそらく疑いなく、これこそが僕の夢の、深く、こんがらかった、残忍な根っこにあるものに違いなかった。そしてこの突然の啓示は、僕に別の啓示をもたらした。もしこの夢が別の夢の延長に見えるとすれば、僕自身がディヴェールの延長であったように、僕たちが罪を犯し、アルカモーヌになすりつけて処罰されるがままにしたあの罪は、以前の罪の（反復であるというよりも）延長ではなかったか？　僕が言いたいのはこういうことだ。みんなはディヴェールが僕に似ていると言っていたが、僕にはそう思えなかった。少年院には各班に一つの小さな手鏡しかなかったからだ。班長がそれを日曜日の朝、髭剃りを担当する少年にわたしたのだ。僕は自分の顔をほとんど知らなかった。なぜなら外にいるとき窓ガラスに映った自分の姿は、あまりはっきり見えなかったし、それに僕とディヴェールの顔について一度だけ喋った少年たちは、もう二人が似ていることについて気にかけていないようだったからだ。だが、僕は気にしていた。大真面目に、僕たちの間に血縁関係があると信じたわけではない。しかし、僕はできることなら血縁よりももっと親密な縁《えにし》を想い描き、僕たちの愛を激しい近親相姦で縺《もつ》れさせたかった。彼は知らなかったが、僕は彼の顔を見つめながら、それが僕の顔でもあると信じた。うまくいかなかったが、彼の顔の特徴をすべて記憶に刻みこもうとした。目を瞑《つぶ》って、彼を思い浮かべようとした。彼の顔を見て、自分の顔がどんなふうなのかを理解した。彼の身長は、――彼は僕より背が高い――そして年の差は、――彼は十八で僕は十六だった――邪魔になるどころか、反対に僕は自分を二年遅れの彼の複製だと思うのだった。誰かが望むなら、二十四、五歳の彼が見せた秀逸な仕草を、彼が二十六、七歳になったときに再現してみせるように、僕は運命づけられているようだった。いわば僕は彼の延長だったのだ。僕は彼と同じ光に照らされていたが、二年後に、スクリーンの上で自分を明らかにし、他人にそれが見えるようにしなければならなかった。彼は決して僕たちの神秘的な相似について話しはしなかった。たぶん彼はそれに気づいていなかったのだ。

今では彼のほうが僕よりずっと美貌だったことを知っている。しかし孤独のせいで僕はこの相似の感覚を深めていき、それが完璧であることを望み、ついには彼自身と一体になった。これと同じようにC班の二人の兄貴分は、完璧な双子が見つめあうように互いを見つめたのだ。この出生は一つの同じ生物細胞の分割によって引き起こされたもので、二人はまさに一体であり、刃の一撃で二つに分かれたと信じていたのだ。愛し合い、いっしょに生きたせいで、ある夫妻は最後には気がかりで滑稽なほどに似てしまうということを聞いて、僕は希望で有頂天になった。それはディヴェールと僕が前世においても愛し合い、とても仲良く老いたはずだという思いだったのだ。

そこで僕は前に書いたように、アルカモーヌとディヴェールがひそかに結託して作りあげた雰囲気の深い底に引きこもった。それ自身をめぐって行ったり来たりする緩慢で錯綜した死の曲折のなかで、アルカモーヌは生きていた。明白に言葉にしなくても、ディヴェールと僕は、憑依《ひょうい》されたまなざしと仕草に支えられ、アルカモーヌの死を通じて合体していた。僕がビュルカンに認めた超越的な純粋さ、彼の中に見た生きた光、精神的な率直さのせいで、アルカモーヌに対する僕の熱情とアルカモーヌの運命の形は昇天する力を得た。僕は自分がアルカモーヌのほうに昇っていくのを感じた。それによって僕は、必然的に彼をはるかな高みに輝くものとして位置づけたので、彼は階段の天辺で僕を待つビュルカンの姿勢をしているはずだった。しかし僕の理解は誤りだった。

もし通常の聖性が、偶像にむかって天を昇っていくことだとしたら、僕をアルカモーヌに導く聖性はまったく反対で、そこに僕を連れて行く修行は、人を天に導く修行とは当然ながら異なるものだった。僕は彼のもとに、徳の道ではない別の道を通ってたどり着かなければならなかった。だからと言って僕は華々しい罪を犯そうとは思わなかった。ディヴェールのおぞましさは、そして僕たち二人の共謀はさらにおぞましかったのだが、天とは反対の闇の中に、僕たちをさかさまにして沈めたので、この闇が深ければ深いほど、アルカモーヌはそれによってますます輝き、したがってますます暗さを増した。僕は彼の責め苦にも、ディヴェールの裏切りにも酔いしれ、幼女殺しのように残忍な行為を犯すことさえ、僕たちには可能だと思った。ある種の行為は俗に破廉恥と呼ばれるが、僕の知るこの喜びを、サディズムなどと混同しないでほしい。そんなわけで、ドイツ兵によってあの十五歳の子供[89]が殺されたことを知ったときの僕の喜びは、ただ行為の大胆さがもたらす幸福によって引き起こされたのだ。この大胆さは、少年の繊細な肉体を抹殺しながら、目に見える既成の美をあえて破壊して、一つの美を、あるいは詩を獲得しようとしたのだ。これは、破壊された美と野蛮なふるまいとの出会いの結果だった。自分を模した彫像の頂で微笑む野蛮人は、彼の周りにあるギリシアの傑作を打ち砕いていたのだ。

アルカモーヌの影響力は、まさに彼の使命を完璧に果たしていた。彼がいたからこそディヴェールと僕の魂は極限のおぞましさに開かれていたのだ。僕は、よく使用される含蓄にとんだ用語を、ぜひとも用いなければならない。僕の動きを表すイメージが、天の聖人たちの動きを表すイメージと反対のものであるとしても驚かないでほしい。彼らは昇天するというが、僕は墜落するのだ。

まさにこのとき僕は、この曲がりくねった道を、ほんとうは僕の心情と聖性の小道そのものであるこの道を通っていった。聖性への道とは狭く、避けがたい道であり、不幸にもそこに入り込んでしまったなら、後戻りしようとして振り返ることは不可能なのだ。僕たちは事物の力によって神聖であるが、実はそれは神の力なのだ！　ビュルカンはメトレーでは腑抜けだった。それを思い起こすのは重要なことだ。そしてそれが理由で、つまり腑抜けを愛するからこそ僕は彼を愛さなければならず、軽蔑にも嫌悪にも、取り付く島を与えないのだ。彼を愛していたのがそのためだと知ったら、彼は僕を嫌悪したかもしれない。ちっぽけな浮浪児だった彼への愛情で僕の心がいっぱいなのを、彼は信じたことだろう。だからこそ僕は、人が大理石を扱うように厳しく彼を扱った。僕はビュルカンが卑劣だったからこそ、彼を愛したのだ。

アルカモーヌに到達するには、美徳に逆行しなければならなかった。さらに他の兆候を通じて僕は少しずつ、次に語るあの驚異的な幻想に至った。しかし僕はもう少年ではなく、若い男であり、道をぐずぐず歩き、夕焼けの中を進みながら、一人つぶやくのだ。「あれはこの丘のむこう、霧の中、この谷間のむこう……」。アフリカの夜の中で戦う兵士と同じ感情が僕をしめつける。兵士は銃を握りしめ、這いつくばって、つぶやくのだ。「この岩のむこうに聖なる都がある」。しかし、おそらく恥辱の中に、もっと深く降りていかなければならない。そしてビュルカンの子供時代の一番痛ましい思い出の一つが、僕の脳裏に甦ってくる。ビュルカンは彼の情熱的で極端な気質ゆえに悲劇的な人物だった。それに彼は、自分の人生の状況によって、そういう人物に

89　一〇一ページの注20を参照。

なったのだ。監獄が好きだ、と彼が僕に断言したとき（彼はそれをある朝、散歩のとき、疲れることのない顔を見せて僕にそう言ったのだ）、ある種の人間にとって監獄は甘受された生の形態である、ということを僕は理解した。監獄に楽しいことがあるとしても、僕はそこまで受け入れてはいなかった。しかし突然、一番美貌の囚人が、監獄が好きだと僕に断言したのだった。こうして囚人たちは、懲罰室で、胸の上に両手を組み、信徒が聖体拝領台に進む姿勢で円形に歩き、自分を呼ぶ看守や部屋頭に頭を下げるとき、頑なに閉じた顔つき、ひそめた眉、それに恐ろしい表情を見せる。なぜなら彼らは、夢想の中に深く浸り、そこで軽快にふるまっていたのに、いきなりそんな夢想から引っ張り出されるからだ。ビュルカンは監獄を愛し、監獄の奈落に落ちていった。監獄が彼を大地から引き離したからだ。そして監獄と闘おうとしても無力だっただろう、と僕は感じる。なぜなら監獄とは、選ばれた結末にいたる運命が自ら作りあげた形態に他ならなかったからだ。

他の人がある人間の罪を自分の身に引き受けるように、僕はビュルカンの背負ったあの過剰な恐怖を、この身に引き受けようとする。僕が彼を愛していることを知ったとき、ディヴェールは、これから報告する事実を僕に告げることにこだわった。ディヴェールは僕が去った後にもう二年メトレーにいたからだ。彼はそこでビュルカンを知り、ビュルカンのほうは、出所した一年後に別の犯罪で戻ってきたヴァン・ロワを知ったのだ。

このことを語りながらディヴェールは、自分がビュルカンという男を、僕ら外道の集団の一員として扱っていることに、気づいていなかった。

僕が苦しみを負うことにして、ここで僕はビュルカンの代わりになって語ろう。

僕は一番きついパンツをはいた。僕は一体彼がどんな技を用いて、お昼の一時間の休みにも警戒を緩めない看守の目を盗んだのかと思った。ヴァン・ロワは家族の中から七人の猛者を選んで、小屋の後ろの中庭に集めた。その中にドゥロッフルとディヴェールがいた。それからヴァン・ロワが僕を連れにきた。彼が近づいてくるのを見て、すぐ僕は自分の運命のときがきたと悟った。僕は処刑されるのだ。

そのとき少年院は、地獄の中でも一番痛ましい巣窟に変わった。あいかわらず、花々、緑の葉、蜜蜂に囲まれた明るい場所だったが、そこには災いが潜んでいた。一つひとつの木、花、蜜蜂、青空、芝生が、地獄のような場所と景色を装飾するものに変わった。香りは芳香を発し続け、清浄な空気は清浄なままだったが、そこには災いが潜んでいた。それらはいっそう危険なものになった。僕は魂の地獄の真っ只中にいて、彼らの狙いは僕を責め抜くことだった。ヴァン・ロワがやってきた。超然として、口に軽い微笑を浮かべていた。中庭の後ろのほうを指差して彼は言った。

「さあ歩くんだ！」

唇が乾き、答えることもできずに僕は前進し、奥の壁にぴったりくっついた。それは便所の正面だった。班長の監視下で遊んでいる連中には、ここにいる僕たちが見えなかった。彼らは休みの間ここに近づいてはならないと命令を受けていたはずだ。僕がそこに着いたとき、ポケットに手を入れて喋っていた七人の猛者たちは押し黙った。

ヴァン・ロワは愉快そうにどなった。

「いくぞ、おまえら、十五メートル[90]離れろ！」

彼自身が僕の前方の、彼が決めた距離のところに立った。

僕に向かって叫んだ。

「口をあけろ、あばずれ！」

僕は動かなかった。猛者連は笑った。ディヴェールのほうは見なかったが、他の連中と同じように興奮しているのがわかった。ヴァン・ロワがまた続けた。

「おめえのきたねえ口を開けろってんだ」

僕は口を開けた。

「もっと大きく！」

彼は僕に近づき、鋼のような拳で僕の下顎をこじ開けた。僕はそのままでいた。彼はまた十五メートル離れ、少し右側に体を傾け、狙いを定め、僕の口に向かって唾を吐いた。僕はほとんど無意識にその唾を飲み込む動きをした。実際に唾を飲み込んでいた。七人は喜んで叫び声を上げた。彼は正確に唾を吐いたが、班長の注意をひかないように連中を黙らせた。

「おまえらの番だ」

と彼は叫んだ。

ドゥロッフルは笑っていた。ヴァン・ロワは彼の肩をつかみ、彼が離れたばかりの

90　「十五メートル」は原文通り。

位置につかせて、同じことをやらせた。あいかわらず笑いに体をゆすりながら、ドゥロッフルは僕の目に向かって唾を吐いた。七人がかわるがわる同じ位置に着き、何回も唾を吐くものさえいた。ディヴェールはその中の一人だった。僕は広げた口のなかに唾を受け続けた。疲れても口を閉じることができなかった。しかしほんのちょっとしたことで、この残忍な遊びは、艶《なま》めかしい遊びに変わり、僕は唾の代わりに、彼らの投げた薔薇に覆われたのだった。動作は同じままで、運命がすべての様相を変えてしまうのは、いとも簡単なことだった。パーティーが開かれる……ガキたちはなにかを投げる仕草をする……それが至福となるために金はかからない。僕たちはフランスで一番の花園にいたのだ。僕は薔薇を待望した。神が少し御心を変えてくれることを祈った。子供たちが僕を憎まず愛してくれるように、神が道を踏みはずしてくれることを。今度は花をいっぱい手にもって彼らはこの遊びを続けたはずだ。なぜならあともう少しでヴァン・ロワの心に、憎しみではなく愛が忍び込んだかもしれなかったからだ。この遊びを発案したのはヴァン・ロワだった。しかし猛者連が興奮するにつれて、彼らの活気、彼らの熱気が僕に伝わってきた。彼らはだんだん近づいてきて、僕のすぐそばまでくると、狙いを外すようになった。両足を開き、弓を引き絞る射手のように体をそらし、前方に軽く動いて唾を飛ばした。顔に唾がつき、射精した亀頭よりもべとついていた。そのとき僕は、まったく高次元の厳粛さに包まれていた。もう石を投げられる不実な女ではなかった。愛の儀式に供えられる捧げ物だったのだ。僕は彼らにもっと唾を吐かれ、もっと分厚くべとべとにしてもらいたかった。それに気づいたのは、ドゥロッフルだった。彼は僕のきついパンツの例のところを指差して叫んだ。

「おお！　やつのおまんこを狙え！　こいつはいってしまった。売女め！」

そのとき僕は口を閉じて、袖で顔をぬぐう動作をした。ヴァン・ロワが僕に飛びかかった。腹に頭突きを食わせ、僕を壁に押しやった。他の連中がそれを止めた……。

ビュルカンは破廉恥そのものだった。僕がアルカモーヌに付き添うという大胆な冒険を企むとき、ビュルカンの思い出が僕を大いに助けてくれることはありうることだ。いますぐアルカモーヌに付き添うわけではないとしても、彼の独房にむけて放たれる矢の勢いをもって放射される僕の精神にうながされて僕はこの冒険を企むのだ。

あの体験について、僕は語ってみよう。ビュルカンの魂は、そのためにできるかぎり精密に僕を支えてくれるはずだ。読者は僕に細心の注意を払ってほしい。

僕は全身で——そして全霊で——アルカモーヌとむきあい、彼のために戦った。ところがディヴェールが僕を煩わすせいで、それはまったく困難な作業になった。アルカモーヌの死刑判決のあと四十七日目、毎晩彼に付き添い、彼がもがき続ける間は彼を支えようとした後に、人知を超えた力と通じ合おうとしてすっかりくたびれ、あげくは飽き飽きしてしまい、勇気を失って、ついに僕はディヴェールを迎え入れようとしていた。

僕の目の下には疲労で隈ができ、顔色は発熱のために朱に染まっていたかもしれない。なぜなら懲罰室で一日中行進を続けたその夜に、恐ろしい体験の真っ最中にいた僕を尻目に、ディヴェールはもうデデ・カルレッティにこうもちかけていたからだ。僕は彼がデデに言うのを聞いた。

「今夜おれはジャノーと話さなくちゃならない。独房を変わってくれ、おれのところに行ってくれ」

カルレッティは目配せしてささやいた。

「いいとも、バンコ!」

鐘が鳴った。懲罰者の行進は止まった。鐘が鳴ったときの位置でじっとして、僕たちは看守が命令するのを待った。「監房のほうへ、前進」。

僕たちは監房に戻った。看守は毎日交代するので、寝室という名のどの鶏小屋に僕たち一人ひとりが寝ているのか、正確には知らなかった。その夜、警備についていた看守は、扉の前にディヴェールが僕といっしょにいるのを見ても、何も異状に気づかなかった。僕は懲罰室に行って四日目の晩でくたくたになっていた。そのことは後で語るが、服も脱がずにわら布団の上に倒れこんだ。ディヴェールが僕に覆いかぶさってきて顔をキスで覆った。

「ジャノー！」

僕は目を開けた。彼は微笑んでいた。彼は僕の疲労の理由を何もかぎつけていなかった。たぶん僕が愛嬌を振りまいていると思ったのだ。僕には答える気力もなかった。彼は足を僕の足にからませ、僕の頭の下に手をおくと、数秒後には毛布を整えようとした。彼は寒かったのにちがいない。僕はとにかくくたくただった。僕は苦しみながら、あることを試みていたが、成功していなかった。四日前から、僕は自分の夜を入念に加工しようとしていた。

この間、僕は夜っぴて板ベッドに寝たまま、闇の中で大きく目を見開いていた。二週間前にビュルカンが死んでいた。毎朝懲罰室に出かけたあとの、僕の監房は空っぽで、内部はむき出しのままだった。僕がそこに持っていたものは、便所の穴に隠してあった紙の束だけで、僕はこれから起きる出来事をそれに記すつもりだった。僕は板ベッドの上にうずくまったまま、両足を丸め、自分の占める空間が小さくなるようにした。できるだけ自分の体を隠して、暗闇でじっとしているようにしたのだ。僕の精神のこの働き、あるいは他のどんな能力の働きなのかわからないが、ともあれこの能力によって僕はアルカモーヌの中で生きることができた。その働きは、ただ夢想と呼べばいいのだろうか。僕にとってアルカモーヌの中で生きることは、人が「スペインで生きる」と言うのと同じようなことだったのだ。

自らの避けがたい終局へと、あのように無慈悲に導かれていく彼の運命を、僕は賛嘆してやまなかったが、それでも法外な絶望に胸をしめつけられることをどうすることもできなかった。なぜならアルカモーヌはまだ肉体を持つ存在で、この傷ついた肉体が哀れに思えたからだ。彼を救いたかったが、僕自身ががんじがらめの囚人であり、肉体は束縛され、飢えで弱っていたので、僕には精神が授けてくれる救いの他に何も手だてがなかった。たぶん精神にこそ、肉体的な勇気以上の可能性があったかもしれない。そしてまたも僕は、理路整然と奇跡を用いるならば、脱走が可能になるという考えに襲われた。僕は自分の精神に尋ねた。このとき僕が始めた勤行《ごんぎょう》は、夢想ではなかった。上着で覆った目を大きく見開いて僕は考えた。何か見つけ出さなければならなかった。アルカモーヌが僕を責めたてた。上告の期限が近づいていた。アルカモーヌが僕に憑いて離れないというより、僕が彼に憑いて離れないのだった。僕は彼を助けたかった。彼は成功しなければならなかった。彼は油断してはならず、猟犬の群れを集めるように、全力を集中しなければならなかった。脆弱な体にならないように、たっぷり栄養を取るべきだった。僕は彼に注意を怠らず、精神は張り詰めていた。僕は彼を緊張させていた。アルカモーヌのこと、彼がこの世の外に逃亡すること、それ以外はすべて忘れてしまっていた。丸パンとスープを運んでくる看守補佐が来たことを告げる音にも、もう気づかなかった。ついに四《ママ》十日目になって、僕の内面にアルカモーヌの独房の様子を告げる啓示があった。彼は立ち上がった。シャツを着て窓際に近づいた。歩いている間、彼の全存在が吠えているようだった。窓枠を這い上がって空が見えたとき、ようやく落ち着いた。内面の闇から逃れ、彼は小便しようとして、やっと無邪気な動作をした。自分自身が誰かをほとんど知らないこの神が、尿の滴を切ろうと【重たい男根を】[91]揺するのを見たとき、僕の中で雷鳴がとどろいた。僕に聞こえた一つの声が彼に向かって叫んでいたが、彼には聞こえなかったはずだ。彼が音楽的に歩くので、その彼自身に横切られて、花、森、星、海、山が陶酔していることを、彼は知っていただろうか。満月が出ていて、不安で青ざめた田園地帯に向かう窓は半開きになっていた。彼が少し開いた壁のすきまから逃げ出し、星々の分身に助けを求め、空が部屋の中に押し入り、僕の目の前で彼を連れ出し、海における彼の分身が、つまり波が押し寄せてくることを思って、僕は震え上がった。僕自身の牢屋から、凍えた神が恐るべき奇跡的な合図を、夜の分身たち、自分の影武者たち、領主たち、そしてこの世の外にいる別の彼自身に送るのを僕は見ていたのだ。アルカモーヌの変身に立ち会うことを恐怖し期待して僕の精神はまったく純粋になり、明晰になり、かつてないほどの驚くべき厳密さですべてを理解した。彼の足はすでに冬空に浮かんでいた。彼は吸いだされようとしていた。彼は細くなって鉄格子を通り抜けようとしていた。夜の中に逃げようとしていた。しかし何かが壊れた。彼はもはや自分の見おろす帝国を知らないようで、落ち着いて窓の端から降りた。また僕は一瞬、彼が僕のベッドにやってきて、天使について、神について質問しはしないかと恐れていた。そんな質問をすれば、彼のほうがよく知っていることを僕に聞くことになる。そうなったら僕を理解してもらうために、僕は彼に嘘の説明をしなければならなかっただろう。【おお！　頑固な狭い額をもったこの若造は、半裸の幼い神で、そのはちきれるような湿った男根で僕を射抜いたのだ。】

彼は危険についても奇跡についても気づかないまま、自分のベッドにもどった。僕は目を閉じ、ようやく休息をえた。この準備段階を目撃したので、僕は破壊され尽くした国の王のように強くなった。この王は奇跡を前にして、それに異を唱え、神に逆らう。僕は詩的魔力にしたがって自分を自在に操ることができたので、強くなっていた。こうした勤行は何かによって取り仕切られていた。僕はその何かを、ビュルカンの魂と呼ばざるをえない。彼自身がカフェのテーブルのまわりの子供や娘たちの集団の中心にいて、そこから、習慣を無視して黄金で塗りたくり照明された祭壇を見ていた。そこにはアルカモーヌの独房の光景が繰り広げられた。ほとんどそれに関心を惹

91　ガリマール版では「性器」となっている。

かれないように見えながら、ビュルカンはときどき見つめるのだった。彼がそこにいることと自体が、彼がこの劇的な事件を肯定していることの証拠だった。ビュルカンは僕を助けてくれていたのだ。僕は眠っていた。目を覚まして懲罰室に行き、廊下でも、便所でも、お昼の食堂でも、僕は誰にも話しかけなかった。僕はディヴェールを避けたが、彼もたぶん僕を避けていた。危機的情況のまま二日目の夜が明けると、僕は懲罰室に入った。僕はまだ歯の間に、アルカモーヌから盗んだあの薔薇の茎をはさんでいた。僕はそれを熱情を込めて大切に扱っていた。僕自身が神々しく変身していたかどうかはわからない。しかしおそらく僕の顔の線はもはや同じ形をしてはいなかった。なぜなら変わりようのない僕の服を見て僕だと気づき、ディヴェールが近づいてきたからだ。僕は彼の勇気を讃えた。彼が僕にこうつぶやいたからだ。

「おまえはもう以前のおまえじゃない！」

僕はこう書きたいところだ。「僕は気を失いそうだった」。でもそれは肉体に関しては事実ではなかった。僕は失神したことはない。しかし自分を殺人犯の神秘的な婚約者であると感じていた僕の精神的混乱は深刻だった。アルカモーヌは超自然的な庭園からじかに摘んできた薔薇を僕に委ねたのだ。

おそらくディヴェールは考えたのだろう。僕はそんな夢よりもずっと無難な夢を見て、彼の姿や、または他の恋人でも思い浮かべて夜をすごしていると。彼は僕をねたんでいた。だから彼にはたくさんの勇気、そして卑怯さが必要になっていた――いずれにしても彼は、ずいぶん動揺していた――そしてその夜まで待って僕に愛の一夜を強要したのだ。彼は僕がどれほど頭を働かせていたか、想像もしなかった。そして前に説明したような策を用いて僕の監房に忍びこんできた。板ベッドで僕の横に体を伸ばした。僕の顔に数え切れないほど素早いキスをして、乾いた音をたてた。僕は目を開けた。

彼の体の発する熱気は僕を混乱させた。不承不承、彼を少し抱きしめた。彼の姿とこの愛が、僕が呼び寄せようとしていた奇跡から僕を遠ざけた。軽く抱いたのに、彼は猛烈な動きで応え、僕のズボンを脱がせた（それは周知のように紐一本でとめてあり、この紐が千切れた）。僕はアルカモーヌを見棄てていたのだ。【ディヴェールはもう僕の一物にとりかかり、口と舌でいそしんでいた。アルカモーヌは遠くにいた。僕は足を伸ばし、腹をむき出しにした。】僕はアルカモーヌを裏切っていた。この四日にわたる夜の出来事がもたらした疲労が消えてしまい、甘美な幸福感に変わった。とても長い間、深みにはまっていた後で水面に浮かび上がってきたような感じがしていた。先に語ったとおり、アルカモーヌが脱獄しようとして窓に跳ね返された夜の後、それからまた一日行進を続けた後、僕は板ベッドに横になった。羽で身を守る鶏のように、あいかわらず頭に覆いをして、僕は例の勤行を再開した。僕の額は壁を砕き、闇をかき分けていった。あくまで僕に忠実な詩を助けに呼んだ。僕は汗ばんでいた。まさにこのとき、アルカモーヌのためのこの一章が始まった。僕はそれを「フランスの子供たちに告げる」と題したかった。夜がふけて、夜のあらゆる気ままな話し声がやみ、看守は写真入りの読物をめくるのが習慣になっていて、廊下の物音にも注意しなくなったとき、アルカモーヌは静かに立ち上がった。彼は音をたてずに鎖を運ぶことを覚えていたのだ。彼は独房の扉の壁にはりついて窓のほうを向いた。そこからは牢番に見られずに、空の一部を、無表情な空を見ることができた。しかし星座もはっきり見えなかった、要するに、愛すべき静かな田舎を覆っているフランスの空だけが見えた。僕たちの心をもっと悲嘆にくれさせようとして、夜に聞こえてくるのは、気ままに走り回る見えない自転車の車輪の音だけなのだ。彼の体は壁にはりついた。【彼は勃起していた。】悲嘆にくれながらも、途轍もない希望にみち、それが上気した顔にまで表れていた。この希望が彼をすっかり硬直させていた。彼は痙攣しながら壁に逆らい、反り返った。彼は言った、「今こそそのときだ」。それから直後に言った、「こんな機会は二度とやってこないぞ」。彼の右手が壁から離れ、ズボンの開きをまさぐった。そこの布が、海中からわきあがる恐ろしい嵐に揺れる海の表面のように震えた。それから右手で開きをあけた。羽ばたきの音がして、百匹以上の鳩がひしめきあい、飛び出してきて、窓にのぼり、闇の中に消えていった。やっと朝がきて、監獄の周りに生えた木の幹の陰で、苔の上に横たわり夜を明かした若者たちは、彼らの手のくぼみに滴った露を感じて目を覚ましたのだ。彼らの夢に出てきたあの鳩が、あたりに丸くなっていた。

しかし待つべき奇跡はこんなものではなく、時間は刻々と迫っていた。アルカモーヌは苛立っていた。この苛立ちに僕は胸を締め付けられた。ついに次の夜、つまりこの冒険の第三夜に、彼は運試しをやってみる気になった。彼は壁の向こう側に僕の助けが近づいているのを感じていた。夜には横になり、深夜になるのを待った。刑務所の周囲がすっかり夜に包まれると、彼は動き始めた。鎖は音をたてない。看守は眠り込んでしまったのか、何も聞こえなかった。それでもアルカモーヌはきわめて慎重に立ち上がった。外の闇が真っ暗なのかどうか、彼にはわからなかった。彼の全存在が、白々としたむき出しの光の、燃え上がる中心に集中していたからだ。彼は鎖をもちあげながら扉に近づいた。しかし三、四歩進むと鎖がほどけ、音をたてずに床に落ちた。アルカモーヌはあわてなかった。物たちが慇懃《いんぎん》なことに、彼は慣れていたにちがいない。扉に耳をあて、そばだてた。看守は眠っていた。彼は肺にいっぱい空気を吸った。これからやることは困難きわまる。だから心から祈りをささげたのだ。彼はもてるエネルギーを全部集めようとした。魔術的な行動はくたびれるものだ。その後は骨抜きになる。一日に二度はやれない。だから一回目で成功しなくてはならない。彼は通り抜けた。まず音楽に伴奏されて扉を通り抜けた。この音楽は木の繊維を傷めることなく引き裂いた。それから彼は眠り込んだ看守の体を、正確に通り抜けた。扉を通り抜けるとき彼は後ろに服を放っておき、刺青の入った彼の腕は、看守の腕に矢を刻んだ。その矢はアルカモーヌの腕のハートを突き刺していたものだ。最後に彼は廊下に着いたが、そこは独房よりも穏やかな光で照らされていた。むき出しの筋肉は隆々として、まるで靴下に包まれたサッカーの選手の足のようにひきしまっていた。筋肉のすべてが張り詰めていた。廊下の奥の階段のほうに行こうとして、彼は影の部分にそって歩いた。踵で歩き、尻はまるで砂利の上を歩くように揺れた。少しも音はたてなかった。彼の背中、腿、肩、腹の上で、刺青した星が蛇に、鷲が軍艦に近づいた。彼は階段を上った。上がりきると、しばらく扉を探した。見つけて通り抜けようとしたが、最初の行動で疲れきって気が遠くなった。看守が扉を開けに来るのを、少しの間待ってみた(サンテ刑務所では僕らは独房の入り口で、看守が通りかかって扉を開けてくれるのを待ったものだが、それから牢屋に閉じ込められることになるのだった)。彼は待った。しかしそれは愚かな期待だった。彼は閉じた扉の前でくずおれた。その背後には流刑地行きの囚人たちが眠っていた。もし彼がそこでブワ・ド・ローズを見つけたら、ブワ・ド・ローズは、彼のことを、いつか言ったとおりに繰り返して、こう言うこともできただろう。

「こいつはしろうとヤクザさ」

朝方、目覚めた彼は、眠り込んだ看守の前をまた通り抜け、震えながら眠りについた。僕の欲望のためには支えが、口実が必要だった。アルカモーヌがその口実であり、支えだった。しかし彼は、欲望の支えにするには、あまりにも近づきがたい存在だった。そこに生身で現れたのが、他でもないビュルカンで、彼は僕の狂気が紡ぎだすあらゆる装飾を身に引き受けたのだ。彼はまるで司祭だった。運命は、彼だけが発する特別な美しさに、もう一つの力を付け加えたのだ。彼は選ばれた存在となり、最も気高い真実を発見する役を担っていた。やはり夜明けのルーに聞いて僕は知った。サンテからフォントヴローに出発する前に、ロッキーはビュルカンが最後の一日を、丸一日彼の監房ですごすように手配したことを。ロッキーは少しのワインを用意していた。彼らはお互いの心中にあることを全部、素早く言いおおせた。そしてどうやったのか知らないが、こんなことを思いついたのだ。彼らは他の四人の囚人たちといっしょになって、わら布団を隅に積み上げ、ベッドを壁に寄せて、何時間も踊り続けた。彼らは長い別れになると思っていたし、その別れの儀式をすることが許されたので——フォントヴローで再会するとは思っていなかった——不器用な友情のあいさつを交わしたあとで、公に許された愛の儀式だけをいっしょにやったのだ。つまり彼らは踊った。ひものない靴を素足に履いて、何時間も、四人の男たちがいっしょに歌と踊りを続けたのだ。一番俗っぽい踊り、ワルツ、ジャヴァ、彼らは回りながらそれを口笛で吹いた。これを書いている今、ビュルカンが踊り回りながらロッキーの黒い瞳を見つめ、そこにまだエルシールの姿をさがしているのが僕には見える。ビュルカンがある日(僕たちの出会いから十日目だった)僕に、「ロッキーの目の中に、エルシールの目が映っているのを見るとおいらは発情したものだ」と言ったとき、おそらく彼はこの日のことを思い出していたのだ。彼らは絶望していた。しかし愛とワルツのおかげで、彼らは喜びにみちた、狂った、悲劇的な軽やかさに酔っていた。彼らは期せずして、最も高級な見世物の形式を発明したところだった。彼らはオペラを発見していたのだ。

最も惨めな人間の生活が、過剰なほど美しい言葉で書かれても、驚くには値しない。僕の物語の壮麗さは、当然ながら(こんなにも不幸だったことへの羞恥によって、また恥辱によって)僕の人生の哀れな時期から生まれるのだ。二千年前に宣告された哀れな磔刑《たっけい》が「黄金伝説」を開花させたように、ボッチャヤコの歌声が、あんなにも豊かにきらめく声でビロードの花冠となって花開いたように、僕の恥辱から酎《く》まれた僕の物語は高揚し、僕の目を眩ますのだ。

僕はもはや夢想の中に愛欲の満足を求めはしない。ガレー船の上にいるように、アルカモーヌの人生に観客として立ち会っている。この観客をあわてさせるのは、かつて彼の美貌が生み出したかもしれない効果の残響、そして彼が自分自身に対して行う冒険だけだ。最後に、飢えとは仲良くつきあっているとはいえ、やはり体にこたえるその飢えに促され、アルカモーヌの人格の核心におそらく僕は侵入した。僕の苦しみが和らぐように、彼は脂肪をつけた。彼は健康に輝いていた。彼がこれほど丈夫だったことはなく、僕がこれほど虚弱だったこともなかった。看守補佐は毎日、前の日よりも彼の待遇を良くしていった。彼の顔はまるまるしてきた。彼は飽食した独裁者の威厳を帯びていた。

運命のときがせまるにつれて、僕はアルカモーヌが神経を張り詰め、内心で闘い、監獄から出るために、自分の殻から脱け出ようとしているのを感じた。出発すること、逃亡すること、壁の割れ目から金色の靄のように洩れて出ること！　しかしそのためには彼は金粉に変身しなければならなかった。アルカモーヌは僕にすがりついた。秘密を発見するようにせまった。僕は既知の、または未知のあらゆる奇跡の記憶に、聖書や神話の奇跡にすがろうとした。そして主人公が奇跡を実現できるように、信憑性のある説明や、実に単純な奇術はないかと探し続けた。僕はくたくたになっていた。しかし休まなかった。もう食べるのもやめた。四日目に看守が仕方なく言った。「ジュネ、気分が悪いのか」。この哀れみの言葉を言うと、すぐに彼は口をつぐんだ。肩をすくめてこの接触から自分の身をほどこうとした。こうして看守は僕たちの夢想に劣らず遠くにはせた夢想に浸った。ディヴェールは僕を一目見て、看守と同じことを考えた。こいつはビュルカンが死んだせいで憔悴しているのだと。

結局ビュルカンも、悲嘆の最もあからさまな兆候に取り囲まれ、思いついた最後の手段を実行した。アルカモーヌも、同じ道をたどって脱獄するのだ。

指で目をまさぐると、そこからさまざまなイメージが飛び出てくる。そのイメージの移り変わりはあまりに素早く、それぞれのイメージにどんな名前をつければいいのか、僕にはわからなかった。僕には時間がなかった。水夫たちのカップル、自転車乗りたち、ダンサーたち、百姓たちが通り、最後に少女を連れたアルカモーヌが通っていく。この人物たちは無言なので、僕には少女の名前がわからない。アルカモーヌは喋っていた。道連れになったこの二人は、僕の見慣れた田舎を歩いていった。見慣れたと言ったのは、その風景がどことは特定できなかったからだ。少女は微笑んでいた。彼女を前にしてアルカモーヌは何か気持ちをくすぐることを口にしたのだ。少女は十か十一だったはずだ。今ではもう思い出せないが、そのとき僕は、彼の顔立ちの優しさと美しさを、はっきり見分けていたのだ。アルカモーヌは十六歳だったが、彼の体はすでにどっしりとした完成形に向けて歩んでいた。死の数日前に、彼はそんな完成形を実現していたのだ。彼は自分自身よりも強い力から出現したのだった。彼は少女の首のところに口を寄せて話しかけていた。彼の息が少女のうなじを温め、彼らはますます田舎の風景の奥にもぐりこんでいった。ビュルカンは自分の位置について、あいかわらず作戦を指揮していた。ときどき僕がひそかに要求すると、彼はアルカモーヌのほうに視線をやった（つまり僕の精神的活動は分裂し、僕の精神の眼はアルカモーヌから離脱してビュルカンを見ていたのだ）。彼はあまり動かなかった。修道女に囲まれ、長椅子に座っていただけだ。そうでなければ彼の顔は、熊から鳥に変身しつつ震える線を見せていた。そこにいるのはビュルカンだった。

少女殺しの後、アルカモーヌは「二十一年」の刑を言い渡され、彼をめぐって「化け物」という言葉がささやかれた。この殺人の動機の一つに、殺人犯の可憐な臆病さがあったということを、誰も理解していなかった。十六歳の彼は女を前にするとおろおろしたが、かといってそれ以上、自分の純潔を守ることもできなかった。彼は例の少女を恐れてはいなかった。野薔薇の茂みのそばで、彼は少女の髪を撫でた。幼いいたずら娘はおどおどしながらも拒まなかった。彼は少女に何かありふれたことをささやいたにちがいない。しかし彼がスカートの下に手を入れたとき、媚態——あるいは恐れ——のせいで、少女は身を守ろうとして赤くなった。この赤面が、あわてたアルカモーヌも赤面させた。彼は少女の上に倒れこみ、二人は何も言わずに、窪んで穴になっている地面を転がりまわった。少女はなんという目をしていたことだろう！　アルカモーヌは恐かった。彼を農場の下男にしてきた運命がもう終わったと悟った。彼は自分の使命をやりとげなければならなかった。少女のまなざしが恐かったが、逃げようとしているその小さな体がすぐそばにあること、恐れながらもその体が自分の腕の間に丸まっていること、そのせいで少年は初めての愛の行為へとかきたてられた。

若い農民のズボンの開きにはいつもボタンが欠けていることにみんなが気づいていた。両親や雇い主が無頓着なのか、服装がだらしないのか、ボタンをかけては外す動作をあまりくりかえしたせいか、長いことはきすぎていたんでしまったのか、とにかくアルカモーヌのズボンの前開きは開いたままで、自然に【いきりたった男根が[92]】飛び出た。少女は両腿を閉じようとしたが、【彼の男根が】それをこじあけた。少女よ

92　この括弧内の言葉は、ガリマール版では単に「性器が」となっている。

りも背が高い彼の顔は草の中に埋もれた。押さえつけると、娘は痛がり叫ぼうとした。彼は娘の喉を切った。十六歳の子供によるこの少女殺しによって、僕はあの奇跡の夜に導かれることになった。あの夜、僕は楽園に上っていく幻想を見ていたのかもしれない。僕には楽園が与えられたのだ。

アルカモーヌが気絶しないかと恐れ、僕は震えていた（確かに僕の中で何ものかが震えていたのに、それは僕の体ではなかった）。扉と看守を通り過ぎたあと、彼はまだ廊下を歩いていた。僕は扉から扉へと向かう彼の歩みを追いかけた。導いてやりたかったが、僕にできるのは、彼が逃げ口をさがすのを助けるために、僕の魂の力を伝えることだけだった。結局彼は立ち止まった。中央刑務所には人気がなかった。外の風の音も聞こえなかった（彼は、戸締りの厳しい僕のほうの廊下に迷い込んでくることは決してなかった）。アルカモーヌは、「ジェルマン、四十歳、重禁錮」と書いた表札のかかっている扉の前にきた。彼は入ろうとしてもがいたが、それまでの疲労が重なってくたくたになり、もう僕たちの力に期待することもなくなっていた。確かに扉の向こうには太陽の光にあふれるギアナ、船の行きかう海、克服された死があった。扉の向こうには三人の殺人犯がいて、彼らは流刑場に出発する日を待っていた。なぜかアルカモーヌは彼らのほうへ歩んでいた。僕が彼のほうへ行くように、彼は彼らのほうへ進んだ。彼らは陽光と影に浸ったギアナの静寂を麦藁帽子の涼しさに包み、椰子、そして脱獄といっしょに彼に捧げるのだった。

しかし彼は空っぽになり、へたりこんだ。

僕が苦しみで悲鳴を上げても、誰にも聞こえなかった。たまらず僕は、怒り狂って叫んだ。「宗教的沈黙!」。思うに僕が言いたかったのは、沈黙をさらに深めよということ、この挫折はあまりに美しいので、みんなが宗教的沈黙を守るべきである、ということだった。結局、僕は自分の感情と本能そのものに含まれた何か宗教的なものを表現していたのだ。新聞記者の使うような言葉を口にして、僕は赤面するのを感じた。唇は震えていた。僕は眠り込んだ。あくる朝、目が覚め、看守が寝室の扉を開けたときには、極度の混乱状態にあり、人知を超えた冒険に夢中だったため、自分の肉体そのものに痛みを感じていた。僕はすっかり消耗していた。あれほど多くの女神の彫刻に支えられていた夢を諦めなくてはならないのか。その夢を落ち着かせるためには、ある子供が僕にキスをし、ある女性が胸に頭をうずめることを許してくれなくてはならなかった。看守が独房を開き、いつものように点検するために入ってきた。僕にとって彼に接近することは、絶対に必要だった。僕はほとんど飛びかからんばかりだった。彼は背を向けていた。彼の肩を見て、突然嗚咽したくなった。僕はその肩に触ろうとしてみた。ビュルカンがいつかしたのと同じ動作だった。ビュルカンが走りながら僕のほうにやってきたとき、僕は階段を降りるところだった。走ってきた勢いのまま、彼の手が僕の肩にぶつかった。僕は顔を向け、彼も僕のほうに顔を向け、僕たちは向かい合った。彼は笑っていた。

「嬉しい！」

と彼は言った。

「歓ぶとおまえは乱暴になる」

ほとんど彼は甘えているようだった。

「痛かったか、ジャノー？　痛くなんかないよな、なあ！　そうだろう」

彼の目はあふれんばかりの幸福に輝いていた。いつもは青白い頬が色づいていた。

僕は言った。

「いったい何があったんだ？　どうしたんだ？」

「聞いてくれよ、ジャノー。さっきおれは馬鹿なことをしでかそうとした。おれはそんなに嬉しかったんだ……喜んでいるんだ……どうしたのかわからない……看守の肩をたたこうとして手をあげたんだ……人の肩に触りたかったんだ……幸い、すんでのところでやめた、そうなんだ……そのときおまえが来たことがわかったんだ、おまえのほうに走ったよ……ジャノー！　痛くなかったか？　おまえの肩に手をおくぞ、いつかおまえの手がおれの肩に触ったみたいにさ、ジャノー！」

僕はせせら笑った。

「変だぞ、ダチ公……」

僕は彼のあまりの喜びようを見て不安になった。その喜びは僕の幸福に逆行するものだと感じた。僕は仏頂面をした。そして冷淡にこう付け加えた。

「芝居をしなくていいよ、そんなことでおれは動じない。あっちへ行けよ。看守が来るぞ」

彼は微笑を浮かべたままあっさり消えた。それは僕たちが会ってから十一日目のことだった。

ビュルカンが僕にしたことのある同じ手の動きを、今日看守にむかってしたことを僕は恥ずかしく思った。

懲罰室の一日はつらく、行進でへとへとになった。しかし輪を描く歩みの魔術的な力のおかげで、落ち着きをとりもどした。というのも、体を傾けた姿勢、組んだ腕、歩みの規則性によって、やっと自分の内面に落ち着いているという安心のほかに、僕たちは頭を小刻みに揺すりながら、無意識のうちに、荘厳なダンスの中で互いに溶け合う幸福を感じていたのだ。ファランドルやコロなど、手をつないで輪または線を描くあらゆるダンスを踊るとき、僕たちはたがいに結ばれていると感じることの快感を知っている……輪になって他人と結ばれて歩いていると感じることからこの力はやってくる。僕たちは敗北者だったから、なおさらこの力の感情を味わうことができたのだ。僕たちの体は、四十人の筋肉の力のおかげで強くなっていた。実に深く実に暗いトンネルを抜けて、僕はアルカモーヌに出会っていた。しかしまた次の夜にも、彼の人生と一体になり閉じた牢獄の扉のところに、自分が立つであろうと僕は確信していた。

しかし、もうこれ以上実験を続けることができなかった。そのためにはヨガ行者の訓練が必要だった。

夜になると、僕は疲労のあまり、前に書いたようにディヴェールの腕に倒れこんだ。

【僕の男根が彼の口につながって】いっしょになると、僕の疲労はふっとんだ。朝に剃ったばかりの丸刈りの頭を僕は撫でた。僕の手のあいだ、腿の上にある、その玉は大きく感じられた。その玉を乱暴に引っ張り、その重さに抗って僕の口までもってこようとすると、彼の口が僕の口を噛むのだった。

僕はディヴェールに「リトン」とささやいた。その名前を口にすると、アルカモーヌは遠くなった。

ディヴェールは自分の体を僕の体にぴったりつけた。二人とも粗布の囚人服を着たままだった。僕のほうが二人とも裸になることを思いついた。寒かった。彼は躊躇った。

しかし僕は彼に、もっとぴったりくっついていたかった。ふけていく夜の中で孤立し弱っているせいで危険にさらされたくなかった。危険がせまっているのを感じていたのだ。

シャツだけになって、もう一度抱き合った。わら布団は生ぬるかった。茶色の毛布を頭までかぶった。しばらくじっとしていた。まるでゆりかごの底にいるように。ビザンチンの画家たちは、しばしばそんなゆりかごに処女マリアとイエスを閉じこめたのだ。そして二度快楽を味わってから、ディヴェールは僕を抱きしめ、僕の腕の中で眠ってしまった。僕の恐れていたことが起きた。僕は一人ぼっちになった。

僕は少しばかり煙草を手に入れていたので、ほとんど一晩中それを吸った。板ベッドの毛布に煙草の灰が落ちた。この出来事はさらに僕を動揺させた。自分が灰のベッドの上に横たわっていると感じたのだ。ディヴェールがいるにもかかわらず、彼のいない別の夜と同じくらい勤勉に（それが最後だったが）、僕は見者と苦行者の活動を再開した。突然、薔薇の香りが僕の鼻をかすめた。そして目はメトレーの藤の光景でいっぱいになった。藤は確か大広場の端の並木道のほう、売店の壁の向かいにあった。その藤は、薔薇茶に使う茨と混ざり合っていた、と僕は前に書いた。藤の幹は太く、苦しみに歪んでいた。鉄線を入り組ませて、壁につなぎとめてあったのだ。太すぎる枝葉は、二股になった杭で支えてあった。薔薇は錆びた釘で壁にうちつけてあった。その葉叢《はむら》は輝いて、花々は肉のように生々しかった。ブラシ製造所から出たとき、みんながいっしょに並足で、ラッパの音にあわせて帰れるように、他の作業所も終わるまで少し待たされるときがあった。作業所長のベルドゥー氏が僕たちを待たせるのは、しばしば藤と薔薇がきらびやかに咲いているところだった。薔薇の匂いが僕たちの鼻腔にいやというほど降り注いだ。この花々の思い出に包まれると、たちまち僕の精神の目に、これから語る光景がおしよせてきた。

アルカモーヌの独房の扉が開けられた。彼は仰向《あおむ》けに眠っていた。まず四人の男が夢の中に飛び込んできて、彼は目を覚ました。起き上がりもせず、上体を起こしもせずに、彼は扉のほうに顔を向けた。黒装束の男たちを見て、彼は理解した。しかも、実に素早く気づいたのだ。眠りながら死ぬためには、彼がまだ振り払っていないこの夢の状態を粉砕してはならない、破壊してはならないということを。彼は夢を持続させることにした。だから寝乱れた髪を手で撫でつけることもしなかった。彼は自分自身に「はい」と言い、微笑する必要を感じた。それは他人がほとんど気づかない内面の微笑で、その効果は彼の内的存在にしか伝わらないはずだし、自分をどんな瞬間よりも、強くするための微笑だった。この微笑は彼の孤立に由来する莫大な悲しみを乗りこえ遠ざけるはずだったからだ。この悲しみは彼を、絶望の中で、絶望が生み出すあらゆる苦悩の中で打ちのめしてしまう危険があった。だから彼は微笑した。この軽やかな微笑を、彼は死ぬまで絶やさなかった。彼がギロチンより他のものを念頭においていたと思ってはならない。彼はそれを見据えていた。ただ彼は英雄的な、つまり喜ばしい十分間を生きようと決心したのだ。新聞にそんなことをあえて書いたものもいたが、彼はユーモアを見せようとしたわけではまったくなかった。皮肉は痛ましく、かえって絶望の酵母を包み隠すだけだ。彼は立ち上がった。そして独房の真ん中に直立したとき、彼の頭、首、次いで体全体が、レースと絹に包まれて現れた。それは世界を支配する悪魔たちだけが、最悪の瞬間に身につけるもので、彼は突然それを身に纏っていた。形は微塵も変わることなく彼は巨大になり、独房よりも大きくなってこれを破壊し、宇宙をみたしたので、四人の黒装束の男たちは小さくなって、四匹の虱くらいのものになってしまった。アルカモーヌは威厳に包まれ、高貴な存在になって、彼の衣装さえも絹や錦に変わったことがわかった。彼はエナメルの革の長靴を履き、柔らかい青の絹の半ズボン、ブロンドレースのシャツを身につけていた。シャツの襟は堂々たる首の下で開き、そこには金羊毛の首飾りがかかっていた。まちがいなく、彼は一直線に、ガレー船の船長の股ぐらから、天国の道を通ってやってきたのだ。おそらく彼自身が、ある奇跡の対象であり現場であったが、その奇跡を前にして、あるいはまったく他の理由で——父なる神に感謝を込めて——彼は地面に右の膝をついた。四人の小人たちは素早く、彼の足、そして腿の斜面を這い上がろうと、この機会を利用した。彼の体をよじ登っていくのは容易ではなかった。絹が滑った。腿の真ん中のところにある、近づきがたい剣呑なズボンの前開きを敬遠していると、アルカモーヌの手がそこに触るのにでくわした。彼らはひたすらよじ登った。レースの袖を通って手から腕に、ついに右肩に、次いで左肩に傾けた首に到達し、できるかぎりそっと顔に達した。アルカモーヌは動かなかった。ただ口を少し開けて呼吸しているだけだった。判事と弁護士は耳の中に入り、司祭は死刑執行人といっしょに、なんと口の中に入りこんだ。彼らは下唇の端を少し進むと、深淵の中に落ちていった。ほぼ喉元をすぎたところに並木道があり、穏やかで、ほとんど甘美な下り坂になっていた。高々と葉が茂り、そこに広がる風景の空を覆っていた。木々の種類はもうわからなかった。彼らの陥った状況では、物の特徴など見分けられなかったからだ。森をよぎり、花を踏みしだき、岩をよじ登る。最も彼らを驚かせたのは静寂だった。ほんの少し音がしても、彼らは手を握り合った。なぜならこんな奇跡の真っ只中では、司祭と死刑執行人は、途方にくれる小学生みたいなものだったからだ。彼らはさらに左右を見回し、静寂のなかをさぐり、苔に顔をこすりながら、何か見つけようとしたが、何も見つからなかった。何百メートルか進むと、この空のない風景は何も変わらず、あたりは暗くなった。彼らは歓び勇んで縁日の祭りの残骸を足で蹴り散らした。スパンコールで飾ったタイツ、焚き火の灰、曲芸師の鞭。それから振り向いて、彼らは気づいた。知らず知らずのうちに、鉱山の迷路よりもっと入り組んだ迷路をさまよっていたことを。アルカモーヌの内部には終わりがなかった。そこは黒一色だった。王が暗殺されたばかりの首都よりもっと黒ずくめだった。コーラスの歌声が語った。「心は悲嘆にくれる」と。最後に彼らは恐怖に襲われた。海のそよ風のような恐怖に、彼らははちきれそうだった。彼らはもっと遠くに、軽やかに、岩の間を進んだ。眩暈のする断崖がすきまなく続いた。鷲の飛ぶ姿はなかった。どこも絶壁だらけになった。アルカモーヌの非人間的な地帯に近づいていたのだ。

弁護士と判事は、アルカモーヌの耳の中に入り、まず狭い路地が、がらくたのようにおびただしく入り組んだところをさまよった。そこの家々（窓、そして閉じた戸）はどうやら危険な愛を匿《かくま》っているようで、それが法の取締りを受けたようだった。路地は舗装されていないようだった。靴音がまったく聞こえなかったからだ。むしろゴムでできた地面を歩くようで、彼らはそこを軽やかに飛び跳ねていった。彼らは蝶のように舞った。この路地はトゥーロンの町にあるようなもので、水夫の千鳥足のおかげで曲がりくねっていた。彼らは左に曲がった。ちょうどそこだと信じて、さらに左へ、また左へと。すべての道路が似通っていた。彼らの背後の、らい病患者の家から若い水夫が出てきた。判事は振り向いて水夫を見たが、それが誰だか見分けられなかった。口の中、歯の間に、彼は草を食み、噛み続けた。水夫は自分の周りを見つめた。なぜなら水夫は横を向いたまま前進してきて、誰かが彼を見つめると顔を背けてしまうのだった。弁護士は、判事には何も見えていないことがわかった。弁護士も振り向いたが、彼にも水夫の顔は、視線を避けるので、見えなかった。僕はまだ自分に許された特権のあったことに驚いている。おかげで僕はアルカモーヌの内面の生活を目撃し、四人の黒ずくめの男たちのひそかな冒険の見えない観察者になることができた。路地は、険しい小道や苔の生えた横道のように入り組んでいた。これらはみんな同じように傾斜していた。結局四人は、僕が詳らかに描写しようとしてもできない一種の交差点で出会った。この交差点はさらに左側のほうで、大きな鏡の並ぶ廊下になってくぼんでいた。四人はそこを通っていった。四人の声が同時に不安そうな声で尋ねあった。ほとんど息がとまりそうになっていた。

「心臓ですよ、心臓を見つけましたか?」

そして四人のうち誰も心臓を見つけていないことに気づいて、彼らは例の廊下を進みながら鏡を調べた。彼らはゆっくり進み、片手を耳たぶにあて、耳をたびたび壁にはりつけた。最初に鼓動を聞いたのは、死刑執行人だった。彼らは早足で歩いた。恐怖に襲われ、ゴム製の床を、何メートルもの歩幅で駆け抜けた。彼らは肩で息をし、まるで夢の中のように、たえまなく喋りあった。つまり言葉は混乱し、あまりに甘美で、沈黙さえもよれよれになった。鼓動はますます速くなり、間隔が狭くなった。ついに四人の男は鏡の前にやってきたのだが、そこには見たところ、矢に刺しぬかれた心臓が、指輪についたダイヤで描かれ刻まれていたのだ。そこはおそらく心臓の入り口だった。死刑執行人がどんな振る舞いをしたのか、それはうまく言えないが、この振る舞いは心臓を開かせ、僕たちは最初の部屋に入った。そこはむき出しで、白く冷たく、開口部はなかった。ただひとり、この空虚の真ん中にある木の台の上に、十六歳の鼓手がまっすぐに立っていた。凍りついた彼の非情なまなざしは何も見てはいなかった。彼のしなやかな手が太鼓を叩いた。宙に上げた撥はくっきりと正確に下ろされた。その音はアルカモーヌの至高の生を刻んでいた。彼には僕たちが見えただろうか。開いた、踏みにじられた心臓が見えただろうか。どうして僕たちは恐慌をきたさずにいられただろう。そしてこの部屋は第一の部屋でしかなかった。まだ隠された部屋の神秘を発見しなければならなかった。しかし四人のうちの一人が、彼らはまだ心臓の中心に達してはいないと気づくと、別の扉がひとりでに開き、僕たちは赤い薔薇の正面にいた。それはとてつもなく大きく美しかった。

「神秘の薔薇」

と司祭はささやいた。

四人の男は、その壮麗さにうちのめされた。薔薇の光輝がまず彼らの目を眩《くら》ませた。しかし彼らはすぐ立ち直った。というのも、この種の連中は、尊敬すべき徴《しるし》に、決して唯々諾々と随《したが》いはしないからだ……感動から覚めて跳びかかり、彼らは酔っ払った手で花びらを押しのけ、しわくちゃにしてしまった。まるで愛を奪われた半人半獣《サチュロス》が、娘のスカートをめくるようなものだった。彼らは冒瀆の喜びにひたっていた。こめかみは動悸をうち、額に汗を流し、彼らは薔薇の心臓にたどり着いた。それは暗黒の深淵のようなものだった。この眼球のように黒く深い穴の縁に、彼らは身をかがめ、得体のしれない眩暈に襲われた。彼らは四人とも平衡を失ったような動作をし、その深いまなざしの中に落ちていった。

処刑された囚人を小墓地に連れて行く車を引く馬の足音を、僕は聞いた。アルカモーヌはビュルカンが銃殺されてから、十一日後に処刑された。ディヴェールはまだ眠っていた。ただ少し寝言を言うだけだった。屁をした。頭脳の活動が愛欲から僕を遠ざけていたのに、奇妙なことに夜の欲情は収まらなかった。腕や足が痺れていたのに、僕はディヴェールの腕を振りほどこうとはしなかった。

夜が明けたばかりだった。独房から監獄の玄関まで、音がしないように広げた絨毯の上を、黙って荘重にアルカモーヌが歩くのを想像した。彼は付き添いに囲まれていたにちがいない。死刑執行人が前を歩いていた。弁護士、判事、所長、看守たちが続いた……彼のカールした髪を刈ってやった。丸刈りにされ、髪は肩の上に落ちた。ひとりの看守が——ブリュラールといった——彼が死ぬのを見ていた。彼はアルカモーヌの真っ白い肩について僕に語った。一瞬僕は、看守があえて、男のおしゃれについて語ったのに呆然としたが、アルカモーヌは、ただ死刑囚用の白いシャツを着ていただけだとすぐにわかった。朝方、死刑台に上る彼の、武闘家のようないかつい肩が、まことに堂々として見えた。看守は言うべきだったのだ。「雪を抱いた彼の肩」と。一瞬僕はあまり苦しまなくてすむように、僕はできるだけ身をしなやかにした。一瞬僕はすっかり軟弱になり、アルカモーヌにはたぶん母親がいたという考えが閃いた――斬首される囚人にはみんな母親がいて、ギロチンを警備する警官たちの列の片隅に、泣きにやってくるということだ――僕はすでに離れ離れになった彼女とアルカモーヌのことを思いながら、疲労の中で、優しく言った。「おまえのお袋のために祈るぜ」。

朝の鐘に目を覚ましたとき、ディヴェールは伸びをして僕を抱いた。僕は彼に何も言わなかった。同じ日の朝、扉が開けられ、懲罰室に連れて行かれるとき、僕はディヴェールに合流した。彼の目があわてていた。彼は看守たちの顔に、また便所に行こうとして廊下で列になっている囚人たちの顔に、昨夜の悲劇をかぎつけたのだ。僕たちは絡み合っていたわけではないから腕をふりほどくわけではなかったが、窓から扉への往来の間に、たがいに近くを通りながら、少し立ち止まり、無意識のうちに、頭を自然に傾けた。唇をあわせようとして、鼻が邪魔にならないようにキスするときのように。僕たちの手はズボンのベルトの中にあった。錠前に差し込んだ鍵が、雷のような音をたてるのを聞いたとき（看守が扉を開けたのだ）、監房に広がる深い残響がそれに共鳴した。そのとき監房を出て、やっと僕たちは状況の重大さを感じたのだ。僕は懲罰や刑罰の重大さのことを言おうとしているのではない。僕たちの頭は悲嘆そのものに、また二人いっしょの悲嘆に慣れっこになっていたから、この瞬間を荘厳なものに感じたのだ。鍵の開閉によって中断された他の動作は、未来をうらなう徴《しるし》に変わった。焦燥をおぼえ性急になり、僕たちはあらゆるものから意味を読みとろうとした。

ディヴェールは僕に言った。

「ジャノー、今朝、聞いたか」

僕は何も言わずに頷いた。夜明けのルーが僕たちに合流した。笑いを含んだ調子で彼はディヴェールに言った。

「それで、ごろつき君、調子はどうだい？」

このときもやはり僕は、稚児や情夫にではなく、尊敬を表したい仲間や友に向けて言うための、いかした表現として「ごろつき」という言葉を聞いたのだ。それはもう愛の言葉ではなかったが、にもかかわらず愛の言葉でもあった。それは夜にささやく言葉に属していたのだ。それから彼は付け加えた。

「同志諸君よ、一巻の終わりだ。美貌の男は真っ二つにされた！　こんどは誰の番だ？」

彼は胸を張り、両手を腹において立っていた。ディヴェールと僕にとって、それは運命のときがそのまま偶像になったようなものだった。彼は夜明けであり曙光だった。このときほど、〈夜明け〉という彼の名前がまさに字義通りだったことはなかった。

「アルカモーヌのことで大騒ぎするなよ」

ディヴェールが言った。

「なんだよ、気にしているのか。おれがふざけると落ち込むのか。あいつの首が切られたのは、おまえが悪かったからじゃないぜ」

ディヴェールはルーの言葉が含む遠まわしな非難をかぎつけたのか、こう答えた。

「口を閉じろ！」

たぶん彼は、誰かが共犯者を非難するときに使う「あいつがやつを葬った」という表現を思い出したのだ。ルーは穏やかに言った。

「ああ、おれが自分でそうしたいと思うなら、な」

ディヴェールは殴りかかろうとして拳を突き出したが、ルーは動かなかった。彼の名前は彼の周囲に、美が顔に生み出すのと同じ、犯しがたい領域を作り上げていた――仮に僕がビュルカンを殴っても、決して顔の真ん中を殴りはしなかったように——そしてディヴェールが一発くらわせようとしたとき、ルーは低い声で自分の名前がもつ魅力に訴えた。ディヴェールの左の拳は、見えない障害を、魔法の領域を乗り越えられなかった。彼は愕然として、こんどは右の拳でやってのけようとしたが、同じように麻痺して拳に力が入らず、その拳を彼は左手で押さえた。彼は息をこらしながら微笑している相手を前に、戦いを放棄した。相手の力が明らかにまさっていたのだ。

例の階段で、僕がビュルカンを抱こうとしたとき、ビュルカンの目の中でディヴェールのまなざしが光った。僕は身構えた男のあの恐ろしい輝きを見た——どうか笑わないでほしい——ディヴェールは男の名誉を守ろうとしたのだ。人間の目に、これほど不退転の決意のまなざしを見たことは他になかった。ビュルカンは邪険だった。今晩、この夜があまりにも甘美なので、僕は夢想の中で、ビュルカンは、監獄の外に出たとしたら、どんなふうにふるまったかを想像する。彼がもし……。彼が僕に冷たく言い放つのが僕には見えるような気がする。鋼鉄のような目で僕の目を睨み、彼を迎え入れようとする手を拒む。「ずらかっていいよ」。それから僕の前でまごついて言うのだ。「おれはおまえをいいカモだと思ったんだ。もう何もいらないから消えろよ」。

　こんな夢想に浸るのも、ずっと前からあの冷たい視線を、僕の友情に対してどうしようもなく閉じていたあの視線を記憶していて、今朝、それをディヴェールの目に見出したからだ。しかし僕はビュルカンが彼の友情について、さらに愛情についてまで僕に語りながら、嘘を言っていたとは思わない。なぜなら僕の捧げる忠誠がわかったなら、ゲイであろうとなかろうと、どんな若者も、僕が彼を引きつけようとして腕を伸ばしキスを求めても逆らいはしなかっただろうから。もしビュルカンが嘘をついたとしても、僕は彼の厚かましさを讃えるし、僕の中の優しい気持ちがなくなることはないのだ。神は善良である。つまり僕たちの行く道に、実に多くの薪を撒き散らしておくので、僕たちは神の導くままに行くことしかできない。

　ビュルカンは僕を憎悪していた。だが、ほんとうに憎悪していたのだろうか。まだ彼がロッキーに抱いている友情に逆らって、遠くから僕は戦おうとした。僕は魔法を振りほどこうとし、好敵手の妖術を粉砕しようとする魔術師のように戦う。選ばれ、狙われ、すでにさらわれた犠牲者のように戦う。動かないまま、張り詰めて身震いしながら戦う。僕は待つ。後になってみれば、これは輝かしい行為かもしれない。僕は一徹になり、僕は戦う。ビュルカンをロッキーに結びつけているのは共犯意識である。

したがってより精密な共犯性——殺人の共犯性?——がビュルカンと僕を結ばなければならない。僕はアルカモーヌの死をこの身に引き受けたい、その恐怖をビュルカンとともに分け合いたい。しかし僕は考えざるをえない。文学はしばしば、ささいなことに打ち負かされる偉大な人間という主題を利用するのだ。たとえ僕たちのより濃密で、より危険な共謀のおかげで、僕が指名されたとしても、尊大な皮肉によって運命はなおビュルカンにやはりロッキーを選ばせるのだ。結局、僕はロッキーには勝てないだろう。なぜなら彼はビュルカンと結ばれており、僕より前に、ビュルカンとの絆は危険に直面し、この絆を、仲間たちのひそひそ話や目配せから守らなければならなかったからだ。

それはどんより曇った一日だったが、朝、トレーシングペーパーの切れ端を見つけて僕は愉快な気持ちになった。そこには浮き輪に囲まれた水夫の顔が描いてあった。それは中央刑務所全体でやりとりされた刺青のひな型で、ここの五十人以上の囚人たちは、たがいを結ぶものが何もなくても、それと同じ形の刺青をしていた。

軽やかな沈黙が感じられた。夜、ディヴェールは僕の監房に入れるように手配していた。僕と同じように彼は、アルカモーヌの喪に服すために僕といっしょにいる必要をおぼえていたにちがいない。横になると、彼の筋肉は弛緩し、僕が口づけで覆う人物は、もはやくたびれた老婆にすぎなかった。そして口づけとは、噛むこと、いや貪ることの原始的欲望の表現であることを、この夜ほど痛感したことはない。僕は自分の罪を前にしたディヴェールの卑怯さに気づいた。そのせいで彼の顔は青ざめ、自分の脆い殻に閉じこもってしまったのだ。僕は彼を平手打ちし、顔に唾してやりたかった。しかし僕は彼を愛していた。彼を抱き、息が詰まるほど抱きしめ、さらに誰にもしたことのない実に獰猛な口づけをした。そのとき僕の心底から、蓄えていた怒りがおのずからわきあがってきた。僕は彼を支配して陶酔を味わった。ついに！　僕は精神的にも肉体的にも最強だった。彼の筋肉は恐れと恥ですっかりやわらかくなっていた。抱きしめながら、僕は彼に覆いかぶさって恥を隠してやった。注意深く、全身で、服の襞で、彼を覆ってやりさえしたことを思い出す。僕の服は経帷子《きょうかたびら》や古代の女性が身につけたペプロス[93]の威厳を帯び、袖の下に彼の頭を抱き寄せたので、恥じ入ったオスの哀れな視線は、もう誰にも見えなかった。なぜか悲嘆にくれる夫婦の華麗な婚

93　Peplos。古代ギリシアの一枚布を二つ折りにした袖なしの女性服。

礼のようなことを僕たちは実現していた。この夫婦は喜びではなく、苦しみのうちに愛しあうのだ。メトレーを出てから、たぶん他の男たちにその影を求めてたがいをさがしながら、僕たちは十五年待ったのだ。僕がメトレーを出たとき、彼自身は何かの子供じみた違反で獄舎にいた。

獄舎の真ん中にある廊下の端に、鉄格子で守られた大きな磨《す》りガラスの窓があり、それは決して開かれることがなかった。その上にある小窓だけが開くのだった。最後にメトレーで僕は、その向こうにいたディヴェールを見た。どうやったのか、彼は小窓までよじのぼり、そこにつかまって、ぶらさがっていた。顔だけがのぞいていて、体はガラスの向こうで重たげに揺れていた。その体は海底にあって力強く神秘的で、朝の神秘的雰囲気のせいで、なお僕を戸惑わせた。繊細な両手が、顔の両側で窓枠にしがみついていた。彼はこの格好で、僕に別れの挨拶をしたのだ。

僕の追憶は、彼の顔の上にたたずむ。人が自分の慰めになるものの前にたたずむように。僕は彼の顔をまじまじと読む。終身刑になった流刑囚が第三条を読むように。

「終身刑に処せられたものは、終身刑が開始された日より数えて三年後に、条件付で釈放されることがありうる……」

アルカモーヌは死んだ。ビュルカンも死んだ。もし監獄の外に出られたら、ピロルジュの死の後にそうしたように、僕は古い新聞を読み漁るだろう。ピロルジュの場合もそうだったように、僕の両手には、粗末な紙の上のごく短い記事と、灰色の燃え殻しか残らないだろう。それは明け方に彼が処刑されたことを僕に教えるのだ。この紙くずだけが彼らの墓だ。しかし僕ははるか遠い時間の果てまで彼らの名を伝えるだろう。この名だけは、未来にその中身がなくなっても残るだろう。ビュルカン、アルカモーヌ、ディヴェールとは誰だったのか、ピロルジュとは、ギーとは誰だったのか。人は尋ねるだろう。千年前に消滅した星から届く光が僕らを惑乱させるように、彼らの名は僕らを惑乱させるだろう。その運命について僕は語るべきことをすべて語っただろうか。この本と別れるなら、僕は語りうることからも別れることになる。もう他のことは語りえない。僕は口をつぐみ、裸足で歩き出す。

ラ・サンテ、トゥレル刑務所で、一九四三年

解説

宇野邦一

1　ジュネとは誰か

ジャン・ジュネ（一九一〇―一九八六）には、〈作家〉という言葉がふさわしいかどうかわからない。少なくとも〈彼は作家である〉とあたりまえに言ってしまうことはできない。〈作家である〉とは何を意味するのか、人はなぜ書くのか、何を書くことができるのか、私たちは改めて問わなければならなくなる。

作家の伝記的事実は、そのまま作品の内容や意味を説明するものではない。たとえ一人称で語る自伝的作風であっても、作家＝語り手ではないということは、現代の文学を考える上で、すでに共通認識であると言えるにしても、まずジュネの人生に触れないで、彼の文学について語ることは難しい。

パリで私生児として生まれてすぐ施設に引き取られ、地方の村に里子に出され、やがて非行少年として少年院に送られた。軍隊に入ったあとは放浪と窃盗を繰り返し、服役した監獄で小説を執筆するようになった。ジュネの最初の作品の多くの部分は、繰り返し収監された刑務所で書かれている。『薔薇の奇跡』の重要な舞台となるメトレーの少年院に入ったのは十五歳のときで、ジュネはすでに自覚的な同性愛者であり、彼の文学で、悪と同性愛は、きわめて精緻に描かれる二大テーマとなった。もちろん二つのテーマのあいだには、本質的な深い関連があった。

監獄を出入りしながら作品を書いたのは一九四〇年から一九四四年まで、これはフランスがドイツに占領された時期に重なり、特に小説『葬儀』に、その時代背景は濃い影を落としている。そのあともジュネは盛んに創作を続けたが、一九四九年までには五つの長編小説『花のノートルダム』、『薔薇の奇跡』、『葬儀』、『ブレストの乱暴者』、『泥棒日記』を刊行して、小説家ジュネの旺盛な活動期は早々と終息してしまったのだ。「非常に深刻な出来事が起こり、それを前にしては私の文学的手法など愚かなものとなり、その新たなわざわいを乗り越えるために新たな言葉が必要となる、そんな出来事でも起こらないかぎり、これは私の最後の本である」とジュネは、『泥棒日記』で恐ろしいほど明瞭に宣言するのだ（*Journal du voleur*, Folio, p.232 以下、引用元を示していない訳文は拙訳）。その後五五年には『バルコン』、『彼女』、『黒んぼたち』などの戯曲を書きはじめ、六一年に大作『屏風《びょうぶ》』を執筆するまで、もう一度果敢な劇作の時期がくるが、それから後には長い空白期が続く。

小説を書いた時代が終わってからのちの五二年に、哲学者サルトルの書物『聖ジュネ』が出版されて、ジュネの存在を世界に知らしめることになった。ジュネのどの小説よりも分厚いこの評論は、まったくサルトル独自の哲学的視点から、ジュネの生い立ち、犯罪、同性愛、そして文学へと至る過程を精密に説明しつくすものだった。じつはジュネ自身が、決して〈自伝〉を書いたわけではなかったが、きわめて自覚的に、自分の生い立ちや、悪と同性愛をどのように生きたかについて精密に書き、省察していた。しかしサルトルは、彼の「実存主義」に照らして、まったくジュネを裸にするように説明しきってしまったのだ。サルトルのジュネ論は、ひとつの思想的作家論として画期的なものにちがいなかったが、これによってジュネはあたかも〈実存主義的な聖人〉であるかのように聖化されてしまった。この本のせいで、書き続ける意欲をすっかり失ってしまったとジュネはあとで述懐しているが、書けなくなった原因はほかにもあったはずだ。泥棒と放浪を繰り返し、監獄に入り、いわば世界の闇の部分で、闇そのものを呼吸し、その闇の部分に愛も美も〈奇跡〉も発見し続けたジュネ自身が、作家として認知され、この社会に迎えられてしまった。闇の部分で生きたからこそ書かなければならなかった。この社会に作家として認知されてしまうなら、書くことの根拠が失われる。端的に言えばジュネは、書く理由を失ってしまったのだ。どうやらジュネは、書くことの動機をめぐる逆説を身をもって生きた人物なのだ。サルトルは、ジュネの孤独と反抗の表現を、「マスターベーションの叙事詩」などと形容している。そしてジュネがそのような作品を書き、発表することによって、孤独な自閉的空間から外に出て他者に出会うことになったプロセスに潜む「弁証法」を、サルトルはあくまでも理知的に読み解いたのである。

ジュネが集中的に戯曲を書いた時期も六一年には途絶えてしまう。当然ながら、戯曲はジュネの小説の世界と切り離すことはできず、共通のモチーフを含んでいるとはいえ、『女中たち』から『屏風』に至るジュネの演劇のモチーフは、もっと政治的であり抗争的である。たとえ政治的な主題があからさまに読み取れなくても、『女中たち』は主人と使用人の関係に焦点を絞り、女中である姉妹ふたりが、女主人と女中を演じるという「劇中劇」を長々と演じさせている。一見政治的に見えないにしても、階級的な力関係が主題となっているのである。『黒んぼたち』にしても、白人女性を犯して殺した黒人と、彼を裁く白人たちを、黒人どうしが演じ、黒人と白人の権力関係（差別、支配）を精妙に浮かび上がらせる劇であって、その意味では『女中たち』

のモチーフが反復されているのだ。

小説に劣らず、強烈なモチーフと、巧みな仕掛けをそなえた、このような劇作さえもやがて放棄したジュネは、残りの人生をどうすごしたのだろうか。何を考え、何を書いたのだろうか。多くの読者にとって、文学者ジュネは失踪したも同然だった。いまでは死後に出版された長大な散文『恋する虜《とりこ》』とエッセーやインタビューを集録した『公然たる敵』を読むことができ、ジュネの晩年の思索も「生きざま」も、いわば「手に取るように」わかる。そのジュネの関心も、とりわけ政治に向けられていた。彼の関心の中心は、パレスチナ人の抵抗であり、アフリカ系アメリカ人のブラック・パンサーの運動であった。しかし必ずしも文学を捨てて、ついに政治に向かったというわけではない。ジュネの小説には、そして演劇にはもっとあからさまに、ある〈政治〉的思考が内包されていたのだから、小説も戯曲も書かなくなり、おそろしくきっぱりと創作にけじめをつけてきたにしても、ジュネが重ねてきた試行錯誤には、やはり驚くべき一貫性があった。

里子として育った子供、非行少年、兵士、泥棒、放浪者、囚人、セーヌ岸の古本屋等々であった人物には、名だたる作家になっても、およそ知識人や文化人の地位（ステイタス）が身についたことはなかった。それでも彼は、ほかでもなく最後まで書く人であり、書くことにおいてまったく譲ることのない、きわめて一徹な作家であったことも確かなのだ。五つの濃密な小説を集中的に書いたジュネは、波乱にみちた生活の中でも常に多くの時間を書くことに費やしたに違いないし、里子だったジュネは、すでに周りの子供たちから離れて、孤独に読書にふける少年だったという証言もある。その文章は精巧に鍛えこまれ、通俗的なコミュニケーションと馴れ合うところがまったくなかった。叙述はしばしば省略や飛躍にみちて詩的であり内省的であり、ときにきわめて分析的かつ技巧的である。安直な共感や理解に対してはあらかじめ閉ざされている。そもそも、この世界の価値や伝統や栄光に対してジュネは、いつも癒しがたい嫌悪と懐疑を向けていた。

ジュネはしばしば読者にむかって「あなた方」（vous）と呼びかけるのだが、これは彼自身と「あなた方」をはっきり〈区別〉し、彼自身を〈よそもの〉として〈差別〉し、敵対させる代名詞でもある。彼の本を読んで嫌悪し、唾棄《だき》する読者もあれば、驚嘆し、感動し、魅了される読者もあるだろう。しかしジュネは、この作品の書き手は、「あなた方」の世界には属さず、「あなた方」の世界の外で書いたことを、いつもはっきり示すのだ。サルトルはジュネのそのような文学の〈外部性〉を、孤独と反抗を、十分深く理解しながらも、巧みに世界と和解させようとしたのだ。ところが『聖ジュネ』が書かれたあとのジュネの足跡をたどってみるなら、ついにジュネはこの世界と和解したようには思えないのだ。

2 構成と主題

『薔薇の奇跡』はジュネの二番目の小説であり、『花のノートルダム』と『泥棒日記』とともに、少なからず自伝的な要素を持っている。他の二作『葬儀』、『ブレストの乱暴者』はこれに比べると、かなり作りこんだフィクションの性格がずっと濃い。エドマンド・ホワイトによる伝記のなかには、『薔薇の奇跡』がどのように書かれたかについて詳細な説明が含まれていて興味深い。生涯にわたってジュネの作品の出版にかかわった編集者マルク・バルブザにあてた手紙（一九四三年一一月八日）にジュネはこう書いている。

「僕はおそらく一ヶ月半後に、一〇〇ページか一五〇ページの小さな本を書き終えるでしょう。これはある死刑囚の最後の四五日間の驚異的な冒険になるでしょう。わかってもらえるでしょうか。驚異的なんです。

それはメトレーに関する思い出のあとにくるのです。この思い出の方は、それほど小説的ではなく、全然性質が違うものです。よろしく」

つまり、まずメトレー少年院の思い出、そして死刑囚の「驚異的」冒険という別々に構想された二つのテクストがあり、これらを一つの長編小説に合体させたのである。ジュネは刑務所のなかで「不幸の子供たち」と題されたメトレーの回想記を書いていたが、この原稿は警備員に没収されてしまったらしい。もうひとつ「薔薇の奇跡」と題された原稿があり、これはジュネが「薔薇」をアレゴリーとする中世の物語や聖人伝から着想を借りながら、死刑囚をつなぐ鎖を、あるいは死刑囚自身を、「薔薇」にたとえて語る幻想的な物語なのであった。ジュネはこの二つの異質な原料を溶け合わせるようにして『薔薇の奇跡』を書いたのである。

『薔薇の奇跡』を一読すればわかるように、メトレー少年院は、ジュネにとっての「失われた楽園」のようなもので、最晩年にもジュネは、メトレーを主題とする『壁の言葉』と題された映画のシナリオを書き上げて（一九八二年）、『薔薇の奇跡』の場面を想起させる挿話も交えながら、百年にわたるその歴史を正確に紹介し、施設の建築の細部に至るまで精密に考証しているのである。メトレーへのこだわりはそれほど深く、文学的回想の域をはるかに超えていたのだ。

かつて『アメリカの民主主義』を書いたトックヴィルは、アメリカの刑務所制度の研究などにもかかわった。そういう研究からも影響を受けて、十九世紀フランスには、博愛的理想にもとづいて、少年の教育、更生を総合的に設計する少年院制度が作られていった。法律家であり、ルソー主義者であったドゥメッツが、欧米を旅して調査した末に構想したメトレー少年院（一八三九年、トゥール近郊に建設される）はその画期的な試みを代表するものだったが、それはミシェル・フーコーが『監獄の誕生』でとりあげた、あの「パノプチコン」という一望監視のシステムをまさに体現する場所でもあった。時の支配者たちは、少年院の寝室のベッドのあいだを隔てるべきかどうかにいたるまで子細な議論を重ねたといわれる。マスターベーションを放っておくか、それとも同性愛を大目に見ることにするか、等々（*Dictionnaire Jean Genet*, dr. Marie-Claude Hubert, Champion, p.360 を参照）。

一方、死刑囚アルカモーヌがついに処刑されるまでの切迫した日々は、幻想小説のようにめまぐるしく展開されて『薔薇の奇跡』の大団円となる。少女を強姦し殺した罪で施設に入れられたアルカモーヌは、メトレーでは美しく内気な少年だったのだが、やがて終身刑になったことに絶望し、監獄内で看守を殺し、死刑台への道を歩むのである。

『薔薇の奇跡』の物語は、それぞれメトレーを体験したアルカモーヌ、ビュルカン、ディヴェールという美しいトリオをめぐって綴られるが、その中心は、ジュネ（僕＝話者）が決して近づくことも触れることもできない「奇跡」の主人公アルカモーヌである。しかし、それぞれにジュネのアイドルであるビュルカン、ディヴェールとアルカモーヌは、物語の中でしばしば唐突に交替するので、読者はしばしば混乱させられる。また『薔薇の奇跡』の冒頭は、大人の重罪犯を収容する中央刑務所のひとつフォントヴローにジュネ自身が護送されてくるところから始まり、メトレーの近くにあり、子供にとって〈憧れの場所〉であったフォントヴローの監獄が物語の進行する舞台にちがいないのだが、これにメトレーの回想が交錯し、フォントヴローとメトレーのあいだで、しばしば場面が飛ぶので、ここでも混同が起きやすい。これは明らかにジュネが意図的に仕組んでいることでもあるのだ。三人のヒーローはひとりの同じ人物のようでもあり、それぞれに鏡像として反映し合い、メトレーとフォントヴローも、たがいに反映し合うことによって、それぞれの像を形成する。つまりそれぞれが同じであり、しかも違っていることは決して矛盾ではないのだ。そういう奇妙な発想は、ジュネ自身の哲学からやってきて、物語のすみずみまで波及する。

ちなみに小説も戯曲も書かなくなってからのジュネが、とりわけ書き続けたのは、比較的短いエッセー的テクストで、中でも印象に残るのは、ジャコメッティやレンブラントのような画家に関するものである。そういうエッセーで、ジュネがオブセッションのように繰り返しているのは、たとえば列車にたまたま乗り合わせた向かい側の、何の魅力もない男が「私」とまったく「同一」であり、「等価」であるという奇妙な考えである。個々の人格をはぎとられて、非人称となり、他者と等しくなった人間のイメージを、ジュネはジャコメッティの作品にもレンブラントの絵にも発見しているのである。そして「モデルたちを非人称化したときから、対象から同定可能なあらゆる性格をとりはらったときから、彼は一人一人に、最大の重みとリアリティを与えるのである」などとレンブラントの肖像画について書いているのだ（ガリマール版全集Ⅳ、pp.27-28、邦訳は『アルベルト・ジャコメッティのアトリエ』鵜飼哲編訳、現代企画室、xixページ参照）。

性愛の追求は、それぞれの個性が他に還元不可能な唯一のものと感じられていなければ不可能だと言いながら、ジュネは、レンブラントが妻を失い、人生の辛酸をなめつくしたあとで、そういう「非人称性」や「等価性」を発見したと書いている。それはジュネ自身の発見でもあったのだろう。まだ濃厚な情熱とともに性愛を追求していたはずの『薔薇の奇跡』の中にも、すでにそういう「非人称性」や「等価性」の意識はあったにちがいない。それを通じて、ジュネは一人ひとりの人物に「最大の重みとリアリティ」を与えようとしている。

ともかくこの小説でアルカモーヌ、ビュルカン、ディヴェールという三人のヒーローが、ときにまぎらわしく、メトレーとフォントヴローの話もしばしば混線することには深い理由があった。

『薔薇の奇跡』に現れる、凶悪犯を収容する中央刑務所のひとつフォントヴロー刑務所は、十二世紀以来僧院であった建物で、それが一八〇四年ナポレオンの時代に監獄になったのである。実際には、ジュネはこの監獄の囚人であったことはない。しかしメトレーの少年囚たちの「憧れ」の監獄として、ロワール川をはさんで数十キロの距離にあるフォントヴローを「奇跡」の場所として選び、監獄を実地に訪れて建物の内部や部屋の配置などを細かく調べている。僧院を監獄に変えるということは、キリスト教勢力を敵視したナポレオンの政策によるものにちがいなかったが、ジュネにとってこの歴史には格別な意味があった。監獄は、ジュネにとって聖なる秘跡の場所となり、まさに僧院という場所の聖性を復活させることになるからだ。ジュネは、そのことを難なく説明することができた。「流刑を話題にしながら聖性についてくどくど語るなんて、刺激の強い食べ物に不慣れな人なら歯軋《はぎし》りしていやがることだろう。しかし僕の送る人生は、世俗的事物を放棄することを要求するのであり、教会全体も個々の教会もまた、聖人に対してそれを求めている。それに、この人生は奇跡に通じる扉を開き、あるいはこじ開けようとするのだ。そもそも聖性とは、罪の道を通じて天国にいたる過程において、初めて確かめられるものなのだ」（本文七六ページ）。そこはプランタジュネ朝の王（ヘンリー二世）の墓のある歴史的遺跡でもあり、そのためジュネという名前の囚人は、刑務所の官吏にいきなりからかわれたりするのだ。

監獄を出入りする生活から、やがて足を洗ったジュネは、黒人の反差別運動に与し、フランスの移民を擁護し、パレスチナ人の抵抗にも同伴するようになるが、監獄を出入りしながら小説を書いた時代のジュネは革命的でも、共和主義的でもない。彼は信者ではないが聖性に注意を惹かれ、あたかも封建君主や王政の威厳を歓迎するかのような倒錯的な身振りをしばしば示したのである。もちろん後に「ギリシア人は神々と戯れることを知っていた」などと讃嘆するジュネは、キリスト教的聖性や封建君主や王政の威厳とも「戯れる」ことを知る倒錯的才能を発揮したにすぎなかった。裁判官や法律家、刑務所の官吏、修道女の権威に対するまったく辛辣《しんらつ》なジュネの視線も『薔薇の奇跡』にはあらわになっているのだ。

いずれにしても死刑囚アルカモーヌの「奇跡」をはじめ、聖性はいたるところに現れる。囚人たちの愛と暴力、死と犠牲さえも聖性を帯びている。監獄も少年院も、数々の奇跡の場所である。もちろんジュネのいう「聖性」をキリスト教に帰着させることはできない。それは結局、神秘とも信仰とも救済とも関係がなく、精神でさえもなく、ただ監禁された若者の肉体をめぐる美と愛と死の思考に還元されるだけである。

3　小説の細部、監獄の奇跡

小説の文章は、おおむね物語と描写からできているはずだが、ジュネの文章は描写し物語っていると同時に、しばしば思索している。精緻な分析さえもしている。冒頭の文章を振り返ってみよう。「フランスにあるすべての刑務所の中で、フォントヴロー中央刑務所ほど僕の心をかき乱すところはない。ここは僕の心に強い悲惨と荒廃の印象を残した場所なのだ。そして僕は、この刑務所にいた他の囚人たちの中にも、その名を耳にするだけで、僕と同じような感動と戦慄を味わう者がいたことを知っている」。この刑務所は、名前を聞くだけでも即座に特別な印象を与える。語り手はその理由を自問して答えようとしながら、「どうでもよいこと」と言うが、実はその問いにこれから時間をかけてていねいに答えていこうとしているのだ。メトレー少年院の鏡として、少年囚の未来の運命を映し出すフォントヴロー刑務所は、「聖体容器」

のようなものであり、そのなかにおさまっている聖体（パン）は、少年囚の未来であるという。これからこの小説は、繰り返し、メトレーとフォントヴローのあいだを往復するであろう。ジュネはこの小説の基本的な主題と構造を、ここで正確に凝縮して提示している。

この語り手は物語ながら、すぐに物語っていること自体について考えるので、物語の進行はしばしば引きのばされ緩慢になる。ゴルゴダの丘に十字架を背負って登っていくキリストの歩みが、しばしば「滞留」したことを、私は連想させられる。この滞留、ゆるやかさの印象は、ジュネ特有のものである。語りながら、さっそく語っていることについて考え、問うことによって、語りの内容は滞り、つぎつぎ分岐していく。異様なこと、怪物的なこと、禁じられていることだけを語る倒錯的作家というジュネのイメージは、確かに一面的すぎる理解である。「アルカモーヌがどういう人物だったのか、彼の存在を通じて深く知ったディヴェール、そしてビュルカンが僕にとってどういう存在だったのかということについても書いておきたい」。「これらの美しいならず者たち、僕を魅了する光であり同時に闇でもあった者たちについて、僕はできるかぎり巧みに語りたい」。しかし「『彼らは暗黒という光明であり、目の眩《くら》むような闇である』という以上のことが言えるとは思わない。そんな言葉は、僕が感じている感情に比べれば何ものでもないのだ。ちなみにもっとも大胆な小説家たちは『黒い光……きらめく影……』などと書いてこの感情を表現している。そういった短い詩の中で、美と悪との間にある明白な生ける逆説を調和させようとしたのだ」（二三一—二四ページ）。こんなふうにゆるやかに迂回することは、ジュネにとってまったく本質的な方法であり、彼はそれを必要とした。

監獄に閉じ込められた囚人のゆるやかな身振りについて、ジュネはすばらしい文章を書いている。それは囚人の夢想や幻想、思索や瞑想、そして監獄の時空からの逸脱とダンスの可能性でもある。「監獄の房では、極端にゆっくりと身動きすることができる。身動きの一つひとつの合い間に、静止することもできる。僕たちは時間と思考の支配者なのだ。ゆっくり進めるから僕たちは強いのだ。それぞれの動きが、重々しい曲線にそって方向を変える。僕たちはためらい、選ぶ。監房での生の贅沢はこういうものだ。しかしこの身動きのゆるやかさは、素早く移動するゆるやかさでもある。ときに突進することもあるのだ。ひとつの動きの曲線に永遠が押し寄せ、監房の隅々までが自分のものになる。なぜならその空間全体を、注意深く自らの意識で満たすからだ。このゆるやかさに重さは欠けているにしても、それぞれの身動きをゆるやかに実行することができるなんて、なんという贅沢だろう。僕の絶望を完璧に打ち砕くものは何もない。絶望は順を踏んで作り直されるのだ。それは自己の内部にある分泌腺で調節されるからだ。絶望はこの分泌腺から、ときにはゆるやかに、しかし一時も中断することなく湧きでてくる」（二九一―二九二ページ）。

西洋の言語で書かれ、しかも入り組んだ抽象的な内容をもつ表現を日本語に訳すときに生じる困難を、できるだけ解決して平易にしようとしても、ジュネの文章はなかなか易しい日本語にならない。出来事を語りながら、問いを立て、答えようとし、また問いを増殖させていく。そういう迂回の過程そのものが、ジュネの小説の内容でもあるので、それを楽しみ、それに感動しないとすれば、『薔薇の奇跡』を読む意味は失われてしまう。それは小説のなかにときどきちりばめられる作家のアフォリズムを「名言」のように読むこととはちがう。確かにアフォリズムのように凝縮された文章も随所にちりばめられている。「美とは醜さの投影であり、ある種の怪物性を『発達させる』ならば、もっとも純粋な悦楽が得られる」（三八ページ）。「偉大な行動のためには、長い間夢想しなければならない」（六四ページ）。しかしジュネの思索は、もっと持続的で、物語の文章にたえず分身のように含まれて、物語とくんずほぐれつしているものだ。

本文四〇―六四ページのあたりで、ジュネは監獄とは何か、かつては魔法や神秘に満ちた場所に見えた監獄が、いまはどんなふうに見えているか、どうして自分が〈監獄のなかの監獄〉ともいえる地獄のような場所である懲罰房にいるのか、詳細に描いている。成人して泥棒となり、盗みをやってのけるために男らしい男になり、やがて監獄を、幻想なしにありのままに見るようになったという語り手（ジュネ）は、それでも懲罰房のなかでビュルカンとアルカモーヌという二人に対する偶像崇拝に熱中する。明晰な内省の力と、愛の情念の力は、まったく矛盾する力でありながら合体して、ジュネの幻想と思索を牽引するのである。

ジュネの犀利《さいり》な観察は、身振りにも表情にも出来事にも、つねに両義的な性質を見出す。男性的なものの細かい襞《ひだ》に女性を見出し、硬いものの背後に柔らかさを、重いものに軽いものを見出す。いかめしい監禁の場所である刑務所（la prison）自体が、まさに女性名詞によって女性、母性として把握されることがある。「監獄、特に中央刑務所は、ものごとを軽くすると同時に、重々しくもする場所である。監獄に触れるものは、人間も物もすべてが鉛の重さを持ちつつ、からまる蔦《つた》のような気味の悪い軽さを持つのだ。すべてが重々しいのは、あらゆることが実にゆるやかな動きをしながら、不透明な要素の中に沈みこむからだ。つまり、そこではすべてが重すぎて『沈下《プレシピット》した』のである。生者たちから切り離されるという恐怖をかきたてられる。この言葉は断崖絶壁《プレシピス》を思い起こさせるのだ（監獄に関する多くの単語が墜落を、まさに墜落そのものを思わせることも言っておこう）」（一三〇―一三一ページ）。

語り手ジュネが刑務所で回想しているメトレーの、すでに一九三九年に失われた楽園は、ときに少年たちの殺し合いや暴動まで起きる不穏な場所だとしても、周囲には壁がなく、ただ花壇や垣根で囲まれているだけだった。このメトレーを出てからの語り手の生は、従軍、脱走、放浪の果てに、パリで泥棒しては捕まって収監されるということの繰り返しで、その間にジュネは本格的な執筆を始めたのである。メトレーから遠く離れたジュネは幻滅の過程を歩んできたはずである。しかしこの小説を書くことは、楽園の時間に戻り、楽園を称えることであり、大人の刑務所の三人のヒーローたちもみんなメトレーの美少年だったのだ。ジュネの観察は、ときに犀利で、辛辣で、即物的であるが、それもみんな、いま死刑台に歩みつつあるアルカモーヌを救おうとして語り手が繰り広げる幻想、幻視のための序曲にすぎず、この幻想を鍛え、燃え上がらせるためにこそ、ジュネのリアルな観察はあった。

「人はこのような軟弱な性質の集合が、鉱物の結晶の鋭い稜角を形成するということに驚くだろう」（『泥棒日記』*Journal du voleur*, Folio, p.282）。ジュネの観察にとって、このように柔らかいものは硬く、幻想的なものはリアルなのである。ジュネはそういう視線を、悪にも暴力にも愛にも注入した。『薔薇の奇跡』はまったく類まれな監獄の小説であり、ミシェル・フーコーの『監獄の誕生』のように、懲罰の制度や、監獄の建築に、近代社会の権力を集中的に表現する普遍的な性質を見る画期的分析が現れてからは、まさにそういう分析に照らして読むことができなくはない。しかし「監獄は僕のなかにあり、僕の皮膚の細胞でできている」（五六ページ）などと書くジュネによって生きられた監獄は、まったくリアルなままに幻想的である（ジュネはパレスチナの現実的闘争にさえも、夢想的であることを要求するだろう）。悪あるいは善も、美あるいは醜も、男性あるいは女性も、現実あるいは幻想も、微細な分子的要素の一定の配置から生み出されるのであり、決して一方が他方を排除するものではない。ジュネのそういう徹底的な両義性の美学は『薔薇の奇跡』で、監獄の奇跡としてあますところなく描かれた。

4　ジュネはどんなふうに読まれてきたか

「ジュネは、猥雑で崇高で、下劣と高貴に満ちている」。「ジュネの汚辱の本能と汚辱の体験は、通念では決して代置できない一種の純粋体験であったから、彼は通念による表現をあきらめ、自分の血肉と化した隠語を用いて孤独な表現上の純粋さに達したものと思われる」。「ジュネの芸術行為は、理解されざる最初の文学的出発『死刑囚』から、世界の人々に理解されるにいたった今日まで、己れのエロティシズムの命ずるままに、芸術による芸術の克服の一線をまっしぐらに走って来ている」（『ジャン・ジュネ全集3』付録3）。三島由紀夫のこのような評言は、日本でどのようにジュネが読まれたか、少なくともその一端をよく凝縮している。早くから「無頼派」の作家（石川淳、坂口安吾）の共感を呼び、まず『花のノートルダム』、『泥棒日記』が一九五三年に、『薔薇の奇蹟』が五六年に翻訳され、やがて六七年から六八年にかけては日本語版全集が刊行された。ジュネの影響は、土方巽《ひじかたたつみ》や大野一雄の前衛舞踊から（土方は六一年に「刑務所へ」と題した文章を発表しているが、そこには『泥棒日記』の引用があり、明らかにジュネに触発されたダンス論だった）、六〇年代日本のアングラ文化（大島渚の映画『新宿泥棒日記』）まで広く及んだ。サルトルのジュネ論（『聖ジュネ　道化と殉教者』、以下、『聖ジュネ』と表記）も五八年に翻訳が出ているから（邦訳題名『殉教と反抗』）、日本でもジュネの理解に大きな影響を与えたにちがいない。

　大江健三郎は、それを意識してか「サルトリアンではないジュネ」という一文を、『ジャン・ジュネ全集』の付録に寄せている。「監禁された犯罪者が小説を書く光景を想像してみる者は、小説の根本的な性格のひとつに出会うだろう、それは恐ろしく奇怪で、不毛で、熱い恥ずかしさの大きいかたまりを見せつけられる光景である」。「ジュネは明快に書く。あいまいさや思わせぶりで、読者の眼をかすませることはない。しかし、かれの文章のめざすところと機能は、実在する物そのものを提示するやり方とは無関係である」。大江の論旨は混沌としているが、こうしてジュネの「想像力の世界」に注意をうながし、描かれたすべての物や人物の背後に、いつも「ジュネの顔」があり、「沈痛な眼」があるという。

大江はみずから作家として、ジュネの特異性（ジュネの顔）を、サルトルの強力な論理からすくいあげようとして工夫を凝らしている。しかし「実在」と「想像力」というような対立項をもちだすことによって、やはりサルトルのしたたかな「弁証法」に引きずり込まれているように思える。「ジュネは知的な作家ではない」と性急に断定して「ドイツの浪漫派の子孫」であるなどと書いた中村真一郎の評言まで含めると、ジュネの読まれ方は、まったく一筋縄ではなかった。悪と同性愛という主題のインパクトは、多くの読者にとって圧倒的でも、ジュネは明快であるが、知的ではなく、ロマン主義的ともいえる夢想、幻想の作家であると同時に、悪や倒錯の世界を、冷徹に即物的に描いた作家であるというように、批評の方はかなり矛盾し混沌としていたのだ。「このやや冗長な作品、人称のくるくる移りかわる作品、そして〈盗み〉と〈放浪〉とふしだらから〈男根〉や〈同性愛〉の不可避さを体得した奇譚作家」などと書いた吉本隆明のジュネ論は、「革命的な」偶像ジュネのイメージを、むしろ冷めた目で解体しようとするものであった（『書物の解体学』中公文庫）。

当時のフランス文学研究・翻訳の俊才たちによって、ほとんどの作品が訳され、精緻な研究も進んでいったが、七〇年代に入るとジュネをめぐる出版は勢いを失っていった。ジュネはまだ生きており、あまり目立たない形で執筆を続けていたが、小説と戯曲、そしてサルトルの『聖ジュネ』のインパクトがあまりにも決定的だった。ほんとうはジュネの複雑な襞にみちた文章は辛抱強い精密な読解を要するのに、もっと深く読みこむかわりに、怪しい衝撃的な印象だけを受け取って本を閉じてしまった読者が多かったのではないだろうか。衝撃をもたらし流行になった書物は、しばしばそういう運命をたどるものだが、やがてジュネのテクストを別の読み方で読まなければならない時がきた。その後のジュネが細々と、しかし実はたいへん先鋭な思考を集中して書いたエッセーから、ジュネの過去の作品を逆に照らし出す光が射してきたのだ。

サルトルのジュネ論は、彼の実存主義を、ヘーゲル、マルクスの歴史的弁証法と、さらにはフロイトの精神分析（無意識論）に結びつけて、ひとりの作家とその表現を歴史的全体のなかで完膚なきまでに説明しつくすという意味で、まさに〈全体〉をめざすものだったといえよう。彼はそのような研究をボードレール、ジュネ、やがてフロベールにまで広げ、壮大な哲学的、社会的、歴史的研究として作家論を展開したのである。そこには作家たちの顔ばかりか、サルトル自身の顔が読み取れたかもしれない（大江健三郎はそのことを問題にしていた）。「顔」とは作家の特異性のことであり、身体の形態でもあるのだから、身体の特異性、個別性のことでもある。それは決して歴史的な全体性に分解され還元されるものではない。サルトルは決して全体主義的ではないが、全体の観念を信じ、全体を論証しようとした思想家である。しかしジュネにとって、重要なことは、かぎりなく微分され孤絶した細部にしかない。この点で、ふたりの思想はほとんど相いれなかった。

デリダの『弔鐘』は、確かにサルトルの『聖ジュネ』にも「弔鐘」を鳴らすかのようにしてジュネの読み方に大胆な転換をもたらした書物で、ジュネ自身も例外的な論として率直に歓迎したのだ。ジュネの書いた言葉の屈曲した細部を〈解釈〉するのではなく、サルトルから遠ざかって、むしろ細部に寄り添い戯れるかのように論じたデリダの試みも、新しい批評を促した。デリダは書く。「もし私が彼のテクストに味方して書くなら、私は彼に逆らうことになる。彼に味方するなら、彼のテクストに逆らことになる。この友情は和解不可能である」（*Glas*, Bibliothèque Méditations, p.279）「私は彼を理解しようとしたのかどうかわからない。もし私が彼を理解したと彼が考えるなら、彼にとってそれは我慢のならないことだろう。あるいはむしろ彼は我慢しないことを望むだろう。何といういざこざ」（p.283）。こうしてジュネについてすでに二人の哲学者が、二つの怪物的な書物を書いたのである。しかしデリダがサルトルよりも、ずっと正確なアプローチをしたかどうか、それはわからないのだ。

そして前にもふれたように、生きながらすでに『全集』を刊行したあとのジュネは、アメリカのブラック・パンサーの黒人解放運動とパレスチナの解放闘争に同伴しながら書いた数々のエッセーと、やがて『恋する虜』という長大な散文作品に結晶する断片群を残したのだ。『全集』に収録されていた一九五〇年代後半のジャコメッティ、レンブラントについてのエッセーも含めて、ジュネは独自の思想的エッセーを書き続けた。もはやこれを無視してジュネを論じることは難しい。そして『恋する虜』にさえも「毎日アルベルト〔ジャコメッティ〕はこれを限りと見つめていた。彼は世界の最後のイマージュを記録していた」（鵜飼哲、海老坂武訳、三二ページ）と突然書いたりするように、ジュネの芸術論と政治論とは決して別々の次元にあったわけではなかった。やがてジュネの死後に出たエドマンド・ホワイトによる最も詳細な伝記と、タハール・ベン・ジャルーンのようにアラブに出自をもつ小説家が残したジュネの晩年の記録も刊行されている（『嘘つきジュネ』岑村傑訳、インスクリプトより近刊予定）。モロッコの少年を養子にし、パレスチナの運動にかかわり、モロッコの墓地に埋葬されたジュネのアラブ世界とのかかわりは並大抵のものではない。

ジュネが死んだ翌年一九八七年六月に日本で刊行された、浅田彰の責任編集による『GS 特集ジュネ・スペシャル』（ユー・ピー・ユー刊）の内容を振り返ってみると、ジュネの読み方をめぐる変化のいろいろな兆候がそこに垣間見えていたようだ。浅田は編集後記に、その特集号はフェリックス・ガタリが『恋する虜』について書いた新しいジュネ論「再び見出されたジュネ」（特集号に浅田彰、市田良彦訳で掲載され、『分裂分析的地図作成法』〔宇波彰・吉沢順訳、紀伊國屋書店〕に「ジュネ再発見」として再録されている）によって種をまかれたと書いている。この特集号にはガタリのこのテクストが訳出されたほか、まだ日本語完訳のないデリダの『弔鐘』の一部訳が掲載された。ドゥルーズとの哲学的デュオで知られるガタリのジュネ論は、彼独自の政治学に照らしてジュネを読む試みであり、デリダともサルトルとも遠く離れたジュネのイメージが提出されていた。ドゥルーズがパレスチナの戦いによせたテクスト「アラファトの偉大さ」も、ここにあわせて訳載された。デリダによって切り開かれたジュネのテクストの鉱脈を意識しながら、鵜飼哲はさっそく『恋する虜』を読解し、梅木達郎はサルトルとデリダの論を比べて読み解いている。私も、ジュネがあらゆる作品中に描く身体と身振りが、そのまま力関係の図であり、権力の分析になっていることを主題として、「ジュネと非権力」というエッセーを書いたが、この頃から『恋する虜』を精読して私なりのジュネのビジョンを提出したいと思うようになった。

そこにはもう悪や倒錯の美学や、実存主義的な弁証法の衣を着せられた重たいジュネのイメージはなかった。端的に言って、一九四四年に監獄を出てからのジュネは別の生き方をし、別のものを書いたのだから、それからの長い時期にジュネが考えたことが当然新たな読解の対象にならねばならないのだ。ジュネの後半生は確かに『恋する虜』という分類不可能な本に凝縮されている。しかしこれも驚くべきことだが、『薔薇の奇跡』一冊だけに集中してみても、実はその中にすべてが書き込まれているという印象があるのだ。ジュネのまなざしにとって、抵抗するパレスチナ人たちの太陽の下の輝く表情は、『薔薇の奇跡』のヒーローたちに似て、監獄の闇のなかにきらめく囚人の言葉や仕草と、まったく等価だったのだ。

ジャン・ジュネ年譜

一九一〇年　〇歳
一二月一九日、パリ六区アサス通りの産院でジャン・ジュネ誕生。母の名はカミーユ・ジュネ、職業は家政婦と記載されていた。父は長らく不明だったが、近年の調査により、名はフレデリック・ブラン、出生届けの時点で四二歳、フランス・ブルターニュ地方の出身であったことが判明している。カミーユは七ヶ月後にジャンを養護施設に委ね、一九一九年二月、三〇歳のとき、スペイン風邪で死亡する。

一九一一年
七月、ジュネはパリの南東一五〇キロメートルに位置するモルヴァン地方の村アリニーの里親に引き取られる。一家の父親は指し物師、母親は小さな煙草屋を営み、普通の農民よりやや裕福だった。
九月、洗礼を受ける。

一九二二年　一一歳
四月、一家の母親ユージェニーが死に、かわりにその娘ベルトとその夫がジュネの里親となる。

一九二三年　一二歳
六月、村一番の成績で初等教育修了証を受ける。ジュネはこれ以降、学校教育を受けていない。アリニーでの子供時代は比較的恵まれていたが、ささいな盗みをし、友達にも盗みをそそのかしたという証言がある。

一九二四年　一三歳
一〇月、成績優秀のため、パリ近郊にある、児童養護施設と一体の職業訓練所に行き、印刷工のコースに入る。
一一月、施設から失踪し、ニースで警察に保護される。

一九二五年　一四歳
四月、盲目の作曲家ルネ・ド・ブクソイユに委ねられ、助手となる。ジュネはこの頃から読書を好み、習作も書いていたと言われる。後に『葬儀』で、この作曲家が作った歌を引用している。
一〇月、作曲家から預かった金を横領して訴えられ、監視下で精神鑑定を受けるため精神科病院に入れられ、ついで更生施設に送られる。

一九二六年　一五歳
二月、施設から失踪し、マルセイユで保護される。この後も施設からの脱走と無賃乗車を繰り返す。
九月、トゥール近郊のメトレーにある非行少年の更生施設に入り、二年半をここですごす。メトレーは『薔薇の奇跡』の重要な舞台となる。

一九二九年　一八歳

三月、軍隊に入り、翌年シリアに配属される。初めての中近東である。

一九三一年　二〇歳

一月、軍の契約期間が終わる。

六月、再び軍に入り、モロッコに配属される。

一九三三年　二二歳

六月、軍の契約期間を終えてパリに住み、やがてスペインを放浪する。この放浪は『泥棒日記』の素材となる。

一九三四年　二三歳

四月、また軍隊に入り、翌年一〇月には再契約する。

一九三六年　二五歳

六月、軍を脱走し、贋《にせ》のパスポートをもって、イタリア、アルバニア、ユーゴスラヴィア、オーストリア、チェコスロヴァキア、ポーランド、ドイツ、ベルギーなどを翌年にかけて転々とする。この旅も『泥棒日記』に出てくる。

一九三七年　二六歳

九月、パリでハンカチを万引きして逮捕されるが、執行猶予となる。数日後また逮捕され、盗み、武器所有、パスポート偽造などで五ヶ月の懲役刑を受ける。この時期から約六年半にわたって、ジュネは繰り返し逮捕され、一三回の有罪判決を受けている。監獄にいた時間は、合計約三年になる。

一九四〇年　二九歳

『葬儀』の主人公となるトロツキスト、ジャン・ドゥカルナンを知る。

一九四二年　三二歳
獄中で小説『花のノートルダム』の執筆を始める。詩『死刑囚』を書き、自費出版する。

一九四三年　三三歳
二月、『死刑囚』がジャン・コクトーの目にとまり、直接会う機会を得て『花のノートルダム』の原稿を見せる。
五月、ヴェルレーヌの豪華本を盗んで逮捕される。それまでの前科が加算され、このときジュネは三ヶ月を超える刑を言い渡されると、無期懲役になるはずだった。コクトーの口添えで、ジュネの刑は三ヶ月におさまる。
九月、再び本を盗んで逮捕される。ナチ占領下で、服役後も拘束される。

一九四四年　三三歳
三月、強制収容所送りになる寸前に、知人たちの働きかけで解放される。これでジュネの泥棒時代には終止符が打たれたことになる。
四月、『花のノートルダム』の一部が雑誌「アルバレート」に掲載され、九月には地下出版の形で本になる。この年、サルトルに出会う。

一九四六年　三五歳
三月、小説『薔薇の奇跡』が刊行される。戯曲『囚人たち』『女中たち』を書き、小説『ブレストのクレル』（原題『ブレストの乱暴者』）を完成する。

一九四七年　三六歳
四月、『女中たち』が初めて公演され

る。
七月、プレイアッド賞を受ける。
一一月と一二月に、小説『葬儀』と『ブレストの乱暴者』がそれぞれ刊行される。
一九四九年　三八歳
七月、小説『泥棒日記』が刊行される。ジュネの無期懲役の可能性があらためて問題になるが、コクトーとサルトルが中心になって大統領に働きかけ、結局ジュネはこの年の八月、最終的に赦免される。
一九五〇年　三九歳
四月―六月、ジュネみずから監督して映画『愛の歌』を作る。その後もジュネは何度か映画を作ろうとするが、結局実現したのはこれだけである。
一九五二年　四一歳
七月、サルトルの『聖ジュネ』が刊行される。
一九五四年　四三歳
八月、同性愛についての思索を含む詩的な「断片」を、サルトルの主宰する雑誌「レ・タン・モデルヌ」に発表する。
一九五五年　四四歳
約六年にわたる空白の後、戯曲『バルコン』『彼女』を書きあげ、『黒んぼたち』の執筆を始める。北京オペラを見て感嘆し、後に『屏風《びょうぶ》』で、その影響を示す。この年、ジュネがジャン・ドゥカルナンとともに、生涯で最も愛した男というアブダラと出会う。ジュネは彼をサーカスの曲芸師にしようとしてあらゆる努力を惜しまない。

一九五七年　四六歳

彫刻家ジャコメッティの展覧会カタログに「アルベルト・ジャコメッティのアトリエ」を発表。

一九五八年　四七歳

アブダラとともにギリシアに住む。レンブラントについて書き始める。

一九六一年　五〇歳

二月、大作『屏風』が刊行される。これがジュネの存命中に刊行される最後の本となる。綱渡り師となったアブダラがこの年、綱から落ちて負傷し、サーカスをあきらめる。ニューヨークで『黒んぼたち』が演じられ、その公演回数は一四〇八回に上った。これはブラック・パンサーの黒人解放運動に何らかの影響を与えたといわれる。

一九六二年　五一歳

友人のジャッキィ・マグリアを自動車レーサーにしようとして熱中する。ジャッキィは何度かレースに優勝するが、やがて事故で引退することになる。

一九六四年　五三歳

三月、アブダラが自殺する。そのためジュネは作品を焼き、文学を放棄しようとする。

一九六六年　五五歳

四月、パリ、オデオンの国立劇場でロジェ・ブランの演出により、『屏風』

が上演される。アルジェリア戦争を批判する内容が物議をかもし、連日右翼の介入やデモがあるなかで演じられた。ジュネは綿密なメモを書き、演出に協力した。

一九六七年　五六歳

五月、ジュネはイタリア国境の町で自殺を図ったが未遂。

一二月、日本に旅行する。

一九六八年　五七歳

パリの五月の反乱を支持する文章を書く。

八月、アメリカに行き、ヴェトナム反戦運動を支援する。

一九七〇年　五九歳

一月、フランスの移民労働者を守る運動に参加。

三月―五月、ブラック・パンサーに招かれてアメリカ各地で講演し記事を書く。

一〇月、PLO（パレスチナ解放機構）に招かれ、ヨルダンのパレスチナ人キャンプに行き六ヶ月すごす。翌年、翌々年にもヨルダンを訪れる。

一九七三年　六二歳

この頃パレスチナとブラック・パンサーについての本を書き始める。

一九七七年　六六歳

九月、ドイツ赤軍を支持する文章「暴力と野蛮」を「ル・モンド」に発表し物議をかもす。

一九七九年　六八歳

五月、咽頭癌が発見され、治療を受ける。

一九八一年　七〇歳
翌年までメトレーを主題にした映画『壁の言葉』のシナリオを執筆するが、映画は制作されなかった。

一九八二年　七二歳
モロッコに住む。
九月、PLOのリーダーのひとりライラ・シャヒードとともにベイルートに行き、パレスチナ人キャンプで大虐殺が起きた直後の現場を目撃する。翌年この事件をめぐるエッセー「シャティラの四時間」を発表。

一九八四年　七三歳
七月、ヨルダンに行き、『恋する虜《とりこ》』のための調査をする。

一九八五年　七四歳
一一月、パリにもどり、完成した『恋する虜』の原稿を出版社にわたす。

一九八六年　七五歳
咽頭癌が悪化し、四月一五日の朝、パリ、イタリー広場近くのホテルの一室で死んでいるのを発見される。『恋する虜』の二回目の校正をしている最中だった。亡骸は、モロッコの北の海辺の町ララッシュのスペイン人墓地に葬られた。

訳者あとがき

この訳書は、フランスのガリマール出版社から刊行されたジャン・ジュネ全集第2巻に収録された*Miracle de la rose*（一九五一年発行）を翻訳したものである。堀口大學による訳は、題名を『薔薇の奇蹟』としていた（一九五六年新潮社刊、その後一九六七年『ジャン・ジュネ全集3』に収録され、文庫化されている）。私の訳では、さして深い意味があるわけではなく、「奇蹟」よりも常用される「奇跡」を採用した。

ジュネの作品のオリジナル版を多く刊行したMarc Barbezatの主宰するL'Arbalète出版社から一九四六年に、この小説の無削除版が発表されていたので、これと照合して、ガリマール版で削除された部分を【　】中に訳出しておいた。無削除版になく、ガリマール版でわずかに付加された部分は［　］に入れておいた。全集に収録された際の変更によって、なんら作品の本質は損なわれていないとジュネ自身がコメントしたことがあるが、ジュネの読者にとって、どういう変更（多くは削除である）が行われたか指摘しておくことは無意味ではないと思う。

訳者としては、できるかぎり原文に密着したいことはもちろんであるが、今日の読者にとって近づきやすいように、工夫せざるをえなかった点がいくつかある。これは私自身が翻訳の方針として心がけてきたことでもあるが、西洋語特有の〈関係代名詞〉によって続けられる長い文章は、ある程度短く区切ったり、少々の工夫によって、日本語で自然に読めるようにしている。できれば避けたいことだったが、現代日本語の文章の慣行に比べて相当に長く段落なしに続く文章に、原文にはない段落を増やしている。

ジュネの作品を翻訳することがいかに難しいか、すでに日本語の訳者たちはそれぞれに述懐している。まず少年院、監獄の世界の独特の〈言い回し〉という問題がある。もちろん多用される俗語、隠語にも手を焼かされる。そのうえジュネ独特の抽象的な描写や思考があり、またしばしば不連続で唐突な飛躍や省略がいたるところにあって、読者を混乱させる。この『薔薇の奇跡』でも、三人のヒーローのあいだ、メトレー少年院とフォントヴロー刑務所のあいだに、たえず予期しない横すべりが起きる。一見それは無造作な書き方にも見える。まったく自発的な、巧まない書き方は混沌とした印象を生んで、読者を遠ざけることになるかもしれない。確かにジュネは、読者に対して愛想のいい親切な作家ではない。しかも「あなた方」と読者に呼びかけ、自分は

「あなた方」の世界に所属するものではない、としばしば挑発的につき放す辛辣な言葉を記している。

最初の『薔薇の奇蹟』の訳者、堀口大學は、そのジュネの混沌の印象をこんなふうに表現した。「ジュネの行文。主題は山川の流れに浮んだ笹船さながら、激するリズムにもてあそばれて、行きつ戻りつ、急ぐかと思うと、急にまた思い直しでもするように楫《かじ》を逆にしてあと戻り、途端に道草の渦にはまって、二三度回転、乗っていた狐の精が落ちでもしたかのように、今度は発矢《はっし》と再出発、がむしゃらに岸に向って疾走、激突、はねかえされ、あらためて流れのまん中へ飛び出すや、今度は悠々流れを下ると言った具合の仕組。フランス本国にあっても、この文章が魔術だと言われる所以だろう」(『ジャン・ジュネ全集2』付録2、新潮社)。「わたし」の語る滑らかな「ですす」文に、冒頭から「哀れの深い」、「侘しさ」、「やるせない」のような和風の語彙をちりばめ、まさに「流れ」をかもしだす。堀口大學訳の「魔術」というものも確かにあった。

しかし、私の出会ったジュネの作品の印象では、「流れ」ではなく、むしろ切断、亀裂、不連続、空白がひしめいているのだ。小説を書かなくなったジュネが、ジャコメッティやレンブラントについて書いたエッセーや、最後の、どんなジャンルにも分類不可能な大作『恋する虜《とりこ》』からは、とりわけそういう印象を受けてきた。そのような印象から再出発して、ジュネの小説を読み直してきたものだから、小説にもそういう切断（不連続性）の兆候や痕跡をいたるところに読みとることになる。

そもそも、物語とは、あるいは歴史とは、出来事と出来事のあいだに連続性や因果性を求め、了解可能な意味を与える行為である。そういう連続性や因果性が疑わしいものに感じられ、物語や歴史が信用できなくなる。現代のそういう信用低下の傾向を、ジュネはまったく敏感に、自分独自の経験のなかで強烈に培った書き手である。

私生児、非行少年、泥棒を経て作家となった同性愛者ジュネには、確かに、語るべきこと、書かねばならないことがいくらでもあった。ジュネの文学、特に小説はその意味で、まったく自発的であり、作品は滔々《とうとう》と、奔流のように短期間で書かれ、書くべき理由がなくなったときには即座に終結した。ジュネの文学は、その意味で、まさに堀口大學が評したように、滔々たる流れであり、野性的で暴力的である。ところがそれはジュネの文学の一面であり、もう一面でジュネは、マラルメもプルーストも熟読していたおそろしく理知的、方法的な自意識をもち、そういう意識に引き裂かれた表現者であったのだ。そのようなジュネ文学の方法的実験的なモチーフは、二つのパートを並列させてレンブラントを論じたエッセー「小さな真四角に引き裂かれ便器にてなげこまれた一幅のレンブラントから残ったもの」や、最後の大作『恋する虜』や、未発表のまま残された詩的作品『判決』で、十全に表現されることになるのである。少年院で子供向けの冒険小説や大衆小説を読みふけったこともあるジュネの書いた〈物語〉を痛快な悪漢小説として、メロドラマとして読むような読み方も、もちろんあっていいわけだし、ジュネにとって唐突で不連続な書き方が本質的な重要性をもつとしても、あちこちで読者が躓《つまず》くような訳文であってはならない。しかしジュネのエクリチュール（書法）の複雑な結晶の含む亀裂や空白やねじれも、忠実に伝えたい。そんなふうに欲張ってみても、そういう文章はそもそもジュネがフランス語で達成したもので、訳者の見果てぬ夢にすぎない。

男性一人称の語り手を、どう訳すかは、いつも難しい。わたし、わたくし、私、おれ、俺、僕、ぼく……語り手がゲイであることも意識してか、堀口訳は「わたし」として、語り口も柔らかいお喋り調にしているが、少年院・監獄の世界は、同性愛が日常でも、つねに男らしさを厳しく競う世界でもある。しかし少年院の思い出にひたって、その投影であるかのように生きる囚人たちには、いつもナイーヴな感情がつきまとっている。そこで全体を通じて「僕」としてみたが、読者にはどういう印象を与えるか、気にかかるところだ。

フランス文学研究者としては、はじめ私はランボーの作品を読み解くことからはじめて、アントナン・アルトーの研究にすすみ、アルトーの画期的な読み手でもあったドゥルーズとガタリの書物から大きな刺激を受けることになった。ジュネの作品を、特異な、かけがえのない表現として読むようになったのは、そういう道を歩んだあとのことで、何よりもまず彼のジャコメッティに関するエッセーに感銘を受けたことが契機になった。若いときに『泥棒日記』を読んだときには、ジュネにそれほど傾倒する気持ちにはならなかったのだ。「さまざまな描線は、意味に値するわけではなく、ひたすら白にすべての意味を与えるために用いられる。よく見つめるがいい。優雅なのは描線ではなく、そのなかに含まれた白い空間である。みちたりているのは描線ではなく、白なのである」（前掲書『アルベルト・ジャコメッティのアトリエ』、訳は筆者による）。確かに私は、このくだりの忘れがたい印象から、ジュネの迷宮に入っていったと思う。そしてとりわけパレスチナの抵抗運動を主題にした、およそ分類不可能な散文長編であり、ジュネのすべてが注ぎ込まれた『恋する虜』に感銘を受け、その感銘を反芻《はんすう》するようにして、一九九二年から翌年にかけてパリに滞在した時期に『ジュネの奇蹟』という本を書くことになった（『ジャン・ジュネ――身振りと内在平面』以文社はその増補改訂版である)。

ジュネは『恋する虜』にいたる文章を書き綴っていた時期に(一九七〇年代半ばといわれる)、そのなかの断片を中心にして、まったく別の謎めいた詩的作品を完成して、出版社に託していた。この作品はタイトル『判決』が示すとおり、裁判所で言い渡される「判決」の言葉に対する思索を含み、法、法廷、拷問、宗教、異教、そして権力、暴力、人種差別、戦争まで、多岐にわたる主題に触れて、錯綜する断片を組み合わせたものである。ジュネは他にも一九五四年、サルトルの主宰した雑誌「レ・タン・モデルヌ」に、同性愛についての思索を含む詩的な作品を、ただ「断片」Fragmentsと題して掲載したことがある(『ジャン・ジュネ全集3』に「倒錯者の断章」として平井啓之訳で収録されている)。『判決』も「断片」も、濃密な、錯綜した断片的エクリチュールで、少数の読者しか想定していない〈秘教的〉作品のおもむきをもっている。世界中で読まれ演じられた小説、戯曲のみならず、やがてそういう作品を書かねばならなかったジュネの文学は、はかり知れない奥行きをもっている。『薔薇の奇跡』を一語一語感触を確かめながら新訳することは願ってもない体験だったが、ジュネの迷宮は、まだ私には究めきれない奥行きをもっていると感じられる。

この翻訳を仕上げる過程では、編集担当の今野哲男、佐藤美奈子、駒井稔の三氏の綿密な点検や助言をいただいた。翻訳者としては、思想的な書物を多く手掛けてきたほかには、ジュネやベケットなどの、私が偏愛する難解な小品を訳してきたが、長編小説の訳は経験したことがない。それもジュネの、それ自体アクロバットのような文章が続くこの大作である。すみずみまで平明な訳文をめざしたいが、ジュネ自身は、しばしば読者を煙に巻くような書き方をする。あるいは明らかな伝達性よりも、文章の怪しい美しさを重視する。ときには深淵や迷宮のような思考が影を現わす。そのあいだで立ち迷いながら訳文を仕上げるのは、私自身にとってもアクロバティックな冒険で、最後の点検をしながら何が実現できたのか確かめようとした。しかし確かめられたのは訳文の成否よりも、『薔薇の奇跡』という小説の苛烈さ、美しさ、野性、精妙さ、必然性だけで、それに一部始終同伴しえたことの喜びだけにつきる。編集担当の三氏に感謝します。

本文中に「オカマ」「オネエ」など同性愛者に対する、今日では不適切とされる用語が使われています。また「びっこ」「どもり」など身体的障害に対する差別的表現、そして「乞食」「浮浪者」「処刑人」「酋長」「ジプシー」など、特定の職業や境遇に対する差別的表現も含まれています。これらは本作が成立した一九五一年当時のフランスでの社会状況と、作者個人の実体験に基づくものですが、作品の歴史的・文学的価値に鑑み、原文に忠実に翻訳することを心がけました。

また、絶望的状況を示す比喩として「らい病にかかった人々の世界」「僕は生けるらい病患者」、神の奇跡の例として「癒されたらい病患者、口づけされるらい病患者」、心象風景として「らい病患者の家」など、現在では使われるべきでない、不適切な表現があります。これらは聖書の記述を前提としたものですが、歴史的にも「らい」は伝染性の強い病と見なされ、患者は隔離されるなど差別的な生活を強いられてきました。第二次世界大戦後に特効薬が普及し完全回復が可能になったのちも、日本では一九九六年に「らい予防法」が廃止されるまで同様の政策が残存していたのはご承知の通りです。現在ではハンセン病と表記しますが、作品成立時の時代背景に鑑み、当時の呼称として「らい病」を用いています。

もとより、差別の助長を意図するものではないということを、ご理解ください。

編集部

kobunsha classics
光文社古典新訳文庫

薔薇《ばら》の奇跡《きせき》

著者　ジュネ
訳者　宇野《うの》 邦一《くにいち》

2016年11月20日　初版第1刷発行
2025年3月30日　第2刷発行

発行者　三宅貴久
印刷　大日本印刷
製本　大日本印刷

発行所　株式会社光文社
〒112-8011東京都文京区音羽1-16-6
電話　03（5395）8162（編集部）
03（5395）8116（書籍販売部）
03（5395）8125（制作部）
www.kobunsha.com

落丁本・乱丁本は制作部へご連絡くだされば、お取り替えいたします。
ISBN978-4-334-75344-3 Printed in Japan

組版　新藤慶昌堂

いま、息をしている言葉で、もういちど古典を

長い年月をかけて世界中で読み継がれてきたのが古典です。奥の深い味わいある作品ばかりがそろっており、この「古典の森」に分け入ることは人生のもっとも大きな喜びであることに異論のある人はいないはずです。しかしながら、こんなに豊饒で魅力に満ちた古典を、なぜわたしたちはこれほどまで疎んじてきたのでしょうか。

ひとつには古臭い教養主義からの逃走だったのかもしれません。真面目に文学や思想を論じることは、ある種の権威化であるという思いから、その呪縛から逃れるために、教養そのものを否定しすぎてしまったのではないでしょうか。

いま、時代は大きな転換期を迎えています。まれに見るスピードで歴史が動いていくのを多くの人々が実感していると思います。

こんな時わたしたちを支え、導いてくれるものが古典なのです。「いま、息をしている言葉で」——光文社の古典新訳文庫は、さまよえる現代人の心の奥底まで届くような言葉で、古典を現代に蘇らせることを意図して創刊されました。気取らず、自由に、心の赴くままに、気軽に手に取って楽しめる古典作品を、新訳という光のもとに読者に届けていくこと。それがこの文庫の使命だとわたしたちは考えています。

このシリーズについてのご意見、ご感想、ご要望をハガキ、手紙、メール等で翻訳編集部までお寄せください。今後の企画の参考にさせていただきます。
メール　info@kotensinyaku.jp

光文社古典新訳文庫　好評既刊

花のノートルダム

ジュネ／中条《ちゅうじょう》 省平《しょうへい》●訳

都市の最底辺をさまよう犯罪者、同性愛者たちを神話的に描き、〈悪〉を〈聖なるもの〉に変えたジュネのデビュー作。超絶技巧の比喩を駆使した最高傑作が明解な訳文で甦る！

マダム・エドワルダ／目玉の話

バタイユ／中条《ちゅうじょう》 省平《しょうへい》●訳

私が出会った娼婦との戦慄に満ちた一夜の体験「マダム・エドワルダ」。球体への異様な嗜好を持つ少年と少女「目玉の話」。三島由紀夫が絶賛したエロチックな作品集。

海に住む少女

シュペルヴィエル／永田《ながた》 千奈《ちな》●訳

大海原に浮かんでは消える、不思議な町の少女の秘密を描く表題作。ほかに「ノアの箱舟」、イエス誕生に立ち合った牛を描く「飼葉桶を囲む牛とロバ」など、ユニークな短編集。

恐るべき子供たち

コクトー／中条《ちゅうじょう》 省平《しょうへい》・中条《ちゅうじょう》 志穂《しほ》●訳

十四歳のポールは、姉エリザベートと「ふたりだけの部屋」に住んでいる。ポールが憧れるダルジュロスとそっくりの少女アガートが登場し、子供たちの夢幻的な暮らしが始まる。

赤と黒（上）

スタンダール／野崎《のざき》 歓《かん》●訳

ナポレオン失脚後のフランス。貧しい家に育った青年ジュリヤン・ソレルは、金持ちへの反発と野心から、その美貌を武器に貴族のレナール夫人を誘惑するが…。

赤と黒（下）

スタンダール／野崎《のざき》 歓《かん》●訳

次の標的の侯爵令嬢マチルドの心をも手に入れるジュリヤンだが、野望達成というとき、レナール夫人から届いた一通の手紙で、物語は衝撃の結末を迎える！

光文社古典新訳文庫　好評既刊

うたかたの日々
ヴィアン／野崎《のざき》歓《かん》◉訳

青年コランは美しいクロエと恋に落ち、結婚する。しかしクロエは肺の中に睡蓮が生長する奇妙な病気にかかってしまう…。二十世紀「伝説の作品」が鮮烈な新訳で甦る！

オペラ座の怪人
ガストン・ルルー／平岡《ひらおか》敦《あつし》◉訳

歌姫に寄せる怪人の狂おしいほどの愛が暴走するとき、絢爛豪華なオペラ座は惨劇の迷宮に変わる！　怪奇ミステリーとロマンスが見事に融合した二〇世紀フランス小説の傑作。

消しゴム
ロブ゠グリエ／中条《ちゅうじょう》省平《しょうへい》◉訳

奇妙な殺人事件の真相を探るべく馴染みのない街にやってきた捜査官ヴァラス。人々の曖昧な証言に翻弄され、事件は驚くべき結末に。文学界に衝撃を与えたヌーヴォー・ロマン代表作。

地底旅行
ヴェルヌ／高野《たかの》優《ゆう》◉訳

謎の暗号文を苦心のすえ解読したリーデンブロック教授と甥の助手アクセル。二人はガイドのハンスと地球の中心へと旅に出る。そこで目にしたものは…。臨場感あふれる新訳。

ひとさらい
シュペルヴィエル／永田《ながた》千奈《ちな》◉訳

貧しい親に捨てられたり放置された子供たちをさらい自らの家族を築くビグア大佐。だが、とある少女を新たに迎えて以来、彼の親心は、それとは別の感情とせめぎ合うようになり…。

アドルフ
コンスタン／中村《なかむら》佳子《よしこ》◉訳

青年アドルフはP伯爵の愛人エレノールに言い寄り彼女の心を勝ち取る。だが、エレノールが次第に重荷となり…。男女の葛藤を心理描写のみで描いたフランス恋愛小説の最高峰！